EM ROTA DE COLISÃO

BAL KHABRA

EM ROTA DE COLISÃO

Tradução
Isadora Prospero

Copyright © 2023 by Bal Khabra
Copyright da tradução © 2024 by Editora Globo S.A.

Publicado originalmente por Bloomsbury Publishing.

Direitos de tradução arranjados por Sandra Dijkstra Literary Agency e Sandra Bruna Agencia Literaria, SL.

Os direitos morais do autor foram assegurados. Todos os direitos reservados. Nenhuma parte desta edição pode ser utilizada ou reproduzida — em qualquer meio ou forma, seja mecânico ou eletrônico, fotocópia, gravação etc. — nem apropriada ou estocada em sistema de banco de dados sem a expressa autorização da editora.

Título original: *Collide*

Editora responsável **Paula Drummond**
Editora de produção **Agatha Machado**
Assistentes editoriais **Giselle Brito e Mariana Gonçalves**
Preparação de texto **Mariana Donner**
Adaptação de capa **Carolinne de Oliveira**
Revisão **Ana Sara Holandino e Luiza Miceli**
Diagramação **Gisele Baptista de Oliveira**
Projeto gráfico original **Laboratório Secreto**
Ilustração de capa **Leni Kauffman**

Texto fixado conforme as regras do Acordo Ortográfico da Língua Portuguesa (Decreto Legislativo nº 54, de 1995)

CIP-BRASIL. CATALOGAÇÃO NA PUBLICAÇÃO
SINDICATO NACIONAL DOS EDITORES DE LIVROS, RJ

K56r

    Khabra, Bal
        Em rota de colisão / Bal Khabra ; tradução Isadora Prospero. - 1. ed. - Rio de Janeiro : Alt, 2024.

        Tradução de: Collide
        ISBN 978-65-85348-77-5

        1. Ficção canadense. I. Prospero, Isadora. II. Título.

24-91910   CDD: 819.13
                                                  CDU: 82-3(71)

Gabriela Faray Ferreira Lopes - Bibliotecária - CRB-7/6643

1ª edição, 2024 — 6ª reimpressão, 2025

Direitos de edição em língua portuguesa para o Brasil
adquiridos por Editora Globo S.A.
R. Marquês de Pombal, 25
20.230-240 – Rio de Janeiro – RJ – Brasil
www.globolivros.com.br

Playlist

SUNFLOWER | Post Malone ft. Swae Lee
PRETTY BOY | The Neighbourhood
SELF CARE | Mac Miller
DADDY ISSUES | The Neighbourhood
LAVENDER HAZE | Taylor Swift
COME THROUGH AND CHILL | Miguel ft. J. Cole. Salaam Remi
BOYFRIEND | Ariana Grande ft. Social House
TENNESSEE WHISKEY | Saltwater Saddles
IF YOU LET ME | Sinéad Harnett ft. GRADES
WILD HORSE | Darci
I WANNA BE YOURS | Arctic Monkeys
TOO FAR CLOSE | Chase Shakur
I WANT IT ALL | coin
GILDED LILY | Cults
CHANGE | Arin Ray ft. Kehlani
BODY LANGUAGE | Big Sean ft. Ty Dolla $ign, Jhené Aiko
SUNSETZ | Cigarettes After Sex
YELLOW | Coldplay
SHE'S MINE PT. 1 | J.Cole
SNOOZE | SZA

*Para as garotas que amam hóquei,
especialmente quando está escrito*

1
Summer

Ela está apontando uma arma para a minha cabeça.
Figurativamente, pelo menos.
A arma em questão: hóquei. A mulher que a aponta: a dra. Laura Langston, PhD.

— Hóquei? — repito. — Você quer que *eu* faça minha inscrição para o mestrado com um projeto sobre hóquei?

Langston tem sido minha orientadora para o projeto de pós-graduação no último ano, mas trabalho sob a supervisão dela desde que entrei na Universidade Dalton.

Ela é tudo que eu quero ser, e sou obcecada por cada artigo acadêmico que escreve. Ela é meio que minha celebridade favorita do jeito mais nerd possível. Com doutorado em psicologia esportiva, incontáveis artigos publicados e experiência com atletas — inclusive olímpicos — por todo o mundo, ela é uma inspiração.

Até você a conhecer.

Quando as pessoas dizem "Não conheça seus heróis", estão falando sobre Laura Langston. Ela é como um enxame de vespas furiosas em pessoa. Há muitos professores que tratam seus alunos como lixo e acham que ter um título importante significa que podem ser tiranos, mas Langston é de uma espécie diferente. Sua genialidade é inegável, mas ela é condescendente, soberba e propositadamente difícil de lidar quando sabe que você precisa da ajuda dela.

Em rota de colisão 9

Então por que caralhos eu a escolhi como orientadora? Porque a taxa de aprovação dos seus alunos na seleção do respeitado programa de mestrado da Dalton é atraente demais para ignorar. É o melhor programa da América do Norte, e os alunos orientados por ela têm aceitação garantida. Sem contar que ela escolhe quem será elegível para um programa de estágio supercompetitivo no Comitê Olímpico dos Estados Unidos. É meu sonho desde os oito anos, então posso aguentar a ditadura monstruosa dela se isso significar que logo terei meu diploma de mestrado em psicologia esportiva.

— Você precisa começar a tirar vantagem dos seus recursos, Summer. — Ela me examina por cima dos óculos. — Sei que odeia hóquei, mas essa é sua última chance de enviar um projeto consistente.

A palavra *odeia* passa pelos lábios dela como se minha aversão ao esporte viesse do nada. Considerando que ela é uma das poucas pessoas que sabem por que eu mantenho uma boa distância do rinque de gelo e dos homens igualmente de gelo que esquiam nele, eu mal consigo manter a compostura. Me pôr bem no centro daquele círculo azul com um estudo de pesquisa empírica que pode determinar o meu destino é pura maldade. Uma maldade em que só a dra. Langston e seu coração de gelo conseguiriam pensar.

— Mas por que hóquei? Posso escolher futebol americano. Basquete. Até curling. Não me importo.

Será que a Dalton tem um time de curling?

— Exatamente. Você não se importa. Preciso que faça algo com que se importe. Algo pelo qual tenha sentimentos fortes. Portanto, hóquei.

Odeio admitir que Langston tem razão. Deixando de lado sua natureza pessimista de modo geral, ela é uma mulher inteligente. Quer dizer, ela não tem um doutorado à toa, mas ser aluna dela é uma espada de dois gumes.

— Mas...

Ela ergue a mão.

— Eu não vou aprovar nenhum outro projeto. Faça isso ou perca sua vaga. A escolha é sua.

É como se o universo tivesse me mandado meu próprio *foda--se* na forma da minha professora. Anos me matando de estudar na graduação só para ouvir que o hóquei é a minha única chance. Que piada. Apertando os punhos, engulo a vontade de gritar.

— Isso não é me dar uma escolha, dra. Langston.

— Se não consegue fazer isso, então eu superestimei seu potencial, Summer. — A voz dela sobe um tom. — Tenho quatro alunos que matariam por essa vaga, mas aceitei *você* sob minha orientação. Não faça eu me arrepender.

Não foi bem ela quem escolheu me orientar. Eu tinha um histórico escolar muito acima da média e ótimas cartas de referência. Para não mencionar a prova para orientandos extremamente difícil que ela implementou no ano passado para escolher os melhores alunos. Eu tive uma intoxicação alimentar por causa da comida do refeitório do campus naquela semana, mas me arrastei para fazer o exame. Superei todos os outros alunos, e nem ferrando eles vão pegar a minha vaga agora.

— Entendo o que a senhora está dizendo, mas sabe que não sou muito fã de hóquei. Por um bom motivo, devo acrescentar, e duvido que minha pesquisa resulte em um bom trabalho, considerando isso.

— Ou você supera sua apreensão ou perde tudo pelo que trabalhou.

Apreensão?

Ignorar a cutucada afiada é como tentar ignorar uma bala alojada no meu peito.

— Não há motivo para eu não poder escolher basquete. O treinador Walker me deixaria colaborar com um dos jogadores dele de bom grado.

— O treinador Kilner já permitiu que um dos meus alunos trabalhe com os jogadores dele. Me envie sua proposta completa até o final da semana ou ceda sua vaga, srta. Preston. — A dispensa é clara quando ela gira a cadeira e se afasta de mim.

Se eu pudesse cometer um único crime e me safar, sinto que incluiria a dra. Langston.

— Certo, obrigada — murmuro.

Ela começa a digitar agressivamente no computador, provavelmente transformando a vida de outro aluno em um inferno. Imagino que vá para casa e risque o nome dos alunos que conseguiu atormentar com sucesso. Meu nome e a boneca na qual ela espeta alfinetes estão no topo dessa lista hoje.

Eu consegui evitar tudo relacionado ao hóquei pelos últimos três anos, e no fim isso vai se tornar a minha prioridade nos próximos meses. Estou completamente ferrada, e tenho que engolir minha aversão pelo esporte dos meus antepassados canadenses.

Uso toda minha força de vontade para não bater a porta ao sair.

— Você parece irritada. — A voz vem do corredor que leva à sala dos orientadores. Donny está encostado na parede usando um casaco de lã, seus olhos castanhos estão concentrados em mim.

Eu cometi alguns erros desde que entrei na faculdade. Donny Rai é um deles.

Após um relacionamento exaustivo de dois anos, não temos escolha exceto nos vermos todos os dias porque ambos cursamos a mesma graduação e nos inscrevemos para o mesmo programa de pós. Não parece uma competição, mas sei que Donny quer aquela vaga de estágio tanto quanto eu.

Ele começa a andar ao meu lado.

— Um ultimato?

— Exatamente. — Olho para ele. — Como você sabia?

— Langston deu um pra Shannon Lee uma hora atrás. Ela está pensando em desistir agora.

Arregalo os olhos. Shannon é uma das alunas mais inteligentes no campus. Seu trabalho de psicologia clínica foi enviado para a revisão por pares, tornando-a a aluna mais jovem a ser considerada para publicação.

— Isso é ridículo. — Balanço a cabeça, sabendo como estou ferrada. — Você tem muita sorte de ter enviado a inscrição mais cedo. O resto de nós tem que cumprir essa nova exigência.

Ele dá de ombros.

— Foi uma aceitação condicional.

— Claro, como se você fosse ficar abaixo da média.

— Já estou acima — corrige ele.

Donny está no topo da lista do reitor todo ano, e faz parte de todos os clubes e comitês imagináveis. Ele é o garoto-propaganda da Ivy League, o grupo de universidades mais prestigiosas do país, então não é surpresa que tenha conseguido abrir caminho para ingressar nesse programa. Gosto de pensar que também sou academicamente talentosa, mas me sinto muito burra em comparação a ele.

— Tenho uma reunião agora, mas ajudo você com a inscrição. Nós dois sabemos que vai precisar.

O insulto magoa, mas Donny só sorri e se afasta para ir até sua reunião com a Dalton Royal Press. Sim, ele também trabalha no jornal da universidade.

Quando finalmente chego furiosa ao dormitório, me jogo no sofá da sala.

— Se eu der uma pá, você bate com ela na minha cabeça? — pergunto a Amara.

— Depende. Eu vou ser paga por isso? — Dou um grunhido contra a almofada, mas ela a puxa para longe. — O que ela fez agora?

Amara Evans e eu somos colegas de quarto desde o primeiro ano. Para a minha sorte, ser a melhor amiga de uma gênia da tecnologia significa obter benefícios da universidade por meio do trabalho dela. O mais importante foi garantir uma vaga na Casa Iona, o único alojamento estudantil com unidades de dois quartos e dois banheiros. Ainda é apertado, mas qualquer coisa

Em rota de colisão 13

é melhor do que os banheiros compartilhados onde micoses espreitam em todo canto.

— Laura quer que eu me inscreva com uma pesquisa sobre hóquei — digo a ela.

— Amara deixa a almofada cair.

— Você tá me zoando. Achei que ela soubesse de tudo.

— Ela sabe! É isso que eu ganho por compartilhar meus segredos com ela.

— Você não pode achar outra orientadora? Ela não pode ser a única que faz os alunos serem aceitos no programa.

— Ninguém tem a taxa de aceitação dela. Parece até que ela manipula as aprovações ou algo do tipo. Mas talvez tenha razão. Eu devia deixar de lado a minha *apreensão*.

Amara fica boquiaberta.

— Ela não disse isso!

—Ah, disse, sim. — Eu suspiro e rolo no sofá para sentar. — Por que você voltou tão cedo?

— Não quero passar meu primeiro dia de volta sentada naquele auditório com um monte de caras suados.

Estudar ciência da computação significa que noventa por cento da turma de Amara é composta de homens. Ela não está nada acostumada com isso, já que veio de uma família de cinco irmãs. Ela é a do meio, e diz que nunca teve um momento de paz — presa simultaneamente na posição impossível de irmã mais velha e mais nova, tendo que lidar com hormônios da puberdade e chiliques adolescentes. Como minhas irmãs gêmeas nasceram quando eu já tinha alguns anos de idade, não consigo me identificar.

— Você vai na festa hoje? — pergunta ela.

Ficar cercada por centenas de caras de fraternidade parece um pesadelo.

— Eu tenho coisas demais pra fazer.

O olhar exasperado dela me diz que estou prestes a receber um sermão.

— No último semestre, você disse que ia relaxar e curtir seu último ano. Que ia sair mais. Se eu tiver que te arrastar comigo, farei isso.

O que ela falou é verdade. Tudo bem que eu disse isso depois de ter chorado por causa de um trabalho particularmente difícil, e a nota perfeita de Donny foi a última gota. Foi aí que eu jurei que ia relaxar, porque o fato de só focar os estudos não estava melhorando minhas notas.

Dou um olhar constrangido para ela.

— Mas preciso começar a proposta e tenho várias coisas para ler.

Ela bufa.

— Tá bom. Eu vou com a Cassie, mas você tem que prometer que vai descansar um pouquinho.

— Prometo. Até vou correr mais tarde.

Amara abaixa a cabeça em desaprovação.

— Não era desse tipo de descanso que eu estava falando, mas aceito qualquer coisa que tire você daqui.

2
Aiden

Ela está me observando enquanto durmo. Me afastar dos últimos resquícios do meu sonho significa que estou hiperconsciente do meu redor. Ou ela está curtindo a vista, e eu não a culparia por isso, ou está planejando arrancar a minha pele e usá-la depois.

A segunda parece mais provável, porque eu dormi antes de transarmos ontem à noite.

A festa de boas-vindas na nossa casa saiu um pouco do controle. Com "um pouco" quero dizer *extremamente*. Quando o lateral esquerdo da Universidade Dalton e um dos meus melhores amigos, Dylan Donovan, organiza uma festa, significa que as coisas vão perder o controle. Principalmente porque eu decidi que não ia supervisioná-lo. Acabamos de voltar de férias, então seria a única vez que eu me permitiria beber antes que a temporada recomeçasse, e não tenho certeza de quanto vou me arrepender dessa decisão.

Abrir os olhos significa ter que lidar com as consequências.

Quando Aleena, uma ruiva gostosa pra caralho, me escolheu ontem no meio da multidão para tomar shots, fazia sentido que a gente acabasse no meu quarto, pelados e se pegando. Mas não durou muito, porque dívida de sono é um negócio real, e eu sou a vítima mais recente dela.

Treino todos os dias e minha carga horária de aulas é integral — e, quando não estou ocupado com isso, estou mantendo os caras do time longe de problemas. Então, enquanto a deitava na minha cama e distribuía beijos até a barriga dela, apaguei completamente. Teria sido constrangedor se eu estivesse consciente, mas o sono foi tão bom que nem tenho do que reclamar.

— Bom dia. — Alongo os braços embaixo da cabeça, abrindo os olhos para ver exatamente o que eu esperava.

O cabelo ruivo está espalhado no meu peito, e lábios carnudos e amuados estão semiabertos, deixando dentes à mostra.

— Dormiu bem? — pergunta ela. — Espero que não esteja com muita preguiça esta manhã.

Qualquer outro cara teria se sentido ofendido pelo comentário, mas eu jamais. Não quando praticamente qualquer garota no campus sabe que as palavras *preguiça* e *Aiden Crawford* nunca foram usadas na mesma frase. Foi um acidente e, julgando pelos olhos azuis dela, cada vez mais escuros, ela sabe que eu a compensarei por isso.

Eu rio baixo.

— Tive um sono ótimo, na verdade.

— Bem, já que está acordado agora... — Ela corre uma unha vermelha pelo meu peito. — Podemos começar bem o dia.

Que tipo de anfitrião eu seria se recusasse a oferta? Quando a mão dela desce mais, eu a viro na cama e a compenso pela noite anterior.

Quando Aleena sai do chuveiro, já estou no andar de baixo fazendo o café da manhã. Descobri que mulheres são grandes fãs de chuveiros tipo sauna, e eu sou o orgulhoso proprietário do único da casa. E é justo, porque meus avós compraram essa residência quando fui aceito na Dalton. Mas isso não impediu Kian Ishida, o lateral direito do time que divide a casa com a gente, de brigar com unhas e dentes por ele. A cartada de capitão nunca deixa de vencer uma desavença, mas agora ele mora do outro lado do corredor, com sua música alta e as batidas constantes na porta do meu quarto.

Ofereço café da manhã a Aleena, mas ela só balança a cabeça em resposta antes de sair pela porta da frente. Sorrio para mim mesmo. Não há nada melhor que um caso de uma noite que não tenta ser sua namorada depois.

Eli assiste a tudo isso com as sobrancelhas erguidas.

— Essa é novidade.

— O quê?

— Já passou das 10h. Você nunca fez uma garota ficar tanto tempo. Finalmente encontrou a certa? — Os olhos dele se arregalam com um sorriso que eu gostaria de tirar do seu rosto na base da porrada.

— Eu caí no sono ontem antes que a gente fizesse qualquer coisa. Era justo.

— Que cavalheiro — diz ele, seco. — Você anda exausto ultimamente. Não acha que precisa reduzir o ritmo?

Agora é minha vez de rir. Eu e Elias Westbrook — ou Eli, como todos o conhecem — nos conhecemos desde que usávamos fraldas. Sua preocupação não me irrita como a de todos os outros porque sei que ele fala com muita cautela, e se ele está falando é porque eu devo realmente estar exagerando com os treinos e as aulas.

— Estou bem. Dei um jeito até agora, o que são mais alguns meses?

Ele não parece gostar dessa resposta, mas só assente e serve os ovos no prato.

— Baita festa, galera. — Um cara que ficou aqui até de manhã sai da casa usando só cueca samba-canção, com o resto das roupas penduradas do braço. O broche na jaqueta dele me diz que é da fraternidade de Dylan.

Dylan é o único de nós que faz parte de uma fraternidade. A Kappa Sigma Zeta o trata como um membro da realeza e, embora ele more com a gente, poderia facilmente ter ficado com a suíte principal na casa da Greek Row, a rua das fraternidades. Exceto que, de acordo com ele, morar na mesma casa que os "calouros puxa-saco" é a última coisa que ele quer.

Dou uma colherada no mingau.

— Cadê o resto do pessoal?

Eli rola a tela do celular e o vira para mim. É uma foto de Kian desmaiado na grama na entrada do campus. Atrás dele, o monumento a Sir Davis Dalton está vandalizado. Aperto os olhos, torcendo para que haja uma explicação simples para isso. Talvez uma boa edição no Photoshop.

— Quem tirou isso?

— Benny Tang.

Paro no meio da colherada.

— O goleiro de Yale? O que ele está fazendo aqui?

Alunos de Yale por aqui depois que os massacramos num jogo antes das férias de inverno seria o pior cenário possível. A última coisa que eu lembro ontem, antes de subir, foi de dizer a Dylan para encerrar logo a festa. Claramente, ele não ouviu.

— Melhor perguntar pro Dylan. Eu não estava aqui.

É claro que não. Se Eli, o único outro cara responsável, não esteve na festa, isso significa que os dois crianções restantes, Dylan e Kian, ficaram no comando.

Tudo isso começou quando eles perderam uma aposta no último semestre que nos obrigou a organizar a maioria das festas no campus. Aquelas que não organizávamos, tínhamos que fornecer as bebidas. Quando descobri, deixei ambos no banco nas duas partidas seguintes.

Apesar de tudo, torço para que isso seja um pesadelo e eu ainda esteja na cama com Aleena.

— E eu quero saber onde Dylan está...? — pergunto com cuidado.

Quando Eli pega o celular de novo, solto um grunhido. Ele ri.

— Só tô zoando, cara. Ele está apagado na sala.

* * *

— Fui eu.
Todos os olhos na sala se concentram em mim, e me arrependo de ter aprendido a falar. Minha cabeça continua a latejar, porque nosso treinador quis nos torturar com os exercícios antes de nos encontrarmos na sala de mídia para uma reunião obrigatória. O branco brilhante do rinque fez minha dor de cabeça piorar. Eu não bebo com frequência, e meu corpo nunca me deixa esquecer quando o faço. Hoje não foi exceção. Tudo foi intensificado, incluindo a voz alta de Kian despejando sua paranoia sobre o motivo do treinador ter convocado uma reunião. O garoto acordou com tufos de grama no corpo e ainda se perguntava o que estava acontecendo.

Quando o treinador Kilner entrou, ele estava bufando de raiva com a pele, normalmente pálida, vermelha feito tomate. Ele até derrubou os bonés da cabeça dos alunos do terceiro ano, que imediatamente se encolheram e foram para a fileira de trás, e eu comecei a me arrepender da decisão de me sentar na frente. Kian e Dylan estavam bem no fundo, escondendo-se atrás dos nossos goleiros.

— A porra de uma festa que vandalizou o campus? — berrou o treinador, e de repente tudo fez sentido. — Isso é uma merda de piada pra todos vocês? Em 25 anos como treinador, eu nunca tive que lidar com tamanho desprezo pelo código de conduta da universidade.

Essa parte não era inteiramente verdade. Eu sabia que Brady Winston, o capitão do ano anterior ao meu, tinha dado uma festa em casa que resultou num banimento de um ano na Greek Row. O carro do reitor sumiu, a piscina do time de natação foi vandalizada, e todas as atividades extracurriculares foram canceladas. Então eu tinha bastante certeza de que vandalizar o campus e pichar o monumento a Sir David Dalton não era a pior coisa que já acontecera.

— Quando me tornei treinador após anos na liga — começou o treinador enquanto Devon murmurava "lá vamos nós" ao meu lado —, nunca pensei que daria a meus jogadores mais velhos um sermão sobre festas.

— Treinador, a festa...

— Cale a boca, Donovan — repreendeu Kilner. — Estamos na porra da qualificação que vai nos levar às semifinais do torneio universitário anual e vocês estão brigando com outras faculdades nessa altura do campeonato?

— O pessoal da Yale veio pra cá. Eles não deviam estar recebendo a maior parte desse sermão? — perguntou Tyler Sampson, nosso capitão reserva, e um dos caras mais inteligentes do time. Ele vai para a faculdade de direito em vez de seguir os passos do pai, um superastro do hóquei.

— Eles não são problema meu; vocês, sim, seus imbecis! Eu devia suspender cada um de vocês — disse ele, com a raiva vertendo da testa coberta de suor.

— Mas aí a gente não poderia jogar no torneio. — O comentário de Kian não ajudou com o resto do discurso, e ele ficou responsável por lavar nossas roupas por um mês. Era originalmente uma semana, mas Kian continuou protestando, e todo mundo sabe que, se o treinador dá um castigo, você cala e boca e aceita.

Depois disso, ninguém mais o interrompeu, exceto quando eu abri minha boca idiota para me incriminar.

— Como assim? — pergunta o treinador agora, com um olhar fulminante para mim.

Já vi esse olhar cortante vezes demais, e devia me assustar o suficiente para ficar quieto, mas não faço isso.

— Fui eu quem dei a festa.

Eli xinga atrás de mim, mas não diz mais nada porque sabe que, quando tomo uma decisão, não tem nada que possam dizer pra me convencer do contrário.

O treinador esfrega a boca, murmurando baixinho. Provavelmente algo sobre como eu sou imbecil, e tenho que concordar.

— É assim que você quer brincar, Crawford? Tem certeza de que não foi um erro coletivo?

Ele está me dando uma oportunidade de me safar. Mais por desespero do que qualquer outra coisa, porque, quando a universidade ficar sabendo disso, eu serei punido. Minha única esperança ao me arriscar dessa forma é eles conferirem meu histórico acadêmico e minha carreira no hóquei antes de anunciar qualquer punição severa demais. Meu destino será melhor do que o de qualquer outro no time.

— Fui eu. Eu deixei Yale vir.

Kilner assente, e não deixo de ver uma centelha minúscula de respeito cruzar suas feições antes de ser substituída pela raiva usual.

— Vou informar o reitor. Se alguém tiver uma história diferente da do seu capitão, fale agora.

A atmosfera na sala muda, e sei que o time quer me apoiar, mas minha expressão deve transmitir o que eu espero que façam, porque relutantemente continuam sentados em silêncio.

— Então por que caralhos ainda estão aqui?! — berra o treinador, nos forçando a sair em fila da sala de mídia. Mas então ele me puxa de volta. — Vá até o meu escritório depois que tomar banho.

O vestiário está estranhamente quieto pela primeira vez e, quando saio do chuveiro, sou recebido pelo rosto amuado de Kian.

— Capitão, você não precisava ter feito aquilo — diz ele, parecendo culpado.

Esfrego uma toalha no cabelo.

— Precisava. Foi um erro meu o que aconteceu ontem à noite, eu não devia ter abaixado a guarda.

Eli se senta do meu lado.

— Se é essa a sua conclusão, está olhando pra situação de forma totalmente errada. A culpa é de todo mundo, minha também.

O resto do vestiário murmura em concordância.

— Sei que querem me apoiar, mas é minha responsabilidade dar um bom exemplo, e ontem à noite não fiz isso. Não é uma questão de manter uma frente unida. O reitor está envolvido, o que significa que vai garantir que todo mundo seja punido. Não podemos deixar isso acontecer no começo da temporada. Se for só eu, as consequências não podem ser tão ruins — digo com confiança.

Essa confiança murcha quando entro no escritório do treinador Kilner. Nunca é animador estar aqui, mas hoje é especialmente deprimente. Ele está na escrivaninha, batendo no mouse com a mão pesada. Quando finalmente decide me dar atenção, faz um gesto para eu me sentar. Continua torturando o mouse até que o joga contra a parede.

O negócio cai no chão em dois pedaços.

Engulo em seco.

Kilner se reclina na cadeira, apertando sua bola antiestresse forte o bastante para estourá-la.

— Onde você estava na última sexta antes do final do semestre?

A pergunta me pega de surpresa. Acabei de confessar uma história bem pesada de um porre imprudente e ele está preocupado com o último semestre? Eu mal me lembro do que comi no jantar ontem à noite, que dirá o que estava fazendo duas semanas atrás.

Até que a lembrança me atinge, clareando a névoa da ressaca remanescente.

— Depois do treino, eu fui pra casa — digo.

— E os garotos?

— A mesma coisa.

— Festa?

Porra. Por que ele parece tão bravo? A única coisa que eu me lembro daquela festa é de uma loira bonita. As coisas começaram a sair de controle, mas confiei que os caras iam lidar com a situação. Foi o único motivo de ter relaxado ontem. Porém, nunca menti para o treinador e não vou começar agora.

— É, uma festa.

— Então você está me dizendo que uma festa... algo que, por sinal, vocês fazem várias vezes por semana... é o motivo de você ter perdido a arrecadação de fundos para caridade?

Ah, merda. O jogo beneficente.

Em uma tentativa de tranquilizar Kilner, eu inscrevi todo mundo para treinar crianças antes de uma partida beneficente. Passar dois dias por semana com crianças sem nenhum filtro cobra um preço, e o fato de ser a semana das provas finais não ajudava. Então, quando parei de ir, todo mundo também parou.

— Aquelas crianças estavam esperando no rinque e vocês não apareceram. E no fim de semana anterior? A mesma coisa?

Assinto. As festas nunca paravam na Dalton. Se não encontrasse uma, você estava procurando no lugar errado.

Ele dá uma risada desdenhosa.

— Você perdeu a campanha de saúde mental que o departamento de psicologia promoveu especificamente para os atletas. O time de hóquei não apareceu, nem o de futebol americano ou de basquete.

Em minha defesa, eu não presto atenção a eventos no campus.

— Como isso é minha culpa?

— É sua culpa porque, em vez de saber onde vocês tinham que estar, você e o resto dos idiotas estavam numa festa! Se meus jogadores não honram os compromissos, sabe o que eu faço, Aiden?

— Coloca eles no banco — murmuro.

Agora ele está furioso.

— Ótimo, você está prestando atenção. E sabe por que eu chamei você aqui?

— Porque eu dei a festa de ontem — respondo — e sou o capitão.

— Então você sabe que é o capitão? Achei que talvez a ressaca tivesse feito você esquecer! — berra ele.

Eu me encolho.

— Sinto muito, treinador. Da próxima vez...

— Não haverá próxima vez. Eu não ligo se você é meu melhor jogador ou a porra do Wayne Gretzky. Antes de tudo, você vai ser um jogador em equipe. — Ele solta um suspiro profundo e agitado. — Você deveria estar liderando seu time, não participando dos joguinhos idiotas deles. Aqueles rapazes respeitam você, Aiden. Se estiver numa festa pensando com a cabeça errada, eles também estarão. Seja mais esperto ou não terei escolha senão pôr você em observação acadêmica, o que pode levar a uma suspensão.

Meu rosto se contorce em confusão.

— Quê? Sem chance de eu ficar em observação acadêmica.

— Não estamos falando das suas aulas aqui. A festa está sendo investigada.

Ah, caralho. Lembra quando eu disse que não sabia se me arrependeria de beber até ver as consequências? Pois agora me arrependo. Uma observação acadêmica é ruim, ruim no nível lesão no ligamento cruzado anterior. Se a notícia chegar na liga, eles vão mandar agentes pra cá para avaliar minha elegibilidade como jogador. Eu acabei de assinar um contrato com Toronto, porque ser recrutado não significa porra nenhuma até você colocar preto no branco. Cometer um erro agora seria fatal.

— Eu não posso ficar em observação acadêmica.

O treinador assente.

— Você está com sorte, porque, antes de sair num ano sabático, o reitor informou o comitê que qualquer um envolvido no fiasco da vandalização tem que ser punido. Como você assumiu essa exata responsabilidade estúpida, seu nome é o primeiro da lista.

Eu vou matar meus malditos colegas de time.

— O que isso significa?

— Que eles me dão a opção de observação acadêmica ou serviço comunitário.

Respiro fundo, aliviado.

— Ótimo. Eu faço serviço comunitário. Vou esfregar sozinho cada centímetro de Sir Davis Dalton.

O treinador me dá um olhar preocupado.

— Por mais que isso seja lindo de imaginar, não é tão simples — informa ele. — Tem muita coisa envolvida em horas válidas de serviço comunitário, e como não temos um precedente, vamos ter que improvisar.

Eu bufo.

— Tipo uma sentença de prisão em que eu saio por bom comportamento?

— Você não está em posição de ser engraçadinho — repreende ele. — Eu teria sido obrigado a pôr você em observação acadêmica se não fosse por ela.

— Ela quem?

3
Summer

O desespero fede. Ou talvez seja o vestiário do time de hóquei após o treino. Chuveiros ligados e vozes altas flutuam pelos corredores enquanto tento encontrar o escritório do treinador Kilner. Ficar longe do rinque como se tivesse uma doença contagiosa se prova uma desvantagem quando o longo corredor de portas azuis parece um labirinto.

Quando um celular toca atrás de mim, meus olhos encontram um cara sem camisa com uma toalha amarrada baixo na cintura.

— Summer?

Droga.

— Oi, Kian. — Dou um aceno desajeitado.

Kian Ishida foi meu colega em todas as matérias de psicologia que eu fiz no terceiro ano. Nós nos tornamos amigos quando formamos uma dupla para apresentar um seminário sobre disfunções cerebrais para ganhar uma nota extra. Eu estava feliz por ter alguém que ligava para psicologia esportiva tanto quanto eu, até descobrir que ele é jogador de hóquei. Para meu grande horror, o lateral direito de quase um metro e noventa joga pela Dalton desde o primeiro ano da faculdade. Depois que descobri isso, nossa amizade foi morrendo, porque nem as profundezas do oceano podiam me levar tão longe quanto eu queria estar do hóquei. Só ouvir alguém falar do esporte fazia minhas entranhas se revirarem em uma rotação lenta e agonizante.

Ele dá um passo na minha direção.

— Eu te mandei uma mensagem sobre meu cronograma. Você pegou a matéria do Chung de estatística avançada?

Eu vi a mensagem dele, e de fato temos duas matérias juntos nesse semestre. Eu estava esperando encontrar uma cadeira nos fundos do auditório para evitá-lo.

— Aham, e filosofia com Kristian.

— Legal, vejo você na aula, então. — Meu sorriso amarelo não combina com o sorriso largo dele. — O que você está fazendo aqui? Eu achava que não era fã de hóquei.

— Não sou. Estou aqui para ver o treinador Kilner. Você sabe onde fica o escritório dele?

Ele se vira confuso para o corredor antes de reprimir um sorriso.

— O que é tão engraçado? — pergunto, desconfiada.

— Nada. — Ele pigarreia. — É a última porta à direita. Nos vemos na aula, Sunny. — Ele some antes que eu possa analisar sua expressão ou o apelido esquisito.

Encontro a porta do treinador Kilner e bato no painel de vidro translúcido. Uma voz grosseira diz:

— Entre.

A porta range sinistramente, como se estivesse me falando para fugir antes que eu me meta numa confusão. Encontro um treinador Kilner sorridente e alguém sentado ao seu lado, com o cabelo úmido do banho e o logo da Dalton nas costas da camiseta.

Hesito, pensando que estou atrapalhando, mas o treinador faz um aceno para eu entrar.

— Sente-se, srta. Preston. — O cara não me cumprimenta quando sento ao lado dele, e eu tampouco me dou o trabalho. — Laura entrou em contato comigo sobre seu trabalho. Sei que você gostaria de fazer sua pesquisa sobre hóquei.

Na verdade eu preferiria fazê-la sobre o chiclete na sola do sapato dele, mas não posso dizer isso.

— Exato. É uma pesquisa sobre atletas da faculdade e burnout, para minha candidatura ao mestrado — eu digo.

— Ótimo. Então você precisa conhecer Aiden Crawford, o capitão do nosso time de hóquei.

Meus olhos se arregalam alarmados. O capitão? Eles querem que eu faça a pesquisa com o *capitão*?

— Ah. Hã, legal, mas eu posso trabalhar com um jogador da terceira ou quarta linha. Não quero atrapalhar o time.

— Você não vai atrapalhar em nada. Além disso, Aiden está precisando — diz ele, como se uma corda tensionada sufocasse suas palavras. Eles claramente tiveram uma conversa acalorada antes de eu entrar. Isso explicaria por que o capitão está fervilhando de raiva ao meu lado. — *Certo*, Aiden?

Nessa hora eu me viro para ele. Cabelo castanho encaracolado e pele impecável encontram meus olhos. O perfil dele poderia ser confundido com um dos modelos dos calendários de bombeiros de Amara. Apesar de tudo isso, ele ainda parece um cretino.

— Treinador, isso é um desperdício do meu tempo. — A voz grave dele está cheia de irritação mal contida. — Essa não pode ser minha única opção.

Que surpresa — minha previsão sobre o capitão do hóquei se provou correta.

— Minha pesquisa de pós-graduação não é um desperdício de tempo — eu digo.

— Talvez não pra você — retruca ele, sem olhar para mim.

O cara nem se dá o trabalho de me insultar na minha cara. Isso já é a pior coisa que poderia acontecer, e ainda por cima tenho que lidar com ele?

— Olha, eu não preciso ficar sentada aqui ouvindo você agir como um babaca. — Não consigo conter a raiva que surge.

É aí que ele se vira, semicerrando os olhos verde-escuros quando encontram com os meus, mas o treinador Kilner interrompe o olhar carregado.

— Certo, chega. Aiden, você não está em posição de discutir.

Em rota de colisão 29

— Não vou fazer isso, treinador. Eu participo dos eventos de arrecadação e dou aula para as crianças, mas isso não.

Ele age como se eu nem estivesse aqui. Seu chilique incita a raiva que Langston despertou mais cedo. A irritação dispara pelo meu corpo.

— Não pense que estou superanimada para trabalhar com um jogador de hóquei, Clifford.

— Crawford — corrige ele.

O treinador suspira.

— Não estou aqui pra ser babá de nenhum dos dois. Eu já dei a sua tarefa. O resto vocês podem resolver como adultos.

— Mas, treinador...

— Você sabe as consequências, Aiden. — Kilner lhe dá um olhar frio, e Aiden cerra a mandíbula. — Srta. Preston, você está livre para discutir uma troca com sua professora. Mas até você sabe que não vai encontrar um candidato melhor do que o capitão.

Quando ele sai da sala, Aiden xinga baixinho. Ele corre a mão através do cabelo antes de se virar frustrado para mim.

— Olha, sinto muito, mas não posso ajudar. Você consegue encontrar outra pessoa.

Ele nem esboça um tom de desculpas.

— Óbvio. Você não é exatamente a última bolacha do pacote.

O jeito como a cabeça dele vai para trás me dá uma pontada de satisfação.

— Eu sou o capitão do time. Sou literalmente a última bolacha do pacote.

— Você também é o cretino do pacote, e os dois não combinam.

Ele me fulmina com o olhar.

— Que bom que seja assim, porque não vamos trabalhar juntos. Eu não sou sua cobaia de pesquisa.

— Ótimo! Não preciso que seja — eu digo, empurrando a cadeira. — Malditos jogadores de hóquei. — Bato a porta atrás de mim. Não teria saído dali mais rápido nem se houvesse um incêndio. E a julgar pelo jeito como os olhos dele estavam fervendo, bem que poderia haver.

O ar frio de janeiro não refresca minha pele enquanto vou furiosa até o prédio de psicologia. No meio do caminho, sou envolvida num abraço de urso.

— Sampson — digo, soltando um arquejo.

Sampson relaxa o abraço.

— Ah, você se lembra de mim?

— Cala a boca, nos vimos antes das férias — eu digo, empurrando-o para longe.

Tyler Sampson é o único jogador de hóquei que eu consigo suportar sem sofrer uma reação alérgica. Crescemos juntos porque nossos pais são melhores amigos e nos encontrávamos em todos os exaustivos eventos familiares.

Ele me observa.

— Por que você parece tão indignada com aquele prédio?

— Não estou indignada com o prédio. Estou indignada com o demônio dentro dele. — Respiro fundo, olhando para ele. — Você vai rir.

Ele me dá um olhar encorajador.

— Sabe a pesquisa que eu tenho que enviar com minha inscrição de mestrado para ser considerada para o programa?

Ele assente.

— Langston decidiu que eu tenho que fazer sobre hóquei.

Tyler sabe do meu relacionamento turbulento com meu pai, então sua surpresa é esperada.

— E você vai entrar lá e mandar ela à merda? Tem certeza?

Ergo o queixo com confiança.

— Eu vou me defender.

— Summer, só pense por um segundo. Ela propôs uma tarefa e você vai entrar lá e dizer não pra ela? Pra mulher que rejeitou a tese de um aluno porque ele repetiu uma referência bibliográfica? — Ele me dá um olhar sério. — Acha que *ela* vai ficar de boa se você recusar algo que mandou você fazer?

Me lembro de ouvir essa história circulando, mas não sei a verdade completa. Langston é rígida, mas não irracional. Claro, ela também ameaçou dar a minha vaga para outra pessoa.

Meu estômago embrulha.

— Não estou me sentindo bem.

Estou à beira das lágrimas quando Sampson segura meus braços.

— Vai dar tudo certo, são só alguns meses. Mas, se realmente não consegue fazer, pelo menos apresente outra proposta pra ela.

— Quer dizer, com outro esporte? Ela já disse não.

— Tente outra vez.

4
Aiden

As fofocas viajam até a casa do hóquei mais rápido do que eu consigo dar uma volta ao redor do rinque.

O sermão de Kilner me deixou num humor de merda ontem, então passei o dia no meu quarto e longe dos colegas curiosos. Morar com três veteranos e dois calouros significa que manter segredos é impossível. Os mais novos, Sebastian Hayes e Cole Carter, são verdadeiros colunistas de fofoca. Mas hoje, quando volto da academia, é Kian que está parado ao lado da porta, com as mãos na cintura como uma mãe prestes a repreender o filho.

Minha aula de literatura inglesa começa em vinte minutos e não tenho tempo para o que quer que Kian Ishida tenha ouvido por aí.

Eu o ignoro, correndo escada acima para pegar minhas coisas. Quando desço e sigo para a porta da frente, ele me para.

— Não tem nada que você queira me contar, Aiden?

— Depende do que você sabe.

Ele semicerra os olhos.

— Você passou um bom tempo no escritório de Kilner ontem. Eu vi Summer Preston entrando lá também.

Sinto uma pontada de irritação. Eu preferiria não pensar nela, mesmo que me sinta meio mal por ter sido grosseiro. Ela não tinha nada a ver com o fato de eu ter assumido a culpa da festa, mas não parece que ela estava animada para trabalhar comigo também. Ela queria um jogador da reserva, pelo amor de Deus.

Em rota de colisão 33

— Nada com que você precise se preocupar.

Seus olhos se apertam.

— Nada, exceto que todos estamos envolvidos nisso. O que quer que seja, a gente ajuda você.

É óbvio que Kian se sente culpado e não vai parar até retificar a situação. Se descobrir que eu mandei embora a garota que poderia me salvar, ele vai apitar nos meus ouvidos.

— Estou atrasado pra aula. — Fecho a porta antes que ele possa discutir.

Quando chego no Carver Hall, enfio o celular no bolso e me concentro na aula em vez de pensar em quanta coisa está dando errado. Mas não dura muito, porque recebo um e-mail do treinador Kilner que aumenta dez vezes meu estresse.

É curto, enviado do celular, e diz: "Venha me ver".

Estou fodido.

Tentar focar a aula depois disso já é um desafio, mas, quando meu celular começar a vibrar sem parar no bolso, fica impossível.

Patrulha Coelha

Eli Westbrook
Kilner tá puto.

Sebastian Hayes
Numa escala de Kian correndo pelado até Cole furando pneus, onde ele está?

Eli Westbrook
Nível pneus furados.

Cole Carter
Hã, vou perder o próximo treino. Tô com dor de estômago.

Sebastian Hayes
Ok. Vou falar pro Kilner que você tá com uma dorzinha de barriga.

Dylan Donovan
Achei que todo mundo soubesse que Kilner tá sempre fulo da vida...

> **Kian Ishida**
> Shhh. Juro que o homem dá um jeito de ler isso aqui.

> Treinador, se está lendo isso, eu te amo <3

> **Dylan Donovan**
> Como vc sabe que ele tá puto?

> **Eli Westbrook**
> Ouvi que ele quebrou o taco de um aluno do terceiro ano.

> **Kian Ishida**
> E daí? Ele quebrou uns 6 meus.

> **Eli Westbrook**
> Na cabeça do cara.

> **Kian Ishida**
> Ah, bom, então ele tá puto mesmo.

> **Dylan Donovan**
> Que porra aconteceu?

> **Eli Westbrook**
> @Aiden pode explicar?

> **Kian Ishida**
> O capitão? O que ele fez?

Eu mencionei que estou fodido?

A ameaça de me colocar em observação acadêmica não me assustou a ponto de aceitar aquela porra de experimento mental, então agora ele está arruinando a vida do time todo. Envio um print da tela do e-mail para o chat do grupo.

> **Aiden Crawford**
> Ele vai comer meu cu.

> **Dylan Donovan**
> Quer que a gente vá junto pra dar apoio emocional?

Em rota de colisão 35

> **Kian Ishida**
> Nem fodendo. Ele vai ver a minha cara e ficar mais puto ainda. Boa sorte, amigo.

Duas horas depois, entro no rinque quando o treinador está saindo do rinque com as crianças.

— Me faça o favor de ajudar com o equipamento. — Pelo rosto dele, alguém poderia pensar que é o nosso treinador emburrado de sempre, mas por experiência sei que ele está soltando fogo pelas ventas. Absolutamente lívido. Pensando em arrancar minha cabeça.

— Aiden, você prometeu que vinha ver a gente jogar. Onde estava? — A vozinha de Matthew LaHue alcança meus ouvidos enquanto coleto os cones.

— Desculpe, Matty, fiquei ocupado com as aulas. — É a história mais adequada que eu posso dar a ele. Me sinto um merda quando ele assente e se afasta.

Sigo o treinador até o escritório dele pela segunda vez na semana.

— Sente — ordena ele, com um tom mais brusco que o normal. — Está orgulhoso de si pela decepção que causou naquelas crianças?

— Não, senhor.

— Eles admiram você, Aiden. Que impressão você passa sobre o time quando o capitão não se importa o suficiente para apoiar as pessoas da comunidade?

— Treinador, se estiver se referindo ao projeto daquela garota...

— Não é só o projeto. Eu venho observando você recentemente e os padrões que está criando não são saudáveis. Você está jogando o seu melhor, mas acha que eu não vejo como está exausto? Você está se forçando demais, garoto.

Primeiro Eli, agora o treinador. Acho que não estou escondendo bem.

— Mas o que importa se eu estou jogando bem?

Ele exala, irritado.

— O hóquei não pode ser sua vida. Você tem que pensar no futuro.

— No futuro? Treinador, você mesmo disse que eu jogo tão bem porque só foco o presente.

— Por enquanto, mas não pode ser sempre assim. Quando você for para a Liga Nacional, um jogo ruim põe tudo a perder. Não quero que você tenha um burnout.

Eu rio. Não acredito que estou recebendo um sermão sobre burnout neste momento. Minhas estatísticas de jogo estão ótimas, e o time está indo bem por causa de todo o esforço extra que dediquei a ele.

— É isso que acha que está acontecendo? Eu me sinto bem.

— Tem certeza? Porque você vem perdendo compromissos e negligenciando seus jogadores. Não é o capitão que eu escolhi no terceiro ano.

As palavras me cortam fundo, mas não deixo transparecer.

— Eu dou conta.

— Eu não preciso que você dê conta, preciso que tenha uma situação sustentável. Eu treino times há 25 anos, Crawford. Padrões são tudo que eu vejo. Você é um dos meus melhores jogadores e não vou deixar isso acontecer com você. É preciso aprender a ter equilíbrio. Ir a festas não deve ser uma prioridade, especialmente não no seu último ano.

— Foram só algumas festas. Eu relaxei um pouco. Isso não ajuda a evitar meu suposto burnout?

O treinador balança a cabeça.

— É o jeito errado de lidar com isso. Ache um equilíbrio, Aiden.

— Então você quer que eu concilie minhas aulas, hóquei, treinar as crianças e participe de um projeto de pesquisa ainda por cima? Não é um contrassenso?

— Talvez. Mas só se você estiver abrindo espaço para as coisas erradas. Não vamos esquecer que você assumiu a punição por vontade própria. Eu preferiria não castigar você, mas essa é a consequência. Lide com isso ou eu lidarei.

A última vez que comprei flores para uma garota foi, bem, nunca.

Não sou especialista em botânica, mas essa situação exige uma séria contenção de danos. O treinador está à beira de me colocar em observação acadêmica, então não tenho escolha exceto *lidar com isso*.

Na floricultura, fico imediatamente impressionado com a quantidade de plantas. Um cara ao meu lado segura uma guirlanda grande que ficaria bonita numa porta de dormitório. O Natal foi um mês atrás, mas as garotas não gostam dessas coisas?

— Ei, estou tentando pedir desculpas pra alguém. Acha que essas flores seriam uma boa ideia?

Ele parece confuso, e a tristeza em seu rosto é evidente. O cara deve realmente ter feito uma enorme cagada. Ele só dá de ombros e vai até o caixa. Para não perder tempo examinando os corredores, escolho a mesma coisa.

Kian está de novo enchendo o chat do grupo sem motivo enquanto pago.

Patrulha Coelha

Kian Ishida
Acabei de ver duas garotas saírem do quarto do Dylan.

Eli Westbrook
Que safado.

Aiden Crawford
É isso que estava fazendo ontem à noite? Era pra gente ir na academia, D.

Sebastian Hayes
Pelo menos ele treinou cardio.

> **Eli Westbrook**
> Treino duplo, pelo visto.

> **Kian Ishida**
> Eu fico em casa nas terças. Preferiria não encontrar ninguém no caminho da cozinha.

> **Dylan Donovan**
> Não seja ingrato, Ishida. Provavelmente são as únicas garotas nuas que você viu o ano inteiro.

— Meus pêsames — diz o caixa, me fazendo erguer os olhos do celular. — Débito ou crédito?

Otimista e com as flores em mãos, chego à Casa Iona. A rejeição não acompanha nada que eu faça, então cada passo até o quarto dela é dado com confiança e tranquilidade. Por sorte, Kian sabia onde ela morava, então não precisei ouvir mais um sermão do treinador ao perguntar para ele.

Quando bato na porta, ouço vozes abafadas do outro lado.

— Juro por Deus, se você convidou algum cretino pra... — As palavras morrem nos lábios de Summer no instante em que me vê. — Acho que acertei a parte do cretino — murmura ela.

Eu sorrio.

— Podemos conversar?

Ela revira os olhos.

— Estou ocupada. Não tenho tempo pra nada disso. — Ela aponta para as flores, depois bate a porta na minha cara.

Que porra foi essa?

Encaro a porta marrom, sem acreditar.

Bato de novo. Sem resposta.

— Não vai nem me deixar explicar? — Bato com mais força a cada minuto.

Minhas batidas param quando a porta se abre, revelando uma loira muito irritada.

— Eu tô com uma ressaca horrível, pode calar a boca?! — Ela abaixa a mão da têmpora e olha para mim. — *Aiden?*

— Oi, Cassie.

Cassidy Carter é a irmã gêmea de Cole, um defensor do segundo ano do nosso time. Cole mora com a gente, entocado no porão. De vez em quando ela aparece na casa gritando com ele por dar em cima das amigas dela. Eu não fazia ideia de que ela morava na Casa Iona ou que era amiga de Summer Preston.

— O que está fazendo aqui? — pergunta ela.

— Esperando um perdão da sua colega de quarto.

Ela fica boquiaberta de um jeito dramático e se vira para Summer.

— *Esse* é o cara que arruinou seu projeto?

Não consigo ouvir a resposta de Summer, mas tenho quase certeza de que inclui as palavras *atleta babaca*.

— Cassie, posso entrar?

— Não sei, Aiden. Você não deixou exatamente a melhor das impressões — sussurra ela.

— Eu sei, e quero mudar isso. Mas só pode acontecer se você me deixar entrar. Por favor? — Esse sorriso já me falhou uma vez hoje, mas tento mesmo assim. Quando Cassie abre mais a porta, sinto o cheiro da vitória.

Summer está sentada no sofá com o laptop quando ergue os olhos até os meus. Ela dá um olhar furioso para Cassie, que faz uma cara de quem pede desculpas. Em vez de ajudar a aliviar a tensão que paira no ar, Cassie se vira e sai correndo pela porta.

— Colega de quarto? — pergunto.

Summer não responde. Tampouco olha pra mim. Minha confiança está murchando mais a cada segundo.

— Pelo menos posso pedir desculpas?

Silêncio.

— Vamos, Sunshine.

Ela ergue a cabeça tão bruscamente que dou um passo para trás. *Coisa errada para dizer.*

— Não me chame assim. — Olhos castanhos incandescentes perfuram os meus, e é meio assustador. Ela afasta o laptop das pernas e para a alguns passos de mim. — Sei que você é o capitão e acha que as pessoas devem cair aos seus pés quando pede alguma coisa, mas comigo não funciona assim. Não ligo se você se sente mal agora ou decidiu aposentar seu comportamento cretino e seguir um novo caminho. Você tomou sua decisão e eu tomei a minha. — Ela abre a porta da frente. — Pode ir. Não desperdice seu fôlego comigo.

Eu a observo em um transe. Tem tanta raiva em cada palavra que ela cospe contra mim que é como assistir a uma performance fascinante. Por um momento, fico distraído pela camiseta fina que ela usa e que vai até as coxas, e estou ocupado lendo o texto escrito quando ela estala os dedos para atrair minha atenção de volta. A impaciência toma suas feições, mas não me mexo. Preciso dela e, se tiver que lidar com seu comportamento impaciente, que seja.

— Eu fui grosseiro.

Ela arqueia uma sobrancelha.

— Tá bom, eu fui um cretino e você merece uma desculpa. Sinto muito pelo jeito como eu agi no escritório de Kilner, mas ele jogou essa história em mim sem espaço para discussão. Não tenho nada contra você ou sua pesquisa.

Summer espera junto à porta aberta com uma expressão pétrea. Em um movimento que poderia fazer minhas bolas serem esmagadas, vou até ela e fecho a porta. Seus olhos acompanham o movimento, mas não a vejo ameaçar um passo, então continuo.

— Pode me dar uma chance? — pergunto. — Me deixe provar que não sou o cretino que você acha que sou.

O olhar dela desce para as flores em minha mão. Eu as estendo, mas ela não faz menção de tomá-las.

— Você me trouxe uma coroa de flores de velório?

Uma o quê? Olho de novo para as flores e pisco para ela. Mas o som de uma porta rangendo faz nós dois nos virarmos.

A garota que entrou nos encara de olhos arregalados.

Em rota de colisão 41

— Querem ficar a sós?
Quantas colegas ela tem?
Summer bufa, então me empurra de lado para voltar ao sofá.
— Não.
A colega dela me examina.
— Eu já vi você por aí. Onde foi?
— Não sei, mas sou Aiden. — Estendo a mão e os olhos dela se arregalam antes de apertá-la.
— Ah, merda! — Ela sorri largo. — Você é famoso nesse alojamento, capitão.
— Por bons motivos, espero.
— Eu diria que sim. — Ela sorri e se vira para Summer, gesticulando palavras sem som que eu não consigo ver.
Summer a ignora.
— Pode ir. — Ela me dispensa como se eu fosse uma criança irritante.
Tento de novo.
— Uma chance.
— Não.
O que preciso fazer? Eu nunca tive que lutar tanto para ganhar a atenção de uma garota. A maior parte do tempo, nem tenho que tentar.
— O que você fez? — pergunta a amiga dela.
— Amara — avisa Summer, e as vejo terem uma conversa silenciosa. Amara junta os lábios antes de me dar uma olhada de cima a baixo, então abre a porta com um olhar empático.
Eu não me movo, e vejo um pequeno sorriso nos lábios dela.
— Ela disse não, bonitão.
— Vamos, Amara. Não acha que eu mereço uma chance de compensar minha mancada?
Ela gira uma trança ao redor do dedo, com os olhos pousando nas flores na minha mão.
— Você vai no velório de quem?
Eu dou um olhar esquisito para ela.

— Quê?

— Está segurando uma coroa de flores. Tipo, pra velórios — explica ela.

Agora que realmente olho para as flores, percebo que já vi algo assim antes. Isso explica todos os olhares e condolências que recebi no caminho. Tento me recuperar.

— Estou mostrando o quanto eu sinto muito.

Ela ri com uma expressão contemplativa.

— Você vai precisar disso quando ela acabar com você. — A ameaça sinistra deveria me fazer sair daqui, mas, quando ela fecha a porta, o triunfo curva meus lábios. — Boa sorte. Eu não vou entrar nessa — declara ela, voltando para o quarto.

Bem, lá se vai meu plano.

Viro para a garota raivosa que está digitando intencionalmente alto no laptop. Com a coroa de velório na mão, me aproximo dela como um homem chegaria perto de um leão. Lentamente erguendo os olhos, ela me vê pegar seu laptop e colocá-lo na mesa de centro.

— Me deixe ajudar você com o projeto.

— Não preciso de sua ajuda. Eu posso facilmente ir até o time de basquete e conseguir o capitão deles.

Não há dúvida quanto a isso. Ele se jogaria aos seus pés, se ela quisesse. Minha contenção de danos está falhando.

— Faço o que você quiser. Quer assentos bem do lado do rinque? Ou posso conseguir um encontro com um dos caras pra você. Que tal Eli? Todas as garotas adoram o Eli.

Ela não parece impressionada e cruza os braços.

— Você acha que o equivalente de inserir você na minha pesquisa é sentar do lado do rinque e ir num encontro com um dos seus colegas de time?

Dou de ombros com ar inocente.

— Eu nunca fui a um jogo de hóquei da Dalton e não pretendo ir.

Em rota de colisão

Recuo a cabeça de surpresa, porque todo mundo na Dalton ama hóquei. Especialmente as mulheres. Metade das nossas arquibancadas são preenchidas com elas.

— Você não é fã?

— Vocês não fizeram nada pra me tornar fã.

— Provavelmente porque você não me viu jogar... ou sem camisa. — A piada não tem o efeito desejado. Em vez disso, o olhar dela fica mais sério. — Tudo bem, tem alguma outra coisa que eu possa fazer?

— Você está perdendo seu tempo. Tenho certeza de que pode convencer Kilner a esquecer o que quer que ele esteja usando contra você.

— Eu não estou fazendo isso por ele — digo com sinceridade. A questão é encontrar o equilíbrio e apoiar meu time, independentemente das merdas que eles fazem. — Pelo menos vai pensar no caso?

Ela ergue o queixo.

— Tá bom. Vou pensar.

Sem querer lhe dar mais motivo para rescindir a oferta, eu sigo para a porta.

— Você não vai se arrepender.

— Eu ainda não disse sim.

Eu sorrio.

— Mas vai dizer.

5
Summer

Aos doze anos, entrei na natação exclusivamente para irritar meu pai, mas, por algum milagre, acabei me apaixonando pelo esporte.

Minha mãe me levava às competições, e meu pai tentava me distrair com novos patins de gelo. Nunca funcionava, mas eu encarava aqueles patins por horas. Ultimamente, quando o gosto amargo se intensifica na minha boca, a água fria me afasta dos pensamentos.

Mehar Chopra, uma das atletas do time de natação da Dalton, me empresta uma chave para eu usar a piscina fora das horas de abertura. Se você não é atleta da NCAA, a Associação Atlética Universitária Nacional, não tem permissão para fazer isso, mas, para a minha sorte, eu a ajudei a passar na prova de estatística no ano passado e somos amigas desde então.

Termino minha última volta com os braços queimando e cãibras nas panturrilhas e saio da água antes que o pessoal da tarde chegue. Depois de tirar o maiô molhado, confiro o celular.

Pai – Duas chamadas perdidas.

Uma ligação dele sempre me faz cair numa espiral em que me pergunto se sou uma filha de merda que está se agarrando a um ressentimento idiota ou se meu silêncio é válido. A primeira chamada veio cedo pela manhã, e eu a ignorei até agora. Até ver a mensagem que diz: "Ligue pro seu pai, Sunshine".

Não percebo que estou segurando o fôlego até ficar atordoada. Falar com ele arruinaria um dia perfeitamente bom, então ignoro a mensagem também. Termino de secar o cabelo e meu telefone toca tão incessantemente que eu já sei quem é. Só há uma pessoa que não entende o significado de uma notificação de chamada perdida.

— Às vezes acho que estou enganada e não tenho uma filha na faculdade, porque tenho certeza de que minha filha pelo menos ligaria para mim.

— A gente se falou ontem, mãe. — Divya Preston tem uma tendência a exagerar. Eu luto contra a vontade de fingir que perdi o sinal enquanto sigo para o refeitório para almoçar.

— É tempo demais — diz ela, teimosa. — Seu pai disse que você não retornou as ligações dele. Ele não escuta sua voz há meses.

Minha mãe também tem a tendência a fazer meus ouvidos sangrarem.

— Ele pode ouvir o voicemail.

— Seu silêncio não é legal.

Dou um suspiro pesado.

— Você não pode me culpar por não querer falar com ele. — Moro fora de casa desde os dezoito anos, só volto ocasionalmente nas férias. No entanto, parei de ir para casa nessa época também, porque ver meu pai fingir que somos uma família feliz deixa um gosto amargo na minha boca.

— Não culpo, mas ele está se esforçando para ter um relacionamento com você. Suas irmãs viram essa mudança nele. Você pode pelo menos tentar. — Ele levou dez anos para querer *tentar*. — Ele te ama, Summer.

As palavras azedam como leite no meu estômago. Meu pai não consegue nem dizer a palavra *amor*, muito menos senti-la. Pelo menos não por mim. Ele ama minha mãe em todos os sentidos da palavra. Eu cresci com o amor deles sufocando o espaço ao redor enquanto eu ansiava por uma migalha dele. Até que percebi que ele não pertencia a mim. Não ao bebê que eles tiveram aos dezoito anos e que quase descarrilhou a carreira de hóquei do meu pai. Muito menos à filha mais velha que tem coisas demais a dizer e não tem medo de querer uma vida melhor para as irmãs.

— Claro — murmuro enquanto pago pela comida.

— Que tal um jantar? Podemos passar em Bridgeport. Eu faço seus doces preferidos.

Ela conhece meu fraco por gulab jamun.

— É meu último semestre, eu não posso fazer uma pausa bem no meio.

— Tudo bem, então durante a semana de férias da primavera.

— Claro — digo, concordando. — Ligo mais tarde pra você, mãe.

— Fale com seu pai!

Quando chego na sala, só tem um lugar vazio lá em cima. A caminhada pelo campus e agora até o topo do auditório sufocante me deixa bufando e arquejando. As quatro horas de sono e uma caixa inteira de chá deixaram meu humor bem mais acalorado que o normal. Mal estou me aguentando em pé quando chega o intervalo, com duas horas de aula ainda pela frente. O lápis na minha mão está prestes a se quebrar ao meio quando alguém puxa a cadeira ao meu lado.

— Oi, Summer — diz Kian Ishida alegremente, sentando perto demais de mim.

Olho para ele.

— Oi.

— Você está meio deprimida pra alguém que se chama *verão*.

— Nunca ouvi essa antes. — Eu me viro, mas o olhar de Kian continua a aquecer meu rosto.

— Podemos conversar?

Ergo os olhos com o tom sincero dele e contenho minha irritação.

— Podemos.

— Eu ouvi sobre o seu projeto. Se o Aiden não ajudar você, ele vai ficar em observação acadêmica, e, considerando que

Em rota de colisão 47

você estuda esportes, deve saber como seria uma merda se perdêssemos nosso capitão.

Ergo uma sobrancelha. Aquele cara realmente não desiste. Primeiro vai no dormitório, depois manda o amigo falar comigo?

— Você é quem, o lacaio dele?

— Colega de time, melhor amigo. Qualquer um dos dois. — Ele sorri, nem um pouco ofendido. — Sério, eu sei que ele é um idiota, mas se você pudesse reconsiderar...

— Você acabou de chamá-lo de idiota. Por que eu iria querer ele no meu projeto?

— Porque ele é sua única chance de entrar no programa. — Como caralhos ele sabe disso? Meu plano de criar uma proposta alternativa fracassou. Foi quando Shannon Lee saiu bufando do escritório de Langston depois de tentar fazê-la retirar seu ultimato. Joguei minha proposta alternativa no lixo e saí correndo de lá. — Como eu sei disso? Tenho meus métodos, Sunshine.

— Não me chame assim.

— Desculpe — diz ele. — Olha, você é superinteligente e com certeza pode achar outro jeito, mas a gente precisa disso. O time está pronto a ajudar de qualquer forma.

Eu me animo.

— O time inteiro?

— Aham, contanto que você deixe o Aiden participar. Ele é um cara legal e você logo vai descobrir isso.

— Estamos falando do mesmo cara? Porque o que eu conheci insultou minha carreira e disse que não era cobaia pra minha pesquisa.

Ele se encolhe.

— Parece bem pior quando você explica assim, mas as intenções dele são puras.

— Você pode guardar o discurso pra quando for padrinho de casamento dele.

— Ele é um cara autêntico — argumenta Kian.

— Deixe eu adivinhar: ele salva gatinhos de prédios pegando fogo no tempo livre?

Os lábios dele estremecem.

— Escuta, ele pode ser meio intenso no começo, mas é o cara mais legal do mundo. Nosso treinador está puto com ele por causa das festas, mas não foi culpa dele. Como é o capitão, ele garante que a gente fique dentro dos limites. O único motivo de ter relaxado é que os caras estavam passando por um período difícil em casa, e Aiden não queria que eles perdessem um lugar onde podiam esquecer seus problemas.

Ele deve ver meu olhar suavizando, porque continua.

— Ele me mataria por contar isso a alguém, mas é o mesmo cara que arranjou um emprego no primeiro ano pra pagar minha mensalidade quando meu pai morreu. Eu teria perdido minha vaga aqui quando fui pro Japão, mas ele me contou que eu tinha recebido um auxílio da faculdade.

O murmúrio da sala cessa e todas as cabeças se viram para o professor Chung, que retoma a aula.

— Pode considerar?

Meus olhos viram para Kian de novo e me vejo assentindo. Meu foco sumiu, então passo o resto da aula terminando minha proposta. Meros dez minutos depois da aula, estou estacionando na entrada da casa do hóquei.

Enquanto subo os degraus, Eli Westbrook sai pela porta da frente. O único motivo para eu saber o nome dele, apesar da minha política de não conhecer atletas universitários, é que em uma das festas no ano passado ele se certificou de que todo mundo chegasse em casa em segurança. Isso incluiu levar pessoalmente para casa pelo menos trinta alunos de carro. Um desses alunos era uma Amara muito bêbada que jura que se apaixonou por ele naquela noite.

— Ei, o Aiden tá aqui? — pergunto.

Eli entorta a cabeça, curioso, quando me vê.

— Deve estar. Entre. — Ele destranca a porta. — Lá em cima, primeira porta à esquerda.

A casa é surpreendentemente arrumada, considerando que eles organizam festas frequentemente. Há um cheiro leve de suor e álcool ainda fresco no ar, mas suponho que esteja entranhado nas paredes.

Bato na porta e dou um passo para trás, mas não escuto nada. Fico impaciente, então bato com mais força. Paro brevemente com hesitação, antes de empurrar a porta suavemente.

O quarto de Aiden está banhado nas sombras do brilho de uma vela tremeluzente. Quem teria pensado que o capitão estudava à luz de velas?

— Esperei você o dia todo — ronrona uma voz sensual.

Congelo, com um arquejo preso à garganta.

Pelada. Completamente pelada.

Tem uma garota deitada na cama de Aiden, com chantilly cobrindo o topo das coxas e os mamilos, e uma tigela de morangos na mesa de cabeceira. Quando solto um som engasgado, os olhos dela encontram os meus e ela grita, me fazendo recuar até bater numa cômoda.

— Ai, meu Deus! Desculpe!

Saio correndo. Quando estou prestes a disparar escada abaixo, topo com alguém. Alguém muito rígido, com um peito quente.

Tropeço para trás e vejo Aiden me olhando com preocupação em suas feições impressionantes. Ele é irritantemente perfeito com sua estrutura óssea larga e lábios carnudos.

— Tudo bem? — pergunta ele.

Meus olhos ainda estão arregalados, e tenho que fisicamente me lembrar de piscar.

— Tudo — digo com a voz esganiçada.

Ele olha para a porta do quarto dele.

— Você estava no meu quarto?

— Quinta-feira — declaro, ignorando a pergunta. — Nossa primeira sessão. Nos encontramos no rinque.

O rosto inteiro dele se ilumina.

— Estou dentro? — Ele dá um passo para a frente como se estivesse prestes a me abraçar, mas para quando eu dou um passo para trás e pigarreia. — O que fez você mudar de ideia?

O discursinho de Kian teve muito a ver, e quando olho para Aiden sei que Kian não estava mentindo. Tem algo nos olhos dele que me faz acreditar em tudo aquilo.

— Seu desespero — digo em vez disso.

— Pena? Aceito. — Ele dá um sorriso largo.

Aperto os lábios reprimindo um sorriso.

— Não fique mal-acostumado, estou de olho em você.

O rosto dele se contrai, como se estivesse irritado com o comentário. Mas, quando a porta do quarto se abre com um rangido, nossa atenção passa para a garota, com o chantilly derretido escorrendo.

Aiden esfrega a nuca com um olhar encabulado. Suas orelhas ficam um pouco rosadas, e fico fascinada ao ver Aiden Crawford sentir-se um pouco constrangido. A garota é muito bonita e está completamente nua. Seria de imaginar que ele sai anunciando por aí o fato de transar toda hora.

Antes que ele possa me dar uma explicação que eu não quero ouvir, desço as escadas depressa.

Chega a quinta-feira e eu me arrependo de cada passo que dou em direção ao rinque gelado. No gelo liso, ouço o assobio de um disco batendo na rede.

Aiden está tão focado que não repara em mim ao lado do rinque de gelo acenando para ele. Seu talento nato é visível no jeito que se move, como se nem estivesse se esforçando. Os músculos das suas costas evidentes sob a camiseta apertada.

— Aiden! — chamo, mas ele não vira.

Então tento de novo, mais alto dessa vez. Ainda sem resposta.

Eu tinha reservado uma hora para nossa reunião, e um segundo além disso vai significar que mal vou conseguir compensar o sono que perdi essa semana. Resmungando, faço a única coisa que achei que jamais faria: vou até a sala de equipamentos de reserva e pego um par de patins surrados. Ficam apertados demais e meu tornozelo parece ter algo de errado. Só o ato de atar os laços faz algo se revirar no meu peito. Desesperadamente afasto a lembrança de calçar patins por dez anos para patinar com meu pai.

Deslizo no gelo toda enferrujada enquanto Aiden faz os exercícios rapidamente.

— Ei — chamo enquanto me aproximo, mas ele só manda outro disco voando. Irritada, bato no ombro dele para chamar atenção. — Crawford!

Quando ele gira, estou perto demais dele, porque seu cotovelo bate no meu ombro, me desequilibrando. Eu grito e caio no gelo, minhas costas recebem a maior parte do impacto, poupando minha cabeça de bater no chão. Pensar no meu crânio rachando faz um arrepio subir pelo meu corpo. Tinha um vídeo circulando ano passado de uma patinadora artística da Dalton arrebentando o crânio no gelo nas Olimpíadas. Desde então, só o ato de pisar nos rinques da universidade sem capacete significa ouvir um sermão dos funcionários.

— Caralho, você tá bem? — pergunta Aiden, tirando os fones de ouvido. — Não ouvi você.

— Tudo bem — murmuro, ainda deitada no gelo.

A preocupação dele ameniza quando ouve meu tom.

— Se não sabe patinar, eles guardam os cones das crianças bem ali.

— Muito engraçado. Eu patino perfeitamente bem. — Limpo o gelo das coxas. — Provavelmente poderia derrotar você numa corrida.

Aiden olha para mim achando graça.

— Me derrotar? Você está literalmente caída no chão!

Ele me oferece a mão, mas eu me levanto sozinha. Quando recupero o equilíbrio, olho nos olhos dele.

— Tá com medo? — digo
— Por você? Sim.
Eu continuo o encarando.
— Sério? — pergunta ele, num tom pasmo.
Assinto.
— Qual é a aposta?
— Que eu vou ganhar a corrida. — Um exagero de que me arrependo assim que o digo. Sou confiante, não idiota, mas agora o rosto convencido dele é desafiador o suficiente. Mesmo que eu não consiga andar amanhã.
— Eu só jogo se tiver um prêmio.
Sério, ele é um apostador ou algo do tipo?
— Tudo bem. Se eu ganhar... — Penso um pouco e sorrio. — Você tem que concordar em fazer tudo que eu sugerir durante nossas sessões sem reclamar.
Ele cerra a mandíbula, e eu sorrio, sabendo que o peguei.
— E quando eu ganhar, você vai dizer ao treinador que fui tão maravilhoso que você completou a pesquisa mais cedo.
Meu queixo cai. Tenho simplesmente trabalho demais para fazer. Questionários e avaliações demais para completar. Nunca que poderia produzir resultados precisos sozinha.
— Mas isso não é possível.
— Tá com medo? — ele repete minhas palavras.
Cerro os dentes para me impedir de fazer um comentário insolente. Quase me recuso a competir, mas o sorrisinho arrogante dele me faz apertar os punhos e lembrar exatamente por que eu não gosto de jogadores de hóquei.
— Que seja. Eu vou ganhar, de toda forma.
A risada baixa dele roça a minha pele.
— E dizem que *eu* sou arrogante.
— *Confiante* — corrijo.
Isso o faz sorrir mais largo, e eu o ignoro para patinar até as paredes do rinque.
— Direto até o outro lado?

Em rota de colisão 53

— É — diz ele, mas ainda não coloca as costas contra a parede.
— Pronto...
— Capacete.
— Hein?
— Coloque um capacete, ou não vamos fazer isso.
— Você não está usando — acuso. — Sua cabeça gigante é feita de aço?
— Eu sei que consigo não arrebentar a cabeça. Já você, não tenho tanta certeza.

Eu bufo.

— Bem, que pena, porque eu não tenho um.

Eu realmente deveria colocar um capacete. Depois de assistir àquele seminário sobre disfunção cerebral no semestre passado, sei que não deveria comprometer a saúde do meu crânio.

Aiden se vira e pega algo atrás da rede.

— Aqui.

Encaro o capacete na mão dele. Não é daqueles com uma gaiola, e sim o com visor que eles usam nos treinos.

— Como minha cabeça vai ficar firme no seu capacete?
— Melhor que bater ela desprotegida no gelo.

Relutantemente, eu o pego das mãos dele e hesito antes de permitir que o negócio toque meu cabelo.

— Para sua informação, está arruinando meu cronograma de lavagem de cabelo.

Ele me dá um olhar impassível, como se minha saúde capilar fosse a última coisa que o preocuparia. O capacete pende meio solto, fornecendo pouquíssima proteção, prestes a tombar.

— Aperte — diz ele, apontando a fivela.
— Eu apertei. — Puxo a alça com força.

Ele solta o ar e patina até parar a alguns centímetros de mim. Está tão perto que consigo sentir seu aroma limpo enquanto assoma sobre mim. Como ele consegue não ter um cheiro nojento, eu não sei. Se o vestiário é uma indicação de como os jogadores de hóquei fedem, ele é uma anomalia.

Ele está olhando para mim enquanto arruma o capacete. Seus olhos são quase hipnotizantes, e consigo ouvir um coro na minha cabeça pedindo que desvie o olhar. O verde parece castanho nas beiradas, com pontinhos dourados espalhados. Quando ele afasta meu cabelo do rosto, eu desperto do transe.

— Se você puxar a alça esquerda, ele fica mais apertado — explica ele, demonstrando. — Deve ficar bem embaixo do seu queixo. — Ele ajeita o melhor possível. — Está bom?

Assinto.

Ele patina para trás.

— No três.

Nós pegamos impulso na parede depois da contagem e disparamos pelo gelo. Ele é rápido. Insanamente rápido. Começo a me perguntar por que achei que poderia vencer uma corrida contra um atleta da primeira divisão — especialmente dado que a última vez que patinei foi muitos anos atrás. Minhas pernas queimam após algumas passadas. Meus olhos não estão fazendo um bom trabalho tentando focar a linha de chegada. Em vez disso, eu o vejo se mover como um raio, e é aí que tropeço num buraco no gelo.

O gritinho que sai de mim deve alcançar os ouvidos dele, porque escuto suas lâminas arranhando o gelo antes de eu cair no chão. De novo.

Sou lembrada que proteção para a cabeça é muito necessária, especialmente quando o capacete amortece o impacto quando caio. A não ser pelo meu orgulho ferido, acho que estou bem quando Aiden se ajoelha ao meu lado.

— Caralho, isso pareceu feio. Você se machucou? — A mão fria dele desliza até a minha nuca para me erguer. — Que dia é hoje? — pergunta ele de repente.

Não bati a cabeça com força o suficiente para precisar de uma avaliação de concussão. Estou mais preocupada com o jeito como minha calça legging nova está encharcada.

— Eu não tenho uma concussão.

Em rota de colisão 55

— Só responda. — Uma nota de preocupação transparece na voz calma dele.

— Quinta-feira.

Enquanto ele faz as perguntas, percebo que tecnicamente ele ainda não venceu. E eu não perdi. Segurando o sorriso que começa a desabrochar com a ideia, permito que ele me levante do chão.

— Onde você está agora? — continua ele quando me levanto.

— Encarando sua cabeçona. — digo antes de virar e sair em disparada, usando cada músculo no meu corpo para obter uma vantagem.

Aiden grita meu nome antes que seus patins arranhem o gelo. Rápido. Meu corpo queima e estou tão perto que consigo sentir o gosto da maldita parede. Não olho para trás, com medo do que um único olhar pode me custar.

6
Aiden

Eu perdi.
Sou o jogador de hóquei mais rápido da NCAA e perdi para uma aluna de psicologia esportiva de 1,67 metro que odeia hóquei.
— Puta merda! Eu ganhei! — Summer patina ao meu redor.
— Você parece surpresa pra alguém que estava tão confiante — resmungo.
— Porque você é um atleta universitário. Faz isso todo dia e eu ganhei de você! — Ela dá uma voltinha cambaleante, sorrindo largo. Sua legging molhada atrai minha atenção, a área manchada destacando a bunda. Afasto os olhos antes que ela repare que estou encarando. — Por favor, diga que eles têm câmeras aqui. Preciso da gravação.
— Pra quê?
— Propósitos futuros.
Chantagem.
— Isso também significaria que gravaram você trapaceando — digo.
Ela abre a boca exageradamente.
— Trapaceando? Eu nunca trapaceei na minha vida. — Ela para na minha frente e uma lufada súbita de algo doce me atinge. — Você decidiu parar e estava um segundo atrás de mim. Foi uma corrida justa.
— Depende. Se você define justa como fortemente enviesada a favor de uma pessoa — eu digo, e ela me encara

impassível. — Tá bom. Você ganhou. Eu vou fazer suas sessões sem reclamar.

Sinceramente, mesmo vencendo, eu teria feito qualquer coisa que ela quisesse. Foi um milagre Summer ter me deixado participar do projeto, para começo de conversa.

— Não aja como se estivesse me fazendo um favor. Eu posso ter tirado vantagem de uma distração, mas admita: no final foi justo.

Suspiro.

— Foi justo.

Satisfeita, ela patina até a saída e seguimos para o escritório do treinador. Ele vai nos deixar usar a sala contanto que não toquemos em nada. Depois que preencho a autoavaliação preliminar, ela a lê.

— Sua graduação secundária é em literatura inglesa?

Assinto. Segui o caminho responsável e escolhi economia como graduação principal, mas decidi fazer uma secundária que fosse gostar, portanto literatura inglesa.

— Então você gosta de ler?

— Gosto.

— Tipo, livros de verdade?

Eu lhe lanço um olhar seco.

— Quer dizer aqueles blocos de papel? Ah, não, nunca segurei um desses, muito menos li.

Ela ignora o comentário sarcástico e corre os olhos pelo papel.

— Você deixou esse item em branco. Qual é o seu plano para daqui a cinco anos?

— Não tenho.

O rosto dela é tomado por surpresa.

— Para três anos?

— Também não.

— E o hóquei? Você não tem um time dos sonhos em que queira jogar?

— Já assinei o contrato com eles.

O Toronto Thunder assinou um contrato de entrada básico de três anos comigo poucos meses atrás, o que significa que vou jogar com eles no final da primavera. Eli assinou com eles um mês depois de mim, então vamos juntos para lá.

— E metas pessoais?

Não faço ideia do que ela quer de mim. Eu vivo e respiro hóquei desde os quatro anos, não tem mais nada em que queira focar. Nunca namorei ninguém na faculdade porque, entre jogar, estudar e ser um pai em tempo integral para o resto dos caras, não sobra tempo para nada.

— Talvez ajude se eu der um exemplo — sugere ela. — Eu tenho planos para cinco, dez e vinte anos.

Caralho, ela é maluca.

E percebe minha reação.

— Não olhe pra mim como se eu fosse louca. Eu só sei exatamente o que quero.

— A vida é imprevisível. Você não pode planejar tudo. — Isso eu sei por experiência.

— Eu posso. Quando era criança, já era apaixonada por psicologia. Amava tudo sobre o assunto, a ponto de ter um plano de vida detalhado aos oito anos. Aos dezessete, eu ia me formar no ensino médio e me mudar pra cá, com uma bolsa integral para a Dalton, e então completar o programa acelerado de graduação e entrar no mestrado.

Eu a encaro.

— Você pensou nisso aos oito anos?

— Pensei.

Jesus. A única coisa na minha cabeça aos oito anos era por quanto tempo minha mãe me deixaria jogar hóquei antes do jantar.

— E se você não entrar?

Ela me encara como se eu a tivesse ameaçado.

— Eu vou. Tenho uma única chance e não vou deixar nada nem *ninguém* me atrapalhar.

Tento cortar a tensão.

— Mas você praticamente já fez tudo isso. Qual é o seu plano agora?

— Depois do mestrado e do doutorado, quero trabalhar com atletas olímpicos como psicóloga esportiva. Aí provavelmente vou me casar com um contador e ter dois filhos, um menino e uma menina.

— Um contador? Você curte caras carecas que prefeririam se engasgar com o café do que sentar num cubículo? — Nem vou tocar no fato de que ela já sabe os filhos que quer ter. Provavelmente sabe qual será o signo deles também.

— Eles são bons em matemática. Pessoas que se destacam nos campos de exatas geralmente são mais bem preparadas para parcerias duradouras.

— Então você quer se casar com um robô.

— Eu quero me casar com um homem estável.

— Um homem estável que provavelmente não vai fazer você gozar. — As palavras voam da minha boca antes que eu consiga pensar duas vezes. Para meu alívio, ela as ignora, mas não antes de revirar os olhos.

— Enfim, esse é o meu exemplo. Sua vez.

— Não tenho um plano. Eu vou pra liga nacional de hóquei, vou jogar o meu melhor, e com sorte ganhar uma Copa do Mundo de Hóquei.

— E depois disso? Quer ter uma família?

— Não está nos meus planos no momento.

Quando você vive e respira hóquei, não dá para se preocupar muito com outras coisas. Todas as minhas energias são dedicadas a garantir que eu não decepcione ninguém: meus colegas de time, treinadores ou família.

— Então suas únicas metas são o hóquei e... — Ela finge checar suas anotações. — O hóquei?

— Exatamente. É por isso que não passo um dia sem treinar.

A feição dela se transforma por conta da surpresa.

— Você treina até nos finais de semana?

Eu me recosto na cadeira, assentindo.

— Tenho que garantir que eu esteja sempre em forma. Vou para a liga nacional em alguns meses.

A expressão dela é incrédula. Summer leva vários segundos para formular uma frase.

— E acha que trabalhar sete dias por semana é bom? Quando você descansa?

— Descanso bastante depois do treino e geralmente tenho oito horas de sono.

— Isso não é saudável, Aiden.

Eu não preciso da preocupação dela. Já ouvi coisas do tipo o suficiente de todo mundo ao meu redor.

— Está funcionando perfeitamente bem pra mim.

— Mas...

— Acabamos aqui? Eu tenho que acordar cedo para mais um trabalho voluntário — digo com uma falsa animação.

Uma pontada de culpa me atinge quando a expressão dela desaba, e sinto o impulso de preencher o silêncio tenso. Summer reúne as coisas e sai do escritório tão rápido que mal tenho tempo para pensar. Quando a sigo porta afora, ela murmura um tchau apressado, as portas pesadas se fecham, e ela parte na direção oposta. O ar frio atinge meu rosto enquanto enfio minha jaqueta e dou uma olhada na roupa nada apropriada dela. As leggings ainda meio molhadas e o suéter fino não foram feitos para o clima de janeiro em Connecticut.

— Cadê o seu carro? — grito para ela.

— Eu vim a pé. Meu dormitório é logo ali. — Ela aponta na direção do prédio mais próximo ao campus.

— Eu dou uma carona pra você.

— Não precisa — diz ela, tentando domesticar o longo cabelo castanho que voa na direção do vento.

— Deixe eu dar uma carona pra você.

Ela me encara.

Eu a encaro de volta.

Quando parece que ela vai preferir ficar aqui fora e congelar sob o vento gélido, suavizo meu olhar.

— Por favor? — Quase não reconheço minha voz, mas essa garota é teimosa demais e eu não quero que ela volte para casa sozinha, a pé, tão tarde.

Ela aceita e me segue até a caminhonete.

— Esse é o esportemóvel padrão para atletas?

Com o clique de um botão, os faróis pretos F-450 acendem.

— Vejo que você é fã de estereótipos de hóquei.

— É mais uma experiência empírica. Tudo que falta agora é uma playlist country pra completar.

Abro a porta para ela e tento ajudá-la com a mão na cintura, mas ela me dá um tapinha e sobe sozinha. Deslizando no meu banco, deixo o ar quente estourar pelas saídas de ar e ligo o aquecedor de assento para as coxas molhadas dela. Quando meu Bluetooth conecta, a primeira canção começa a tocar e, para o meu enorme prazer, é uma música country.

Ela ri de repente, me obrigando a olha-lá para realmente absorver o som. Achei que uma risada de Summer Preston seria a última coisa que eu ouviria. Tentei brincar com ela a noite toda e nada, nem um sorriso. Mas agora que sei como é o som, quero que aconteça mais vezes.

Ela olha ao redor da caminhonete com uma careta.

— Tem um cheiro bom aqui dentro.

— Você geralmente anda em carros fedidos?

— Não, só quis dizer que seu equipamento provavelmente está no banco traseiro.

Balanço a cabeça.

— Está na caçamba. Não posso ter meu banco traseiro cheirando mal.

Ela bufa. Não é bem uma risada, mas quase.

— Você namorou um jogador de hóquei ou algo assim? — eu me vejo perguntando quando dirijo pela rua.

Ela olha para a janela.

— Ou algo assim.

Ex-namorado, com certeza. Claramente, sua aversão ao esporte se deve a uma má experiência. Não pode ser só porque ela não gosta de mim.

O resto do nosso trajeto é silencioso até eu parar no alojamento dela. Ela sai e vai depressa até a porta antes que eu tenha uma chance de acompanhá-la. Eu a observo entrar quando meu celular vibra no console. Respondo imediatamente. Ninguém em sã consciência gostaria de perder uma ligação de Edith Crawford.

— Oi, vovó.

— Você recebeu meu pacote? Eu fiz Eric mandar pelo correio — diz ela.

— Aham, todos os caras adoraram. Vou mandar as fotos para você.

Ela fez suéteres para o time e não quis ouvir ninguém, nem suas mãos com artrite, enquanto passava os últimos meses tricotando. Disse que era algo para fazer além de focar a lanchonete deles.

Faz um tempo que não visito minha casa em Providence, mas meus avós entendem que minha agenda é tão cheia que eu mal tenho tempo para respirar. Pedir que venham para os jogos não parece certo, especialmente porque é difícil para eles conciliarem viagens com a lanchonete.

A última vez que eu tive familiares nas arquibancadas foi quando tinha treze anos e meus pais vieram. Me lembro da sensação como se fosse ontem. Eu estava radiante, e foi uma das melhores partidas que já joguei. Tão boa que fui recrutado para o time nacional juvenil com menos de quinze anos. Também foi o último jogo que meus pais assistiram, e, embora as arquibancadas estivessem cheias de fãs aos berros usando a camisa do meu número, nunca mais foi a mesma coisa. Tenho a sensação de que nunca será.

— Ótimo, só queria confirmar. Você vai vir pra casa na semana de folga?

Em rota de colisão 63

As férias de primavera parecem tão distantes que eu nem pensei sobre isso. A única coisa em minha mente é garantir que a gente chegue nos torneios classificatórios sem que ninguém seja expulso, suspenso ou colocado em observação acadêmica. O que é mais difícil do que parece quando o pessoal está determinado a fazer coisas imbecis.

— Vou, sim.

— Seria legal você trazer uma convidada um dia desses.

Minha avó não é sutil com suas perguntas, então sei o que ela quer ouvir. Faz dois anos que ela me azucrina em relação a uma namorada, dizendo que está ficando velha e que eu deveria usar minha boa aparência para algo além de *curtir a vida*.

— Vou só eu. Mas aviso se alguma coisa mudar.

— Sabe, gostaríamos de estar lúcidos o suficiente pra conversar com a garota que você trouxer pra casa.

Eles amam usar a cartada da terceira idade, embora sejam as duas pessoas de setenta anos mais ativas que eu conheço. Eles estariam nas montanhas, fazendo trilha, se não fosse a prótese de joelho do meu avô.

— Tenho certeza de que vocês dois estarão tão lúcidos como sempre estiveram quando esse dia chegar. — Não que vá ser cedo, porque uma namorada não é algo que já tenha cruzado minha mente, e não estou muito disposto a levar uma para casa. Ficantes casuais são a única coisa que eu consigo sustentar ao longo da temporada de jogos, mas agora até isso parece impossível.

— Como estão as coisas com o time?

— Boas. Vou treinar uma turma de crianças amanhã. — Omito o fato de que não é por vontade própria.

— Sabe, seu pai se voluntariava para fazer essas coisas quando você era pequeno. Ajudava a não perder você de vista também.

Eu rio.

— Provavelmente é o motivo pelo qual hoje não entro em brigas.

— Vamos manter assim, não precisamos que você perca dentes — diz ela, em um tom severo. — Bem, vou deixar você em paz. Me ligue com novidades empolgantes da próxima vez. Você é uma velha entediante.

— Eu tenho um monte de histórias animadas, vovó.

Ela faz um murmúrio.

— Nenhuma que precise contar pra mim, imagino. Só Deus sabe o que os jovens de faculdade andam fazendo hoje em dia.

— Eu não. Eu sou um anjo.

— Claro que é. Boa noite, querido.

— Boa noite, vovó.

7
Summer

É infalível.

Essas são as palavras que eu digo à minha terapeuta antes que ela me dê uma longa lista de motivos pelos quais minha então chamada fórmula infalível é extremamente prejudicial.

Um dos pré-requisitos para o mestrado era comparecer a uma sessão de terapia com a psicóloga do campus no último semestre. Eu era super a favor, até a gente se debruçar sobre os problemas e desencavar meus traumas de abandono. Quem disse que terapia não era divertido?

Sophia, a psicóloga, tinha muito a dizer sobre como eu lidava com relacionamentos. Aparentemente, meu plano de abandonar as pessoas antes que elas me abandonassem não era saudável. Quem diria. Ela disse que minhas únicas amigas desde o primeiro ano eram somente Amara e Cassie — além de Sampson, que não conta porque eu o conheço desde sempre — porque eu não me apego às pessoas devido ao medo de que não serei boa o suficiente para que elas fiquem na minha vida. Valeu, pai.

Assuntos pesados, mas a gente discutiu a maior parte deles. Digo a maior parte porque ainda não falei com meu pai. Sophia sugeriu que ligar para ele me daria uma sensação de encerramento sem maiores expectativas. Isso foi na nossa última sessão, porque, depois que eu completei os créditos obrigatórios, não havia qualquer motivação para voltar.

Quando alguém mergulha na piscina uma pequena onda faz a água bater no vidro da área de espera. Sentada no Centro Aquático da Dalton, eu observo as portas, esperando Aiden, que vai me encontrar aqui hoje para a sessão do dia.

Meu telefone vibra com uma mensagem das minhas irmãs. É uma foto do time de hóquei da Dalton no jogo de ontem à noite.

As Prestons

> **Serena**
> Você estuda com esses caras?
>
> Porque eles são muito gatos.
>
> **Shreya**
> Eu sabia que seu papinho de "ficar longe de caras do hóquei" era pra manter eles só pra você.
>
> Algum deles tem irmãos?

> **Summer**
> Vocês duas têm 15 anos. Controlem-se.
>
> Como conseguiram essa foto?

> **Serena**
> A gente foi no jogo com a nossa escola.
> A UofT foi massacrada pelos seus colegas.

> **Summer**
> Meu pai está com vocês?

> **Serena**
> Você não sabia? Ele está em Boston.
> É o treinador interino deles.

Meu coração afunda até o estômago. Meu pai está aqui. Bem, a algumas horas de distância, mas *aqui*. Será que veio trabalhar mais perto por conta do nosso relacionamento? Ou está fazendo isso pela carreira de novo? Faz sentido que minhas irmãs tenham escapado para ver um jogo que tenho certeza de

Em rota de colisão 67

que não deveriam ter visto. Mas o amor pelo hóquei corre fundo no sangue dos Preston, então não posso culpá-las por isso.

— Como você conseguiu isso? — A voz de Aiden me distrai dos meus pensamentos.

A luz da tarde o rodeia como se fosse uma espécie de divindade, e não sei como ele parece tão descansado depois de viajar por horas após o jogo. Eu me ofereci para remarcar, mas ele insistiu que não perdêssemos tempo. Dá pra dizer que ambos estamos ansiosos para terminar esse projeto.

— Você não é o único com conexões, Crawford.

O Centro Aquático raramente fica vazio à tarde. Precisei passar semanas memorizando horários para descobrir o melhor momento para entrar discretamente aqui. Hoje, os nadadores estão em uma competição, então a piscina está praticamente vazia.

Seguimos para os respectivos vestiários e me arrependo da escolha de biquíni quando me vejo no espelho. Provavelmente deveria ter escolhido algo mais discreto, mas esse foi o único do qual consegui encontrar as duas partes. O resto está descombinado.

Aiden está esperando por mim num banco quando saio, e seu olhar percorre minhas pernas até parar no meu rosto. Ele está usando um short de banho vermelho e mais nada, obviamente, mas fico chocada. Tentar manter meus olhos no rosto dele é um desafio, porque o cara é *sarado*.

— Sabe, se queria me ver sem camisa era só pedir, Sunshine. Não precisava panejar toda uma aula de natação.

— Não me chame assim. — A voz dele corta meus pensamentos. — Além disso, tem um monte de fotos suas sem camisa circulando na página de fofocas da Dalton. Você não é exatamente uma joia secreta.

— Se mantendo atualizada, hein? — Ele ri baixo, e o olhar não foge um milímetro do meu rosto. — Então, é pra gente fazer o quê?

— É uma alternativa. Praticar vários esportes é benéfico para atletas universitários. Também alivia a rotina de treino rigorosa a que você submete o seu corpo. — Se ele não vai aceitar meu conselho sobre descanso, vou lhe dar o mínimo de exercícios para saciar sua fome por treino sete dias por semana.

— A última vez que nadei numa piscina eu tinha quinze anos.

— Não tem salva-vidas aqui. Se você se afogar, não vou salvar você.

Ele finge estar ofendido.

— Eu sou sua pesquisa, você não pode me deixar morrer.

— Algumas baixas pelo caminho não vão prejudicar minha inscrição. — Ele me dá um olhar seco que tira um sorriso de mim. — O último que pular na piscina tem que pagar o jantar do outro! — digo antes de sair correndo.

Quando estou prestes a pular da beirada e mergulhar, o braço de Aiden enlaça minha cintura e giramos na direção da água, e ele cai de costas primeiro. Sou envolta por água com cloro e por ele. Quando emergimos, ainda estou presa contra o seu corpo rígido.

— Eu não perco, Preston — sussurra ele contra o meu ouvido.

Um arrepio involuntário percorre minha pele antes de eu me desvencilhar dos braços dele e me afastar nadando. É impressionante como meu rosto fica quente mesmo quando estou submersa em água fria.

— Acho que a vitória contra a UofT está subindo à sua cabeça.

Ele nada ao meu redor.

— E cada vitória antes dessa.

Apagar esse sorrisinho arrogante do rosto dele se tornou meu único propósito para os próximos trinta minutos. Começamos com voltas lentas até ele passar disparado por cada marcação que eu fiz. Tenho a impressão de que ele mentiu sobre não nadar muito bem.

Quando meu celular toca ao lado da toalha, saio da piscina para pegá-lo. Se um salva-vidas me visse, jogaria o aparelho na água. Dalton tem uma política rígida que proíbe celulares na piscina desde que um tocou durante uma competição e um dos nadadores chegou a parar para checar a notificação. Eles nos bombardearam com avisos sobre vício em celular e como nossos cérebros estão apodrecendo.

Atendo depressa.

— Alô?

— Espero que não esteja me evitando, Sunshine.

A voz dele faz um peso de chumbo despencar no meu estômago.

— Ando ocupada, pai.

— Ocupada demais pra sua família?

Arquejo enquanto aperto o aparelho com mais força.

— Acho que aprendi com o melhor.

Ele fica em silêncio por um momento, mas ignora a cutucada.

— Vou ficar uns meses em Boston. Gostaria de ver você.

Uma onda quente de ressentimento sobe pelo meu corpo. Aiden se aproxima pela água com olhos questionadores. Deve ter notado como estou piscando depressa.

— Não posso, estou sem tempo — eu digo, e desligo bem quando Aiden chega mais perto.

Deixo o celular cair na toalha quando ele para diante das minhas pernas. Eu seria idiota de achar que ele não vê que meus olhos estão vermelhos, e não é por causa do cloro. Antes que ele possa dizer qualquer coisa, mergulho e começo a nadar. A queimação nos pulmões ajuda a acalmar meus pensamentos. Meu pai ficou ocupado por vinte anos e agora está tentando chutar a porta que eu preguei há muito tempo. Não é justo.

Sua mão grande segura meu braço e para meus movimentos rápidos. Aiden me puxa até estarmos a poucos centímetros um do outro, com a preocupação estampada em seu rosto.

— O que aconteceu?

Balanço a cabeça.

— Nada.

— Summer.

— Eu disse que não é nada — disparo, puxando o braço.

Quando chego na beirada da piscina, ele me segue e me impede de ir embora segurando meu tornozelo. Droga, ele é persistente.

Aiden sai da água, e gotas deslizam do corpo dele como se estivéssemos em um comercial para uma revista esportiva. Enquanto isso, meus olhos estão injetados e meu cabelo bagunçado gruda no rosto.

Das janelas que cercam a piscina, os raios alaranjados aquecem nossa pele quando nos sentamos na beirada, com as pernas balançando na água, ombro a ombro. O cheiro de cloro e minha explosão constrangedora se enrodilham ao nosso redor como um barbante. Minha respiração sai pesada enquanto eu foco as gotas caindo do meu nariz para minha coxa molhada. Aiden fica sentado em silêncio, mas sua presença fala por si.

— Desculpe. — A palavra escapa tão de repente que quase tento pegá-la na mão e enfiá-la de volta à boca. A vulnerabilidade nessa única palavra é tão crua que a possibilidade de ele querer dissecar o seu significado me aterroriza. Agarro a beirada da piscina e encaro a água, evitando um contato visual. Então a mão grande dele cobre a minha, obrigando-me a relaxar os dedos apertados na parede da piscina.

— Não se desculpe por seus sentimentos. Muito menos para mim — diz ele, encontrando meus olhos. A luz do sol faz os dele, verdes, brilharem como esmeraldas, e seu cabelo molhado reluz. Ele não fala nem me pergunta mais nada. Mas alivia a constrição no meu peito com um aperto suave na minha mão, e eu o deixo fazer isso.

— Uau. — Donny joga minha proposta na mesa e se recosta na cadeira. Não é um *uau* positivo, isso fica claro pelo tom cáustico. — Sua metodologia é sem graça.

Meus ombros caem. Mandei meu rascunho para Langston e ela fez anotações em cada frase. O feedback seria útil se fossem palavras de fato e não só um monte de pontos de interrogação. Quando relutantemente mandei uma mensagem para Donny pedindo ajuda, ele passou na sala dos estudantes.

— Como assim, sem graça?

— É entediante. Você precisa de mais testes.

— Estou fazendo avaliações bissemanais e vou terminar com um teste ACSI-28. É mais do que os requerimentos obrigatórios. — As autoavaliações são perguntas que Aiden teve que responder, e o inventário de habilidades de enfrentamento de atletas será liderado pelo dr. Toor, o psicólogo esportivo do campus. É uma metodologia básica, mas facilmente demonstra tudo que eu sei e é isso que a banca quer saber.

— Só estou dando minha opinião especializada.

A frustração cava um túnel na minha pele.

— Vou ver o que posso fazer.

— Não é totalmente irremediável. Só lembre que você está se inscrevendo para um dos programas mais competitivos da Costa Leste.

Sinto um peso no estômago.

— Valeu — murmuro enquanto ele reúne suas coisas, levando sua presença estressante consigo. Quando solto o ar, a cadeira é puxada de novo e eu tomo um susto.

— Oi, Summer.

Cabelos loiros e um par de olhos castanhos me cumprimentam. Se a jaqueta esportiva não fosse o suficiente, só a silhueta do corpo dele já me diria que joga futebol americano. Connor Atwood é o *quarterback* do nosso time e amigo de Sampson, então eu o conheço desde o primeiro ano. Fora isso, nunca conversamos.

— Oi, Connor.

Ele exala, aliviado.

— Achei que você teria esquecido meu nome. — O sorriso dele é doce enquanto corre a mão nervosa pelo cabelo. — Você não se importa se eu sentar aqui, né? A não ser que esteja esperando alguém.

Não sei se é o jeito dele de perguntar se tenho um namorado. Mas, atleta ou não, preciso de uma distração.

Depois do momento esquisito entre mim e Aiden na piscina, as coisas ficaram constrangedoras — pelo menos da minha parte. Quando insisti em pagar o jantar dele depois de perder a aposta, ele me impediu. Seu olhar de pena me irritou tanto que enfiei uma nota na mão dele e fui embora. Estou torcendo para que o adiamento da nossa próxima reunião melhore o desconforto remanescente.

Trago minha atenção de volta a Connor e balanço a cabeça.

— Não. Estou sozinha.

8
Aiden

Ultimamente minhas manhãs têm começado com crianças de seis anos me jogando contra as paredes do rinque. O contraste entre minha vida de poucas semanas atrás e a de agora é uma revelação perturbadora.

— Como vai a garota? Já a irritou?

A voz do treinador flutua desde o escritório quando passo por ele após as aulas. Kilner está sentado à mesa, com os óculos apoiados na ponte do nariz enquanto trabalha no computador. Não tenho certeza se meus colegas de time abriram a boca ou se Summer reclamou sobre mim. Será que ela contou a ele sobre a coroa de velório?

Depois de nossa sessão de natação, as coisas se acomodaram em uma monotonia desconfortável — iniciada não por mim. Não sei bem por que ela está constrangida. Todo mundo tem dias ruins, e aquele telefonema acabou estragando o dela. Eu estaria mentindo se dissesse que não estou curioso para saber quem ligou. Poderia ser o ex-namorado jogador de hóquei que ela odeia? Será que o conheço? Se sim, ficaria feliz em colocá-lo na linha para ele nunca ligar para ela de novo. Os olhos injetados dela e as fungadas fizeram uma sensação de formigamento perfurar meu peito, e não gostei disso. Nem um pouco.

— Ela não me afogou. Acho que é um bom sinal.

O treinador pigarreia.

— Que continue assim. A última coisa que eu preciso é do reitor Hutchins bufando no meu cangote.

Dou um passo cauteloso para o escritório.

— Você tentou falar com ele sobre reduzir minhas horas de serviço comunitário?

Ele finalmente encontra meus olhos, e as rugas na testa se aprofundam.

— É claro. Perguntei pra ele na festa do pijama enquanto falávamos sobre nossas paixonites e dávamos risadinhas.

Vou levar isso como um não. O treinador se vira para a tela do computador, me dispensando.

A caminhada da arena e o trajeto para casa de carro foram os únicos momentos de tranquilidade que senti a semana inteira. A brisa esfria minha pele aquecida, e o céu noturno cria um pano de fundo pacífico. Mas essa sensação é erradicada assim que piso dentro de casa.

Meus colegas estão amontoados junto ao balcão da cozinha. Dylan me vê primeiro e pressiona um dedo nos lábios. Eu vejo uma gosma verde no balcão e um celular preso dentro dela.

Cole passa correndo por mim e fica boquiaberto, horrorizado.

— Seus imbecis do caralho! — Ele estende o punho para tirar seu celular do quadrado de gelatina na base do soco, mas Kian intercepta o braço dele.

— Isso levou horas, você não vai destruir. Desfrute a beleza da ciência.

— Foda-se a sua ciência, Ishida. — Cole desencava o telefone gosmento, deixando uma bagunça por todo lado.

Zoar com Cole é o passatempo preferido de todo mundo, provavelmente porque ele e Sebastian são os dois únicos alunos do terceiro ano na casa.

— Bom saber que é isso que vocês fazem com o tempo livre.

Pego uma bebida da geladeira.

— Não é tempo livre, são horas cruciais antes desta noite — diz Kian enquanto mastiga um bocado de gelatina.

Em rota de colisão 75

— O que vai acontecer essa noite? — pergunto, completamente desinteressado.

— A festa de toga? Aquela que nossa sororidade preferida dá todo ano? Meu Deus, onde você esteve?

Ele quer dizer a sororidade preferida *dele*. Elas o tratam como uma celebridade porque ele é excessivamente generoso no evento de lavagem de carro anual delas. Basta dizer que eles têm um relacionamento mutuamente vantajoso.

— Se divirtam.

Kian me encara, pasmo.

— Você tá brincando. É a Beta Phi. Aquelas garotas são quase suas líderes de torcida pessoais.

— Não posso. Vou encontrar Summer mais tarde.

Ele lava as mãos cobertas de gelatina na pia.

— Remarque. Já passou da hora de você parar de carregar o fardo da culpa por causa do negócio com Yale. Foi nossa culpa também.

Não é uma questão de culpa. Aquela confusão só deixou claro o que eu vinha tentando evitar como capitão: o fato de que não consigo equilibrar diferentes aspectos da minha vida. Enquanto crescia, eu só tinha o hóquei e a escola, e graças aos meus pais consegui manter um equilíbrio. No ensino médio, foi o luto, no qual eu falhei miseravelmente, e agora é minha vida pessoal. Ao longo dos anos, só houve uma constante na minha vida — o hóquei. Foi o que me fez superar os anos de adolescência e o que me levou a um time da Primeira Divisão de alto desempenho na Associação Nacional. Arruinar minhas chances de jogar seria um enorme fracasso.

— Summer não vai me deixar remarcar por causa de uma festa.

Kian pega o celular.

— Eu mando uma mensagem pra ela. Ela gosta mais de mim, afinal.

— Você tem o número dela? — Considero a possibilidade deles terem ficado, mas não consigo nem imaginar. Mesmo que isso explicasse o motivo de ela odiar jogadores de hóquei. No entanto, se fosse o caso, eu esperaria que o rolo tivesse sido com um cara mais babaca do time, e não com o nosso golden retriever de estimação.

— Desde o terceiro ano. Somos amigos.

Claro que são. Subo para tomar um banho e, quando saio, ele me manda um print da resposta dela.

Tudo bem. Eu remarco.

Acho que ela realmente gosta mais dele do que de mim.

Quando estou no meio da escada, paro ao ver Kian usando uma toga. Ele tem uma coroa de folhas douradas e um broche prendendo o traje.

— Você sabe que a fantasia não é obrigatória, né?

Ele passa depressa por mim.

— Só estou dando às garotas o que elas querem. Dylan pegou uma pra você. — Ele aponta para a toga sobre o corrimão.

Relutantemente, sigo para o lavabo para tirar minha calça jeans e vestir o traje branco. É melhor não discutir quando Dylan tem uma ideia para fantasias. Para o Halloween, eu fui de Branca de Neve e eles foram meus anões. Foi um sucesso inesperado.

Chegamos na festa em meio a um mar de branco. Cumprimento algumas pessoas brincando de acertar bolinhas em copos de cerveja na sala de estar. Kian some na casa assim que atravessamos o corredor, e Dylan começa a servir bebida na boca de todo mundo que passa, antes de virar outra garrafa. Os caras de fraternidade gritam incentivos para ele, entoando *D Duplo!*, e eu dou um jeito de passar depressa por eles. Eli não está em lugar nenhum, como de costume, e os dois do terceiro ano provavelmente estão fumando lá fora, onde não posso vê-los.

Após algumas rodadas do jogo dos copos, vejo Dylan conseguir ficar sóbrio de novo só para depois ficar ainda mais bêbado, até que Kian esbarra em mim com um arquejo.

— Merda — diz ele, a voz arrastada. — Você vai me odiar por isso, mas acho que devia se esconder.

Em rota de colisão 77

Quando ele tenta me empurrar para fora da cozinha, eu o seguro.

— Do que está falando?

Ele engole, com os olhos correndo ao redor freneticamente.

— Lembra que fiz aquele favorzão pra você pedindo pra Summer remarcar?

Assinto devagar.

— Bem, eu não pedi exatamente, meio que disse a ela que você estava horrivelmente doente. — Vendo minha expressão, ele empalidece. — Eu disse que era uma intoxicação alimentar! Nada muito sério. Tecnicamente, você poderia ter se recuperado.

— Você mentiu pra ela?

— Uma mentirinha de nada que jamais machucaria ninguém. Mas, só pra garantir, se esconda no banheiro ou algo do tipo.

— Eu não vou me esconder na porra do banheiro.

Ele solta o ar, exasperado.

— Caralho, por mim, vai? Ela é meio assustadora quando... — Suas palavras morrem, e ele fica pálido.

De repente, uma Summer furiosa está na minha frente, e não consigo deixar de encarar sua roupa minúscula. É um vestidinho branco que me faz engolir em seco. Mas, quando a mão dela aperta o copo vermelho descartável, lembro do meu dilema atual.

— Acho que você não está tão horrivelmente doente pra perder uma festa de sororidade, hein?

— Não é o que você está pensando — digo.

Ela me olha nos olhos, como se avaliando a verdade, antes de soltar um suspiro decepcionado. Summer se vira, e Kian xinga antes de tentar correr atrás dela. Quando ele me empurra na pressa, tropeça e derrama o líquido gosmento do copo no meu peito nu.

O lavabo tem um cheiro doce.

É tão pequeno que tenho que me espremer no espaço e quase derrubo os produtos na pia. Mas uma vantagem de alguém derrubar uma bebida em você numa sororidade é que os lavabos têm todo o necessário para se limpar.

Enquanto lavo meu abdome, a maçaneta chacoalha.

— Tem gente — murmuro, mas o chacoalhar não para. — Tá ocupado — digo mais alto.

Ainda assim, quem quer que seja não para. Finalmente, abro a porta para mandar a pessoa ir se foder, mas uma garota tropeça para dentro do banheiro direto contra mim.

— Ai, meu Deus! — As mãos dela deslizam pelo meu abdome molhado até meu peito. Ela aperta.

Porra de sororidades.

— É você mesmo! Podia jurar que aquela vaca da Bianca estava mentindo, mas é você mesmo!

— É. — Afasto as mãos dela. — Volte mais tarde. Estou usando esse banheiro.

Ela se desvencilha do meu aperto frouxo e agarra minha cintura.

— Ah, confie em mim, podemos dar um bom uso a esse banheiro. — Ela fecha a porta com um chute. — Adivinha de que cor é a minha calcinha?

Quase engasgo com a minha saliva. É sem dúvida um jeito de chamar minha atenção. Porém, infelizmente para ela, meu foco é outra garota esta noite. Aquela centelha de mágoa que nadou pelos olhos de Summer quando ela me viu me atingiu mais forte do que eu esperava.

— Olha, você parece uma garota legal, mas...

— Resposta errada — interrompe. As mãos dela levantam a barra do vestido branco até erguê-lo totalmente. — A resposta certa é...

Ela não está usando calcinha.

Aperto a ponte do nariz para aliviar a tensão na cabeça. Não sei se vou me arrepender disso mais tarde, mas realmente preciso sair daqui.

— Eu nem sei o seu nome — digo.

— Você sempre pergunta o nome das garotas antes de transar? Bem, não, mas parecia a coisa certa a dizer.

— Eu não conheço você.

— Mas eu conheço você. — É tudo que ela diz, mas não me movo. — Ai! Tá bom. Meu nome é Crystal. Que tipo de cara pergunta o nome de uma garota quando ela tá tirando a roupa?

Nenhum. Nunca.

Quando ela se aproxima, sinto o cheiro de álcool, e é um alívio saber que ela não é louca assim quando está sóbria. Quando tento educadamente afastá-la do meu corpo e colocá-la para fora do banheiro, alguém bate na porta.

— Tá ocupado! — grita Crystal.

Ela se distrai, e consigo me espremer pelo lado e escapar.

— Desculpe, hoje não.

Não escuto o resto do xingamento dela quando fecho a porta e sigo para o andar de baixo. Estou arrumando minha toga manchada de cerveja quando vejo Summer no corredor.

Enquanto abro caminho pela multidão, vejo que ela está falando com alguém. Ele dá um passo mais para perto para colocar uma mecha de cabelo atrás da orelha dela. Ela sorri para ele, mas é um sorriso comedido. Tão comedido que sei que ela está irritada com o toque.

Quando me aproximo, ouço-o murmurar alguma coisa sobre uma bebida antes de pegar o copo vazio dela.

— Eu não perguntei o seu nome — diz ele.

— Summer. Como a estação.

O cara dá um sorriso babaca cheio de dentes brancos.

— Seus olhos são radiantes como o verão, Summer.

Contenho uma risada. Ele vai recitar um poema todo sobre os olhos dela? Esse cara é totalmente constrangedor. Para minha surpresa, ela dá uma risadinha, e um rubor pinta suas bochechas antes que ele entre na cozinha.

— Summer, como a estação? — pergunto. — O que mais poderia ser? Summer como o... nome?

Ela me dá um olhar de soslaio.

— Stalkear não combina com você.

— Não estou stalkeando. Só vim ver como você está, mas acho que Summer, como a estação, está ótima.

Ela não acha nem um pouco engraçado. Eu, por outro lado, mal consigo conter uma risada.

— Sabe, eu faço relatórios a Kilner sobre seu desempenho toda semana. Talvez jogar na final não seja uma boa pra você — diz ela, num tom falsamente doce.

Eu não deveria estar rindo. Não quando ela está irritada comigo, e muito menos quando tem minha observação acadêmica nas mãos.

Contendo a risada, me aproximo um passo. Ela fica plantada no lugar, confiante.

— O que eu posso fazer para ser aprovado?

— Pra começar, não minta pra escapar de uma sessão.

Eu me encolho.

— Desculpe. Eu não sabia que ele tinha inventado uma desculpa. Quando Kian disse que você concordou em remarcar, eu decidir vir. Nunca mentiria pra você, juro.

Ela inclina a cabeça, refletindo.

— Vou deixar isso em aberto, já que não tenho por que confiar em suas promessas.

— Então me deixe mostrar pra você que sou confiável.

O poeta em pessoa reaparece com a bebida de Summer.

— Eles só tinham cerveja.

Fecho os olhos, irritado. Os olhos dela estavam se suavizando e aquela raiva já tinha esfriado. Eu só preciso de mais uns minutos com ela.

— Valeu. — Eu pego o copo dele, viro a bebida e o enfio de volta na sua mão. — Agora chispa daqui.

Assomo sobre o cara, que fica furioso, olhando para Summer em busca de algum sinal. Ele não recebe a resposta que está esperando e vai embora com um aceno triste que me faz me sentir meio mal.

— Você quer me compensar por isso? — Summer atrai minha atenção de novo.

Ela faz a pergunta a sério, mas não consigo deixar de levar para um lado sugestivo. Como não levaria? Ela me observa de um jeito que me faz rir, e morde o lábio inferior. A parte de cima quase inexistente do vestido me deixaria meio duro se ela não estivesse tão brava.

Quem estou enganando? Já estou duro, mesmo enquanto ela me dá um olhar gélido como se preferisse me ver coberto de terra.

Engulo em seco.

— Quero.

Meus batimentos cardíacos mudam de ritmo quando ela entra na minha órbita. Na luz fraca, não consigo dizer o que ela está pensando, mas espero que combine com meus pensamentos. Quando ela ergue as mãos como se fosse deslizá-las pelo meu peito e fechar os braços ao redor do meu pescoço, fico cheio de expectativa. Não acredito que isso está acontecendo agora. Se esse é o jeito dela de me ensinar uma lição, não é uma estratégia muito boa. Eu a irritaria de novo só pela reação que explode no meu corpo quando ela está tão perto.

Mas, em vez de sussurrar que eu deveria compensá-la no quarto ou num banheiro vazio, ela recua completamente.

— Então é melhor você dormir cedo esta noite.

O sorriso que ela me dá é completamente maligno, e tenho a sensação de que o amanhã vai me destruir.

9
Aiden

A casa sempre fica silenciosa na manhã depois de uma festa. Às vezes, até conseguimos ouvir os pássaros gorjeando e ver a luz do sol encontrando um caminho casa adentro. Mas hoje essa luz é Summer Preston, e ela está atrás de vingança. E os pássaros gorjeando são um alarme estridente que me acorda com um susto. Meu travesseiro não amortece o toque vindo do andar de baixo e, quando afasto o edredom para abrir a porta do quarto, Kian está do outro lado do corredor de cueca temática do Shrek, com as duas mãos sobre os ouvidos.

— Pelo amor de Deus, faça isso parar! — grita ele.

— Estamos no inferno? — resmunga Sebastian ao pé da escada.

— Eu vou vomitar — diz Dylan, voltando para o quarto.

De repente, o barulho para e Summer aparece com um sorriso radiante.

— Bom dia, flores do dia!

Quando Kian a vê, me dá um olhar duro.

— Você ainda não aprendeu a não irritar ela?

— O que está acontecendo?

O sorriso dela é de satisfação.

— Já que você perdeu nossa sessão ontem, eu remarquei. Vamos fazer trilha!

Sebastian bufa do chão. Ele ainda está com as mãos na cabeça enquanto a espia.

— Aham, claro, acho que ainda estou bêbado.

— Kian disse que todos vocês estavam à minha disposição para esse projeto. A não ser que isso tenha mudado e vocês prefiram que seu capitão entre em observação acadêmica, vou precisar que se vistam. — Resmungos irrompem, mas Summer liga aquele alarme maldito de novo. — Vocês têm cinco minutos.

— Se eu tivesse a energia pra jogar ele do penhasco agora, faria isso — resmunga um Dylan de ressaca.

Ele lança um olhar fulminante para Kian, que conversa superanimado com Summer. Todos os caras estão pagando pelo esforço voluntário generoso dele. Eli teve sorte porque estava desaparecido esta manhã, e Cole se trancou no porão.

Tentar não olhar para a bunda de Summer nessa trilha de oito quilômetros é meu tipo favorito de tortura. Ela está usando uma legging que delineia a curva perfeita da bunda e uma camiseta de manga comprida que deixa a barriga de fora. Depois da noite passada, tem sido difícil não pensar em como ela chegou perto de mim.

— Ela é o único motivo de eu não estar em observação — digo. Dylan resmunga.

— Observação seria muito preferível a isso.

— Vamos lá, pessoal! Achei que fossem atletas da primeira divisão. — Summer dá um olhar por cima do ombro.

— Tem um motivo pra gente patinar no gelo, Summer. Se eu quisesse usar tênis e caminhar no bosque, seria um serial killer — argumenta Dylan.

Ela solta uma bufada, achando graça.

— Não é culpa minha se você bebeu até desmaiar ontem.

Pela quantidade que Dylan bebe, suas ressacas costumam ser estranhamente inexistentes. O fato de que podemos ver os efeitos hoje me diz que ele exagerou. Eu, por outro lado, só bebi uma cerveja.

— Se soubesse que você ia querer nos arrastar colina acima, eu teria maneirado. Além disso, seu problema é com Aiden. Por que torturar a gente?

— Eu não faço isso pra torturar vocês.

— Diga isso à minha bunda — grunhe. O short dele ficou coberto de terra depois de tropeçar num galho. O único que achou divertido foi Kian, que tirou fotos quando Dylan caiu. — Você também estava na festa. Bebeu um balde de café hoje de manhã pra querer fazer isso?

— Eu não bebo café, só chá — retruca ela.

— Você *gosta* de beber água quente amarga? — pergunta Sebastian, que não tinha falado nada a trilha inteira.

— Chai. Com leite e açúcar.

Dylan murmura algo baixinho enquanto tento encontrar um jeito de ficar a sós com Summer. Eu esperava pelo menos falar com ela hoje, mas Kian ficou do lado dela como uma sanguessuga a trilha toda. Tem algo em sua voz que me faz ansiar por ouvi-la. Então, quando descemos depois de uma vista anticlimática no topo, os caras vão na frente, e eu a puxo para trás.

Ela vem sem resistir.

— Eu não falei com você o dia todo. Estava pensando que esse castigo é um pouco cruel — sussurro contra o ouvido dela.

Ela vira para me olhar.

— Não falar comigo é um castigo?

— Do pior tipo.

Summer titubeia e, quando tento diminuir a distância entre nós, ela dá um passo para trás. O movimento me surpreende, e só para ver a sua reação eu avanço, e ela recua ainda mais.

— Tem medo de mim, Preston?

Ela bufa.

— Ah, claro. Você não assustaria nem um bebê se tentasse.

Folhas secas são esmagadas sob meus pés.

— Tudo bem — digo, abaixando a voz. — Então eu deixo você nervosa.

Ela engole em seco, com os olhos fixos nos meus.

Em rota de colisão 85

— Ninguém me deixa nervosa.

— Não? — Dou um passo adiante, e o pé dela bate num galho. Ela solta um gritinho quando cai para trás, mas engancho o braço ao redor da cintura dela. — Cuidado, Summer, ou vou achar que você está nervosa.

Assim que sinto seu cheiro doce, seguro-a mais firme. Ela está tão perto que algo acontece no meu peito. A sensação é tão perturbadora que a deixo ficar sobre os próprios pés de novo.

Ela dá vários passos para trás.

— Não sei o que você acha que está fazendo, mas não vai funcionar comigo. — Summer gira e pisa numa pedra torta. Sei que foi um erro no mesmo instante que ela. Seu gritinho é interrompido quando eu a seguro de novo antes que caia no chão.

— Ai, ai, ai. — Ela agarra o tornozelo e sua expressão dolorida me diz que torceu alguma coisa.

— Você distendeu — digo, erguendo-a nos braços.

— Estou b... *Caralho* — xinga ela. — Você não tem que me carregar. — As palavras mal saem da sua boca, dado o jeito como ela range os dentes com força.

Os outros caras já estão a alguns metros na frente.

— Ela está bem?

— Já cuidei disso.

Desço a colina depressa. Tão depressa que Kilner me mataria por arriscar uma lesão. Quando estamos de volta no concreto, avisto a sala de primeiros socorros, e Summer envolve os braços no meu pescoço, fechando os olhos de dor.

O interior é precário e sujo. O lugar é velho, então fico surpreso que eles pelo menos têm uma sala disponível.

— Não me largue no balcão sujo — avisa Summer.

Eu giro para agarrar um punhado de papel-toalha para colocar embaixo dela. Ela me observa enquanto pego o kit de primeiros socorros, então tiro os tênis e a meia dela, tentando virar o tornozelo para ver onde dói.

— *Porra* — sibila ela. — Tá fazendo isso de propósito?

Suavizo o toque.

— Desculpe, só estou checando pra ver se foi feio.
Ela inclina a cabeça para trás e solta um resmungo.
— Eu não ingeri cafeína suficiente hoje e você está me dando dor de cabeça.
— Achei que não bebesse café.
Ela massageia as têmporas.
— Chai. Preciso de, tipo, duas xícaras por dia. Mais se estiver lidando com você.
Ignoro o comentário e observo o rabo de cavalo alto dela. Sentindo-me corajoso, puxo o elástico do cabelo e deixo suas ondas castanhas suaves caírem ao redor dos ombros. Quando ela tenta arrancar o elástico da minha mão, eu o deslizo para o pulso.
— Talvez você tenha dor de cabeça por prender o cabelo tão apertado.
— É assim que eu gosto — declara ela.
Ergo as sobrancelhas, fazendo-a revirar o olhar.
— Eu gosto dele solto.
Ela bufa.
— Bom saber. Vou jogar fora todos os meus elásticos porque Aiden Crawford gosta de garotas com o cabelo solto.
Envolvo a atadura no tornozelo dela e ergo o olhar.
— As garotas, não. Você.
A arrogância some do rosto dela, e o vinco entre suas sobrancelhas se aprofunda. Sei que a mente dela está fazendo hora extra, mas o comentário escapou tão rápido da minha língua que não pude segurar.
— Feito — digo com calma, abaixando a perna dela. Summer imediatamente pula e estremece quando apoia o pé. — Não force por um tempo.
Ela tenta se afastar com um pulinho de novo, mas bloqueio seu caminho.
— Nem pense nisso. Só vai funcionar se me deixar ajudar você.
— Tudo bem. — Ela me deixa erguê-la de novo, e o cabelo macio roça no meu braço. — Obrigada.

10
Summer

Pela primeira vez em muito tempo alguém está orgulhoso de mim, e não sei como agir.

O dr. Müller devolve meu projeto.

— Ótimo trabalho, Summer. Se completar esses testes e encontrar uma bibliografia que sustente isso, vão implorar para que você entre no mestrado.

Suspiro de alívio. Tem sido estressante tentar estruturar esse trabalho, e saber que finalmente consegui significa que estou um passo mais perto de alcançar minha meta. Os e-mails da dra. Langston só me deram feedbacks negativos. Vim para vê-la, mas o dr. Müller, um dos meus professores de psicologia preferidos, me parou para uma conversa.

— Seria pedir muito se eu passasse minha versão final pro senhor também?

— De forma alguma. Mande um e-mail ou passe na minha sala. Ficarei feliz em ajudar. Mas você não deveria mandar isso para Laura? No fim, é ela que vai aprovar seu projeto, não eu.

Para esse programa, não dá para mandar uma inscrição sem a aprovação do orientador. Então eu não poderia tentar a chance pelas costas de Langston se ela odiasse o projeto.

— Eu sei. Só quero ter uma segunda opinião.

Müller concorda, e antes de sair faço mais algumas perguntas para ele, feliz por não ser tratada com condescendência. O fato de Langston ser a orientadora e fazer parte da banca de seleção não me dá nenhuma vantagem. O único motivo para ela poder fazer as duas coisas é que provou incontáveis vezes sua imparcialidade. Eu tenho mais algumas semanas até enviar minha inscrição, então estou investigando todo ângulo possível para garantir que serei aceita.

Donny me deixou nervosa ao falar sobre a porcentagem baixa de aprovação de cada ano e como minha vida vai ficar pior que um congestionamento na autoestrada I-95 se eu não entrar. Ele sem dúvida é ótimo em encorajar as pessoas.

Meu celular sinaliza uma mensagem vinda de outra das minhas dores de cabeça.

Aiden

> **Aiden**
> Encontrei algemas no seu quarto.

> *Aiden enviou uma imagem*

Paro no meio da calçada quando vejo a foto dele sorrindo largo, parado no meu quarto e segurando um par de algemas de pelúcia rosa. A centelha malandra nos olhos dele me diz que ele pensa que elas são para algo safado, não a fantasia de Halloween do ano passado.

Alguém passa e esbarra em mim, me tirando do meu transe.

> **Summer**
> Por que você está no meu quarto?

> **Aiden**
> O treino acabou mais cedo. Amara me deixou entrar antes de sair.

> **Summer**
> Não toque nas minhas coisas e não olhe em outras gavetas de jeito nenhum.

> **Aiden**
> Tarde demais. Você é mais pervertida do que eu imaginei, Preston.

> E sua cama é superconfortável. Estou exausto, acho que vou tirar uma soneca.

> Pelado.

Meu Deus, como ele é irritante. Faço uma anotação mental para comprar um cadeado para minha gaveta caso o capitão do time de hóquei decida bisbilhotar, e um pouco de água sanitária para lavar os lençóis. Enfio o celular de volta no bolso e ignoro a pontada de dor no tornozelo machucado quando dou uma corridinha até o dormitório.

Lá dentro, tento recuperar o fôlego, mas o ar fica preso em algum ponto no meu peito quando vejo Aiden na cozinha. Odeio ver como a camisa azul de manga longa da Under Armour delineia perfeitamente o movimento dos músculos das costas dele.

O frio na barriga me lembra do meu namorado do ensino médio.

Conheci Ryan Levy no rinque, onde eu patinava enquanto esperava meu pai terminar o trabalho voluntário. Fiquei num coma induzido por Ryan durante aqueles três meses. Porém, odiava quando ele ia na minha casa, porque passava o tempo todo falando com meu pai. Logo percebi que não estava namorando comigo por gostar de mim, mas por causa dele. É estranho, mas compreensível, acho, para um garoto que tinha o objetivo de entrar na Liga Nacional de Hóquei.

Não aprendi minha lição, porque meu par de formatura foi outro jogador de hóquei. Ele era popular e gostoso, então eu disse sim, como qualquer adolescente sã faria. Depois da festa, nos encontramos num hotel e eu estava preparada para perder a virgindade naquela noite. Mas as palavras que saíram da boca dele me secaram feito um deserto. "Não acredito que vou transar com a filha de Lukas Preston." Foi tão revoltante que agarrei meu vestido e saí correndo de lá.

Então posso afirmar que jogadores de hóquei estão fora de cogitação para mim. Completamente.

Mas com Aiden Crawford parado na minha cozinha com seu sorriso arrasador e olhos verdes cintilantes, fico tentada a quebrar essa promessa. Jogo as chaves no balcão enquanto o vejo colocar uma panela no escorredor. A cena é tão doméstica que sinto o impulso de me dar um beliscão.

— Que rápido — diz ele, secando as mãos no pano de prato.

Meu olhar pousa na xícara fumegante no balcão.

— O que é isso?

— Pra você.

Dou uma espiada.

— Você... fez chá pra mim?

— Você disse que bebe duas vezes por dia... mais, se estiver lidando comigo, e como eu já estava por aqui... — Ele dá de ombros, e o ar casual me desequilibra. — Não sabia qual você gostava, mas não abri isso. — Ele ergue a lata verde, e meu coração perde o ritmo.

Dou um pulo para arrancá-la dele e guardá-la na gaveta.

— Não toque nisso.

Ele congela.

— Está tudo bem?

— Tudo ótimo.

— *Ótimo?* — pergunta ele, incrédulo. — Você praticamente me atacou.

Aiden espera por uma explicação, e meus ombros ficam tensos.

— Meu pai comprou pra mim numa loja em Chicago quando foi trabalhar lá. É meu favorito e esse é o último que eu tenho.

Para escapar do olhar suave em seus olhos e do aceno compassivo, levo a xícara aos lábios e dou um gole. É um milagre o fato de eu conseguir conter o barulho que quer escapar quando o gosto atinge minha língua. O sabor forte de canela e o excesso de mel cobrem minha língua em uma mistura amarga. Mas, por algum motivo, provavelmente porque ele parecia tão doce ao oferecer esse simples ato, não consigo falar nada.

Ele fez chá pra mim.

Olhos verde-floresta me observam.

— Ficou bom?

— É... É... Aham. Está bom.

Os olhos dele se iluminam, e a curva do seu sorriso faz algo se revirar no meu peito antes que comece a queimar. Embora isso possa ser devido à colher de canela que acabei de ingerir. Com a garganta arranhando, abaixo a xícara.

— Vou me trocar. Já volto.

Acabei de vestir um moletom e um palavrão me faz sair do quarto. Aiden está parado no balcão, minha xícara em mãos e um olhar descrente no rosto.

— Isso está nojento. — Com a cara azeda, ele deixa a xícara na pia. — Ainda bem que pedi uma bebida de verdade e comida.

— Não precisava ter feito isso. Não estava tão ruim.

— Summer, estava tão ruim que você estava sendo *legal* comigo. Isso me diz tudo que eu preciso saber.

— Ei! Eu sei ser legal. — O olhar cortante dele me irrita. — O único motivo de você estar aqui é porque eu fui legal e dei uma chance pra você.

— É, depois que eu implorei.

— Você chama aquilo de implorar?

Ele dá um sorrisinho, parecendo muito intrigado.

— Quer me ensinar? Talvez com aquelas algemas...

— Elas não são pro que você está pensando.

Ele assente com um sorriso contido e pega o celular que toca.

— A comida chegou.

Depois que comemos, eu lhe entrego as avaliações. Quanto antes ele terminar de vê-las, antes posso escrever minha análise.

— Terminou? — Minha impaciência se infiltra no meu tom.

— Quase. Quero me certificar de que vou fazer certo.

— Não é tão difícil, na verdade.

Passa-se um momento antes de ele suspirar, e sua mão quente segura minha perna que não para de sacudir de ansiedade.

— Summer, o que está rolando?

— Do que está falando? — O olhar exasperado que lhe dou o faz me examinar por um longo momento.

— Estou *falando* de como você está irritável e com esse olhar distante, como se estivesse se estressando com um milhão de coisas.

— Não é nada. Podemos só acabar logo com isso?

Ele se reclina e cruza os braços.

— Não.

— *Não?* — Ele não sabe que eu estava prestes a estrangular alguém? — Essa não é uma boa hora pra me testar, Crawford.

Cerro a mandíbula enquanto o olhar dele percorre meu rosto em uma avaliação demorada.

— Me conte qual é o problema.

— Você sabe que não é o *meu* capitão, certo? Essa coisa toda de exigir respostas não vai funcionar comigo.

Ele se inclina, invadindo meu espaço.

— Não vai?

O desafio em seus olhos é claro, e eu cedo.

— Langston disse que minha introdução precisa de uns ajustes, então estou refazendo o negócio todo, além do capítulo sobre metodologia, porque Donny acha que falta alguma coisa.

— Você é tão inteligente quanto Donny. Até mais. Por que a opinião dele importa?

A aversão de Aiden por Donny não é algo que ele se dê o trabalho de esconder. E por mais que eu possa sentir o mesmo, estou tão acostumada com o feedback de Donny que não consigo me imaginar sem ele.

— Porque ele sabe o que está fazendo. Além disso, só há três de nós elegíveis para o programa: Donny, Shannon e eu. Eu sou concorrente dele, mas ele ainda está disposto a ajudar. Tenho que ser grata por isso.

Aiden não comenta nada.

— Tá certo, mas me deixe ajudar também. Você ainda tem algumas semanas e eu posso ler o seu projeto.

— Sem querer ofender, mas o que você sabe sobre projetos de psicologia?

— Nada, considerando que minha graduação é em economia, mas às vezes outro par de olhos pode ajudar.

O olhar sincero dele me dá uma sensação de aconchego.

— É muito gentil da sua parte.

— Não se engane, já me disseram que eu sou um babaca.

— Quem é ela? — pergunta Aiden.

Ele me atormentou para fazer uma pausa, então coloquei minha novela turca preferida só de pirraça. Só que ele adorou.

— A ex-namorada dele. Ela não sabe sobre o noivado falso — explico.

— Merda, ela vai ver o contrato. — Aiden me dá uma cutucada.

A música de suspense cresce e esperamos a grande revelação. Estamos na beirada do sofá, com as pernas encostadas. Então os créditos sobem.

Aiden dá um grunhido.

— Sério?

— É assim que eles nos pegam.

Ele cata as embalagens e ri.

— Estou começando a entender todo esse seu negócio de ficar em casa e não ter uma vida. É meio divertido.

— Eu tenho uma vida, babaca. Na verdade, tive um encontro semana passada — minto.

Bem, não exatamente. Connor sentou comigo no refeitório. É a coisa mais próxima de um encontro que tive o ano inteiro. Patético, eu sei.

— Quem?

— Connor Atwood.

Ele pigarreia.

— O que você poderia ter em comum com Atwood?

— Você conhece ele?

Claro que sim. Ambos são atletas e os capitães dos seus times.

— Aham. O cara aparece em todas as festas e já ficou com um bom número de garotas. Agora, aparentemente uma delas é você.

Dou para trás depressa.

— Eu não *fiquei* com ele. A gente tem aulas juntos.

Ele inclina a cabeça.

— É esse o seu tipo, hein? Jogadores de futebol americano.

— *Jogador*. Singular. Mas não, ainda estou tentando entender meu tipo.

— Continue na sua descoberta — diz ele. — Eu vou indo. Nos vemos quinta na piscina.

Escondo o sorriso satisfeito que desabrocha no meu rosto. Eu não sabia se meu projeto o estava ajudando, mas Aiden começou a tirar um dia de folga e nadar em vez de treinar. Parece uma proeza e tanto.

Eu também me levanto.

— Espere, acompanho você até lá fora. Só preciso me trocar.

— Pra quê? — pergunta ele, mas já estou no quarto enfiando uma legging qualquer e um top de ginástica. Saio com os tênis em mãos, enfiando-os ao lado da porta.

— Aonde você vai?

— Correr — digo, fazendo um gesto para ele sair.

— Agora?

— Não tive tempo hoje de manhã. — Tranco a porta, então confiro se estou com meu spray de pimenta e chaveiro com alarme enquanto Aiden me encara.

— Você não deveria correr sozinha tão tarde.

Quase rio, mas a expressão dele é tão séria que eu contenho.

— Obrigada pela preocupação, mas eu sei me cuidar.

Ele fica quieto a descida toda, até eu virar na minha rota de sempre.

Em rota de colisão 95

— Vem comigo até minha caminhonete?
— Medinho?

Eu o sigo até o estacionamento.

Ele parece perdido em pensamentos.

— Algo assim.

— Não se preocupe, Crawford. Não vou deixar o bicho-papão pegar você.

No carro, Aiden joga sua sacola no banco traseiro e tranca a porta.

Eu o encaro.

— O que está fazendo?

Ele alonga as pernas.

— Correndo.

— Você acabou de sair do treino. — Ele passa por mim. — Aiden, eu não vou correr com você. Você disse que estava exausto.

— Disse? Eu me sinto ótimo. Vou só correr por esse caminho aqui.

— Esse é o meu caminho!

Ele dá um sorriso para trás.

— Que coincidência.

Antes que eu possa protestar de novo, ele sai correndo e, relutante, eu o sigo.

11
Aiden

As batidas incessantes na porta do meu quarto me tiram do meu sono induzido pela exaustão.

— Capitão! Você tá atrasado, cara.

Puxar o edredom por cima da cabeça não é suficiente para bloquear a voz de Kian. Eu não devia ter competido com ele por esse quarto. Estaria melhor lá embaixo.

— Aiden!

Caralho. Afasto o edredom, meus músculos gritando de agonia. Estou acostumado a lidar com dores no corpo depois do treino. Hoje, porém, sinto a dor até na porra da minha mandíbula, de tão profunda.

Abro a porta e me apoio nela.

— Que foi?

Kian me observa dos pés à cabeça.

— Você está péssimo.

— Valeu — resmungo, voltando para a cama.

Kian me segue.

— Que porra aconteceu?

— Fui correr ontem à noite.

— Não foi, não. A gente teve treino ontem.

— Depois — digo, me deitando com uma careta.

— Por que você... — Ele me vê me enrodilhar de volta na cama e irrompe numa gargalhada. — Você foi na casa da Summer ontem. Correu com ela, não foi?

— Estava tarde e ela ia sozinha. — Minha voz sai abafada pelo travesseiro.

— Ah, cara. Isso é bom demais. — Ele dá outra risada que de alguma forma machuca meus ossos. Quando pega o celular, o meu apita na mesa de cabeceira e sei que está mandando mensagens para o nosso grupo. Ainda está digitando quando ergue os olhos para mim. — Aliás, você vai chegar atrasado no rinque.

Viro a cabeça bruscamente para o relógio e xingo, me erguendo com um salto. Kilner arrancaria a minha cabeça se eu perdesse a aula de hoje.

Ajeito o cabelo ao entrar na arena, mas isso não ajuda com meu aspecto desgrenhado. Quanto à dor que me percorre a cada passo, não posso prestar atenção demais nela porque vou ter dezesseis crianças batendo em mim pela próxima hora.

— Cada minuto acrescenta uma volta ao redor do rinque. — Kilner tem o superpoder de se materializar onde você não o quer.

Fecho os olhos com força.

— Eu dormi demais.

O vinco na testa dele se aprofunda.

— Não me dê desculpas. Você sabe as consequências.

Checo a hora e dou um grunhido.

— São cinco voltas.

— Seis agora.

Eu devia saber que não adianta reclamar. Meu sorriso é forçado quando olho para ele.

— Já disse que você é meu treinador preferido?

— Entre na porra do gelo antes que a gente chegue em sete.

Conter meus resmungos enquanto amarro os patins se prova um desafio. Enfio a jaqueta de instrutor e mando as crianças formarem uma linha no gelo. Hoje, aprecio como elas demoram para formar uma linha reta porque ainda estou tentando alongar o corpo para aliviar os músculos doloridos.

— Certo, quem está pronto para mostrar o que vem praticando? — Gritinhos animados irrompem. — Vamos patinar e aprender a lidar com o taco antes de terminar com um jogo.

Quando eu consigo pôr alguns deles no gelo, partimos com tudo.

Summer

Quando eu dirigi até o rinque por livre e espontânea vontade, não achei que estaria suando mesmo tão perto do gelo. Mas acho que é isso que acontece quando você assiste a um jogador de hóquei fortão ensinar crianças de seis anos a jogar na defesa. A jaqueta com zíper que ele usa abraça cada linha dos seus músculos. Tento conter a reação borbulhante que surge. Aiden é muito confiante de si, nos estudos e no hóquei. É mega-atraente, e não estou muito orgulhosa de admitir isso.

Quando uma criança desliza e cai com os braços e pernas abertas no gelo, Aiden a endireita nos patins, e não consigo segurar uma risada.

Minhas bochechas esquentam quando olhos verdes me encontram. *Controle-se, Summer.*

A buzina soa e as crianças cumprimentam os instrutores antes de sair do rinque fazendo uma algazarra. Na saída, Aiden conversa com os pais, e seu olhar se distrai para mim a cada poucos segundos.

Finalmente vindo até mim, ele tira o capacete.

— Em que universo paralelo eu estou em que você veio por vontade própria pro rinque?

— Pelo visto, um em que você ainda é irritante pra cacete.

— E amável? — pergunta ele com um sorriso charmoso.

Rio contra a vontade.

— Talvez eu só quisesse ver se você está realmente ajudando essas pobres crianças.

— Ah, então está avaliando quão bem eu fico no modo pai gostoso?

— Isso foi você como pai? Eu vi você empurrar crianças no gelo.

— Eu estava verificando a postura delas. Faz parte de ser um bom professor. Mas não espero que você saiba algo sobre isso.

— Continue falando, Crawford, e eu vou destruir você na avaliação.

O olhar dele se estreita.

— Avaliação?

— Seu treinador pediu que eu escrevesse uma sobre você — conto a ele. — Pode livrar você do serviço comunitário.

— E você disse sim? Tem certeza de que está se sentindo bem? — O rosto dele se contrai em uma preocupação fingida.

— Isso é outra coisa que posso usar como chantagem pra te obrigar a fazer o que quero. — Pisco.

— Você não precisa me chantagear pra eu fazer o que você quer, Summer.

As palavras deslizam da língua dele como uma bebida suave que desce pela minha garganta. Não tenho palavras, e ele parece perceber que me fez calar a boca porque um sorriso torto cruza seus lábios. Mas some rapidamente quando ele acena para o corredor.

— Então, deixe eu adivinhar, você vai dizer que eu fui um cretino difícil de lidar.

Recupero-me rápido e o sigo.

— Longe disso.

— É porque me viu sem camisa?

— Você se acha tão foda.

— Alguém tem que achar — murmura ele antes de pigarrear. — Então, qual é o veredito?

— Você se importa — digo sentando num banco. — Com o hóquei, seu time e seus amigos. Faria qualquer coisa por eles.

É um ótimo capitão e a observação acadêmica é o último lugar em que deveriam pôr você.

A surpresa cruza os olhos dele.

— Com uma avaliação dessas, o treinador pode achar que estou te subornando.

— Agora que você mencionou, eu não rejeitaria uma gorjeta.

— Venha aqui e pegue no meu bolso.

Faço uma careta de nojo.

— Quer saber? Retiro o que disse.

Aiden para na minha frente, quase me atacando com seu peito.

— Assim não dá. O que eu posso fazer pra compensar você?

Incinero o primeiro pensamento que passa pela minha mente e ergo os olhos para ele.

— Nada. Eu já me decidi.

— Jantar?

Balanço a cabeça, e o sorriso dele cai antes que eu acrescente:

— Vamos pegar algo pra viagem e ficar no meu quarto.

— Combinado, mas sem análise dos dados. Não é uma sessão.

— Mas...

— Só jantar — diz ele, sério.

— Não pare. — A voz grave de Aiden vibra contra a minha pele, fazendo arrepios tomarem minha pele. Com o corpo dele entre minhas pernas e meus dedos enfiados nos seus ombros musculosos, ele grunhe suavemente.

— Se só tivesse me ouvido, não estaria tendo esse problema.

— Humm — murmura ele, com prazer. — Se o resultado é esse, eu faria de novo.

Após receber uma mensagem de Kian perguntando se eu gostava de torturar jogadores de hóquei no meu tempo livre, descobri que Aiden tinha virado um zumbi ambulante depois da nossa corrida. O time fez treino de condicionamento e de força ontem, mas os músculos doloridos dele de alguma forma são culpa minha.

Agora, estou sentada no sofá, com ele no chão entre minhas pernas enquanto massageio seus músculos tensos. De vez em quando, o bíceps dele roça na minha perna e uma sensação estranha sobe pelo meu corpo. Tentar ignorá-la tem sido meu jogo silencioso esta noite.

— Espera, então a sogra gosta dela agora? — pergunta ele, apontando para a tela com o garfo.

Paramos num restaurante indiano perto da Dalton que Aiden jurou que tinha o melhor frango na manteiga. Eu ri por uns bons dois minutos depois de dizer que não confiava no paladar dele, e ele pareceu magoado. Mas provou que eu estava muito errada quando experimentei a comida. Era quase tão boa quanto a da minha mãe, embora eu nunca externasse esse pensamento. Então Aiden pôs a novela turca preferida *dele* na TV, já que não me dá o crédito por apresentá-lo ao programa.

Ficar no meu dormitório comendo comida para viagem parece estranhamente confortável.

— É, porque ela vê que é boa para o filho — explico.

Os créditos finais rolam, e minhas mãos estão cansadas de esfregar as costas dele.

— Chega de massagem. Mais que isso e eu vou precisar de pagamento.

— E meus glúteos? — pergunta ele com um olhar esperançoso.

— Eu não vou chegar nem perto deles — rejeito a ideia de imediato.

Ele ri baixo.

— Você é tão melhor que Hank. As mãos dele são como duas rochas. Você devia se tornar minha fisioterapeuta.

— Ótima ideia. Vou trocar de curso para me tornar sua fisio pessoal. — Pego meu laptop. — Então, eu sei que você tinha dito nada de análises de dados, mas…

— Summer, você não pode relaxar uma vez na vida? Podemos trabalhar no projeto da próxima vez, ele não vai a lugar nenhum. — Ele pega o laptop e o guarda ao seu lado. — Você sabe como relaxar, certo?

Eu murcho.

— É só que Donny me deixou assustada sobre a inscrição. Precisa ser perfeita.

— Você sabe essas coisas melhor que ninguém. Não deixe a opinião dele afetar seu trabalho.

— Eu sei — digo de um jeito nada convincente.

Ele parece querer dizer mais, mas em vez disso segue para a cozinha, levando nosso lixo.

— Tem algo pra beber aqui?

— Tem água com gás lá no fundo, e Slink se quiser beber seu peso em açúcar.

Ele ri, pegando duas garrafas de água e me entregando uma antes de cair no sofá.

— Esse negócio é horrível. Ganhei umas caixas depois de trabalhar com eles.

— Você trabalhou com a Slink?

Ele assente.

— Foi uma publi.

— Você faz... publis?

Ele me dá um olhar de soslaio.

— Você não acompanha hóquei mesmo?

— Eu não acompanho atletas — corrijo.

— Certo — diz ele. — Quando vim pra Dalton, recebi algumas ofertas que nunca aceitei. Mas precisava de dinheiro uns semestres atrás, então promovi a Slink.

— Quando você pagou a mensalidade de Kian? — deixo escapar. Mordo a língua e lhe dou um olhar encabulado. — Kian me contou quando estava tentando me convencer de que você era um cara legal.

— Claro que contou. — Ele balança a cabeça. — Funcionou?

Em rota de colisão 103

— Ainda estou decidindo.

Ele sorri. Aquele sorriso de dentes alinhados que derreteria a calcinha de qualquer garota. Mas não a minha. Definitivamente não a minha.

— Então você é tipo um influencer — digo. Ele me dá um olhar irritado e organiza suas coisas. — É, sim! Você posta fotos sem camisa? Ensaios nu? Com um disco de hóquei cobrindo sua mercadoria?

— Eu vou embora. — disse já se encaminhando para a porta.

— Foi algo que eu disse? — Ele não responde. — Só quero saber se você patinou pelado promovendo um cereal!

A porta se fecha com uma batida, e rio tanto que a barriga dói.

12
Aiden

Summerluvin começou a seguir você.

Vendo a notificação, faço algo que nunca faço: sigo-a de volta. Redes sociais não são uma coisa em que gasto muito tempo, mas minha curiosidade vence quando vejo o perfil dela. Estranhamente, o time de hóquei inteiro já a segue.

< **summerluvin**

> Vejo que reconsiderou sua política de seguir atletas.

Temporariamente. Mas tenho que dizer que estou decepcionada.

> Por quê?

Nenhuma publi de cereal pelado. Vou parar de seguir você.

> Eu faço uma particular só pra você. Não posso decepcionar uma fã.

Dispenso.

> Tem outras sugestões?

Você, vestido, sem tentar me distrair da minha pesquisa.

> Dispenso.

Em rota de colisão

Enfio o celular no bolso e subo a escada do prédio de psicologia. O motivo do meu humor irritável está sentado na sala dos alunos como um príncipe.

Donny Rai é mesmo o tipo de Summer? Todo arrumadinho e acadêmico? Descobrir que ela namorou Donny foi um enorme choque. Foi Kian quem me contou, porque ele sabe tudo sobre todos na Dalton. Às vezes acho que ele administra a página de fofocas da universidade.

— Rai.

Donny se vira na cadeira e os amigos dele me observam como se as portas do prédio tivessem um repelente de atletas que eu dei um jeito de atravessar.

— Que foi? Precisa de um monitor para introdução à literatura inglesa?

Nunca fui do tipo que incita violência fora do gelo, mas no momento não há nada mais atraente do que a ideia do meu punho atingindo a mandíbula de Donny. Porém, o insulto sem graça não me abala porque tenho bastante certeza de que ele conhece cada estudante na lista do reitor e sabe que sou um deles.

— Estou bem. Você não faz meu tipo de monitor. — Adoro o jeito como ele cerra a mandíbula. — Quero falar sobre a Summer.

— Precisa da minha permissão?

— Aparentemente, sim, porque você parece pensar que pode controlá-la. Ela está trabalhando duro no projeto e eu agradeceria se você pudesse maneirar nas opiniões. Ela está estressada e você não está ajudando.

— Estou tentando dividir um pouco dos meus conhecimentos.

— Ela já tem o bastante.

Ele ri.

— Você conhece ela há o quê, cinco minutos? Eu a conheço há anos e ela confia na minha opinião. Você deveria ficar feliz que estou disposto a ajudá-la.

Otário.

— Olha, estou dizendo como ela está se sentindo e que o projeto não vai ficar melhor com você no pé dela.

Um ar de tensão se assenta entre nós até ele recuar.

— Tudo bem. Eu quero ver no que tudo isso vai dar, de qualquer forma.

Hesito.

— O que quer dizer com isso?

Ele solta uma bufada de desdém.

— Desista, Crawford. Se ela deixar você comer ela, você vai acabar na sarjeta mais rápido do que consegue terminar.

— Como é que é?

— Desculpe, todo o dano cerebral que você acumulou prejudicou sua audição também? — Meus dentes cerrados parecem que vão se tornar pó de tanta pressão. — Summer não vai transar com você porque você finge se importar. Essa garota tem espinhos ao redor dela mais grossos que a sua cabeça. Eu diria pra você não perder seu tempo, mas você já está fazendo isso. Então, vou assistir de camarote quando inevitavelmente falhar. — O ar de arrogância que vaza de cada poro o segue porta afora.

Mais tarde, já à noite, é hora de fechar o rinque quando saio do gelo para seguir até os chuveiros. Meu treino solitário durou mais do que eu pretendia, provavelmente porque fiquei imaginando a cara de Donny como o disco.

Mesmo que tenhamos vencido o último jogo, foi o pior que já jogamos. E, quando eu entrei na arena, Kilner se certificou de me castrar pelo desempenho de merda.

Quando giro a torneira e enrolo uma toalha na cintura, passos leves soam contra os ladrilhos do chão. Quando abro a porta, o leve perfume de pêssego atinge meu nariz antes que eu a veja.

— Summer?

Ela vira, com o longo cabelo castanho caindo em ondas pelas costas. Os lábios carnudos se abrem quando seu olhar cai

Em rota de colisão 107

para minha toalha, baixa na cintura. Então, como se limpando os pensamentos, o fogo da raiva ilumina sua expressão e ela marcha até mim, quase entrando no chuveiro antes de hesitar. Ela cruza os braços para criar um tipo de barreira entre nós e contenho uma risada.

— Confie em mim, você não vai rir quando isso terminar.

Eu dou um sorriso largo.

— Espero que não.

Ela me fuzila com o olhar.

— Quer me explicar por que Donny acabou de se tornar o monitor da minha turma de pesquisa?

Aquele cretino. Eu devia saber que aquele sorrisinho era mau sinal.

— Eu não disse pra ele fazer isso.

— Você disse o suficiente. Não tente fingir que não chegou todo machão e fodeu com tudo.

— Eu estava tentando ajudar.

— Eu nunca pedi sua ajuda!

— Não pediria. Você poderia estar pendurada num penhasco e ainda assim não pediria ajuda.

— Mas você foi lá mesmo assim? Talvez eu não tenha feito nada sobre Donny porque sei como ele é. Ele está puto com o que você disse e agora não podemos nos livrar dele. Por que você não podia só deixar quieto?

— Você estava estressada — tento de novo.

— E como isso afeta você?

— Porque eu me im…

O rangido da porta me corta antes que a voz de Kilner flutue pelo vestiário.

— É a porra do encanamento no meu banheiro. Preciso disso consertado, Brent.

— Caralho. — Puxo-a, distraída, para dentro do box e fecho a porta. Minha mão cobre a boca de Summer antes que ela possa fazer qualquer barulho. Julgando pelo fogo em seus olhos, talvez ela me morda. — Você não podia estar aqui — sussurro. Ela franze as sobrancelhas e sua mão aperta meu pulso com mais força, como se estivesse tentando quebrá-lo. — Eu tiro a mão se você prometer não gritar.

Ela dá um aceno relutante, e eu solto sua boca, ainda prendendo-a contra a parede. Ela está respirando pesado e, por mais que não queira, meus olhos caem ao seu peito, subindo e descendo, roçando no meu torso nu. Uma gota de água do meu cabelo atinge a clavícula dela, fazendo-a se encolher enquanto desliza pela pele, deixando um rastro molhado quando escorrega entre os peitos.

Estou preso num transe ardente quando uma dor aguda no meu abdome me força a recuar a cabeça.

Summer retrai o dedo com que me atacou, e se olhares fossem tangíveis este me jogaria de um penhasco. Ela responde ao meu sorriso encabulado revirando os olhos.

Ficar perto assim dela me deixa com tesão. Não é ideal, porque estou de toalha e ela está pressionada contra mim tão perfeitamente que um único movimento errado deixaria tudo ainda mais desconfortável. Tento tirar os pensamentos à força da cabeça, mas é impossível quando ela morde o lábio inferior. Preciso conter um grunhido. Estou envolto na bolha dela e sinto que estou quase sufocando. *Que porra está acontecendo?*

O barulho da pia sendo ligada e do papel sendo amassado tira minha atenção dela.

— Crawford? Ainda está aqui? — Kilner deve ter visto meu equipamento no banco, porque ele para na frente do box.

Pigarreio.

— Já estou terminando, treinador.

— Bem, se apresse. Eles vão trancar mais cedo hoje.

— Entendi.

Os passos dele se afastam e a cabeça de Summer cai para trás com um suspiro.

— E Crawford? Diga à sua namorada para não usar sapatos no box.

Em rota de colisão 109

Então a porta se fecha.

— Ai, meu Deus! Que vergonha. — As bochechas de Summer ficam rosadas. — Você parece uma fornalha!

Ela se afasta e enxuga as gotas d'água do braço e do peito antes de abrir a porta. Confuso, eu visto a calça de moletom para ir atrás dela.

— É só isso? — pergunto quando ela já está no corredor. — Você veio até aqui só pra isso?

— É, acho que sim.

As portas pesadas se fecham com um estrondo atrás dela.

— Quando um filho da puta magricela abre a boca, não é uma ofensa à sua masculinidade! — Kilner agarra Dylan pelo colarinho e o empurra com a força de um capanga. — Em que porra você tá com a cabeça?

Caso não tenha ficado claro, a gente perdeu. Feio.

A decepção empesteia o ar do vestiário. Quando enfrentei o atacante da Universidade Brown, consegui manter nossa posse do disco, mas uma má comunicação e timing infeliz atrapalharam a jogada, e Sebastian perdeu meu passe, nos fazendo perder o disco. O contra-ataque da Brown, do seu lateral esquerdo, nos deixou completamente atrapalhados para recuperar a vantagem. Nossa cobertura defensiva desmoronou como uma fundação cheia de cupins, e a Brown aproveitou com jogadas fortes e conseguiu dois gols.

— Crawford está ocupado demais garantindo que esteja bonito pro próximo ensaio fotográfico dele — diz Tyler Sampson.

O comercial da bebida energética permitiu Kian ficar na faculdade, mas significou eu ser zoado por meses. Especialmente porque a Slink renovou os anúncios e um dos alunos do terceiro ano viu o pôster numa loja em Providence.

— Vá se foder, Sampson — xinga Dylan, que só está tentando me bajular porque foi expulso por conduta antidesportiva.

— Ele só está com inveja que você é mais bonito — sussurra Kian.

Dou de ombros e me viro para Kilner.

— Podemos vencer as quartas de final. A derrota de hoje foi só um ponto fora da curva.

— Ponto fora da curva ou não, não podemos nos dar ao luxo de perder para Yale. — Sampson lança um olhar cortante para mim.

— Chega. — O treinador dá um passo à frente. — Yale é difícil, mas com as mudanças certas podemos vencer.

— Que tipo de mudanças? — Kian ousa perguntar.

— Chega de festas. Chega de bebida. — O treinador dá um olhar seco para Dylan, que se encolhe no banco. — Chega de garotas. — Um coro de grunhidos irrompe do pessoal, e eu nem percebo quando um grunhido vem de mim. Mas todos os outros reparam, porque o treinador me dá um olhar desconfiado. E Eli bufa. — Essas são as minhas ordens. Seu capitão vai garantir que sejam obedecidas. Agora sumam daqui.

Eu não tenho problemas com regras e sou ótimo com disciplina. Ter autocontrole é natural para mim, e não me importo de esperar pelas recompensas. Exceto quando se trata de Summer Preston. Depois de tê-la pressionada contra mim no chuveiro, eu venho tendo dificuldade em pensar sobre qualquer outra coisa. Até procurei "tendências de serial killer" no Google, porque tenho certeza de que cheirar o cabelo de alguém é uma coisa estranha pra caralho de fazer. Mas o dela é diferente. É macio e tem cheiro de pêssego.

E eu nem gosto de pêssego.

A situação é ruim, e preciso parar de pensar nela, mas com as novas regras de Kilner isso não vai acontecer tão cedo.

— O *chega de festas* realmente aborreceu você, hein? — Dylan e Kian dão risadinhas ao passar por mim.

Mostro o dedo do meio para eles e entro na minha caminhonete. Sem nenhuma distração, tenho o impulso bobo de visitar uma garota brava esta noite. Só preciso encontrá-la primeiro, o que se mostra uma tarefa difícil dado que ela não responde às minhas mensagens. Felizmente, Amara está num humor solícito e me diz que Summer está na biblioteca. Saber qual delas é o problema.

Depois de uma busca minuciosa e exaustiva, avisto um cabelo longo e um suéter rosa-claro na área de estudos silenciosa. O som da cadeira sendo puxada faz Summer se voltar para mim. Ela examina os pingos de chuva nos ombros do meu moletom cinza, depois volta o olhar para o seu trabalho.

— Você não tinha um jogo? — pergunta ela finalmente.

O lembrete da derrota é menos doloroso quando estou com ela.

— Foi mais cedo. Vim aqui estudar.

Ela me dá um olhar cético.

— Você nunca estuda na biblioteca.

— Precisava de uma mudança de cenário.

Dou de ombros, mas ela tem razão. Prefiro a natureza caótica da casa. Bibliotecas são silenciosas demais pra mim.

— Então veio até a biblioteca mais distante do campus? — insiste ela.

— Precisei de três tentativas.

— Pra quê?

— Encontrar essa aqui.

— As outras não tinham o que você estava procurando?

Eu sorrio.

— Nem de longe.

Ela espera que eu diga mais, mas não vou falar. Eu venho fazendo várias coisas que não entendo ultimamente, então parei de tentar examiná-las.

— Você pode me perguntar o que quiser. Me mostrar todas as suas análises de dados.

Ela volta a digitar, afastando o cabelo do rosto.

— Não posso.

— Não tem mais perguntas?

— Tenho, mas elas são pra quarta-feira.

— Certo, porque você não pode fugir do seu cronograma nem um pouquinho.

— Como alguém cuja cabeça só tem um disco voando de um lado para o outro, não espero que você entenda — dispara ela.

— Confie em mim, tenho muitas coisas voando de um lado para o outro pela cabeça.

— Tenho certeza de que o fluxo de nudes que você recebe todo dia o mantém ocupado.

Minha atração pelos insultos dela é levemente preocupante. Eu falaria com um terapeuta sobre isso, mas preferiria não revelar a ninguém. Rio baixo e posso ver o lábio dela se curvar para cima antes que se vire de novo.

— Se você pensou que eu mudaria meu cronograma pra você ficar livre essa semana, sinto muito. Então fique à vontade para ir embora.

— Estou de boa aqui.

Ela parece não acreditar.

— Tentando me bajular depois de nos deixar presos ao Donny?

— Espero que funcione. — Reparo num papel amassado sob o livro dela. — O que é isso?

Ela tenta pegar o folheto de volta.

— Nada.

Eu o ergo fora do seu alcance.

— *Iniciativa de saúde mental para atletas?* — Eu olho para ela. — Você organizou um evento?

— Mais ou menos. — Ela se remexe, desconfortável. — Era pra ser uma vez por semestre, mas o último foi um desastre, então não vou fazer dessa vez.

— Quando foi o último?

— Dezembro. Só os alunos que queriam crédito extra foram. Nenhum atleta apareceu. Exceto Tyler.

Em rota de colisão

O evento que o treinador ficou puto por eu ter perdido. Era o evento de Summer.

— Você devia fazer.

Ela ri.

— E ser humilhada de novo? Não, obrigada.

— Eu vou, e vou falar pra todos os atletas que conheço irem. Seria ignorância de minha parte não saber a influência que tenho no campus. Há certa reputação que acompanha o capitão.

Ela mexe no cabelo e o joga de um lado.

— De jeito nenhum. Não preciso de você anunciando meu evento e as pessoas achando que somos algo que não somos.

Inclino a cabeça.

— Não podemos ser só amigos? Eu não preciso estar transando com você pra ir no seu evento.

Ela faz uma careta.

— Não somos nenhuma das duas coisas.

— Não mude de assunto. Você vai fazer ou não?

Ela desvia o olhar.

— Não. É muito trabalhoso.

— Desde quando você evita trabalho? Aceitou trabalhar comigo.

— Você me irritou até eu dizer sim.

Ela tenta pegar o folheto de volta.

Eu não devolvo.

— Você devia fazer. Vai ficar bonito na sua inscrição. — Ela morde o lábio, refletindo. — Vai, você sabe que quer.

Quase acho que ela vai recusar de novo, mas ela suspira.

— Tudo bem. Eu vou checar com o departamento, mas posso divulgar sozinha. Obrigada pela oferta.

Satisfeito, me reclino na cadeira.

— Olhe só pra gente, concordando sem ficar de picuinha.

— A gente ficou de picuinha.

— Isso não foi picuinha.

— Foi, sim.

— Não foi...

— Estamos fazendo de novo agora! — Ela dá um suspiro irritado, mas não perco a risada divertida que o acompanha. Novamente, ela mexe no cabelo e o joga para trás dos ombros. Instintivamente, removo o elástico que está no meu pulso há muito mais tempo do que deveria e o estico para ela.

— Toma.

Ela encara minha mão até o reconhecimento cruzar seu rosto.

— Isso é meu.

— Boa observação. Pegue.

— Você guardou meu elástico de cabelo?

Agora que penso nisso, é meio assustador. Que pessoa sã guarda o elástico de cabelo de uma garota sem ter planos de usá-lo ou devolvê-lo? O seu olhar me diz que ela pode estar pensando a mesma coisa.

— Você disse que gosta de prender o cabelo.

— Então você só manteve isso no pulso esse tempo todo?

— Vire-se, Summer — ordeno, evadindo a pergunta.

Embora ainda pareça incerta, ela vira de costas para mim. Seu aroma de pêssego anuvia meus sentidos enquanto reúno seu cabelo macio e giro o elástico, não apertado demais, para ela não ficar com dor de cabeça.

Quando termino, ela o toca.

— Nada mal. Você pratica com muitas garotas?

Dou um sorrisinho.

— Só com você. Mas sou naturalmente bom com as mãos.

— Você é incapaz de ter uma conversa normal?

— Não, mas gosto de ver você ficar vermelha.

— Eu não fico vermelha — protesta ela, corando.

Estudamos por mais duas horas. Bem, ela estuda e eu finjo estudar. É difícil demais ter foco no silêncio da biblioteca. Quando ela finalmente fecha o laptop, quero comemorar, mas ela só o enfia na mochila e vai embora. Eu corro para alcançá-la lá fora.

— O que vai fazer agora? — Pareço uma criança carente, mas não consigo evitar.

Ela me dá um olhar incompreensível.

— Vou pro dormitório.

— Quer companhia?

Ela ri, e aí parece se dar conta de que não estou brincando.

— Tenho um trabalho pra enviar, e preciso falar com o dr. Toor sobre o teste que vamos fazer na quarta.

— Acabamos de passar duas horas estudando. Você não quer relaxar?

— *Eu* passei duas horas estudando. Você encarou a parede. — Ela caminha mais rápido como se não visse a hora de sair de perto de mim.

— Tá bom, mas você não devia fazer uma pausa?

— Se eu quisesse uma pausa, teria trancado a faculdade por um ano.

Eu rio, mas a expressão dela me diz que não é uma piada.

— São só 20h. A gente devia fazer alguma coisa.

— Eu estou fazendo. Vou pro meu dormitório. — Ela suspira quando não paro de andar ao seu lado. — Olha, você obviamente se sente culpado sobre a história com Donny, mas eu já superei. Você fez algo impulsivo e agora temos que viver com as consequências. Paciência.

— Me deixe pelo menos fazer algo por você por isso. Eu te levo pra jantar. Você precisa comer, certo?

— Boa noite, Aiden — cantarola ela, me deixando na frente do prédio.

13
Summer

É assim que pessoas normais se sentem? Porque estar livre de estresse é ao mesmo tempo horrível e tranquilo. No momento, está tudo encaminhado e tem um buraco vazio com o formato do estresse em meu estômago. Parece bom demais para ser verdade, como se eu estivesse esquecendo de um trabalho de cinquenta páginas que tenho que entregar amanhã.

Estou arrumando minha mochila quando vejo o vestido cintilante de Amara, com sapatos de salto alto combinando.

— Tá pronta? — pergunta ela.

— Pronta? — Meu cérebro começa a superaquecer. — Pra quê?

Ela resmunga.

— Não me diga que vai cancelar nossos planos pra estudar. A não ser que esteja almejando o look de tutora gostosa. Se for o caso, amei.

Lembro que Amara e Cassie me convenceram a ir em um show esta noite.

— Merda, esqueci do show.

— Eu arrasto você, se for preciso. Você não vai pra biblioteca hoje à noite.

Tenho a sensação de que não é só uma ameaça.

— Eu ia na casa do Aiden, mas posso cancelar.

Ela se anima com um sorriso que não deveria ser tão safado, considerando o que eu disse.

— Legal, então divirta-se.

Paro no meio da mensagem que estou escrevendo.
— Você não tá brava?
Ela ri.
— É a porra do Aiden Crawford. Por que eu estaria brava? Mas sabe quem ficaria bravo? Tipo metade do corpo estudantil.

Ela tem razão, mas se soubessem que nosso tempo juntos é passado preenchendo avaliações e analisando dados, prefeririam ficar de fora.

— Do que você está falando?
— As mensagens. As visitas frequentes. Deixar de falar com qualquer outro cara. Você está *muito* a fim dele. — Tem um tom de provocação na voz dela, como se estivéssemos no sexto ano e eu tivesse admitido ter um crush em alguém.

— Para alguém tão esperta, você entendeu a situação completamente errado.

Ela ergue uma sobrancelha.
— Vai me dizer que você nem o beijou?
— Não, não beijei.

A testa dela forma uma ruga de preocupação.
— Tá se sentindo bem? Tudo certo com seu bom senso? Com a sua *visão*?
— Ele é tema do meu projeto. Só isso.

Eu nunca sequer pensei em beijá-lo. Certo, *nunca* pode ser exagero, porque os lábios dele estavam bem ali quando ele me apertou contra o box do vestiário, e eram rosados e carnudos e... *deixa pra lá*.

— Humm, é por isso que você o estuda a noite inteira? — Ela enfatiza as palavras correndo as mãos pelo corpo.

— Não vou discutir com você. Divirta-se no show.
— Vou me divertir. Você se diverte *estudando*. — A risadinha dela me segue porta afora como um mosquito irritante.

A caminho da casa de Aiden, tento não pensar naquelas palavras, o que é fácil quando ele abre a porta para mim e Kian e Dylan estão discutindo na cozinha.

— Foi 2017, seu burro.

— Tá me zoando? Em 17 foi Detroit. Foi 16, pergunta pra qualquer um. — Kian se vira para Aiden. — Capitão, quem venceu o clássico de inverno em 2016?

— Montreal — murmuro, tirando meu casaco. Três pares de olhos pousam em mim antes de eu perceber meu erro. *Droga.* — Eu acho?

Depois de um minuto desconfortavelmente longo, Kian ergue os olhos do celular.

— Não, você tem razão, Sunny.

O holofote só fica mais forte a cada minuto que passa. Esse foi o ano em que meu pai jogou no clássico de inverno, e a Summer de catorze anos assistiu com sua mãe para torcer por ele. Os olhos de Aiden me observam atentamente, como se ele estivesse tentando resolver um enigma.

Em vez de dizer qualquer coisa, ele pega meu casaco e o pendura no cabideiro.

— Estaremos lá em cima.

Subo os degraus e, quando vou abrir a porta, hesito. Recuo um passo e topo com Aiden. Ele olha para mim e para a porta.

— E se tiver uma garota coberta de sushi te esperando dessa vez?

Ele revira os olhos.

— Você é uma pentelha, sabia?

Estou sorrindo para sua cara aborrecida.

— É uma preocupação válida.

Ele a abre e me empurra para dentro com a mão em minhas costas.

— Não sou fã de sushi em mulheres, infelizmente.

— Só chantilly e morangos?

— Está pensando em me surpreender? Eu não me incomodaria com um pouco de mel.

Bufo.

— Só se for nos seus sonhos.

Em rota de colisão

— Já foi — murmura ele.

Empurro o peito dele e me sento à mesa. Enquanto reviro minha mochila, dou um grunhido.

— Esqueci meu laptop.

Se Amara não tivesse me irritado, teria me lembrado de colocá-lo na mochila.

— Use o meu.

Aiden o abre e digita a senha.

Eu o encaro como se ele tivesse me oferecido um rato morto.

— E ver seu histórico de pornografia? Nem fodendo.

— Você acha que eu deixo abas de pornografia abertas? — Quando o encaro de volta, ele balança a cabeça. — É só usar, Summer.

Faço uma cara de frustração exagerada, mas a verdade é que ele me poupou muito esforço.

Estudar com Aiden seria ótimo, não fosse seu corpo enorme me distraindo. Ele estuda sem camisa, como se fosse um modelo. Está deitado na cama, tomando notas sobre o livro da semana com a caneta entre os dentes. Não tenho como me retirar dessa tortura agora que ele se ofereceu para ler minhas versões finais. Ele está constantemente provando que os estereótipos de hóquei estão errados a cada nova informação que revela. Li um trabalho dele sobre um dos filmes relacionados à literatura que passaram nas aulas e na hora soube que eu precisava que ele editasse meu projeto.

— Você parece estar viajando há uns dez minutos. — Aiden põe o marcador na página e deixa o livro na mesa de cabeceira. — Posso ler?

Corro a mão pelo cabelo.

— Não consigo manter o foco. Posso enviar para você mais tarde?

— Sem problemas.

Quando estou fechando o laptop, meus olhos param no app de música.

— Você tem uma playlist de sexo?

— Claro. Algumas garotas ficam em silêncio. — Ele continua impassível

— Garotas? Você sabe como é desconfortável quando os caras não fazem um som?

— Eu não teria como saber. Faço bastante. — Ele diz dando de ombros.

Minhas bochechas queimam. Como assim, um homem que não tem medo de gemer? *Que delícia.* Rolo a lista de músicas dele para ocupar a mente.

— Você tem um gosto surpreendentemente bom, tirando toda a música country.

Ele recua, ofendido.

— Você não pode odiar country. Eu vou converter você com uma playlist.

Fecho o laptop e viro na cadeira para olhá-lo.

— Não perca seu tempo. Eu não vou ouvir.

— Abra sua mente, Sunshine.

O encaro com ódio, e Aiden me dá um olhar de desculpas.

— Tá bom, e se eu fizer uma playlist só pra você? Nem vai perceber que é country.

— Impossível, mas pode tentar.

Ele parece vitorioso enquanto confere a hora no telefone.

— O que vamos fazer agora?

— *Eu* estou indo pra casa.

— Não está, não.

Ergo uma sobrancelha.

— O que vai fazer, me trancar aqui?

Aiden ergue o queixo, pensando.

— Se chegar a esse ponto, talvez.

— Você está revelando sua psicose.

— E você está revelando que é entediante.

Fico boquiaberta.

— Eu não sou entediante!

A última vez que fui chamada assim foi pela minha irmã mais nova porque me recusei a levá-la em uma festa na casa de uma amiga. Ela tinha treze anos, pelo amor de Deus.

Aiden solta uma exalação esquisita, algo entre diversão e descrença.

— O que foi isso?

Os olhos verdes permanecem inocentes.

— O quê?

— Você exalou pelo nariz.

— Chama-se respirar.

— Não seja engraçadinho. Diga o que está fingindo segurar.

Ele umedece os lábios refletindo, antes de soltar outra exalação.

— Quando foi a última vez que você se divertiu? — Vendo minha confusão, ele esclarece: — Tipo, uma diversão real, sem responsabilidades.

Que tipo de pergunta é essa? Não somos mais crianças. Não é como se eu pudesse contar pra ele a última vez que brinquei de esconde-esconde. A não ser que ele espere uma história de festa de fraternidade, o tipo de evento que não vou desde que Amara insistiu para ir naquela da toga. E não foi divertida.

— Precisa da definição? — provoca ele.

— *Não*. Só estou pensando — falo através de dentes cerrados.

— O suspense está me matando. — Ele enfatiza fingindo roer as unhas.

Eu sei me divertir. É só que faz um tempo que não faço isso, embora não por culpa minha. Quando as matérias acumulam, tendo a negligenciar essa parte da minha vida e algumas outras, como minha saúde mental. Não é o melhor hábito, no entanto, como a validação acadêmica é minha droga, não consigo largar o vício.

Não é fácil quebrar a cabeça tentando pensar em algo divertido quando Aiden está me olhando com expectativa.

— No meu segundo ano, fui convidada a um evento por um cara superinteligente de um dos meus laboratórios. — Aiden me escuta com atenção. — Ele me fez ser uma das palestrantes principais nos painéis naquela noite.

O interesse de Aiden se dissipa quando ele percebe que é isso.

— Sua ideia de diversão é... *discursar em público?*

Pelo tom, entendo que não está impressionado. Nem de longe tão extasiado quanto eu fiquei quando tive a oportunidade.

— Bem, sim. Eu sou boa nisso.

Um suspiro rola do peito dele.

— Aposto que é, mas não é divertido.

— Talvez não pra você — me defendo.

— Nem pra ninguém, Summer. Achei que essa história ia acabar com vocês dois se pegando numa despensa na sua convenção de nerds.

A alfinetada não vai longe porque, se tem um nerd aqui, é Aiden.

— Desculpe arruinar sua fantasia pornô.

— O cara do evento não estaria na minha fantasia.

Eu me jogo contra o encosto da cadeira.

— Bem, é tudo que tenho. Eu não faço esse tipo de coisa.

— Que coisa?

— Pegar qualquer um. Tenho que gostar da pessoa primeiro.

— Gosta de mim? — Ele dá um sorriso largo.

Eu lhe dou um olhar mortífero.

Seu olhar esperançoso se estilhaça com uma risada.

— Que foi? Acho que uma pegação poderia te ajudar muito, mesmo se não for comigo.

— Nunca seria com você. — A resposta soa defensiva, como se Amara pudesse me ouvir e eu estivesse de alguma forma tentando provar como tudo isso é platônico.

Ele cruza os braços atrás da cabeça.

— Então é só apontar, eu serei seu cupido e vou ajudar você.

Em rota de colisão 123

Viu? Platônico.

— Você me ajudaria a ficar com alguém?

— Claro. Eu vi como você trabalha duro. Obviamente, não está usando aquelas algemas da sua gaveta. Precisa de uma noite de diversão sem compromisso.

— Elas não são... — Eu paro, e nem me dou o trabalho de corrigi-lo sobre as algemas. — A última vez que fiz isso acabei namorando o cara.

Os olhos dele se arregalam de surpresa.

— Achei que Rai tivesse sido seu último namorado.

— Eu namorei um cara depois dele por, tipo, duas semanas, então quase não conta — explico.

Foi na época em que eu achei que estava livre da presença irritante de Donny. Logo percebi que terminar o relacionamento não significava que eu tinha me livrado dele. Ele ainda me dava aqueles olhares cheios de julgamento quando me via na rua em vez de no dormitório, estudando.

— E quando foi isso?

— No terceiro ano.

Ele faz um *tsc* e balança a cabeça com pena.

— É, precisamos resolver isso imediatamente.

Meu ceticismo cresce.

— Por que isso é tão importante pra você?

— Porque, como seu amigo, quero que você se divirta.

— Não somos amigos, somos amigáveis — retruco.

Aiden franze o cenho e não me deixa minar sua determinação.

— *Eu* sou amigável, você é só você.

— Você fala como se eu fosse uma ranzinza.

Um olhar sério que eu quase nunca vejo se assenta no rosto dele.

— Estou só brincando. Você é um raio de sol, Summer.

— Não precisa ser sarcástico.

— Não estou sendo. Você é mesmo. — Embora eu tenha certeza de que ele ainda está zoando comigo, o modo como fala é tão sincero que quase acredito. — Quero que você relaxe pra podermos ver mais dessa Summer, e não daquela tensa e cheia dos cronogramas.

— Meu cronograma rígido deu frutos. Terminei a graduação um ano mais cedo.

Todas aquelas noites que passei no meu dormitório em vez de fazer amigos significaram alguma coisa. Têm que ter significado.

— Eu também, mas me permiti aproveitar a faculdade — replica ele.

— E qual é sua definição de "aproveitar a faculdade"?

Mas a resposta é bem clara. A primeira vez que estive no quarto dele é prova disso.

— Garotas. — Quando vê minha expressão seca, ele ri. — Estou brincando, mas não vou mentir, é um bônus. Mas é principalmente criar lembranças com amigos e não ter que perguntar qual é a definição de aproveitar a faculdade. Você simplesmente sabe.

— Então me ensine.

O sorriso que desabrocha no rosto dele quase me faz cair para trás.

— Por fim, o aluno se torna o professor.

— Não se empolgue demais. Estou só dando um teste experimental pra você, *professor*.

— Aceito. Mas só se você continuar me chamando de professor nessa voz sexy.

— Ai, meu Deus. Cale a boca, Aiden.

Jogo meu lápis nele — só para ele pegá-lo no ar.

14
Aiden

Eu não tenho arrependimentos. Nunca tive, nunca terei. Decidi desde cedo que a vida é curta demais para deixá-la passar. Não quero ter oitenta anos e não me sentir realizado, me perguntando o que poderia ter sido. É um jeito horrível de viver.

— Você vai se arrepender disso.

Contorno Kian para pegar minhas chaves do balcão da cozinha.

— Agradeço a preocupação, mas não vou.

A casa está vazia porque os caras estão fazendo trabalho voluntário. Já tenho uma dúzia de atividades extracurriculares, então Kilner me deixou matar dessa vez. Kian, por outro lado, teve que levar as roupas sujas do time até a lavanderia. Ele está esperando para pegá-las daqui uma hora, então não pude fugir dos seus gritinhos quando ele descobriu com quem eu vou sair esta noite. A localização não foi revelada, porque ele tem interesse demais na minha vida pessoal.

— Esse título de cupido não vai consolar você quando ela estiver indo embora com outro cara! — grita ele.

Ele não sabe nada sobre meu relacionamento com Summer. Não é assim com a gente. O foco dela é passar na seleção do mestrado e o meu, é o hóquei. Equilíbrio não tem sido meu ponto forte ultimamente, então apenas pensar nela dessa forma me atrapalharia. Portanto, nossa relação é completamente platônica.

Ignorando os comentários, vou até meu carro e coloco na fila a playlist que fiz para Summer. Eu a enviei para ela, mas não sei o que ela achou ainda, porque só recebi um emoji de joinha em resposta.

A Casa Iona fica a um curto trajeto quando as ruas estão vazias, então chego lá antes do esperado. Quando mando uma mensagem a Summer, ela me diz para esperar na caminhonete.

Isso não vai acontecer, então estaciono e vou até a porta. Mas a visão à minha frente me força a parar.

— Você vai com essa roupa? — Quase engasgo quando a vejo.

Summer corre a mão pelo tecido da blusa quando se aproxima.

— O que tem de errado nela?

Pigarreio.

— Nada.

Tudo.

A gola da blusa vermelha mergulha entre os peitos dela e revela o decote, pernas longuíssimas terminam em sapatos de salto alto e a calça abraça sua bunda como eu gostaria de abraçá-la. Meu pau endurece na calça jeans, preocupantemente rápido. Só essa garota poderia me provocar uma ereção no meio da calçada.

Tenho que engolir antes de falar de novo.

— Você está linda, Summer.

O elogio suaviza o vinco entre suas sobrancelhas, e ela me dá o menor sorriso que já vi, antes de passar por mim e subir na caminhonete, novamente rejeitando minha ajuda para entrar. Mas não tenho objeções, já que posso ver sua bunda perfeita se acomodar no meu carro. Lá dentro, ela sobe o zíper da jaqueta, e eu contenho uma exalação de alívio.

Controle-se, cara.

Esse é o pior momento para estar me sentindo estranho. As palavras de Kian flutuam de volta para mim, e não consigo deixar de pensar que ele tinha razão. Se eu não me arrependia naquela hora, me arrependo agora. Muito.

Summer é um espetáculo, e sair com ela só para vê-la ir embora com outro cara talvez seja a coisa mais imbecil que eu fiz o ano inteiro. E a competição é acirrada.

Quando chegamos no Myth, um bar construído num armazém, pulamos a fila. Já estive aqui com os caras muitas vezes para ter que esperar. Também ajuda o fato de os donos serem fãs de hóquei.

— Uma margarita e uma latinha de Sprite — digo à atendente. Enquanto ela anota o pedido, Summer me lança um olhar. — Que foi?

— Só uma latinha de Sprite?

— Vou nos levar pra casa.

A maioria dos estudantes bebe uma cerveja para começar a noite e acaba dirigindo pra casa algumas horas depois. Tecnicamente deixa você abaixo do limite legal, mas eu nunca arrisquei. Especialmente se sou responsável por outra pessoa. Muita coisa pode dar errado em um segundo. Estou ciente demais disso.

— Então como você se diverte tanto?

Olhos ávidos encontram os meus, e gosto que ela esteja animada.

— Geralmente tenho algumas garotas ao meu redor pra isso.

— Desculpe, estou impedindo você de pegar alguém? — pergunta ela, inclinando a cabeça.

Mechas suaves emolduram seu rosto, e não consigo deixar de notar como ela está bonita. Ficaria ainda mais de joelhos, erguendo os olhos para mim com aqueles lábios rosados em um perfeito O.

Meu Deus, eu preciso de um banho gelado.

— Hoje estamos aqui por você. Vou ser seu cupido e, se funcionar, posso encontrar uma sortuda pra mim — digo bem quando chegam nossas bebidas, e deslizo a margarita para ela.

— Você fala como se fosse a coisa mais simples do mundo. Não pode ser tão fácil pra você.

— Não? — Olho por cima do ombro dela para acenar para um grupo de garotas que me observa desde que entramos.

Summer dá uma espiada nelas, então me olha sem acreditar.

— Elas viram que você tá comigo. E se a gente estivesse, sabe... juntos?

— Você não fez nada para fazê-las acreditar nisso.

Eu *realmente* quero que ela faça algo para fazê-las acreditar nisso.

— Bem, ótimo, porque é verdade. — Ela mexe a bebida. — Não preciso de você como cupido. Pode ir lá entreter suas garotas.

Minhas sobrancelhas se erguem.

— Você não quer minha ajuda?

— Não preciso.

A confiança exala de cada centímetro dela, e não é equivocada. Não sei se ela notou o número de cabeças que se viraram quando entramos.

— Parece uma boa hora para uma aposta. Acha que consegue fazer qualquer cara sair daqui com você?

Ela sorri, toda lábios perfeitos e brilhantes e dentes brancos.

— Facinho.

— Essa é a garota arrogante que eu conheço.

Ela bufa.

— Não tem nada de arrogância. É um fato.

— Certo, claro — brinco.

— Não acredita em mim?

Tomo um longo gole de refrigerante, e gosto de como ela me observa com uma determinação ardente.

— Não é uma questão de acreditar. Só acho que você pode estar mais enferrujada do que pensa.

De repente ela se levanta e semicerra os olhos quando chega quase ao nível dos meus enquanto continuo sentado.

— Tá quente aqui, né?

Em rota de colisão 129

Summer tira a jaqueta como se estivesse em câmera lenta, e sinto um nó crescendo na minha garganta a cada parte de pele que ela expõe. Ela a tira de vez, e mal consigo evitar que meu queixo bata no chão quando vejo sua roupa tão de perto e sob as luzes do bar. A blusa vermelha faz a pele dela brilhar e o tecido fino parece fácil de erguer. Os peitos estão apertados perfeitamente um contra o outro, e a pele à mostra na cintura convida ao toque.

— Pode segurar isso pra mim, Aiden?

Sua voz suave faz um arrepio correr pelo meu corpo. Meu nome nos lábios dela nunca soou tão bem. Minha cabeça parece vazia, e acho que alguém pode ter batizado meu refrigerante. Minha boca fica seca e me sinto um pouco atordoado quando seguro a jaqueta dela e a vejo deslizar o cabelo ao redor do pescoço, com o aroma intoxicante especialmente forte esta noite. A ação expõe ainda mais pele, e minha calça jeans fica apertada. O cheiro de pêssego me cerca.

Vai ser uma noite longa pra caralho.

Summer para em meio às minhas pernas abertas, levando a mão ao meu bíceps e então deslizando-a até meu ombro. Assisto ao movimento em um transe, engolindo o nó espesso na garganta. *Que porra tá acontecendo?*

— Você está me dando calor — ronrona ela.

Finjo que o som estrangulado que sai da minha boca não é meu, mas ela sorri aquele doce sorriso de Summer que me diz que ouviu. Sua expressão é de provocação e flerte, fazendo as sinapses no meu cérebro dispararem aleatoriamente. A única vez que estivemos tão próximos foi no box do vestiário, e eu mal consegui lidar com aquilo. Mas não há nada melhor do que a ter tão perto a ponto de que se eu me inclinasse para a frente, meus lábios encontrariam os seus lábios perfeitos.

— Quê? — pergunto numa voz fina. Como se fosse o primeiro dia de aula no oitavo ano e minhas bolas ainda não tivessem descido. Pigarreio e tento de novo. — Quê?

— Eu disse que você está me dando calor. — Ainda mal estou registrando as palavras quando a mão dela acaricia minha orelha. Contenho o arrepio que abala meu corpo. — Você está suando.

Ah. *Ah.* Esse tipo de calor.

Talvez seja porque ela está mais perto do que nunca, e é possível que eu entre em combustão como um maldito adolescente. Sinto a língua presa, como se ela tivesse subitamente paralisado cada músculo na minha boca, me impedindo de formar qualquer frase coerente.

Pigarreio para recuperar alguma função motora.

— Tá quente aqui, como você disse.

— Certo. — Ela sorri, ainda alisando minha orelha até meus olhos ficarem tentados a se fechar. Ela encontrou uma zona erógena particularmente sensível, e eu ficaria satisfeito com a vida se fizesse isso para sempre. Quando ela se aproxima, fico rígido. Os peitos dela estão tão perto do meu rosto que sinto que vou morrer de inanição se não puser a boca na sua pele doce, mas então ela se aproxima do meu ouvido e sussurra:

— Quer sair daqui?

Meu coração para de bater. Meus olhos se arregalam quando os olhos castanhos de Summer me encaram. O rosto dela parece tão ridiculamente puro que uso todo o meu autocontrole para não a carregar até uma despensa e meter nela até tirar essa expressão do seu rosto.

Quando estou prestes a pegar a carteira para pagar e carregar Summer por cima do ombro, ela recua e se senta na banqueta com uma exalação apática.

— Então, o que acha?

Aquela indiferença é um contraste total com seu jeito eletrizante um segundo atrás.

— Sobre o quê?

— Ainda estou enferrujada?

Enferrujada?

Em rota de colisão

— É assim que eu conseguiria qualquer cara daqui.

Ela mexe a bebida.

Meu coração desacelera quando percebo que ela me mostrou exatamente o que eu havia pedido. Me provando que não é arrogante — só confiante pra porra.

— Então, qual? — pergunta ela, casualmente. — Com qual cara você quer que eu fale?

Nenhum.

Nenhum cara, nunca. O ciúme cresce e me atinge como um caminhão. A confiança irradia dela em ondas. Caralho. Eu me sinto péssimo só de ver que ela não parece nem de longe tão afetada com a nossa proximidade enquanto minha cabeça ainda está girando.

Dou uma olhada ao redor do bar, reconhecendo alguns caras de fraternidades e alunos da UHart.

— Nenhum — digo rouco, com a irritação tingindo meu tom.

— Está com medo de que eu vença?

Sim.

— Está ficando tarde. Você tem aula amanhã.

Ela franze a testa.

— Você ficou dizendo que eu não estava me divertindo, mas agora está me lembrando da aula? Que só é depois da nossa reunião com o dr. Toor, aliás.

Eu sei disso, mas precisava de uma desculpa para tirá-la daqui. Ela tem razão. Está ficando quente. Tão quente que minhas roupas estão desconfortáveis e eu preferiria estar sem elas. De preferência com Summer embaixo de mim.

— Por que você está tão estranho?

Talvez porque esteja tão duro que não sei como vou levantar?

— Só estou dando uma deixa, caso você queira ir embora.

— Muito gentil da sua parte, mas estou bem. — Ela joga o cabelo sobre o ombro e olha para o canto mais distante. — Aquele cara é bonitinho.

Meus olhos encontram Kayce Howard, o armador do time de basquete, jogando sinuca. Nossos times não se dão bem, e não é por falta de tentativa. Eles são idiotas imprudentes, e levaram meus jogadores a se envolver em confusão muitas vezes.

Quando ele se endireita, o queixo de Summer cai.

— E... *alto*.

— Achei que não gostasse de atletas. — Pareço amargurado, mas não me dou o trabalho de disfarçar.

— Não gosto de jogadores de *hóquei*. O que ele joga?

Lanço um olhar furioso.

— Basquete.

— Perfeito. — Ela pega minha jaqueta do colo e a veste. Mantenho as mãos do lado do corpo para me impedir de trazer a bunda dela para o meu colo. De repente, quero que todo mundo nesse bar saiba que ela veio comigo.

Logo antes de se erguer, ela lambe a borda salgada do copo e vira o drinque. Vê-la rebolar até a mesa de sinuca é como ter uma lança ardente enfiada no meu peito. A bunda dela me distrai, tanto que eu mal reparo quando uma garota se aproxima e toma o lugar que Summer ocupava há pouco.

— Você joga pela Dalton, né? Eu sou Bethany.

Assinto, mas minha cabeça vira dessa garota para aquela que ganha a atenção de Kayce imediatamente. O sorrisinho lento que desabrocha na cara dele me diz que ela o enfeitiçou exatamente como fez comigo.

— Eu estudo na Yale — diz ela.

Presto atenção nela de novo.

— Está um pouco longe de casa, não?

Bethany dá de ombros.

— Os caras aqui são melhores.

Quando ela sorri, finalmente reparo em como é bonita. O cabelo loiro cai em ondas ao redor do rosto. Seus olhos azuis são tão brilhantes e inocentes que quase não vejo a blusa de decote profundo que me dá uma vista desimpedida dos peitos.

Em rota de colisão 133

— São mesmo?

Me concentrar no momento é difícil quando tem uma garota do outro lado do bar rindo com o imbecil do século.

— Estou olhando pra um agora mesmo. — Ela pega minha mão e corre um dedo pela minha palma. — Esses calos seriam tão gostosos n...

Levanto quando a mão de Kayce enrola uma mecha do cabelo de Summer.

— Já volto.

Bethany segura minha mão.

— Vai me deixar aqui?

Eu solto os dedos dela.

— Só preciso falar com minha amiga. Me dê um minuto. — Amiga essa que está tirando a jaqueta agora mesmo. Metade do time de basquete está assistindo como se ela estivesse fazendo um show, e mordo as bochechas com tanta força que sinto uma tensão na cabeça.

A risadinha de Summer me alcança quando Kayce se abaixa para sussurrar no ouvido dela. Sem pensar muito, vou até eles e a puxo para longe. Ela cambaleia.

— O que está fazendo?

— É hora de ir.

A confusão domina suas feições quando ela tenta livrar o braço do meu aperto.

— Pode ir. Pego outra carona pra casa.

— Nem fodendo, você não conhece esses caras. Vai vir comigo.

— Ela me conhece. Eu dou uma carona pra ela — sugere Kayce.

— Fique fora disso.

Summer me olha em choque e me arrasta para longe da mesa de sinuca.

— *Cara*. Você tá sendo o pior cupido no momento.

Estou tão irritado que não consigo responder. Está tudo uma merda. Ela tem um cheiro tão bom, sua pele está brilhando, e os seus olhos... Melhor nem começar a pensar nos olhos, que têm sua própria força gravitacional.

— Olha, você não tem que ficar comigo. Aquela garota bonita lá no bar parece que quer muito ver o que tem embaixo de tudo isso. — Ela aponta para o meu corpo. — E eu quero ver o que tem embaixo de tudo aquilo. — Ela aponta um dedão para Kayce.

Ele já está falando com outra pessoa e de alguma forma isso também me irrita. Por que outra garota o interessaria quando Summer está bem aqui? É como ganhar o sol e decidir que uma lâmpada é boa o suficiente.

— Você não conhece aquele cara. Confie em mim, não quer ficar com ele.

— Eu confio em você e é por isso que estou aqui. Ele cumpre todos os requisitos. Até se ofereceu pra me ensinar a jogar sinuca.

Eu bufo. Tenho quase certeza de que qualquer cara nesse bar se ofereceria para ter uma visão da bunda dela curvada sobre a mesa de sinuca.

O olhar calmo nos olhos dela esfria minha irritação.

— Você quer mesmo ficar? — pergunto.

Diga não. Diga não. Diga não.

— Sim — diz ela, tocando meu ombro. — Mas você também deveria.

— Vai mesmo ficar com ele? — Minha voz soa frágil, quase insegura.

Ela ri.

— Você não me conhece? Eu estava brincando. Disse pra você que preciso gostar de um cara antes de ficar com ele.

— E quanto tempo você leva pra gostar de alguém?

Ela pensa por um minuto.

— Há quanto tempo eu conheço você?

— Dois meses — eu digo.

— Aí está sua resposta — diz ela, e volta para Kayce.

Em rota de colisão

Fico piscando na ausência dela, sem saber o que pensar. Summer nunca tinha dito que gostava de mim.

Estou em território desconhecido.

15
Summer

Isso não é um encontro. Nada na minha roupa ou no tempo extra que gastei no meu cabelo significa alguma coisa. São só dois amigos — mais ou menos — passando um tempo juntos na esperança de aprender como se divertir na faculdade. *Meu Deus*, quando me tornei tão patética?

Quando saí do dormitório, Amara e Cassie estavam determinadas a chamar minha saída com Aiden de encontro. Falaram algo sobre eu não sair há meses e que minha vagina está provavelmente murcha neste exato momento. Mancada. Minha vagina está perfeitamente bem — eu só não tenho prestado muita atenção nela, embora consertar essa situação seja exatamente o que preciso.

Agora que estamos aqui, descobri que minha língua fica solta quando bebo. Digo coisas que, caso contrário, teria mantido seguramente trancadas em um cofre à prova de fogo. Uma confirmação disso é dizer a Aiden que *gosto* dele. Logicamente, minha única opção depois disso é voltar para Kayce Howard nesse bar infestado de atletas enquanto Aiden mira minhas costas como um atirador.

A atenção que ele recebe no campus é inacreditável, mas a atenção que recebe em bares fora do campus é ridícula. Eu não dei nem três passos de onde estávamos sentados quando uma garota da mesa ao lado que estava babando nele o abordou. E daí se eu quero ter um gostinho de como é ser a pessoa com todos os olhos sobre si?

— Crawford não conseguiu convencer você a ficar longe de mim?

Inclino o pescoço para encontrar o olhar de Kayce. Quando disse que ele era alto, foi o eufemismo do século. Kayce Howard é um *homem* de um metro e noventa. Fico meio desconsertada ao vê-lo tão de perto.

— Nunca fui de fazer o que mandam — digo.

Os olhos dele cintilam.

— Então vá em frente e eu sigo.

Eu rio, mesmo sabendo que isso não vai para lugar nenhum. Aiden está preocupado com alguma coisa e não quero arruinar a noite o deixando estressado.

— A oferta ainda está de pé? — Aponto para o taco de sinuca, e o sorrisinho que ele me dá em resposta é divino. Quando Kayce se inclina para perto, seu aroma amadeirado manda um arrepio agudo pelas minhas costas.

— Ensino o que você quiser, Sunshine — diz ele com a voz arrastada.

— Não chame ela assim.

A voz dura de Aiden ataca minhas costas como uma chama. O olhar de Kayce está acima da minha cabeça e a boca dele se contrai numa linha. Em vez de responder, vai até os tacos para escolher um para mim.

Com um giro dramático, eu encaro Aiden.

— Isso é parte da sua abordagem de cupido de merda?

— *Sunshine?* — repete ele, irritado.

Eu até deveria ter corrigido Kayce. Mas, quer dizer, pra quê? Explicar para um cara que acabei de conhecer sobre meu relacionamento zoado com meu pai provavelmente não é o melhor jeito de começar uma conversa.

Quando dou de ombros, Aiden suspira.

— Só estou aqui para jogar sinuca.

—Ah, claro. Vá exibir suas tendências de homem das cavernas em outro lugar.

Aiden encosta na mesa, com os braços cruzados e os bíceps forçando a camiseta branca.

— A única coisa que estou exibindo é meu livre-arbítrio. Que tal se jogarmos uma rodada? Eu e Bethany contra você e Kayce.

A risada grave de Kayce soa ao meu lado.

— Acabar com você na sinuca? Eu topo.

— Eu amo sinuca! — Uma Bethany bêbada gruda em Aiden, e a mão dele envolve a cintura dela para firmá-la.

— Não sei se sua mira vai ser muito boa — provoca ele.

Ela fica na ponta dos pés para sussurrar no ouvido dele, mas mesmo no bar caótico eu a escuto claramente.

— É só colocar as mãos em mim e eu ficarei firme.

Eca. Vou precisar de outra bebida em breve.

Kayce arruma as bolas e me estende o taco. Ele explica as regras básicas e finjo prestar atenção. Pedimos bebidas antes de começar, e o álcool me atinge com força. Tento mirar, mas devo estar fazendo tudo errado, porque sinto sua mão deslizar pelo meu abdome e o corpo quente de Kayce grudar nas minhas costas.

— Erga mais a mão. Se posicione à esquerda da linha lateral para mirar na segunda bola. — Ouvir as instruções de Kayce é difícil quando ele está tão perto que seu hálito de menta roça meu pescoço. Eu poderia estar sendo comida nessa mesa de sinuca agora, enquanto o time de basquete nos observa. Embora entre os nossos oponentes Aiden seja o único que pareça prestes a quebrar o taco.

Quando a cintura de Kayce se conecta com a minha bunda, tropeço e faço a jogada. É péssima, mas consigo encaçapar uma bola lisa. Comemoramos, e eu recuo com as bochechas queimando.

Aiden estabiliza Bethany, mas a deixa jogar sozinha. Má ideia, porque ela se atrapalha e erra, o que só torna a próxima jogada de Kayce mais fácil. Quando é a vez de Aiden, ele encaçapa as bolas listradas com facilidade, dando uma piscadinha para mim quando a minha próxima jogada parece impossível.

— Eu posso jogar por você — sugere Kayce, como se eu fosse uma mulherzinha incapaz que não consegue encarar um desafio. Mantenho a cabeça erguida, determinada a apagar o sorrisinho do rosto de Aiden.

— Eu consigo. — Vou até onde Aiden está parado e bato o quadril para afastá-lo. Ele solta uma risada baixa, me assistindo com um sorriso arrogante.

Me inclino e faço uma jogada calculada para a bola enfiar outras três lisas em duas caçapas. O murmúrio de fundo some quando o time de basquete, incluindo Kayce, me encaram em choque. Bethany dá um gritinho empolgado, mas acho que ela não lembra em qual time está. Eu me preparo para me vangloriar contra um rosto fechado, mas em vez disso Aiden sorri largo como se fosse exatamente o que ele queria. O sorriso convencido cai dos meus lábios.

— Ele deve ser um bom professor — diz Aiden, apontando para Kayce.

Aperto o taco.

— Ou talvez eu seja uma boa atriz.

— É verdade? — pergunta ele calmamente. — Você gosta de usar fantasias?

As palavras são como líquido quente escorrendo pela minha pele. Estendo o taco para erguer o queixo dele.

— Você nunca vai descobrir.

O olhar dele só escurece, ainda com um brilho determinado que me assusta.

— Não sabia que você tinha um talento secreto — diz Kayce, me distraindo do olhar perturbador de Aiden.

Depois disso, a vitória vem fácil. Mas, em vez de uma expressão de derrota, os olhos de Aiden têm um brilho de satisfação. Suspeito que é porque ele me fez largar o showzinho de garota desajeitada que afagava o ego de Kayce.

Eu me viro para Kayce, que me puxa para perto. Mas é estranho. Nada disso é como eu achava que seria. Nem os toques, nem os sussurros sobre como eu sou gostosa, e muito menos os flertes. Sinto que minhas ações são forçadas, e não quero mais fazer isso. Não quero me moldar para ser algo que não sou. O fato de ter vencido na sinuca pode ter disparado essa revelação.

Meus olhos gravitam para onde Aiden e Bethany estão e encontro os dele já em mim. Ela o puxa para o bar, afastando a atenção dele das mãos pesadas na minha cintura. Não sei se é o olhar que Aiden me dá ou a sensação esquisita se revirando no meu estômago, mas me desvencilho dos braços de Kayce.

— Foi divertido, mas acho que vou pra casa — digo, sem jeito.

A decepção dele só dura um segundo.

— Eu também me diverti. Se quiser deixar Crawford com ciúmes de novo, você sabe pra quem ligar.

Deixar Aiden com ciúmes? Kayce se afasta antes que eu possa dissecar a declaração. Quando procuro Aiden, ele está sussurrando no ouvido de Bethany enquanto ela digita no celular. Ela está rindo, corada. Tem algo em Aiden que leva as mulheres a fazer qualquer coisa para agradá-lo.

Pego a jaqueta e saio do bar, evitando todos os clientes bêbados ao redor da porta. Lá fora, estou tentando chamar um Uber, mas o app não encontra um carro disponível. Estou encostada na parede de tijolos quando sinto um puxão para trás.

— Você simplesmente ia embora? — Aiden corre a mão exasperada pelo cabelo. — Meu Deus, Summer, achei que tinha ido com ele. Quase perdi a cabeça até encontrar você aqui.

O rosto aflito dele confunde meu cérebro bêbado.

— Desculpe, você parecia a fim de Bethany. Não queria interromper só porque eu precisava ir embora.

Ele me encara como se fosse a coisa mais idiota que já ouviu.

— Eu estou onde quer que você esteja, Summer.

Em rota de colisão 141

O peso no meu estômago afunda. Sem dizer uma palavra, ele me leva para a caminhonete com a mão nas minhas costas. O trajeto é silencioso, fora o zumbido baixo do rádio que passa de músicas pop a novas versões de clássicos.

Estamos passando por uma área mal iluminada quando as primeiras notas de "Tennessee Whiskey" saem pelos alto-falantes. De repente, Aiden para a caminhonete. Quando ele ri, me pergunto se a proximidade com Bethany o deixou um pouco bêbado.

— O que é tão engraçado? — pergunto.

Olhos verdes sérios examinam meu rosto por um segundo longo demais.

— Essa é uma versão mais nova, mas foi a música da primeira dança de casamento dos meus pais.

Meu sorriso espelha o dele.

— Country?

Embora os estereótipos de hóquei estejam profundamente associados com o gênero, o amor de Aiden por música country parece mais pessoal, como se fosse uma parte importante de sua vida. Ele aumenta o volume no rádio e sai da caminhonete.

Eu o observo contornar o carro antes que minha porta se abra, e Aiden estende a mão para mim.

— Venha.

— Aonde vamos? — pergunto, mais alto que a música.

— Só aqui fora.

Ele acena para a frente da caminhonete. Não sei por que, mas tomo a mão dele e o sigo até onde os faróis nos afogam em um branco forte. Quando ele olha para mim, seus olhos são tão melancólicos quanto as árvores ao redor. Há uma tristeza neles que não consigo entender bem, mas seu sorriso doce contrasta com a expressão.

— Você dança? — pergunto quando ele ergue minha mão até seu ombro.

— Não — diz ele. — Mas quero dançar com você.

Um nó se forma na minha garganta quando Aiden me puxa para perto.

— Tem certeza de que não está bêbado? — pergunto, tentando desfazer a tensão que pressiona meu peito.

Ele sacode a cabeça, e o olhar é tão intenso que apoio a cabeça contra o seu peito para escapar dele. Deixo meus olhos se fecharem quando a letra da música nos envolve. O ar frio da noite mal penetra o peso quente dos braços de Aiden ao meu redor. Ou é isso ou é o álcool que esquenta meu sangue. Mas não consigo me livrar da sensação de conforto e segurança quando estou com ele. Não consigo negar que me sinto em casa.

O pensamento faz meus olhos se abrirem e meu coração acelerar loucamente. Não. *Não*. Tem que ser o álcool. É a única explicação para a dor no meio do meu peito e o formigamento quente na minha pele. Quando finalmente acalmo o coração, Aiden dá um beijo no meu cabelo. E as batidas retomam ao ritmo veloz.

Quando a canção vai terminando, eu me afasto. A respiração dele roça minha testa e, por um breve segundo, só consigo pensar nos lábios dele nos meus.

Abruptamente me afasto daquele abraço quente.

— É uma música bonita. Eu ouvi na playlist — digo.

O olhar melancólico não some, mas ele está sorrindo agora.

— Acho que consegui transformar você em uma fã de country no fim das contas.

— Eu não falaria isso. — Eu rio e o deixo me ajudar a entrar no lado do passageiro.

Quando estamos chegando na Casa Iona, reluto em sair da bolha ao nosso redor. Pode ser a névoa do álcool, mas o zumbido de nervosismo que corre sob minha pele está ciente da mudança que ocorreu entre nós. Uma mudança que não consigo nem começar a explicar.

Em rota de colisão 143

Minha habilidade de formar palavras se dissolve e, quando desafivelo o cinto de segurança, minhas mãos estão suadas. Em uma decisão rápida, me inclino sobre o banco, e Aiden puxa o ar bruscamente antes que eu plante um beijo no canto da boca dele.

Então saio da caminhonete como se ali estivesse pegando fogo.

16
Aiden

— Cadê meu celular?

O pessoal está sentado na sala de estar quando entro tentando encontrar meu telefone. Dylan está estudando, o que é atípico, e Kian está usando seu celular com as pernas erguidas na mesa, ignorando que as pessoas comem onde ele apoia os pés nojentos. Eli chega também.

— Você sabe que o Buscar iPhone foi inventado em 2010, certo? — diz Kian.

Dylan joga uma borracha nele.

— Você perdeu ele ontem à noite? Não respondeu nossas mensagens.

— Acho que deixei no bar.

— Quando Summer pôs você na *friendzone* ou quando você deixou ela se engraçar com o Howard? — pergunta Kian. Ele segue alguns caras do basquete nas mídias sociais e nos viu no fundo dos vídeos deles. Lá se foi a esperança de manter as coisas privadas.

Ignorando-o, pego minhas chaves para voltar lá.

— Cara, são duas da tarde, eles só abrem à noite — diz Dylan, me impedindo de sair. — Aqui, usa o meu celular pra rastrear ele, caso esteja na sua caminhonete ou algo assim.

Quando digito minhas informações, a bússola gira e vejo meu celular no sul. Na direção oposta do bar. Na Universidade de Yale.

Todos os caras olham para a tela com um ar confuso. Merda.

— Por que caralhos você iria lá? — Dylan parece enojado.

— Eu não fui. Dei pra uma garota pôr o número dela e nunca peguei de volta.

Bethany claramente estava bêbada demais para se lembrar de devolvê-lo. E eu estava focando demais outra pessoa.

— Mais fácil arranjar outro celular agora.

O problema é que não posso. Summer me manda mensagens quando precisa de mim e não ter meu celular significa que não vou falar com ela. Também estou com uma sensação estranha de que há algo importante para fazer hoje.

— É a Kappa Zeta, ela provavelmente está numa sororidade — diz Dylan.

Sigo para a porta e visto os sapatos quando Eli me impede.

— Vamos partir pra Chicago em algumas horas. Tem certeza de que vai arriscar irritar o treinador?

Certo. Ele que é a coisa importante.

— Não posso sair sem meu celular.

— Então vamos com você — declara ele.

— Vocês não precisam fazer isso.

Eli não cede.

— Se Kilner vai ficar puto, que fique puto com todos nós. Não vamos deixar você ir pra New Haven sozinho. — Um entendimento tácito paira entre nós e, simples assim, seguimos para Yale.

Quando nos aproximamos do campus, um mar de azul reveste as calçadas e é difícil conter um estremecimento coletivo.

— Eu deveria ter trazido alho? — pergunta Kian.

— Por quê?

— Se repele vampiros, deve funcionar em alunos de Yale também.

Dylan ri.

— Bem pensado. Talvez a gente devesse comprar um pouco antes de entrar.

— Não vamos precisar. Eu vou entrar e sair. Ninguém vai notar a gente. — Estacionamos e seguimos as coordenadas no celular de Dylan.

— Não tem uma pessoa no campus que não saiba quem você é. — Kian mal termina a frase quando escutamos meu nome. É Eric Salinger, capitão do time de hóquei de Yale.

— Nunca achei que veria vocês aqui sem serem obrigados. — Ele ri. — Mas é bom porque não pude me desculpar pessoalmente pela vandalização na sua universidade. Meu pessoal não vai fazer nada tão descuidado assim de novo.

Eric é gente fina. Como eu, foi recrutado quando jogamos pelas ligas de base, então o objetivo único dele sempre foi o hóquei. Seu time, por outro lado, é composto por um bando de imbecis desmiolados.

— Ainda é bem zoado da parte de vocês. O capitão está pagando por essa merda há meses — diz Kian.

Eric balança a cabeça com pena.

— Olha, se eu soubesse, teria impedido eles. Eu não aceito esse tipo de coisa.

— Você aceita jogadas sujas? — Minha mão no peito de Kian o impede de seguir em frente. A última coisa que precisamos é que alguém o veja lançar insultos e acabe retaliando.

— Até gosto de você, mas seus colegas ainda precisam aprender uma lição — eu digo.

Os cantos dos lábios dele se erguem.

— Tenho certeza de que vocês vão fazer isso na final.

— Acha que vão chegar lá?

— Tudo indica que sim. Mas não sei vocês.

— Veremos. — Minhas palavras de despedida são uma cortesia mais que qualquer coisa. Ele obviamente sabe que vencemos quase todos os jogos nessa temporada.

Seguimos para uma casa amarelo-clara na esquina de uma rua. Subo até a varanda de madeira pintada de branco e bato na porta rosa. A garota que a abre tem olhos brilhantes e está sorrindo, mas sua postura é rígida.

— Oi, uma das suas amigas pegou meu celular ontem à noite. Preciso dele de volta.

O sorriso perfeito dela não vacila.

— Sinto muito, mas isso é impossível. Irmãs Kappa não fraternizam com caras da Dalton.

Dylan dá um passo para a frente.

— Escuta, não estou querendo ter uma reação alérgica aqui, então, se só nos entregar o celular, podemos ir embora.

— Dylan? — Uma garota corre na direção dele. — Você nunca me ligou!

Dylan murmura um xingamento. Eu me viro para a garota que abriu a porta enquanto Dylan se desculpa profusamente com aquela que ele deixou no vácuo.

— Viu, é possível. Agora, pode só chamar ela? — pergunto.

— Qual é o nome dela?

— Bethany.

As garotas se entreolham.

— Esperem aqui.

Acho que eu posso ter encrencado Bethany. Kian e Eli sobem os degraus para parar atrás de nós, e é aí que reparamos nas garotas nos olhando das janelas. Eu aceno, fazendo-as correr para se esconder atrás das cortinas.

— Eu não conheço nenhum jogador de hóquei... *Aiden?* — Bethany xinga e me puxa de lado. — Você precisa ir embora. Agora.

Puxo o braço do aperto dela.

— Preciso do meu celular.

— Que celular?

Mostro a ela o localizador piscando no telefone de Dylan indicando que o meu está nessa casa.

— Provavelmente foi isso que ficou vibrando a manhã toda — murmura ela, correndo a mão pelo cabelo. — Escuta, eu estou por um fio aqui e elas vão me expulsar se souberem que eu estava bebendo ontem à noite. Se eu pegar seu celular, você dá uma desculpa por mim?

— Você não está exatamente em posição de negociar — eu digo.

— Quer seu celular ou não?

— Está me chantageando?

Ela fecha os olhos, frustrada.

— Por favor?

Eu assinto, e ela segue para o andar de cima. Suas irmãs de sororidade me interrogam.

— Como você conhece a Beth?

Tento pensar numa desculpa depressa.

— A gente se conheceu numa lanchonete ontem. Ela usou meu celular e deve ter pegado ele acidentalmente.

— Uma lanchonete? Tem certeza?

— Aham.

O olhar fuzilante dela me faz recuar um passo. Os caras já estão na calçada. Covardes.

— Toma. — Bethany enfia meu celular na minha mão. Antes que eu possa agradecer, ela bate a porta na minha cara. Qual é a das mulheres de bater a porta na minha cara ultimamente?

Summer

[10:00]

> **Summer**
> Por mais que odeie admitir, eu me diverti ontem à noite.

> Nos vemos ao meio-dia.

[11:30]

> **Summer**
> Me encontre no centro de tomografia. Atrás do Carver Hall.

Em rota de colisão 149

[11:42]

> **Summer**
> Por favor, não se atrase. O dr. Toor vai sair de licença paternidade essa semana.

[11:55]

> **Summer**
> Aiden???

[11:58]

> **Summer**
> Se isso for uma piada, não tem graça.

> Juro por Deus que, se não aparecer em dois minutos, nunca mais falo com você.

— Vinte contos que ela dá um soco nele.
— Eu diria uma joelhada no saco.
— Talvez ela o espanque com o taco de hóquei antes que Kilner tenha a chance.

Os caras disparam suas previsões nada divertidas sobre meu infortúnio. Mas eu sei que, de todas as coisas que ela pode fazer, o pior seria me ignorar.

Quando a vejo atravessando a rua até o dormitório, peço a Dylan para parar.

— Não quero apressar você, cara, mas estamos atrasados — diz ele quando eu pulo do carro.

Para meu horror, Summer não se vira quando chamo seu nome, e em vez disso anda mais rápido.

— Summer. — Pego o braço dela.

Ela se desvencilha de mim, me fuzilando com um olhar furioso. Eu murcho.

— Eu esqueci. Perdi meu telefone ontem à noite.

O olhar dela vai para trás de mim até o carro cheio de caras nos observando. Escuto vários *Oi, Summer* da plateia, e ela dá um meio sorriso para eles.

— Cometi um erro — continuo.

— Um erro? — Ela bufa. — Eu e o dr. Toor esperamos por uma hora! Eu estou lembrando você disso há semanas. O fato de que perdeu seu celular não deveria fazer diferença nenhuma.

— Eu sei. Não quero dar desculpas. Foi mancada minha e quero fazer alguma coisa para consertar isso.

Ela balança a cabeça, sem acreditar.

— Você é uma baita dor de cabeça, sabia?

— Eu sei e sinto muito.

Ela me encara por um longo minuto, e algo parecido com surpresa cruza seu rosto antes que ela pisque. Uma buzinada leve atrás de mim me diz que estou ficando sem tempo.

— Tenho que ir pra Chicago e só volto daqui uns dias. Eu realmente esperava que a gente pudesse discutir isso.

— Você já está indo? — Tem uma nota de decepção na pergunta. — Quer dizer, então deveria ir logo. Não vá se atrasar.

Dylan chama meu nome de novo e tenho vontade de socar a cabeça dele.

— Um minuto! — berro de volta. — Por favor, podemos discutir sobre isso mais tarde? — pergunto a ela.

— Não tem nada a ser discutido. Eu dou um jeito.

Uma onda de desalento me toma.

— Eu não posso ir embora sem consertar isso.

Ela balança a cabeça, descrente.

— Você tem um time inteiro esperando, Aiden. Não os decepcione também.

Eu deveria ter esperado essa alfinetada.

— Não vou. Só preciso ter certeza de que *isso* — faço um gesto para nós — não está arruinado.

— Meu projeto está quase no fim. Não deve importar pra você, de qualquer forma.

As palavras afiadas são pontuadas por uma buzinada.

Eu ignoro.

— Só me diga como eu posso me redimir.

Summer morde o interior das bochechas, refletindo.

— Crawford! Kilner tá ligando. Temos que ir, cara.

— *Caralho...* um segundo! — grito.

Summer não responde. Ela parece totalmente retraída, e o fato de que eu a deixei assim me mata.

— Eu errei feio, Summer. Sinto muito.

— Também sinto — diz ela por fim, virando-se para as portas da Casa Iona e desaparecendo lá dentro.

17
Summer

O dormitório está escuro e silencioso quando entro depois da minha corrida. Dou um único passo antes de ver uma caixa pequena no balcão. O laço dourado brilha apesar da luz baixa. Com cuidado, me aproximo do item misterioso e meu coração cresce no peito quando vejo o que é.

É o chá que meu pai comprava para mim, e há um bilhete colado na parte de baixo.

Desculpe por todas as dores de cabeças. — A.

Meu estômago se revira inteiro. Não vejo Aiden nem mando mensagens para ele desde que voltou de Chicago. Passei meu tempo pensando em outro elemento para acrescentar ao projeto, já que ele perdeu o teste. É uma sensação exaustiva sentir que meu trabalho não é importante o suficiente. Mas o jeito como Aiden olhou para mim deixou meu peito pesado. O jeito como aquele único pedido de desculpas e seu olhar sincero me fizeram querer dizer que estava tudo bem. Nunca me sinto assim quando alguém me decepciona, eu apenas aprendo minha lição.

É porque os olhos foram a primeira coisa que notei nele.

Quando criança, eu era obcecada pelos olhos do meu pai. Cinza com pontinhos dourados, às vezes azuis em luzes diferentes. Eu perguntava constantemente à minha mãe por que eu fiquei com os olhos castanhos sem graça e minhas irmãs tinham os olhos dele. Chorava por dias por causa disso, e estranhamente ainda hoje isso me abala — como se fosse mais uma coisa que meu pai não pôde me dar. Outra parte dele que eu não podia ter. Outra parte que pertencia a minhas irmãs e não a mim. Era patético. Pura probabilidade genética, mas ironicamente uma ilustração perfeita do nosso relacionamento.

Mas Aiden tem os mesmos olhos hipnotizantes. Olhos que fazem você esquecer as palavras até que faça um esforço consciente para se lembrar delas de novo. Olhos que dizem com um só olhar como a alma atrás deles é pura. Ele os tem, e odeio isso. Até mais, odeio o fato de reparar neles.

Quando meu telefone acende, notificações do app da Dalton pipocam na minha tela. Não preciso abri-lo para saber que nosso time provavelmente venceu. Já é difícil evitar o jogo quando absolutamente todo mundo está postando sobre isso. Amara e Cassie também estão lá. Elas me convidaram, pensando que eu conseguiria engolir o esporte agora, mas essa esperança foi incinerada por um jogador de hóquei atrasado. Preferi estudar no dormitório e por vezes me assustar com rangidos no corredor.

Uma batida soa na porta e dou um pulo. Hesitante, vou atender, tentando acalmar minha pulsação irregular. Quando abro a porta devagar e espio pela fresta, meu coração dá um salto.

Aiden está parado ali com o equipamento de hóquei, menos os patins e o capacete. De alguma forma, seu cabelo ainda esvoaça perfeitamente. Cabelo amassado pelo capacete não existe no universo dele.

Abro mais a porta.

— O que você está fazendo aqui?

— Vim pra nossa sessão.

— Não marcamos nada. — Olho a hora no telefone. — Seu jogo acabou faz vinte minutos, Aiden.

Como é que ele conseguiu chegar aqui em vinte minutos é um mistério.

Quando minha mãe me levava para ver os jogos do meu pai na infância, passávamos a maior parte da noite esperando fora da arena depois do jogo. Eu acordava no dia seguinte e me dava conta de que tinha dormido e não conseguira vê-lo.

— Eu sei.

— Você ainda está de uniforme.

— Posso me trocar. — É aí que vejo a bolsa de academia no braço. — Você se incomoda?

Aponto para o banheiro, e ele entra no apartamento.

— Posso pegar uma toalha pra você se quiser tomar um banho.

Banho? Por que caralhos sugeri isso? Ele parece surpreso com o convite. Honestamente, também me surpreendeu, mas oferecer era o mínimo.

— Tem certeza?

Dou de ombros.

— Se quiser ficar nojento e suado pelo resto da noite, fique à vontade.

Minha tentativa patética de cortar a tensão não funciona quando ele só assente e vai para o banheiro.

Com a toalha em mãos, bato na porta e escuto um movimento antes que ele diga:

— Entre.

Hesito. Quando abro a porta, vejo que ele tirou os protetores de ombro e seu corpo está inteiramente à mostra. Meu banheiro tem uma luz terrível, mas ele ainda cintila sob as lâmpadas fluorescentes.

Ele pega a toalha.

— Obrigado.

A tensão entre nós é enorme no meu banheiro pequeno. O exaustor e o zumbido das luzes são altos como sempre.

— Posso ligar o chuveiro pra você. É meio difícil acertar.

Ele aperta os lábios e assente. O som de roupas sendo tiradas continua, e engulo em seco. Giro a torneira com as mãos suadas e, quando o encaro, ele está tão perto que tomo um susto.

Em rota de colisão

Se ele fede, meu cérebro não consegue captar porque só consigo pensar que estamos sozinhos, ele está seminu e meu pijama não deixam muita margem para a imaginação.

— Leva um minutinho pra esquentar — digo, e na verdade essa declaração também pode se aplicar a mim. Não parece que eu ofereci um banho, parece que ele está esperando para arrancar minhas roupas e me tomar contra a parede do chuveiro.

Ele assente, me lembrando de que minha imaginação está me pregando peças.

— Vocês venceram — digo. Em minha defesa, o chuveiro leva mesmo um minuto para esquentar. Estou sendo uma boa anfitriã, na verdade.

— Por um triz. — Ele parece querer dizer mais. Não nos falamos há uma semana, mas tenho todo direito de estar irritada. Ainda que as lembranças da raiva estejam aos poucos se esvaindo.

Quando começa a sair vapor do box, eu passo por ele.

— Espero lá fora.

O som de água corrente enche meu quarto. Para me livrar dos pensamentos pecaminosos, me sento no canto da sala mais afastado possível.

Aiden sai alguns minutos depois, enquanto estou editando meu trabalho de estatística. Está usando uma camiseta branca apertada e calça de moletom preta. É uma distração e tanto até eu notar o sangue escorrendo na bochecha dele.

Eu me assusto.

— O que aconteceu com seu rosto?

Ele se acomoda no sofá.

— Não imagina como ficou o outro cara.

— Você brigou com alguém? Não pode ser desqualificado? — A Associação tem regras rígidas e arriscar a penalidade não vale o soco na maioria das vezes.

— Um cretino de Princeton não me deixava em paz. Ele levou uma penalidade maior.

Minha preocupação se ameniza, sabendo que a infração não foi dele. Ainda assim, quando olho melhor o corte, fico inquieta.

— Estou bem. Sério.

Balanço a cabeça.

— Você devia ter pedido pro médico do time te checar.

— Ele checou e estou bem. — Ele dá de ombros. — Eu não queria me atrasar.

— Atrasar pra quê?

— Pra você — diz ele. — Me sinto péssimo por ter perdido a reunião na semana passada porque sei como essa pesquisa é importante pra você.

Brasas ardentes pressionam a cavidade do meu peito com força. Sem dizer mais nada, pego a mão dele e o puxo do sofá. Meu puxão não faz nada até ele ceder.

— Sente — digo quando entramos no banheiro cheio de vapor.

Ele dá um suspiro cansado.

— Summer, você não precisa fazer isso.

— Experimente me dizer de novo o que eu não posso fazer — aviso.

Ele me dá um olhar exasperado antes de se sentar na tampa da privada. Pego o kit de primeiros socorros embaixo da pia e ele abre as pernas para eu entrar no meio delas. Aiden não se encolhe quando inclino sua cabeça e aplico álcool no corte. Seu olhar está no meu rosto, e minha respiração falha. Ele apoia os braços na perna e sinto o leve roçar dos seus dedos atrás das minhas coxas. O toque é quente e faz minha pele formigar, deixando meu corpo inteiro vibrando.

— Sabe, nosso fisioterapeuta, Hank, também é o médico do time. Você podia tranquilamente substituir ele.

— Você realmente odeia o Hank, não? — Eu rio, tentando não olhar para os lábios dele. — Além disso, só sou habilitada para fazer primeiros socorros.

— Trata muitos atletas?

Balanço a cabeça.

Em rota de colisão 157

— Só eu, então?

— Só você. — *Por que estou sussurrando?* Pigarreio enquanto reviro a caixa de primeiros socorros para me distrair.

Os olhos dele ficam solenes e o ar se torna pesado.

— Me desculpe, Summer.

Minha respiração fica presa na garganta e não consigo encarar os olhos dele. A energia que faísca entre nós me deixa atordoada.

— Eu fiz o teste hoje de manhã.

Minhas mãos congelam no meio de um movimento.

— Quê?

— Entrei em contato com o dr. Toor com ajuda de Kilner e ele me indicou a um amigo dele que trabalha em uma clínica esportiva em Hartford. Você deve receber os resultados do teste ACSI-28 em alguns dias.

Meu coração pesado parece flutuar.

— Você fez o teste?

Ele assente.

— Eu deveria ter estado lá pra começo de conversa, Summer. Seu trabalho é importante.

Só consigo encarar os curativos em minha mão. Ele completou uma das partes mais importantes da minha pesquisa sem que eu tivesse que remarcar ou planejar nada. Meus pulmões pararam de funcionar, e eu tenho que conscientemente me lembrar de como humanos respiram para levar oxigênio ao sangue de novo. Arrasto a mão suada pelo cabelo, mas, quando ele toca a parte de trás da minha coxa, retorno ao presente com um susto.

Ergo dois curativos de desenho animado.

— Barbie ou Bratz?

Ele parece pasmo. Se não sabia antes como eu sou péssima em aceitar quando alguém faz coisas legais para mim, agora sabe. Claro, inicialmente foi mancada dele, então foi mesmo uma coisa legal? *Meu Deus, quem se importa?*

A expressão dele se suaviza e demonstra compreensão.
— Isso importa?
Eu suspiro de alívio quando ele não insiste sobre o teste.
— Demais.

Com a curva de um sorriso nos lábios e os dedos roçando de modo inconsciente na minha perna, ele parece estar perdido em pensamentos profundos.

— Bratz, *óbvio*.

Contenho um sorriso enquanto grudo o curativo roxo da Yasmin na bochecha dele. A caixa tem curativos neutros que eu poderia ter usado, mas guardo essa informação para mim.

18
Aiden

Eu cortei a energia.

Não é sempre que me encontro em nosso porão frio e encardido, mas situações desesperadoras exigem medidas desesperadas. Depois de aparecer no dormitório de Summer alguns dias atrás, pensei que as coisas tivessem voltado ao normal, mas essa foi uma conclusão completamente equivocada. Não houve mensagem, ligação nem e-mail. Nada. Kian foi o único que a viu durante as aulas, e ele se tornou mudo. Sua lealdade claramente mudou de lado. Babaca.

No último treino, eu estava tão desesperado que perguntei a Tyler Sampson sobre ela. Ele me bateu contra a parede do rinque. Sem dúvida, os sentimentos dela são tudo menos positivos.

Então, o que você faz quando a garota sobre a qual não consegue parar de pensar o ignora? Você desliga uma casa inteira.

Com a casa mergulhada na escuridão, gritos soam lá de cima. Subo as escadas com minha melhor cara de inocente. Não há outro jeito de tirar todos esses alunos da Dalton de casa e levá-los para o evento de Summer.

— Desculpe, ficamos sem energia, pessoal. — Minhas palavras são respondidas por resmungos bêbados. — Mas tem um evento no campus hoje à noite. Todo mundo pode ir pra lá. — Kian aparece, iluminado pela lanterna do celular. Aponto para a porta, e ele faz sinal de joinha.

— Me sigam, pessoal — diz ele. — Eu levo a bebida!

O grupo comemora, e as pessoas saem num fluxo atrás de Kian. Uma lanterna brilha em mim, e eu aperto os olhos.

— Temos um gerador — diz Cole, alegrinho e cético.

Dou de ombros. Mas ele tem razão, e minha sorte é que o negócio não ligou automaticamente. Atrás dele, Eli me dá uma piscadela antes de sair da casa.

— Você está realmente indo além do necessário por esse *projeto* — diz Dylan quando me encontra lá fora.

— Não gosto de fazer nada pela metade.

— Aham, Barbie — bufa ele.

Não me dou o trabalho de corrigi-lo. Desde que voltei da casa de Summer com um curativo roxo brilhante na cara, eles não param de me zoar.

Viro para o estacionamento oeste que foi liberado para o festival e posso ver pelas reações dos participantes que o evento de Summer é um sucesso.

— Dylan! — Uma garota dá um gritinho e corre para os braços dele.

Ele gesticula um "Quem é?" com a boca por cima do ombro dela. Balanço a cabeça e vou até onde Kian está tendo dificuldade em jogar uma bola de beisebol num alvo. Ele tenta acertar os bichos de pelúcia, um deles é uma pequena vaca que parece estar implorando para ser levada para casa.

— Isso só pode ser um golpe — reclama ele.

Uma garota na fila dá um sorriso meigo para Kian.

— Eu posso ensinar o truque pra você.

Ele se anima.

— Só para você saber, eu aprendo melhor com a mão na massa.

— É? Eu ensino melhor com a mão na massa.

Encaro isso como minha deixa para ir embora e sigo até Eli, que está conversando com Kayce Howard.

— Finalmente tirou um dia de folga? — pergunta ele quando me aproximo.

Em rota de colisão 161

— Tenho que dar alguma vantagem pra oposição, senão fica chato.

Ele ri.

— Pelo visto a final vai ser entre Dalton e Yale. Acha que vocês vão travar?

Cerro a mandíbula, e Eli pigarreia.

— Vamos vencer como em todos os outros anos. Vocês, por outro lado, mal chegaram às semifinais. Com sorte, não vão tropeçar.

Durante as semifinais no ano passado, Kayce errou um lançamento livre quando tropeçou no último segundo. Ele provou seu valor desde então, mas não paramos de encher o saco dele por causa disso.

Mordo as bochechas para esconder um sorriso com as palavras afiadas porque Eli nunca provoca ninguém, no gelo ou fora dele, mas sempre me defende. Kayce dá uma risada amarga, relevando o comentário. É uma regra tácita que ninguém confronta Elias Westbrook.

— Sua garota fez um bom trabalho — diz Kayce.

Minha garota.

— Fez mesmo.

Depois da nossa noite no bar, deve ter ficado bem claro para Kayce que Summer não ia para casa com ele. Foi por isso que ele decidiu se divertir durante a sinuca. Eu não pude reclamar porque a minha noite terminou com um beijo. Simples ou não, foi eletrizante pra caralho.

Olho ao redor e encontro Summer em um dos estandes. Ela está usando aquela calça jeans apertada que abraça a bunda e uma blusa branca que pende solta dos ombros. Os babados no decote a fazem parecer um anjo, e tenho uma vontade imensa de encontrar um canto afastado onde eu pudesse abaixá-la e pôr a boca nela.

Afasto o pensamento quando sinto o sangue correr para a virilha, mas não consigo parar de olhar para ela. Tê-la a centímetros dos meus lábios e não a beijar naquela noite aguçou todas as sensações.

Quando Summer se vira, radiante como sempre, seus olhos encontram os meus e se arregalam por um segundo antes de ela sorrir e se virar. Isso me surpreende, porque Summer já ficou tudo menos nervosa perto de mim. Furiosa? Com certeza. Nervosa? Nunca.

Me despeço dos caras e vou até ela, balançando a cabeça.

— Isso não vai funcionar.

Ela me olha de cima a baixo.

— Isso o quê?

— Esse sorriso.

Ela cruza os braços.

— Qual o problema de um sorriso? É educado.

— Não vindo de você, e muito menos para mim.

Ela prende os lábios para esconder um sorriso.

— Ah, então você gosta quando sou grossa com você?

— *Óbvio*.

— Fetiche por humilhação? — Ela bate a mão brincalhona no meu peito e o toque me atravessa como um raio, seguindo para um lugar perigosamente baixo.

— Você vai ter que descobrir.

Ela faz um biquinho.

— Da próxima vez que Kilner estiver cuspindo um pulmão de raiva, vou mandá-lo pra você.

— Estou curado. — Dou risada. — O evento está incrível, aliás.

Seus olhos castanhos brilham.

— Sério? Não acredito que tanta gente veio. O do semestre passado foi um fiasco.

— O crédito é todo seu. Precisa começar a acreditar que o seu trabalho importa.

Um rubor sobe às bochechas dela.

— Estou feliz que você veio.

Em rota de colisão 163

— Isso significa que me perdoa?

A risada dela faz algo esquisito no meu peito.

— Eu perdoei você no segundo que apareceu na minha porta com seu equipamento de hóquei.

Durante toda a minha vida, o som dos patins batendo no gelo e do disco deslizando até a rede foi a única coisa que me trouxe pura felicidade. Eu tinha certeza de que não existia qualquer outro som ou substância que pudesse rivalizar com aquela sensação de euforia. Mas agora me sinto como um alcoólatra que tomou o primeiro shot após anos de sobriedade. A risada leve de Summer preenche meus ouvidos e flutua até uma parte do meu cérebro que a grava na memória. Agora, a coisa que me traz paz, pela qual eu anseio como um gol que vence o jogo, é o som da risada e a visão do sorriso dela.

— Summer!

Ela vira para os voluntários que a chamaram.

— Preciso ir ver como estão lá — diz ela, olhando para trás.

Uma pontada de decepção me atinge e sinto o impulso de apertá-la contra o peito. É como se quanto mais longe ela estivesse de mim mais a corda entre nós se tensionasse. Meu desejo se torna realidade quando seu cabelo longo e ondulado gira e ela dá um salto para a frente, erguendo-se na ponta dos pés para enganchar os braços no meu pescoço. Um som rouco de surpresa escapa da mim, mas me recupero depressa e envolvo os braços ao redor dela.

É um abraço longo, cheio do aroma de pêssego e da sensação daquele corpo perfeito contra o meu. Meus braços se estreitam ao redor da cintura quente e a respiração dela falha. Antes do que eu esperava, ela recua um centímetro, os lábios tão próximos dos meus que posso sentir o seu gosto. Os olhos dela me atraem com a força de uma onda do mar.

— Me espera pra ir na roda-gigante? — pergunta ela.

A empolgação juvenil que me atravessa é ridícula.

— Claro.

19
Summer

É ridículo ficar animada por causa de um brinquedo de parque? Se for, não me importo.

A roda-gigante me chama como um farol através do mar de alunos rindo e jogando nos estandes. O cheiro de pipoca sumiu faz tempo, substituído pelo aroma viciante de Aiden. Mas talvez isso seja só uma alucinação.

Precisamos renovar os estoques das barracas de comida, os operadores dos jogos têm que tirar uma folga, e há um sério problema com bebidas alcoólicas que estou disposta a relevar contanto que ninguém caia de cara no chão e quebre o equipamento caro.

A atendente do arremesso de anel, Kenna, parece estar a minutos de desmoronar, então tomo o lugar dela. Os casais que se aproximam do estande fazem uma quantidade desconfortável de demonstrações públicas de afeto, mas isso não me irrita tanto quanto normalmente faria. Meu olhar corre até a roda-gigante de novo.

Enquanto estou arrumando as coisas depois do último jogo, Kian se encosta no estande e sua companheira admira um grande bicho de pelúcia.

— Acha que pode dar um jeitinho pra eu parecer foda?

Pego os ingressos dele e coleto alguns anéis.

— O que eu ganho com isso?

— A alegria de ver seu melhor amigo nos braços de uma mulher?

Minha risada escapa sem querer, fazendo a amiga dele me olhar. Dou um aceno.

— Ela é bonita.

— Isso é um sim?

Dou de ombros, e então lhe estendo os anéis mais largos destinados a crianças.

— Você está sendo terrivelmente gentil hoje — comenta ele.

— Estou me sentindo caridosa.

Os olhos dele se arregalam como se tivesse descoberto um grande segredo.

— Você está transando com alguém.

Meu rosto se contrai de nojo.

— Por que esse é seu primeiro palpite?

— Não é um palpite. Ou está transando com alguém ou existe o potencial pra isso.

Não quero pensar se ele tem razão ou não.

— Você é a última pessoa que deveria saber qualquer coisa sobre minha vida sexual.

— A vida sexual que não existe?

Eu lhe dou um olhar frio.

— Olhe quem está falando. — Ele mostra a língua para mim. — Se quer saber, só estou feliz.

A expressão dele se suaviza.

— Ótimo. Gosto de ver você feliz. — Então ele recua, gabando-se para a sua companheira que vai vencer o maior prêmio para ela.

Pela primeira vez na vida, parece que tudo está indo bem. Meu evento é um sucesso, meu projeto só precisa de pequenas alterações, e meus sentimentos venenosos pelo hóquei foram temporariamente remediados por um certo capitão.

Uma batidinha no ombro me afasta desses pensamentos, e Kenna pega a chave de mim.

— Xô! Você trabalhou o dia todo. Vai se divertir.
— Posso ficar, se você precisar de uma folga mais longa.
Ela me empurra pra fora do estande.
— Vá achar seu gato do hóquei.
Ela fecha a porta de madeira.
Acho que nosso abraço ficou à vista do festival inteiro.
Abro caminho entre a multidão de alunos bêbados. Pela primeira vez em meses, eu me sinto leve. Aquela noite no bar com Aiden parece ter sido o começo de uma nova Summer.
— Ótimo evento, Summer. — A voz de Connor Atwood está tão perto que me assusto. Seu cabelo loiro esvoaça no vento enquanto ele acompanha meus passos velozes.
— Obrigada por vir, Connor.
— Eu não teria perdido por nada. — Ele continua andando comigo enquanto me aproximo da roda-gigante. — O que está fazendo agora? Talvez a gente possa dar umas voltas por aqui.
Ignoro Connor completamente, mas nem consigo me sentir culpada. Tomada de euforia, reduzo o passo para procurar um capitão de hóquei alto.
— O que me diz? — pergunta ele.
— Escuta, Connor, n...
Meu coração afunda no estômago quando finalmente vejo Aiden entrando na roda-gigante. Com Crystal Yang. Uma garota da sororidade Beta Phi.
Minha garganta queima. A voz abafada de Connor se mistura com o barulho do festival.
Os olhos de Aiden se encontram com os meus antes de ele se sentar em uma das cabines da roda-gigante. Crystal joga um braço ao redor dos ombros dele e dá um beijo em sua bochecha enquanto tira uma selfie.
No calor da traição — algo que não deveria estar sentindo —, eu me viro para Connor.
— Ei, Connor? — Eu o corto no meio de uma fala.
— Sim?

Em rota de colisão

— Me beija.

Ele claramente não é o idiota que eu pensei que fosse, porque não diz outra palavra antes de abaixar a cabeça e selar os lábios nos meus.

O banho escaldante deixa minha pele quente ao toque. Meus pés doem depois de eu ficar em pé por horas, e até o creme com cheiro de pêssego que espalho por todo o corpo não alivia a dor nos músculos. Quando termino de passar um pente pelo cabelo úmido, ouço uma batida forte na porta. Visto uma camiseta longa e vou atendê-la, imaginando que seja Amara.

Quando abro a porta, é Aiden. Um Aiden muito puto.

— O que foi aquilo? — pergunta ele.

Eu me encosto na porta, tentando fingir que meu coração não está em chamas.

— Oi pra você também, Crawford.

— Você foi embora.

— Porque o evento acabou. — Viro para olhar o relógio em cima do fogão na cozinha. — É meia-noite.

— Eu sei que horas são. — Ele se aproxima, e eu instintivamente tento fechar a porta, mas ele a segura aberta. — Por que foi embora?

— Você tem perda de memória de curto prazo? Acabei de dizer.

Eu me encolho com a irritação temperando minhas palavras.

— Fale a verdade.

— Olha, eu tenho uma aula cedo amanhã...

— Eu te esperei — diz ele, com a voz baixa. — Não era para ela estar lá. Você pediu que eu reservasse uma volta.

— Eu não devia ter te pedido pra fazer isso.

Os olhos verdes de Aiden escurecem.

— Por que beijou ele?

Eu não sabia se ele tinha visto o beijo, mas saber que viu faz algo explodir no meu peito. Então faço a única coisa que posso. Finjo não entender.

— Quem?

A expressão dele fica descrente.

— Você beijou mais de um cara hoje?

Cruzo os braços para recuperar a compostura, e ele aproveita a oportunidade para entrar, fechando a porta. É como se tivesse selado o último restinho de oxigênio que eu poderia puxar para os pulmões para permanecer lúcida. O dormitório parece uma caixa de papelão, dado cada centímetro de espaço que ele rouba.

O olhar dele fica intenso.

— Se está tentando me irritar, está fazendo um ótimo trabalho.

— Foi você que entrou aqui sem convite — acuso.

— Tá bom. Por que beijou Atwood? Primeiro nome Connor, caso tenha beijado alguns Atwood enquanto passava o rodo hoje.

Eu não quero responder. Principalmente porque nem tenho certeza do motivo por fazer aquilo, para começo de conversa. Bem, eu tenho uma ideia, mas prefiro não a divulgar.

— Porque eu quis.

Ele dá um passo à frente, me fazendo dar um para trás por instinto. A dança continua, cada passo me fazendo avançar mais no dormitório.

— Por que beijou ele?

Arquejo com a proximidade e a atração tensa e quente entre nós.

— Acabei de dizer.

— A verdade, Summer.

Mais um passo e eu bato no sofá. A falta de espaço está impedindo qualquer pensamento lógico.

— Ele beija bem...

Ele pontua minha frase empurrando o quadril contra o meu e me fazendo bater nas costas do sofá. Um peso quente e sólido me prende ali, e toda minha resistência vira cinzas quando seu corpo de 1 metro e 90 paira sobre mim. Seu cheiro acende um fogo em algum ponto baixo no meu abdome.

— Não foi o que eu perguntei. Tente de novo. — Ele sussurra a pergunta a centímetros dos meus lábios, e eu me impeço de soltar um gemido vergonhoso.

Meu corpo não parecia nem de perto tão inflamável quando beijei Connor, e os lábios de Aiden nem tocaram os meus. A lembrança do beijo de Connor já esvaneceu faz tempo, provavelmente porque Aiden tem o poder especial de fazer meus pensamentos se dissolverem.

— Não sei o que você espera que eu diga. Foi só um beijo.

— Só um beijo? — pergunta ele devagar, nossos lábios a um centímetro de distância. — E se eu te beijasse agora, seria só um beijo também?

As palavras me inundam como água fervente. Ele está questionando meu blefe, e é bom pra caralho nisso. Mas não me conhece se acha que eu vou recuar de um desafio.

— Por que você não descobre?

Ele parece chocado, mas se recupera rápido, com um sorrisinho capaz de me fazer derreter numa poça patética aos seus pés.

— Isso é um sim?

— Bem, não é um não.

Na verdade, é um sim retumbante. Mas estou perdendo o controle da situação. É óbvio pelo jeito como minhas pernas tremem. Não sei bem se minha guarda frágil consegue se manter firme por mais um segundo.

— Vou precisar que faça melhor que isso. Posso beijar você, Summer? Sim ou não?

Não sei o que me leva a responder. Talvez seja o jeito como o corpo rígido dele está pressionado contra o meu, ou o jeito como me olha com uma avidez que nunca vi.

— Sim.

Quando estou completamente desesperada para que ele tome meus lábios, ele cai de joelhos. O som surpreso que sai de mim teria sido constrangedor se eu pudesse produzir qualquer pensamento, mas Aiden Crawford está de joelhos à minha frente com a respiração atingindo minhas coxas nuas, então pensar não é minha prioridade no momento.

— O q-que está fazendo? — balbucio.

— Beijando você. — Os dedos dele correm de leve por trás das minhas coxas, e eu estremeço. Pelo som rouco que emerge da sua boca, ele sabe que me tem na palma da mão.

A situação está se desenrolando. Rápido.

— Você precisa que eu te ensine o que é um beijo? — pergunto.

O sorriso lento dele chacoalha meu peito, fazendo uma sensação quente se empoçar no meu peito.

— Acho que eu consigo descobrir sozinho.

— Tem certeza? Posso pedir pra Connor te dar umas boas dicas.

Por que eu ainda estou falando? E por que adoro como os olhos dele se estreitam às minhas palavras?

Minha provocação faz o oposto do que eu quero, porque Aiden se levanta. Mas, em vez de me deixar como qualquer outro cara com um ego frágil, ele envolve minha cintura com um braço e me ergue sem esforço. Quando minhas pernas se fecham ao redor dele para deixá-lo encaixar seu corpo no meu, lembro que estou completamente nua sob a camiseta fina. Aiden congela.

Ele só precisava erguer minha camiseta um pouquinho para perceber isso quando estava de joelhos, mas eu não consegui manter a boca fechada o suficiente para isso acontecer. Agora, não sei como ele conseguiu isso, mas o quero desesperadamente de volta lá embaixo.

— Essa é a única coisa me impedindo de ver você pelada? — Ele fecha o punho na velha camiseta, enquanto a outra mão me segura. Sua força não me surpreende, mas aumenta meu tesão a um nível inteiramente novo. Até consegue arrebatar qualquer comentário engraçadinho que eu pudesse fazer.

Assinto, e o rosnado de satisfação dele corre pelo meu corpo com um chiado eufórico. Um zumbido inquieto satura o ar quando ele me apoia nas costas do sofá e abaixa a cabeça para beijar meu pescoço. Sinto o pau dele cutucar minha barriga, implorando para sair da calça e entrar em mim. Deixo escapar um som estrangulado.

— Quero ver você — diz ele, rouco, afastando meu cabelo do rosto, a outra mão ainda segurando a bainha da camiseta. — Posso tirar isso?

— Sim — sussurro. Aparentemente, me torno monossilábica quando Aiden está tão perto de mim.

Meu corpo inteiro está crepitando. O ar contra minha pele quente não faz nada para me esfriar quando ele tira minha camiseta com um único gesto rápido. O xingamento que se segue faz uma vibração atravessar o meu âmago. É tão elétrico que estremeço, apesar do calor lambendo meu corpo. Meu rosto deve estar vermelho enquanto fico sentada completamente nua só para ele ver.

Aiden não perde outro segundo antes de cobrir meu mamilo com a boca quente. Eu solto um gemido, arqueando as costas com seu toque. Ele corre um dedo sobre o outro ponto sensível e começo a arquejar. Já estou completamente molhada, e ele mal começou a me tocar. Não sei como vou aguentar mais.

Mãos ásperas deslizam pela minha cintura, segurando com força.

— É assim que você anda por aqui? Pelada por baixo de camisetinhas finas?

— Faz calor de noite — digo quase com um sussurro quando seu toque quente se espalha como uma febre pulsando nas veias, fazendo eu me contorcer.

Aiden solta um murmúrio e suas mãos passeiam com avidez por cada parte do meu corpo enquanto beija minha clavícula, desce aos meus peitos e então minha barriga. Quando chega no umbigo, minha respiração fica ofegante. Ele se abaixa ainda mais e finalmente cai de joelhos de novo.

— Posso?

Precisa mesmo perguntar? Estou pronta para explodir como uma mangueira de incêndio. Mas Aiden ainda está olhando para mim, esperando uma resposta, então assinto. *Não é óbvio?*

— Palavras, Summer. Use palavras. — A voz gentil toca de leve na coisa que bate rapidamente no meu peito, mas sua expressão é de desejo mal contido. Estou tremendo quando ele pressiona os dedos com mais força nas minhas coxas enquanto espera uma resposta.

— *Sim* — sussurro. — Claro que pode.

Ele beija minhas coxas e me segura como uma refeição prestes a devorar.

— Me diga pra parar e eu paro. Entendeu?

Eu assinto, mas ele continua me olhando.

— Entendi.

Ele puxa meu quadril para a frente até eu ficar na beirada do sofá, e estendo as mãos depressa para me estabilizar quando ele pressiona o rosto entre minhas coxas. Antes que eu possa puxar o ar de novo, sua boca se fecha sobre mim, e tenho quase certeza de que estou flutuando para fora do corpo. A língua de Aiden desliza pelo meu clitóris e minhas pernas tremem. Os lábios dele se curvam em um sorrisinho que me deixa louca, e ele enfia a língua dentro de mim.

Jogo a cabeça para trás e meus dedos se fincam no sofá, quase perfurando o tecido. Amara me mataria se eu arruinasse nosso sofá. Claro, se ela soubesse o motivo, tenho certeza de que entenderia.

— *Meu Deus.* — Ele solta o ar, sorrindo. — Eu sabia que você ia ter um gosto bom. — As palavras me fazem contrair os dedos dos pés, e o gemido dele sobe pelo meu corpo. Eu esperava que ele falasse umas sacanagens, mas experimentar isso em primeira mão faz arrepios cobrirem minha pele. — Linda pra caralho — sussurra ele, plantando beijos no interior das minhas coxas. Aiden move a língua dentro de mim como se fosse sua última refeição. Como se me dar prazer fosse seu único propósito na vida.

Outros homens já me chuparam, mas ninguém nunca me *venerou*. O aperto nas minhas coxas se afrouxa quando ele aproxima os dedos de onde está sua boca, abrindo mais minhas pernas. A posição exposta me faz estremecer com a aproximação do orgasmo.

— Ah, *meu Deus* — eu gemo. Minhas mãos se afundam no cabelo dele enquanto ele continua torturando meu clitóris. Bem quando acho que não consigo mais aguentar, ele enfia um dedo dentro de mim e sinto o seu gemido quando me contraio em sua mão.

— Você é tão apertada — diz ele, rouco, enfiando um segundo dedo.

Me sinto tão plena que minha cabeça cai para trás de puro prazer. Ele dá uma mordidinha no meu clitóris, e eu gemo.

— Olhe pra mim — ordena. — Olhe pra mim quando chupo você, Summer.

Ele gira e esfrega a língua de um jeito que não entendo, mas meu corpo ama. Aiden não tira os olhos verdes hipnotizantes de mim, e não consigo desviar o olhar também. Nem quando vejo aquele brilho arrogante neles, que em outras circunstâncias me faria mandá-lo à merda.

Enfio a mão no seu cabelo e o puxo contra mim. Seu rosnado grave me diz que acha meu desespero divertido, mas eu não poderia me importar menos. Esse cretino pode me provocar para sempre se a língua dele me der esse tipo de prazer.

— Não pare. — Minha voz soa estranha aos meus ouvidos.

Ele murmura contra minha pele, e o som queima através do meu sangue como um incêndio. Quão inflamáveis são os seres humanos?

Aiden passa a língua sobre meu clitóris, os dedos entrando e saindo de mim.

— Você gosta desse beijo, linda?

O *linda* me destrói completamente. Estou tremendo sem controle nas mãos dele, e os espasmos do meu corpo se tornam insuportáveis enquanto ele passa uma das minhas pernas sobre o ombro. Se eu achava que a posição anterior era avassaladora, essa me faz desmoronar. A mão grande e calejada dele aperta a pele suave da minha coxa de forma bruta.

— Aiden, não consi...

— Goza na minha boca, Summer. Me mostra o quanto você gosta da minha língua na sua boceta.

É só disso que preciso. Me desfaço completamente, pulsando e contraindo nos seus dedos até ele tirá-los. Então Aiden vai subindo, me beijando até o pescoço, com o cabelo bagunçado depois dos meus puxões desnorteados. O desejo ferve dentro de mim.

Levantando, ele mapeia meu corpo como se o estivesse memorizando. Como se o que tivesse feito comigo não fosse nem de longe o suficiente. Vendo meu rosto corado, ele sorri com desejo. Quando sua língua corre pelos meus lábios molhados, minha pulsação desce para o meio das coxas.

Mãos ásperas seguram meu rosto e lábios suaves tocam minha testa em um beijo. O contraste com o que esses lábios acabaram de fazer entre minhas pernas e agora na minha pele causa um curto-circuito no meu cérebro.

Estendo a mão para a cintura dele para abrir sua calça jeans, mas seu olhar vidrado fica relutante. Aiden solta um fôlego tenso, e parece que está fazendo o máximo para se conter. Quando aperto seu pau sobre o tecido, ele me impede.

De tudo o que poderia ter acontecido essa noite, Aiden de joelhos na minha frente estava literalmente no final da lista. Mas isso é ainda mais improvável.

Deslizando o dedo pelo meu lábio inferior e dando um sorriso triste, ele balança a cabeça. Se afasta das minhas pernas abertas, e sinto frieza e me sinto exposta. De repente, o que aconteceu me atinge com força. Fecho as pernas quando a rejeição súbita me causa um frio na barriga.

Aiden pega a camiseta do chão e me veste de novo. Com um último olhar, ele me cobre completamente. Nunca fiquei tão decepcionada por estar vestida.

— Aiden — digo, tomando as mãos dele enquanto ele ajusta a camiseta.

Com um suspiro forte, ele finalmente olha para mim.

Se um sentimento de confiança foi o motivo de eu ter recuperado a voz, a expressão dele é o motivo de eu perdê-la de novo.

— Se você quiser, vai ter que vir até mim. — Ele tira meu cabelo de baixo da camiseta, puxando-o para trás. — Da próxima vez, não vai ser pra provar nada nem pra vencer uma competição. Vai ser porque você sabe que o único cara que pode te dar o que você quer sou eu.

Com um último olhar, ele vai embora.

20
Aiden

Eu sou um idiota do caralho.

Posso ter parecido confiante ao sair do dormitório dela, mas preciso de todas as minhas forças para não voltar rastejando e dar o que ela quer. O que *eu* quero.

Descobrir o tom dos mamilos dela pode ter sido a última pá de terra no meu caixão. Não há ninguém para culpar exceto a mim mesmo por entrar com tudo naquele dormitório como se tivesse direito de questioná-la sobre quem ela beija.

Em vez de transar, acabei de arrumar um motivo para todos os meus sonhos molhados. Não faz nem cinco minutos e já posso contar os banhos que vou precisar para bater umas punhetas por causa dela. A caminhada de volta ao carro é um desfile da vergonha.

Eu esperava entrar no quarto dela e fazê-la gozar na minha boca? Nem por um segundo.

Mesmo se esperasse, não achava que ela estaria tão ansiosa por isso.

Não me dou o trabalho de ouvir música no trajeto porque, aparentemente, quero me torturar ainda mais. Por sorte, as ruas estão quase vazias. Tentar focar a direção é impossível quando ainda consigo sentir o gosto dela na língua. Os sons que ela fez e aquele corpo doce me fizeram cair de joelhos sem pensar duas vezes.

Com os peitos dela na minha cara e seus lindos olhos castanhos me olhando, eu poderia adorá-la pela eternidade. Estou surpreso por não ter gozado na calça como um adolescente na puberdade no segundo em que tirei a roupa dela. Havia tanto para tocar, tanto para saborear, que me senti sortudo só de poder olhar para ela.

Summer poderia ter qualquer cara de quatro por ela. Eu sei disso desde o primeiro dia em que a vi no escritório de Kilner. Na época, ela teria preferido bater minha cabeça na porta de um carro do que ter algo a ver com meu pau, mas agora o *sim* sem fôlego roda em loop na minha cabeça. É um tipo especial de tortura, considerando que acabei de negá-la. Só posso imaginar como ela estaria molhada e apertada me dando por inteiro, deitada perfeitamente nas costas daquele sofá. Caralho.

Ir até o dormitório para descobrir se ela e Atwood estavam juntos não foi meu melhor momento. O ego de Crystal Yang estava ferido desde a festa da toga, então ela achou que me arrastar para a roda-gigante me faria mudar de ideia. Não fez. Especialmente depois que vi Atwood beijando Summer.

Não consigo lembrar se ouvi uma resposta sobre o motivo daquele beijo. E não sei por que esse beijo girou como uma faca tão fundo nas minhas entranhas que não conseguia respirar até vê-la de novo.

Estaciono na entrada e vejo Kian só de cueca parado junto à garagem, como que para me dizer que essa noite maldita ainda não acabou. Ele está descalço no chão úmido. Uma música vem da casa atrás dele, e algumas pessoas estão conversando junto à porta da frente. É claro que eles retomaram a porra da festa.

Não há um minuto de paz nessa casa. Eu devia ter levado o conselho de Brady Winston mais a sério, porque ser capitão desses caras é como ser uma babá em tempo integral.

Bato a porta da caminhonete com força.

— Ishida, o que está acontecendo?

Ele se joga nos meus braços.

— Ela voltou! Ela voltou pra me pegar!

O olhar aterrorizado dele me diz tudo que preciso saber.

Tabitha. A ex-namorada/stalker de Kian.

— Como você sabe?

— Isso estava no meu travesseiro! — Ele enfia o enfeite de bolo de casamento com uma noiva e um noivo nas minhas mãos, e eu relaxo.

Ano passado, alguns dias antes do recesso de Natal, um bolo de casamento foi entregue à nossa casa. Quando abrimos, ele dizia: *Parabéns, sr. e sra. Ishida*. Agora, não compramos mais bolo e entregas anônimas não são mais permitidas na casa de hóquei. Embora todos nós saibamos que Dylan estava por trás de tudo, porque ele adora zoar com Kian.

— Provavelmente não é nada, amigo. Eu vou dar uma olhada pra você.

Lá dentro, desconecto os alto-falantes bluetooth.

— Fora, a festa acabou — digo por cima dos grunhidos e murmúrios. Há limites para o que posso relevar pelo time. O único motivo de eu ter permitido uma festa mais cedo era para levar todo mundo ao evento de Summer. Não para esses idiotas se embebedarem.

Encontro Sebastian e Cole na cozinha e os faço mandar todo mundo sair pela porta da frente. Sigo direto para o quarto de Dylan e escuto os gemidos tarde demais. Teria sido esperto bater primeiro.

— Donovan! — Não posso dizer que estou chocado ao vê-lo amarrado à cama, com uma venda sobre os olhos e uma mordaça na boca.

A loira se vira para acenar.

— Oi, Aiden.

Eu lhe dou um sorriso tenso.

— Você poderia, hã, desamarrá-lo?

Ela tira a venda e a mordaça. Dylan pisca, se ajustando à luz.

— Ei, o que tá rolando, cara?

Só ele poderia ser tão casual. Eu lhe jogo o enfeite de bolo, e ele dá uma risadinha antes de ver minha expressão. Seu divertimento desaparece. Posso soar mesquinho, mas, se eu não vou transar hoje, ninguém vai.

— Na sala de estar. Agora.

Quando ele chega lá, ainda está puxando as calças para cima.

— É uma reunião sobre Kian? Foi uma piada.

— Não é só sobre isso. Vocês estão se divertindo enquanto Kilner está me enchendo o saco depois da confusão com o pessoal da Yale. Você convidou aqueles imbecis pra cá e foi você que perdeu a aposta e nos obrigou a dar as festas no campus. — Passo a mão pelo cabelo. — Não pode continuar fazendo essas merdas. Você perde treinos, aparece de ressaca e começa brigas tão feias que fazem você ser expulso. Quando vai entrar na linha?

Ele esfrega a mão pelo rosto.

— Eu tenho que ouvir um sermão? Só estou me divertindo. Todos estamos.

— O que você faz fora do gelo é problema seu, mas você é meu amigo, cara. Me diga se está acontecendo alguma coisa e eu ajudo você.

— Ei, ei capitão! — Ele imita uma continência, me fazendo cerrar a mandíbula.

— Estou falando sério.

O sorrisinho some do rosto dele quando desvia o olhar.

— Não tem nada acontecendo.

— Você me contaria se tivesse?

Ele faz uma pausa, mas aí assente.

— Sim, contaria.

No fundo eu sei que ele não vai. Dylan se dispõe a compartilhar tudo sobre a vida dele, desde que não tenha a ver com sentimentos — aí ele é um muro de tijolos.

No verão do primeiro ano, acampamos em Hammonasset em um retiro para promover o espírito esportivo, e foi a única vez que fiquei sabendo de coisas pessoais sobre Dylan.

Os pais dele são exigentes com os estudos, e o pai odeia que ele pratique um *esporte de bárbaros como hóquei*. A mãe, por outro lado, é tão preocupada que estocou nossa geladeira com comida durante um semestre inteiro. Por fim, eles se mudaram para o norte do estado, então as visitas se tornaram menos frequentes, mas tivemos uma noção do relacionamento deles com seu menino de ouro.

— Ótimo. E eu vou pôr fim à aposta que você perdeu. Se alguém tiver um problema com isso, vai lidar comigo.

— Por mim tudo bem — diz ele, claramente relaxando. — De onde você veio? Saiu do festival há horas.

A mudança de assunto só me lembra dos sons que não saem da minha memória. Os gemidos dela. Os grunhidos. Os gritos roucos.

— Só fui cuidar de um negócio.

Dylan bufa.

— Stalkeando sua garota depois que Atwood beijou ela? Sabe, nunca achei que você cairia no nível da Tabitha.

Kian entra nesse momento, com o medo estampado no rosto.

— Ela tá aqui, não tá? — diz ele numa voz aguda, desaparecendo na cozinha.

— Eu gostava mais de você quando estava se engasgando com uma mordaça — digo, fazendo-o rir mais alto.

— Sabe quem mais tá se engasgando…

Jogo um copo de papel vazio nele, mas ele desvia. Idiota.

— Vou me divertir com você amanhã no treino — digo.

Dylan interrompe a risada e me olha feio.

Kian volta segurando uma espátula.

— Posso dormir com um de vocês?

— Nem fodendo. — Dylan sorri largo, completamente indiferente ao medo de Kian.

— Podemos trocar de quarto, Kian — sugiro.

— Mas eu ficaria mais confortável com você.

Essa noite não vai acabar nunca?

— Tudo bem.

Vou ter que dormir no colchão dobrável desconfortável porque Kian vai reclamar a noite toda se tiver que ficar nele. E de jeito nenhum vou dividir a cama, porque ele se debate dormindo como se estivesse sendo atacado.

— Mas você não pode ficar perguntando se estou acordado a cada dez minutos.

— E como eu vou saber se você está dormindo ou não?

Não me dou o trabalho de considerar essa resposta quando meu celular vibra. É Dylan, que já está nas escadas rindo sozinho.

Patrulha Coelha 2.0

Dylan Donovan
Preparem as câmeras. Ishida e o capitão vão dormir juntos.

Cole Carter
Eu pagaria pra ver isso.

Sebastian Hayes
Claro que sim.

Dylan Donovan
Cinco dólares na porta. Dez se quiser gravar.

Eli Westbrook
Achei que o grito tinha sido da garota que você trouxe pra cá. Você assustou Kian de novo, né?

Dylan Donovan
Foi só uma brincadeira inofensiva, pai.

Sebastian Hayes
Que merda é essa? Foi por isso que você me arrastou pra loja de 1,99 à uma da manhã? Achei que fosse pra um projeto.

— Quem tá mandando mensagem? — pergunta Kian, tentando espiar por cima do meu ombro, apertando a espátula.

— Os caras.
— Eu não estou recebendo nada — diz ele, encarando seu smartwatch.
— O wi-fi pode estar ruim — respondo sem prestar atenção porque estou escrevendo para Dylan, que está a uma mensagem de ter o número bloqueado.
— Estou usando os dados móveis. Não tem nada.

Dou de ombros quando olho para Kian, só para encontrá-lo espiando meu telefone e vendo o grupo. Percebo tarde demais, porque uma expressão de descrença e mágoa se mistura no rosto dele.

Merda.

— Vocês têm um grupo sem mim?!

21
Summer

— **Por que você tá tão distraída?** — Tyler me olha com uma expressão estranha quando entra no cubículo de estudo privado.

Minha inquietude aumenta quando a noite passada me vem à memória. A lembrança da pressão dos dedos de Aiden nas minhas coxas e das palavras safadas sussurradas entre minhas pernas surge como ondas quentes contra mim.

Abro a jaqueta.

— Ainda não bebi minha dose de cafeína.

Ou talvez seja o fato de Aiden ter me levado a um orgasmo que me deixou entorpecida até agora, e tenho quase certeza de que afetou meu cérebro. Seria a única explicação para estar encarando a tela em branco do laptop há 25 minutos. Nada como flashbacks da melhor chupada que você já teve para te distrair bem no meio da semana de provas.

Há grandes chances de que eu esteja inclinada a tomar más decisões. Talvez seja uma predisposição genética que deveria ser estudada de perto, porque sei que deveria ter recusado o "beijo" e só resolvido a questão sozinha, pensando em uma versão dele que eu consiga suportar, como alguém sem qualquer conexão com aquele esporte maldito.

— Aqui está. — Tyler me entrega um copo e se senta ao meu lado.

— Obrigada — digo, tomando um gole. — O que está fazendo aqui?

— Não posso passar um tempo com minha garota preferida? Viro a cabeça para procurar.

— Cadê ela?

Ele não ri.

— É verdade. De todas as outras garotas com quem falo, ou eu já transei ou estou querendo transar.

— Ugh! — Eu me engasgo, abaixando meu chá. — Você é nojento.

Ele não se perturba.

— Você devia se sentir lisonjeada por sermos amigos de verdade.

— Só porque você me conhece desde criança.

— Não, acho que é porque seu pai é um cara assustador. Isso e o fato de que você já vomitou nos meus sapatos.

— Foi você que levou bebida pra uma reunião escolar.

— E você que bebeu pra se exibir — retruca ele.

— Você me desafiou na frente de todo mundo!

Ele balança a cabeça com uma careta.

— Esquece. Acho que é porque a gente briga como irmãos. — Tyler empurra minha cabeça de brincadeira, e eu mostro o dedo para ele.

— O que está rolando entre você e Crawford? — pergunta de repente.

Eu tinha tirado Aiden da cabeça por um segundo, só para a pergunta me arrastar de volta à estaca zero. Como respondo a isso? *Ele me ajudou com meu projeto e invadiu meu dormitório pra me provocar orgasmos?*

— Ele está me ajudando com minha pesquisa. — Eu o sinto me analisar. — Que foi?

— Por que você está vermelha?

Pego o celular para checar meu reflexo.

— Maquiagem.

Não estou usando maquiagem. Apesar da pequena quantidade de melanina que minha mãe me deu, minhas bochechas brilham vermelhas. Aquele cara está me fazendo corar agora? Ele está me irritando demais, embora seja difícil ficar bravo com alguém quando seu corpo canta como anjinhos para ele.

Tyler murmura em concordância, mas acho que percebe a mentira.

— Ainda não te perdoei por não ir na festa de Natal, aliás. Você sabe que essas coisas são uma tortura.

— Sei, sim. Por isso não apareci.

— Você prometeu. Eu levo promessas muito a sério, Summer.

— Desculpe. Eu não conseguia ficar lá na frente de todas aquelas pessoas e fingir que somos uma família perfeita.

Nossa comemoração de Natal é promovida por algumas famílias na liga que se revezam. Ano passado foi a vez dos meus pais, então nossa casa se transformou numa paisagem mágica de inverno. Pelas fotos que minhas irmãs mandaram, eu não poderia ter ficado mais feliz por ter perdido.

— Entendo, mas não perdoo.

Suspiro alto.

— O que você quer?

Ele não leva nem um segundo para responder.

— Quero ficar com a sua colega de quarto.

É surpreendente que meu pescoço não tenha quebrado, dada a velocidade com que me viro para ele.

— Nem fodendo, ela é minha melhor amiga.

— *Eu* sou seu melhor amigo.

— Amara não gosta de você.

Ele parece confuso.

— Por quê?

— Porque você é um chato sabe-tudo. Isso não devia ser novidade.

— Eu falei com ela só uma vez, tipo, um ano atrás.

Balanço a cabeça.

— Ela também viu você numa festa entrando num quarto com quatro garotas.

— Ela está me julgando por transar?
— Não, idiota. Duas daquelas garotas tinham namorado.
Ele sorri como se estivesse revivendo a lembrança.
— E isso é problema meu? Foi completamente consensual para todos os envolvidos.
— Bem, não importa. Ela gosta do Eli. — As palavras saem da minha boca antes que eu possa enfiá-las de volta. Eu me encolho quando vejo a expressão brincalhona dele sumir.
— Westbrook?
Assinto. Uma sombra passa pelo rosto dele, mas some quase imediatamente. Ele fica quieto pelo resto da hora que passamos lá, e não me dou o trabalho de cutucá-lo, exceto por perguntas ocasionais sobre nossas lições.

Quando termino de estudar, é hora da primeira aula do dia. Sampson vai para o Salão Leste e eu vou para a minha sala.

Kian Ishida joga um braço sobre meus ombros, parecendo mal-humorado. É raro ver algo além alegria nele.
— O que aconteceu?
Ele exala um suspiro angustiado.
— Você acha que conhece as pessoas, mas todas acabam sendo iguais.

O que eu aprendi sendo amiga de Kian é nunca pedir que ele elabore. Eu assinto, mesmo sem ter ideia de por que seu humor está tão azedo. Quando passamos pelo centro de atendimento estudantil, Dylan sai com uma bolsa de gelo na cara. Ele acena para nós e reparo no novo hematoma na sua mandíbula.
— Ai! O que aconteceu com você?
— Digamos apenas que eu mereci — diz Dylan, seguindo na direção oposta.

A última vez que vi Dylan, ele tinha um lábio cortado e disse a mesma coisa. Achei que tinha sido um acidente, mas parece que ele fez um inimigo.

Viro para Kian.
— Quem fez isso com ele?

— Um cara do time do basquete. Dylan dormiu com a vó dele.

Engasgo com a saliva.

— Você está brincando.

— Para falar a verdade, ela ainda é bem jovem. Não posso dizer que não teria feito o mesmo.

— Você é tão...

— Gostoso? Inteligente? Extraordinário?

— Nojento.

— Não é o adjetivo que eu teria escolhido. — Ele dá de ombros. Quando saímos do prédio, Kian faz um ruído esquisito. — Sério, não acredito que você namorou aquele cara.

Sigo sua linha de visão até Donny, que está organizando um evento de xadrez.

— Foi no meu primeiro ano e ele não era assim.

— Então ele só começou a ser um pedante riquinho agora?

— Humm, não, ele sempre se foi assim. Acho que é porque a mãe ainda compra as roupas dele.

Ele ri.

— Então acho que ele é a sua Tabitha.

— Tabitha?

— Sabe, seu único erro romântico.

Tenho certeza de que há uma história aí, mas só encolho os ombros.

— É, acho que sim.

— Então, você vai no aniversário do Aiden? — pergunta ele enquanto descemos os degraus.

— É aniversário dele?

Ele não mencionou... não que a gente tenha se falado depois do que aconteceu.

— Bem, na verdade, não. É cinco de janeiro, mas como nossos jogos são quase todos fora daqui no começo do semestre, a gente comemora mais tarde.

— Isso é um mês inteiro mais tarde.

— Algumas semanas, um mês, quem liga? Você vai ou não?
— Claro, eu levo os chapéus de festa e os confetes! — digo batendo palmas.

Ele não acha graça do meu falso entusiasmo.

— Sério, você deveria ir. Vai ser divertido. — Ele tenta de novo quando nos sentamos. — Além disso, achei que você e Aiden estavam se dando bem. O que aconteceu?

Se eu pensar sobre o que aconteceu, não vou conseguir estudar.

— Nada. Só tenho provas pra fazer.

— Todo mundo tem. Mas apareça lá com Amara e Cassidy. — Ele cora à menção de Cassidy, e tento não rir. Acho que alguém tem um crush. Minhas melhores amigas aparentemente se tornaram disputadas entre jogadores de hóquei.

— Você parece ter um interesse pessoal na minha presença.

— Porque você é minha amiga e quero passar um tempo com você. Além disso, não sei quem são meus amigos de verdade ultimamente.

— O que isso significa? — pergunto, mesmo sabendo que não devo.

— Você já foi traída, Summer?

22
Aiden

Meu presente de aniversário está embrulhado em um vestido rosa justinho tão curto que nem precisaria desembrulhá-lo.

Sinto o sangue latejar na virilha quando observo Summer encostada no bar de aperitivos. A festa, com todo o crédito para Kian, tem o tema tropical para marcar meu vigésimo primeiro aniversário. Eu não tinha intenção de comemorar, porque já tenho 21 anos há algum tempo, mas os caras tinham outros planos. De jeito nenhum iam deixar a data passar batido, mesmo que com um mês de atraso.

Quando Summer se move de novo, uma onda me atinge e tenho o impulso de tirar minha camisa havaiana e cobri-la. A última vez que vi tanto de suas coxas, estava com a cara enterrada nelas. A lembrança não ajuda nem um pouco o problema que cresce entre as minhas pernas. Talvez devesse ter deixado alguns chupões por ali, para que qualquer um que olhasse nem sonhasse em chegar perto.

Não sei bem como Kian a convenceu a vir, já que ele ainda está puto com a história do grupo, e Summer está ativamente me evitando desde a semana passada. O projeto dela não depende mais de mim, então não tenho uma desculpa para aparecer no dormitório, e uma visita surpresa foi mais que suficiente. Se acontecesse de novo, tenho certeza de que ela chamaria a segurança para me retirar.

Quando um cara se aproxima de Summer, eu vou até eles. Meu peito encosta nas costas dela, e o calor do seu corpo envia uma vibração até mim. Ela fica tensa, mas relaxa imediatamente. Eu escondo um sorriso ao ver que ela se sente confortável o bastante para abaixar a guarda perto de mim.

— Você não vai dar parabéns para o aniversariante? — Deixo meus lábios roçarem na orelha dela.

Ela vira para me encarar. Merda, achei que as costas do vestido a deixavam gostosa, mas a frente é outra história. As alças finas se apoiam contra sua pele reluzente, e da minha altura consigo ver o declive perfeito do decote, me fazendo cerrar os punhos.

— Isso é uma festa de aniversário? Eu só queria uma bebida.

Ela arranca uma risada baixa de mim.

— Não achei que você fosse aparecer. Uma festa provavelmente tem uma pontuação bem baixa na sua escala de diversão.

Ela não acha graça e me lança um olhar seco.

— Seu melhor amigo é altamente persuasivo.

— Aposto que sim. — Eu tinha mesmo a sensação de que Kian a fez vir para eu me sentir um amigo de merda. — O que ele ofereceu em troca?

— Ele vai tomar notas nas aulas por mim por uma semana. — Ela arruma a flor branca no cabelo. — Também disse algo sobre fazer você se sentir mal por traí-lo, então eu tinha que vir.

Alguém bate no meu ombro, e me distraio por um momento.

— Feliz aniversário, capitão.

Mais pessoas se aproximam e dizem o mesmo. A maioria são amigos desde o primeiro ano e caras de outros times. Tenho certeza de que Kian convidou todo mundo que conseguiu encontrar, embora tenha uma regra rígida contra qualquer um abaixo do terceiro ano desde a situação com Tabitha. Ela era uma estudante do segundo ano que o enganou facilmente com seu charme sulista, e rapidamente se tornou o pesadelo pessoal dele. Agora ele decidiu que, quanto mais velhas forem, menos provável será encontrar uma stalker. A lógica não faz muito sentido para mim.

Olho para Summer me certificando de que não foi embora. Espero que ela esteja sendo gentil porque é meu aniversário. Também espero que seu humor caridoso finalmente a faça aceitar minha proposta.

Quando a vejo se afastando para conversar com Connor Atwood, tento encerrar minha conversa depressa. Ele parece estar se desculpando, mas Summer parece completamente confusa.

Ops.

Quando Connor me vê chegando, me dá um aceno rápido e se afasta correndo.

— Desculpe — digo a ela. — Eu não vejo alguns daqueles caras há anos.

Ela me dá um olhar perigoso.

— Quer me explicar por que Connor Atwood acabou de dizer que eu sou uma garota legal, mas não pode rolar nada entre nós?

Suprimir meu sorriso é mais difícil do que esperava.

— Não quero.

Ela dá um passo desafiador para a frente.

— Você o ameaçou?

— Ameaçar é uma palavra forte demais.

A raiva arde nos olhos castanhos dela.

— Você disse para ele não falar comigo?

— Não, eu disse para ele o que aconteceria se falasse.

Eu nunca senti ciúmes de ninguém, nem do modo arrogante típico de atletas. Mas quando ela o beijou, senti a inveja queimar pelas minhas veias.

— Ou seja, uma ameaça — diz ela.

— Olha, eu só estou ajudando o cara. Não gosto de ver meus colegas atletas serem usados.

Um ar de descrença muda a expressão dela.

— Você acha que estou usando ele?

Cara, eu adoro quando ela fala com essa atitude fervorosa. Ela fica com um vinco no meio das sobrancelhas. Um vinco que eu sei que desapareceria se suas coxas estivessem em volta do meu pescoço.

— Acredito que tenha sido o meu nome que saiu da sua boca algumas horas depois que você o beijou.

Ela engole em seco.

— Bem, eu já matei a vontade.

— *Eu* matei sua vontade.

Espero que não tenha matado. Estou longe de ficar satisfeito, e aquela noite só fez meu desejo crescer. Não achei que ela se importaria por eu ter falado com Connor depois que a gente ficou. Mesmo não falando explicitamente que não está interessada, se aborrecer por conta de outro cara expressa seus sentimentos alto e claro.

— Que seja.

O humor dela azedou, e me sinto responsável. Não gosto disso. Prefiro seus olhos expressivos e a língua afiada.

— Desculpe por arruinar o que você tinha com Connor. Eu não sabia que era sério. Se quiser, eu falo com ele de novo. — Até me dói dizer.

A risada desdenhosa não me conforta.

— Eu nunca quis ficar com ele.

Essa declaração acaba com meu aborrecimento e a alegria toma conta.

— Então está tudo bem. Eu te fiz um favor.

Summer me fuzila com o olhar.

— Não, Aiden, você não me fez um favor. Mas não importa, porque deixar você decidir o que ele pode fazer o torna irredimível.

Acho que é uma vitória, mas não gosto do olhar irritado dela.

— Você tem razão, eu fiz isso por mim — admito.

— Não diga.

— Para me desculpar pelo egoísmo, me deixe pegar uma bebida pra você. Temos margaritas.

— Margaritas não serão sua redenção, Crawford.

— Que tal três margaritas? — Eu sorrio, mas ela me ignora. Tento o máximo possível não parecer uma criança petulante. — Só fale comigo, Summer. É o que a gente faz... nos comunicamos, certo?

— Estamos nos falando agora mesmo.

Alguém bate no meu ombro, provavelmente para me desejar parabéns, mas meu foco é Summer e preciso ficar sozinho com ela. Em um gesto ousado, pego a mão dela para levá-la para cima. Não estamos nem no meio da escada quando ela puxa a mão de volta.

— Fale.

A postura teimosa dela me diz que não vai a lugar algum comigo. Isso pode ser uma coisa boa, porque não sei se conseguiria manter minha promessa se ficássemos sozinhos de novo.

— Por que você está chateada?

Ela murcha.

— Porque estou tentando fazer o que você disse e, mesmo quando tento, não consigo acertar. Eu quero relaxar, me divertir e não me estressar com tudo.

Isso eu entendo. Tenho certeza de que a noite no dormitório dela foi um catalisador para tudo isso, mas não explica por que ela não veio me procurar. Eu podia lhe dar tudo isso, e mais.

— Connor é sua ideia de diversão? — pergunto.

— Não preciso me explicar pra você, Aiden.

Encaro as mãos, arrependido.

— Tem razão, não precisa. Eu só quero me certificar de que estamos bem.

Ela bufa.

— Estamos. É sua festa de aniversário. Acho que posso dar um passe livre pra você ser insuportável hoje — diz ela com os lábios estremecendo. Não é um sorriso, mas quase. Embora o jeito como diz *um passe livre* só faça meu abdome se contrair. Sei que está se referindo a Connor, mas imagens do que ela poderia me conceder inundam minha mente.

Antes que eu possa dizer qualquer coisa, alguns dos caras sobem a escada correndo e me arrastam para virar shots. No caso, shots de aniversário quer dizer ficar de ponta-cabeça sobre um barril de cerveja enquanto eles tentam beber 21 shots.

Viro para olhar para Summer enquanto ela desce a escada, e ela está rindo. Isso acalma a ansiedade no meu coração.

Nem mesmo a bebedeira alivia a irritação que estou sentindo agora. Eu estava feliz com o jeito como as coisas estavam indo depois que todos brincamos de acertar bolinhas em copos vazios uma hora atrás, mas agora meus punhos estão cerrados. Summer está dançando e rindo loucamente enquanto Tyler Sampson sussurra algo no ouvido dela. Se eu o vir sorrir para ela mais uma vez, o time vai perder um atacante. O que ela pode estar achando tão divertido, afinal? Eu já tive o desprazer de dividir um quarto de hotel com ele, e o cara não é engraçado assim nem fodendo.

— Cuidado, você vai quebrar esse copo. — Amara chega ao meu lado, apontando o copo amassado. — Embora eu seja totalmente a favor de você canalizar toda essa raiva contra o Sampson.

Eu viro o resto da bebida e deixo o copo na mesa.

— Não estou com raiva.

Ela assente em resposta, mas parece não acreditar.

— Pegue. — Ela estende um shot.

— Vamos brindar a quê?

— Seu aniversário. E que você ache sua coragem. — Amara vê minhas sobrancelhas erguidas. — Você ficou encarando Summer a noite toda. Vá realizar seu desejo de aniversário, capitão. A não ser que tenha perdido seu charme.

Meu *charme*? Tenho certeza absoluta de que ela sentiu todo meu charme entre as pernas dela naquela noite.

Ela bate o copo no meu, e o líquido queima minha garganta com um gosto amargo.

— Vodca Everclear? Está tentando desmaiar?

— Precisamente.

Ela não parece afetada pela amargura.

Não tenho certeza se é a vodca ou se o tempo desacelerou, mas Summer se move em câmera lenta. O calor que embota meus sentidos também anuvia minha visão. Os peitos dela estão envolvos no vestido de alças finas e só consigo pensar em como ela gemeu quando eu estava com aquele mamilo entre os dentes.

Seu corpo esguio e torneado não está alimentando só minhas fantasias. Quando dança assim, toda a atenção ao redor se volta para ela. Mas não parece dar conta quando puxa Cassie mais para perto. Acatando o conselho de Amara, abro caminho entre a multidão. Eu me aproximo o suficiente para cheirar seu xampu com aroma de pêssego antes de Eli bater a mão nas minhas costas. As luzes se apagam e um coro de parabéns pra você começa, mas meus olhos estão em Summer, que brilha mesmo sob a luz fraca. Eu não bebo com frequência, então seu estado etéreo pode ser um efeito do álcool, mas não há dúvida de que ela está brilhando. Sempre está.

— Faça um desejo — diz Kian, arrastando-me de volta aos cupcakes com velas na minha frente.

Eu sopro, e meus amigos irrompem em gritos antes que o volume da música aumente de novo. Tenho certeza de que Summer vai voltar para as amigas, mas em vez disso ela vem até mim. Passa um dedo sobre a cobertura do meu cupcake e o enfia na boca. Eu contenho um grunhido.

— Vinte e um, hein? Você é praticamente um idoso — diz ela.

Eu rio.

— Temos a mesma idade.

— Nã-nã, eu tenho vinte até outubro.

— Ah, perdão. Eu devia estar pensando no seu documento falso — digo.

Quando gritos soam da pista de dança, as amigas de Summer a chamam.

— A gente ama essa música — diz ela.

— Do jeito que estavam dançando, eu pensaria que amam todas elas.

— Você estava me vendo dançar? É meio assustador.

— Não tem outras coisas que eu poderia olhar. — Eu me inclino para sussurrar no ouvido dela. — Era como ver um trem descarrilhar.

Ela tenta parecer ofendida, mas não consegue.

— Eu ia convidar você para dançar, mas considerando o trem e tudo mais, acho que não vai querer.

Meu sangue pulsa com um calor desconhecido.

— Me chama mesmo assim.

— Dança comigo?

Pego a mão dela, e Summer me puxa para o meio da pista. Mal consigo entender a letra da música porque ela gruda em mim, mas sei que é fria e calculista pelo jeito como rebola. As luzes estão tão baixas que não consigo ver ninguém além dela. Deixo as mãos caírem à sua cintura, meu toque é leve, mas ela as pega mesmo assim e as envolve ao redor do corpo. Estou pegando fogo, desesperado para tocar cada centímetro daquela pele quente. É um desafio manter as mãos em um lugar respeitoso, especialmente com toda essa gente ao redor. Summer não parece se importar, porque envolve os braços no meu pescoço e rebola a bunda contra o meu pau duro.

— Vai com calma, Summer — sussurro no ouvido dela.

Minha cabeça parece estar debaixo d'água quando a música muda e ela se vira, com movimentos lentos e suaves. Não sei dizer se agradeço a mudança ou se preferiria que ela me torturasse com a bunda de novo. Sem dúvida a segunda opção. Eu optaria por qualquer coisa que essa garota

Em rota de colisão 197

escolhesse me dar por livre e espontânea vontade, uma vez atrás da outra.

De alguma forma, me sinto sóbrio e ao mesmo tempo completamente bêbado. Nunca estive tão dolorosamente desesperado por uma garota se esfregando em mim. Talvez porque Summer seja a última pessoa que eu esperaria que se esfregasse em mim no meio de uma pista de dança, embora imagine que o álcool seja parte disso.

Quando a pista fica cheia, puxo Summer para um canto mais vazio. Ainda estou segurando-a com as mãos na sua cintura, e os braços dela estão ao redor do meu pescoço.

Ela brinca com a colarinho da minha camisa, fitando-me sob as pálpebras pesadas.

— O que você desejou?

Consigo sentir o coração dela batendo, mas não sei dizer se está no mesmo ritmo errático do meu.

— Não posso contar pra você.

Summer franze a testa.

— Por que não?

— Não posso arriscar não se tornar verdade. — Toco a pele macia da bochecha dela. — Você é tão bonita.

Ela ri.

— Você está tão bêbado.

— Pode agradecer Amara por isso.

Ela apoia a cabeça na parede.

— Vodca?

Eu confirmo e subo a mão pelo rosto dela. Seus olhos tremulam com o contato, assim como a porra do meu coração.

— Senti saudades.

A voz dela é baixa.

— Nos vimos faz poucos dias.

— Não assim. Não com esses olhos que me dizem que você não esqueceu minha língua na sua boceta também.

A respiração dela falha.

— Ainda sinto seu gosto na boca, Summer. — Minhas palavras transbordam de desespero.

— Aiden... — Não sei se é um aviso, mas ela engole e seu pescoço delicado se move. Seguro firme a bunda dela e queria que estivéssemos no meu quarto e não aqui embaixo. Mas sei que, se eu sugerir isso, essa névoa ao nosso redor vai se dissipar. Eu a quero tanto que não consigo pensar direito, é exatamente por isso que não posso tê-la agora.

Summer empurra o quadril contra o meu, claramente sentindo meu pau duro como pedra desde que a vi. Meus dedos passam pela bainha do vestido dela e eu contenho um gemido.

— Você tem ideia do que faz comigo? — pergunto, rouco, no seu ouvido. Ela me deixa beijar seu pescoço e começamos a nos esfregar contra a parede, quando eu desacelero nossos movimentos.

É nesse exato momento que Dylan esbarra nas caixas de som ao nosso lado, derrubando-as. Summer dá um pulo, e eu me afasto para levantá-lo do chão, e o chiado dos alto-falantes só param quando os endireito. Pelos olhos vidrados de Dylan, posso ver que ele está podre de bêbado. É uma daquelas noites em que não vai receber um sermão por isso, e ele está se aproveitando ao máximo da situação.

— Vou vomitar. — Dylan engasga quando eu o ergo.

Olho para Summer, que nos observa com olhos arregalados.

— Vou levar ele lá pra cima — digo.

— Precisa de ajuda? — pergunta ela.

Nunca que vou deixá-la cuidar de um Dylan bêbado. As coisas que saem da boca dele são imprevisíveis demais. Quando balanço a cabeça, ela me dá um meio sorriso e, antes que eu arraste meu amigo tagarela, Summer diz:

— Feliz aniversário, Aiden. Espero que seu desejo se torne realidade.

23
Summer

Eu preferiria apunhalar o Cupido com uma de suas flechas fofas do que passar por essa data comemorativa de novo. Mas dizer isso em voz alta me faria parecer uma solteira perdedora e amargurada, então mantenho meu ódio em pensamento. Rasgo ao meio os corações de papel cor-de-rosa que decoram a mesa, criando uma bagunça no meu colo. Não é uma imagem bonita.

— Cassie mudou o cabelo?

Viro para Kian, que poderia muito bem ter corações no lugar dos olhos enquanto vê Cassie se apresentar.

O bar de karaokê Starlight é o lugar escolhido por Cassie quando ela tem vontade de cantar. De modo geral, é uma forma de terapia depois de um término bagunçado. Acho que ela finalmente superou sua última relação, mas toda a decoração de Dia dos Namorados jogada na nossa cara não está ajudando ninguém.

É por isso que eu estava determinada a maratonar minha série preferida com uma pizza em formato de coração esta noite. Só que Kian Ishida apareceu no meu dormitório e me obrigou a sair com ele. Para não mencionar que me fez trocar de roupa duas vezes. Ele acha que usar um conjunto de moletom em público é um pecado capital. Eu concordei só porque sua camisa e calça social limpas me faziam parecer um troll ao lado dele.

Ele está me usando como intermediária pra não parecer um stalker, mas tenho quase certeza de que Cassie está ciente do seu desejo. Não sei bem o que aconteceu entre eles, mas ouvi dizer que subiram escondidos para o quarto dele durante a festa de aniversário de Aiden.

— Parece mais claro. Ela tingiu?

— Acho que só cacheou — digo.

Ele apoia o queixo nas mãos, encarando-a com uma expressão sonhadora.

— Ela fica linda de qualquer jeito.

Procuro um querubim voador no ar. Se o Cupido fez Kian ficar obcecado por Cassie, vai me levar a fazer algo igualmente idiota. E eu não tenho tempo para idiotices.

Enquanto apunhalo o gelo no meu drinque com o canudo de papel quase desfeito, Kian ergue o braço. Olho na direção em que ele gesticula, e é aí que o vejo.

Alto, confiante e bonito demais para eu tentar ignorar, Aiden Crawford entra.

A energia no salão parece mudar, e percebo que não sou a única olhando o astro do hóquei da Dalton. O bar inteiro o observa entrar com Eli e Cole atrás dele. Olhos verdes vasculham o ambiente e, quando nos encontram, minhas bochechas queimam.

— Por que ele está aqui? — sussurro, limpando os corações de papel do colo.

— Eu convidei ele. — Kian me dá um olhar estranho. — Não deveria?

Resmungo em vez de responder, avaliando o ambiente em busca de uma rota de fuga.

— Aconteceu alguma coisa entre vocês?

Sinto um frio na barriga com a lembrança. Muita coisa aconteceu entre nós, especialmente com a boca dele entre minhas pernas.

— Não. Por que a pergunta?

— Porque você está agindo como uma esquisita.

Uma voz alta interrompe meu revirar de olhos.

— E aí, pessoal? — diz Cole, puxando uma cadeira.

Quando Eli senta ao meu lado, suspiro de alívio.

— Veio sozinha, Sunny? — pergunta ele.

— É. Esse cara aqui babando na Cassie é o máximo de emoção que vou ter hoje. E você?

Ele ri baixo.

— Idem, embora sua companhia alivie uma alma solitária.

Combato o rubor que as palavras provocam.

— Está me pedindo para ser sua namorada, Brooksy? — Tremulo os cílios para ele.

O sorriso que toma seu rosto mostra seus dentes perfeitos, mas é substituído por um sorrisinho divertido quando o olhar dele se afasta do meu.

— Seria um prazer, mas não quero irritar ninguém.

Seguindo sua linha de visão, vejo um brilho verde, e o peso do olhar de Aiden deixa minha boca seca. Sei o que ele está pensando porque estou pensando na mesma coisa. Olhos escuros deslizam pela minha roupa em uma avaliação minuciosa. Eu ajeito as alças finas do vestido e escuto as batidas aceleradas do meu coração. Quando o olhar faminto de Aiden encontra o meu de novo, ele dá um sorrisinho. O mesmo que me deu quando sua mão agarrou minhas coxas e seus dedos afundaram dentro de mim.

Não está claro como eu acabei cercada por quatro jogadores de hóquei no Dia dos Namorados, mas isso tiraria uma gargalhada de Amara. Ao contrário de mim, ela tinha um encontro marcado com semanas de antecedência, escolhido de uma lista longa de candidatos de suas aulas de ciência da computação.

— Certo, agora uma salva de palmas para nossa talentosa Cassidy Carter — diz o apresentador, e aplausos e gritos irrompem da nossa mesa. — E, agora, o momento favorito. O encontro às cegas anual de Dia dos Namorados!

Estou roubando uma batata frita de Kian quando ele se endireita no lugar, ajeitando a gravata e correndo a mão nervosa pela calça.

— Nossos artistas se juntarão ao jogo. Vamos receber Amelia, Shawn e Cassidy no palco de novo.

Cassie odeia encontros às cegas. Julgando pela cara dela, o bar a convenceu a fazer isso.

— Agora, levantem as mãos na plateia. Precisamos de três voluntários sortudos.

A expressão de tortura de Cassie é cômica, mas, antes que eu possa aproveitar a hilaridade e saborear mais batatas de Kian, a mão dele aperta meu pulso.

Olho horrorizada para nossas mãos erguidas. Por algum motivo — que tenho certeza de que é orquestrado pelo Cupido —, o apresentador aponta direto para nós. Ele diz algo no microfone, mas meu sangue borbulha tão furiosamente que não escuto.

— Que porra você está fazendo? — sibilo.

O sorriso charmoso de Kian não vacila enquanto ele murmura:

— Só confia em mim.

— Kian, juro que vou te apunhalar com meu salto se você não me soltar.

— Eu fico devendo essa pra você. O que você quiser, prometo. — Quando vê meu olhar furioso, seu sorriso titubeia. — Por favor?

Há um segundo em que os olhos sinceros dele e aquela súplica desesperada quase me convencem a participar dessa competição estúpida. Mas então reparo em todos os olhos sobre nós e deixo pra lá.

Tentar puxar a mão de volta sem chamar atenção é impossível com o aperto de aço dele. Kian me puxa pela multidão e pelos degraus de madeira. O idiota sabia dessa brincadeira e foi por isso que me arrastou até aqui. É a única chance dele de conseguir um encontro com Cassie, e eu sou não só a intermediária, mas também seria um pretexto.

Enquanto planejo como vou acabar com ele quando sair desse palco, Kian nos apresenta alegremente. Nossos braços entrelaçados nos fazem parecer um par amigável, mas é mais para a segurança dele.

Mal escuto a piada idiota do apresentador sobre participar ele mesmo da competição para conseguir meu telefone. Minha expressão rapidamente mata a risada do cara, e ele se vira para a plateia de novo para procurar uma vítima final.

Sob as luzes fortes do palco, discretamente dou uma cotovelada em Kian, forçando-o a abaixar a cabeça para me ouvir.

— Você está me devendo. Muito.

Ele assente todo feliz, nem um pouco abalado com meu olhar mortal.

A plateia está mais animada dessa vez. Não me surpreende, porque Amelia é linda. Seu cabelo loiro encaracolado está preso por uma bandana marrom, e o visual de professora inocente está aumentando o interesse do bar. Reconheço algumas pessoas do campus erguendo a mão, mas só uma atrai minha atenção.

— Nem fodendo — sussurra Kian, descrente, expressando meu exato pensamento.

E, simples assim, nosso terceiro competidor sobe no palco e para ao meu lado. Faço meu melhor para não encarar Aiden enquanto ele conversa com o apresentador.

Ele está todo descontraído e simpático no palco, um completo contraste com a vibe de vaca raivosa que eu estou canalizando. Ele põe um braço ao redor de Amelia, que sorri, meiga. O tipo dele não está claro para mim, mas não esperava que fosse uma das participantes de um jogo de encontro às cegas de Dia dos Namorados.

O apresentador explica que o jogo se chama *Dança no papel*, e que cada par deve dançar num quadrado de papel que é dobrado para ficar menor a cada rodada. O objetivo é dançar sem sair do papel.

É um jogo ridículo, mas não posso exatamente sair correndo do palco. E Aiden Crawford se voluntariou, então meu lado competitivo quer fazê-lo perder.

Meu par se apresenta.

— Eu sou Shawn.

— Summer. — Aperto a mão do cantor alto, de cabelo encaracolado.

— Sabe, nosso chefe nos obriga a fazer essas coisas, mas eu teria me voluntariado depois de ver você.

Eu rio.

— Obrigada. Já eu faria qualquer coisa para não estar aqui agora. Nada contra você.

Ele ri também.

— Imaginei, pelo jeito como Ishida arrastou você até aqui.

Quando as luzes ficam rosa, os papéis são colocados na frente de cada par. Uma voz grave atrai minha atenção ao casal número três.

— Você toca violão? Eu sempre quis aprender — diz Aiden, sorrindo para Amelia.

Desde quando? Ele não mencionou suas inclinações musicais nem uma única vez. Claro, tenho certeza de que seria bom nisso também.

— Eu posso ensinar pra você. Não é tão difícil depois que você treina uns acordes.

— Você faria isso? Se ajuda, já me disseram que eu tenho uma boa coordenação motora. — O sorriso que ele lhe dá é tão inocente quanto o de um garoto sentado num banco de igreja. Faz ela dar uma risada meiga.

Eu bufo, atraindo a atenção deles para mim.

— Você está bem? — pergunta Shawn.

Desvio os olhos do sorrisinho de Aiden e permito que Shawn segure a minha mão. Fixo os pés entre os dele no papel pequeno.

A primeira rodada é simples e todos passamos, o que é uma pena, porque quanto antes isso acabar, antes posso estrangular o idiota que chamo de amigo.

A segunda rodada significa outra dobra no papel. Shawn me ergue nos braços para dançar na ponta dos pés. Olho para Kian, que fez Cassie subir nos seus sapatos enquanto eles dançam, completamente perdidos um no outro. Não tenho muito tempo para refletir sobre o momento fofo, porque Shawn tenta dançar, pisa em falso e me deixa escorregar. Um coro de arquejos da plateia me alcança quando eu caio no palco de madeira com um gritinho.

Se eu só ficar deitada aqui, talvez um anjo me carregue para longe. Ou um gremlin sob o palco poderia me puxar para um abraço. Qualquer coisa seria menos mortificante do que encarar a plateia.

A mão grande é a única coisa que vejo através das luzes fortes do palco. Quando não a pego, porque me sinto tão desorientada que não sei se lembro como agarrá-la, a mão desliza ao redor da minha cintura e me ergue em um movimento ágil. Pela pura força do meu salvador, sei quem é.

— Você se machucou? — pergunta Aiden. As luzes fortes iluminam o verde em seus olhos e o castanho dourado do seu cabelo. Ele parece angelical. Talvez eu tenha batido a cabeça também. A mão na minha cintura aperta mais. — Summer — insiste ele.

Eu volto à realidade.

— Estou bem.

Aiden não desvia o olhar, nem eu. Seu braço musculoso queima minha cintura e seu olhar aquece meu rosto. Quando Shawn começa a pedir desculpas frenéticas, eu me desvencilho de Aiden.

— Eu perdi o equilíbrio e não consegui segurar você. Desculpe, Summer.

A mandíbula de Aiden se tensiona enquanto dá um olhar desdenhoso para Shawn.

— Não tem problema, foi um acidente.

Era uma brincadeira idiota, de toda forma, e a única pessoa com quem estou brava no momento é o cara alheio a tudo exceto a Cassie em seus braços.

O apresentador se certifica de que não vou processá-los por lesão corporal antes de nos agradecer por participar.

— Temos nossos vencedores! Vamos todos dar uma salva de palmas para Kian e Cassie!

Percebo que Aiden deve ter largado Amelia, então eu também os fiz perder. A vitória parcial não é tão satisfatória, mas só por causa do hematoma se formando nas minhas costas. Quando a plateia aplaude, desço do palco e atravesso o bar antes que Kian possa me arrastar para outra coisa. As portas de metal rangem quando saio pelos fundos, e o vento de fevereiro esfria minha pele quente.

Estou chamando um Uber quando a porta range de novo e Aiden sai.

— Você realmente queria aquele encontro, hein?

Aiden

Olhos castanhos me fuzilam com um olhar que diz que não estou nas suas graças hoje. Não que algum dia eu tenha estado, mas achei que a ajudar a levantar a bunda do chão poderia ter me rendido alguns pontos.

— Não? — Abafo uma risada. — Parecia que você estava caidinha por ele.

O olhar dela não se suaviza.

— Hilário.

— Nenhuma réplica? Você está se sentindo bem? — Ergo as costas da mão para tocar a testa dela, mas ela a afasta com um tapa. — Se faz você se sentir melhor, ele está bem chateado por ter deixado você cair.

— Não o culpo. Provavelmente sou bem mais pesada do que ele esperava — diz ela. — Mas me derrubar na frente de todas aquelas pessoas? É ótimo para o ego de uma garota.

— Isso diz mais sobre as habilidades de levantamento dele do que sobre o seu peso. Ambos sabemos como eu consigo erguer você fácil.

O lembrete de como eu segurei o corpo dela com as mãos paira no ar entre nós.

Os olhos dela brilham antes que os abaixe.

— Você deixou sua amiga?

— Amelia é uma garota linda, mas é melhor seguirmos cada um seu caminho — digo dramaticamente.

— Por quê? Você estava flertando com ela o tempo todo.

A atração magnética de Summer me faz dar um passo inconsciente para a frente.

— Estava prestando atenção em mim, é?

— É difícil ignorar aquele sorrisinho cretino chamativo.

— Você está realmente alimentando meu ego.

— É o propósito da minha vida.

— Não era pra você ser legal? Está dando uma má reputação aos canadenses. — Outro passo e sei que estou na corda bomba.

As costas dela batem na parede.

— Certo, temos que ser legais para vocês poderem ter rédea solta para serem cretinos.

— Eu não sou cretino.

— Especificamente me lembro das palavras "Tudo bem, eu fui um cretino" saindo da sua boca — diz ela, com ênfase.

— Isso foi pra cair nas suas graças.

— Você não está nas minhas graças.

— Sério? Porque acho que chupar você até minha mandíbula doer deveria me fazer subir na sua lista.

Saboreio o jeito como a respiração dela falha.

— Você é... vulgar.

Avalio as reações conflitantes que ela expressa.

— Sabe, não acho que você odeie jogadores de hóquei tanto quanto diz.

Ela arqueia uma sobrancelha com as bochechas rosadas.

— Por que não?

Eu ainda nem a toquei e está ficando impossível manter as mãos afastadas dela. Summer só precisa aparecer na minha frente para meus dedos inevitavelmente quererem encontrar a sua pele. O que me confunde é que ela sempre aceita meu toque, inclinando-se em direção a ele como se quisesse o contato tanto quanto eu, mas faz de tudo para não vir até mim e não me tocar, como fez naquela noite no seu dormitório. Deixo minha mão pairar sobre o tecido na coxa dela.

— Porque tenho a sensação de que, se eu deslizasse a mão para baixo desse vestidinho curto, encontraria você molhada. Por minha causa.

— O que faz você pensar que sua mão vai ter o privilégio de subir aí? — A voz dela estremece, e as palavras confiantes não são a fachada que ela esperava.

— A última vez que toquei aí, você implorou para eu não parar. Eu acho que tenho uma boa chance.

— Foi você? Ah, tinha esquecido totalmente disso.

Ah, tá. Nem fodendo que ela esqueceu. Eu enlouqueço até hoje só de pensar em como ela gemeu meu nome.

— É mesmo? Então eu não encontraria nada que dissesse o contrário?

Tudo em mim precisa de uma resposta afirmativa. Não sei como posso deixar mais claro que a quero.

— Você me encontraria mais seca do que essa conversa.

Os nós dos meus dedos imploram para roçar a pele macia da coxa dela, mas só me permito pairar sobre o centro quente que está chamando meu nome. Apesar do ar casual dela, sei o que eu encontraria. Já senti o *gosto* do que encontraria, e não há como negar que ela sente atração por mim, não importa o que diga.

A pulsação martelando no pescoço dela se torna proeminente e um arrepio atravessa a sua pele.

— Tá com frio? — provoco.

Olhos flamejantes perfuram os meus, mas nenhuma palavra sai daquela boca.

— Me peça pra tocar você, Summer.

Rezo a Deus para que a próxima coisa que saia por esses lindos lábios seja um gemido e não um insulto. Claro, qualquer coisa que essa garota diga me deixa excitado.

— M...

Um rangido irritante atravessa a névoa na minha cabeça, e Summer instintivamente me empurra. Kian nos encontra parados ali como culpados de um crime horrendo.

— O que vocês dois estão fazendo aqui? — Ele balança a cabeça quando não recebe resposta. — O segundo e terceiro lugares ganham um prêmio também. Vamos, estamos esperando vocês.

— Eu não subiria naquele palco de novo nem se eles estivessem distribuindo diplomas — dispara Summer. — Além disso, meu Uber chegou.

— Você está indo embora? A gente veio junto. Eu ia levar você para casa.

— Você também me enganou para eu participar daquele jogo idiota. Me desculpe se não sou sua maior fã no momento.

— Sunny — diz ele, derrotado.

— Não esqueça que você me deve uma, Ishida. Vai fazer hora extra pra me compensar por isso.

Kian passa frustrado a mão pelo cabelo e olha para mim em busca de ajuda. Eu dou de ombros. Estou irritado por ele ter nos interrompido, então vê-lo sofrer é pura diversão.

— Deixa que eu levo você pra casa — tenta ele de novo.

Ela desvia o olhar do celular.

— Para o seu bem, é melhor não estar sozinho num carro comigo agora.

É uma mudança bem-vinda não ser o alvo da fúria de Summer, para variar. Um Tesla branco ilumina a rua.

— Desculpe, ok? — diz Kian. — Mas até você sabe que essa era minha única chance de ter um encontro com ela.

O cascalho é triturado sob os saltos dela quando ela gira.

— Entendo perfeitamente, Kian, e fico feliz que vocês tenham ganhado. Mas você podia ter contado a verdade.

— Você não teria vindo.

— E aí não ia querer te estrangular agora. Você decide o que é pior.

Ela entra no Uber, nos deixando na rua escura.

Kian esfrega a mão pelo rosto frustrado.

— Ela perdoa fácil?

Meu olhar seco deve transmitir minha resposta.

— Acho que tenho trabalho pela frente.

24
Summer

— **Tipo a mãe do Stifler**, em *American Pie*? — pergunta Amara, enfiando uma colher de cereal na boca.

— Mais para a avó do Stifler — digo, fechando a mochila.

Amara se engasga, espelhando minha reação quando ouvi as aventuras de Dylan.

— Não sei como, mas aqueles caras continuam me surpreendendo — diz ela em meio a um acesso de tosse. — E o que você decidiu sobre o capitão?

Dou de ombros.

— Ainda estou pensando.

— Pensando em quê? Ele fez você ver estrelas. Tenho certeza de que isso cumpre todos os requisitos.

Deixo minha xícara na pia.

— Geralmente não faço esse tipo de coisa.

— Ficar com pessoas? — sugere ela.

— Não estamos ficando.

— Você sentou na cara dele até esquecer seu nome. Desculpe informar, mas isso grita *ficar* pra mim.

— Especificamente me lembro de você dizendo que saiu flutuando do sofá — acrescenta Cassie, entrando no apartamento.

— Ótimo timing, Cass. — Amara sorri. — Também não podemos esquecer como vocês dois ficaram grudados na festa dele.

Os olhos divertidos dela me dizem que ela viu mais do que eu esperava.

— Eu estava bêbada.

— Ah, tá, certo — zomba ela. — Então, deixe eu entender. Tem um jogador de hóquei supergostoso que faz você rir e ter orgasmos de embaralhar a mente, mas você ainda não quer transar com ele?

Cassie ergue os dedos como se fizesse uma conta que não faz sentido. Essa não é a intervenção que eu precisava esta manhã. Estava esperando mais uma longa lista de motivos para ser uma má ideia ficar com Aiden.

— Acontece que a gente ficou uma vez e ele praticamente saiu correndo logo em seguida — tento explicar.

— *Depois* de deixar a bola no seu campo. Ou o disco no seu... rinque. Que seja, você entendeu.

— É hora de fazer o gol. É bem simples — diz Cassie.

Balanço a cabeça, sem acreditar. Essas garotas são minhas amigas ou estão torcendo pela minha ruína?

— O que vocês querem que eu faça? Vá lá e peça para ele me comer?

— Sim! — gritam elas em uníssono.

Culpo Kian por isso. Se ele não tivesse me convidado para a festa ou me arrastado para o bar, eu não estaria tendo esses pensamentos. Não estaria pensando em como Aiden me ergueu rápido quando eu caí ou como se aproximou de mim do lado de fora. Se ele tivesse só me deixado apodrecer no meu dormitório com uma caixa de pizza, nada disso estaria acontecendo.

— Pegue meu carro.

— Eu tenho aula. Não vou passar lá só para uma transa casual às nove da manhã.

Amara deixa suas chaves na palma da minha mão.

— Faça um favor a todas nós e deixe aquele homem fazer coisas indizíveis com você.

Cassie bate a palma na de Amara e as duas me empurram porta afora.

Em rota de colisão

Cinco minutos depois, estou sentada no carro de Amara, fazendo uma lista mental de prós e contras que de alguma forma só se enche de prós. Se eu estivesse descansada, poderia tomar uma decisão mais lógica.

Dez minutos se passaram entre reflexões, me deixando só vinte minutos até a hora da aula. Não vou aguentar 180 minutos da aula mais entediante do planeta sem resolver essa situação. É como se eu estivesse em um transe enquanto dirijo até a casa do hóquei.

Subo os degraus e vejo Eli na entrada de carros.

— Voltou para mais? — pergunta ele.

— Hein?

É tão óbvio o que eu vim fazer aqui? Talvez tenha um pau gigante com o nome de Aiden desenhado na minha testa que eu não vi.

— Mais pesquisa. Seu trabalho é sobre hóquei, né?

Certo, isso.

— Ah, sim, é. Não canso de pesquisar!

Ele ri.

— Ele está na sala.

A casa está silenciosa e tentar impedir meu coração de saltar pela boca é um desafio quando vejo a sua nuca.

— Estou aqui.

Aiden vira a cabeça, surpreso, então me examina do seu lugar no sofá.

— Estou vendo — diz ele, voltando ao laptop.

Eu fecho o computador, obrigando-o a tirar as mãos do teclado.

— Estou aqui porque quero você. — Empurro as palavras para fora com grande dificuldade.

A expressão dele muda por um instante antes de ficar neutra de novo. Aiden se remexe para ficar confortável no sofá, afundando mais nas almofadas.

— Você quer que eu...?

— Vai me fazer dizer?

Ele dá um sorrisinho para mim. Como um canalha filho da puta. Quero ir embora, mas estou lutando contra minha cabeça há dias. Não tem mais como negar que é isso que quero. Sem contar que não quero ouvir o sermão que Amara vai me dar se eu amarelar agora.

Eu me endireito.

— Quero que você me coma.

Aiden se endireita depressa no sofá e me dá sua total atenção.

— Nunca achei que ouviria Sunny dizer isso. — Viramos a cabeça para o arco da entrada para a sala de estar, e vejo quatro alunos do terceiro ano de olhos arregalados e um Dylan muito entretido. — Você tem que começar a dividir seus segredos, capitão — diz ele com um risinho.

— *Ai, meu Deus.* — Meu rosto arde do pescoço aos ouvidos. A vergonha formiga nos meus ossos e me faz empalidecer.

Aiden xinga baixinho quando vê meu rosto branco.

— E-eu vou indo.

Sigo em linha reta para a porta, ignorando Aiden chamando meu nome. Quando estou na metade da escada, ele pega meu braço.

— Espere.

Tento puxar meu braço.

— Me poupe da humilhação.

Ele não solta, mas me vira para encará-lo.

Dou um grunhido.

— Você gosta de me fazer passar vergonha?

— Eu nunca fiz você passar vergonha. Você faz isso sozinha. — Ele sorri.

— O que você quer?

— Você. — Parte do meu peito derrete. — Confie em mim, isso não está nem no top dez das coisas mais constrangedoras que já aconteceram nessa casa.

— Foi na frente do seu time inteiro!

— Era o pessoal do terceiro ano. Quem liga?

Em rota de colisão

— Eu! Agora eles acham que eu sou uma garota que faria qualquer coisa por um pau.

Ele ergue as sobrancelhas.

— E é?

Esse é mesmo o cara com quem quero transar?

Sim.

Dou um tapa no braço dele, mas isso só o faz gargalhar. O que seria um som bem atraente, se eu não estivesse tão irritada no momento.

Quando dedos quentes erguem meu queixo, sinto um friozinho na barriga.

— Você estava falando sério?

Não é hora de ser covarde, Summer.

Engulo com força.

— Sim.

Os ombros tensos dele relaxam, e ele sorri.

— Fala de novo.

— Nem fodendo.

— Vai, só mais uma vez — insiste ele.

Balanço a cabeça mais séria agora. Aiden dá de ombros e se vira para entrar na casa. Luto contra o impulso de revirar os olhos enquanto agarro a manga da camiseta dele para puxá-lo de volta. Ele vem fácil, e nem tenta esconder o sorrisão no rosto estupidamente convencido.

Dou um suspiro dramático.

— Quero que você me coma.

Os olhos dele se iluminam como os de uma criança no Natal.

— Foi tão difícil assim?

— Extremamente — digo. Então a sensação constrangedora começa a me dominar de novo e meu cérebro me diz para dar um jeito nessa situação antes que ela escorra pelos meus dedos. — Assim, uma coisa meio amizade colorida. Ou algo que não chega a ser amizade colorida? Ou um pau amigo, sei lá.

Ele cerra a mandíbula.

— Certo. — Ele esfrega a nuca, e seus bíceps contraídos me distraem por um momento. — Agora?

A palavra faz uma onda de calor me atravessar, mas balanço a cabeça.

— Hã, não. — Dou um passo para ficar a uma distância segura. — Tenho aula, e depois vou repassar meu trabalho com Donny. Mas estou livre na sexta.

Ele fica tenso com a menção a Donny.

— Tenho treino até as 19h. Que tal às 20h?

Se alguém nos escutasse, pareceria que estamos marcando uma reunião de negócios, mas a naturalidade da conversa é a única coisa me impedindo de querer sumir da face do planeta.

— Na sua casa? Os caras provavelmente vão dar uma festa aqui que não deveriam — diz ele.

— Pode ser. Amara sai nas sextas.

— Fica bom pra mim.

Eu me viro para ir, mas paro.

— E podemos não divulgar isso? Sei que os caras me ouviram lá, mas preferiria que ninguém mais soubesse.

— Está com vergonha? — A pergunta provavelmente deveria ser uma piada, mas fico confusa com o desprezo irritado que tinge o tom dele.

— Só não quero todo mundo se intrometendo nas nossas vidas.

— Tá, eu entendo. Nos vemos depois, Summer.

25
Aiden

Quarenta e oito horas atrás, eu era um homem muito mais feliz. Summer disse que me queria, e eu estava a segundos de derramar uma lágrima de pura alegria antes de sermos interrompidos pelos caras. Se não fosse por eles, eu a teria comido ali mesmo no sofá.

Quando lhe dei a opção de me procurar se me quisesse, não foi exatamente assim que imaginei que seria. Principalmente porque a única coisa que consegui imaginar durante a última semana foi o corpo dela, sem roupa.

Agora estou esperando uma mensagem para confirmar que vamos nos encontrar hoje à noite. Fiz três pausas desde que o treino começou para ir ao vestiário e checar meu celular. O treinador não disse nada, mas tenho certeza de que vai me repreender da próxima vez. Além disso, a punição a qual estou me sujeitando é inútil porque até agora o resultado é 0 de 3. Summer não enviou nem um joinha ou um simples OK em resposta a qualquer mensagem minha.

— Crawford.

Jogo o telefone de volta no meu armário, fechando-o com urgência demais.

— Desculpe, treinador, só vendo como está a minha avó.

— Sabe, sou treinador há tanto tempo que já ouvi praticamente tudo. Às vezes, acho que vocês pirralhos esquecem que eu também vivi a vida de um atleta de faculdade. Não estou interessado em mentiras.

Solto um suspiro resignado.

— Estou esperando uma mensagem.

— A garota do chuveiro.

Summer me mataria se soubesse que esse é o apelido dela. Confirmo, embora não seja uma pergunta. O treinador é como um mago onisciente, e nunca consegui mentir para ele. Mas não vou revelar que a garota do chuveiro é Summer Preston.

— Você tem que pôr a cabeça no lugar, garoto. Nunca agiu assim. Está aparecendo em todas as aulas das crianças, completou sua parte no projeto de Summer e o time vem jogando muito bem. Quer perder o equilíbrio por uma garota?

— Ela é o motivo de eu conseguir conciliar tudo isso. É só... diferente hoje.

Diferente porque acho que vou entrar em combustão se não a tiver embaixo de mim esta noite. E em cima de mim, e na minha cara. Meu coração martela como se eu fosse perder a porra da virgindade. Essa garota claramente tem minhas bolas na palma da mão.

Um olhar avaliador passa pelo rosto dele.

— Volte agora pro gelo ou vou deixar todos vocês cumprindo punições pelo resto da semana.

Ele sai do vestiário.

A última hora de treino passa voando e consigo não pensar em uma garota. Já são quase oito e meu celular está tão silencioso como sempre, fora as mensagens sobre uma festa e algumas garotas avisando que estarão lá.

— Tudo bem, capitão? — Kian esfrega uma toalha no cabelo enquanto me observa com atenção.

— Tudo. Só pensando na prova que tenho amanhã.

— Eu também. Summer e eu estamos estudando psicologia feito doidos.

Ergo a cabeça bruscamente.

— Você falou com ela?

— Não, ela ainda está puta comigo. Mas a vejo nas aulas. — Ele me analisa. — Por quê? Tá dormindo no sofá de novo?

Não me incomodaria de dormir no sofá se ao menos a tivesse visto.

— Não, só estou perguntando.

Ele assente, jogando a bolsa de hóquei sobre o ombro.

— Vai estar em casa pra festa?

Dessa vez, a festa não se deve à aposta. Eu coloquei um fim nisso imediatamente e, como os caras estão se comportando ao máximo desde então, vou deixá-los dar uma ou outra festa antes das semifinais.

— Vou sair. Não estou a fim de ser o pai de vocês hoje à noite. — Sigo os caras na saída do vestiário e puxo Kian de lado. — Fica de olho nele por mim. — Aponto a cabeça para Dylan, que está entrando no carro.

O consumo de álcool dele está saindo do controle, mas como ele está jogando bem, não tem muito que eu possa dizer. Ele vem controlando sua raiva no gelo e não aparece mais de ressaca para os treinos, o que significa que nossa conversa ajudou. Eu me importo em ser um bom capitão, mas ser um bom amigo é mais importante.

Kian grunhe.

— Não trabalho de babá de graça.

— Agora trabalha.

Ele resmunga antes de enfiar as coisas no banco traseiro.

— Aiden, você não vem? — pergunta Dylan, abaixando a janela.

— Não, tenho uma coisa para fazer.

— Aposto que tem. — Ele dá uma piscadela e meu dedo do meio faz os olhos de Kian se estreitarem de suspeita. Summer está determinada a manter isso em segredo, então meus lábios estão selados. Volto para minha caminhonete, jogo a bolsa no banco traseiro e checo as mensagens de novo.

— Sua caminhonete é fácil de achar.

Levo um susto ao ouvir a voz que vem me assombrando há dias. Summer se encosta na porta com os braços cruzados, usando uma de suas roupas nada práticas. A saia é curta e o suéter fino demais para o clima. Mas ela está tão linda que tenho dificuldade de engolir. Caralho, mesmo se quisesse ficar bravo por ser ignorado o dia inteiro, sei que não lhe negaria porra nenhuma.

— Você não respondeu às minhas mensagens. — As palavras saem acusatórias.

— Meu celular está sem bateria desde de manhã, então não pude avisar que meu apartamento não tá disponível hoje. Eu vim pra cá direto do laboratório. Estou esperando há vinte minutos.

O júbilo que se derrete sobre mim com as palavras excita algo na minha calça também. Ela esperou por mim. Fracasso miseravelmente em manter qualquer rancor contra ela quando vejo seu rosto sincero.

— Entra. Você deve estar congelando. — Destranco as portas e, em vez de ir para o lado do passageiro, ela abre a porta de trás e entra.

— O que está fazendo?

— Você faz perguntas demais. — Ela dá um sorriso sedutor, batendo no banco ao seu lado. Olho ao redor do estacionamento deserto antes de entrar também. Não é o melhor lugar para ficarmos a sós, considerando que o treinador está a alguns passos daqui, dentro da arena, e estamos perto de uma rua movimentada.

Summer agarra minha camiseta e me puxa, aniquilando qualquer preocupação sobre possíveis observadores.

— Não vai me beijar, Crawford?

Seguro o rosto dela. Os lindos lábios carnudos que assombraram todos os meus pensamentos estão tão próximos que fico com água na boca. Desde o momento em que saí do dormitório dela, estive pensando nesses lábios. Me perguntando por que não os tomei como fiz com a boceta dela.

— Estou morrendo de vontade de sentir o gosto desses lábios — sussurro antes de capturar a próxima respiração dela na minha boca.

É explosivo, um fogo crepitante que explode de uma faísca. Os lábios macios dela derretem contra os meus, e nossas bocas se fundem em uma batalha desesperada. A primeira deslizada da sua língua me atinge como uma lança de fogo. Uma sensação pulsante acaricia meu corpo quando passo o dedão sobre a pele delicada da mandíbula dela.

O beijo é perigoso. Viciante. Parte de mim está feliz por não a ter beijado até agora, porque se tivesse feito isso antes não teria resistido tanto.

Puxo Summer para o colo e ela monta em mim. O movimento imediato da sua bunda me faz soltar um grunhido torturado, e ela aproveita a oportunidade para enfiar a língua na minha boca. A cada movimento da sua língua contra a minha, um arrepio silencioso me atravessa e fogos de artifício brilhantes explodem atrás dos meus olhos. Summer se esfrega com mais força, sentindo exatamente como estou excitado, e uso todos os truques que conheço para não gozar neste exato segundo.

Ela põe minhas mãos na sua cintura, me permitindo erguer seu suéter para tocar a pele sedosa sob o tecido. O gemido dela vibra contra a minha pele quando toco seu sutiã de renda, fazendo um arrepio me atravessar.

Summer se afasta para puxar o ar, os lábios carnudos inchados e os olhos escuros como a noite.

Ela é linda pra caralho. Tipo, linda demais. Só estar perto assim é como levar um golpe violento no peito. Consigo sentir essa imagem se alojando em cada parte do meu cérebro.

Mechas macias emolduram o rosto dela e, quando as afasto, seus olhos castanhos cintilam. Ambos estamos respirando pesado, e meu corpo parece tenso como um brinquedo de corda enquanto encaro seus lábios abertos.

Desesperado, ergo o suéter dela até o sutiã de renda branca que mal impede seus peitos grandes de ficarem totalmente expostos. O ar fica tão pesado que sinto que estou sufocando. Fecho o punho no cabelo dela para puxá-la de volta aos meus lábios. Ela não hesita ao cair no ritmo, deslizando as mãos pelo meu abdome e enganchando os dedos no cós da minha calça jeans. Seus movimentos são rápidos, e estou morrendo para me libertar e afundar nela. Mas, por algum motivo, mesmo com cada gota do meu sangue correndo para o meu pau, eu quero ir devagar.

Quero ouvir a voz dela, fazê-la rir, fazê-la gritar quando eu lentamente levá-la ao clímax. Quero tudo isso, a noite toda. Mas, julgando pelo seu ritmo, ela está pronta para terminar tudo no banco de couro frio da minha caminhonete. Mal dissemos uma palavra desde que entramos aqui, e sinto uma necessidade agoniante de ouvir sua voz, ou seus insultos, *qualquer coisa*.

— Você vestiu isso pra mim? — pergunto enquanto os lábios dela roçam meu pescoço, acendendo uma linha de fogo, e distraidamente deslizo os dedos pelo tecido do sutiã dela.

Ela recua como se tentasse entender por que caralhos estou falando.

— Aham, e aí tatuei seu nome na bunda.

Eu rio, e ela sorri. Imediatamente, sinto-me vingado quando a voz rouca dela me excita a um novo grau. Exploro a pele nua da sua barriga enquanto deslizo os lábios por seu pescoço, em beijos profundos.

— Ai, meu *Deus* — geme ela quando mordo a área logo abaixo da sua orelha. Faço uma anotação mental sobre essa reação para propósitos futuros. Quando ela puxa o cós da minha calça de novo, o som de pneus de carro contra o asfalto molhado lá fora me distrai da minha intoxicação.

O som me faz retornar à realidade bruscamente, e seguro as mãos dela.

— Espere.

Espere?

Meu pau fica imóvel, como que me dizendo quanto vou me arrepender disso.

— Não quero que nossa primeira vez seja no carro.

Os olhos dela se suavizam, mas então ela pisca e a vulnerabilidade some.

— Quem se importa? Não é como se eu tivesse imaginado flores e velas.

O pior é que eu teria arranjado tudo isso para Summer se não tivesse certeza de que ela as jogaria de volta na minha cara.

— Você merece mais que uma transa rápida na porra de um estacionamento.

Apesar das imagens muito desrespeitosas correndo pela minha mente, eu preferiria fazer todas essas coisas com ela no meu quarto. Ou no dela. Qualquer lugar com uma cama e quatro paredes.

Ela engole em seco, e não sei dizer se sua expressão é compreensiva ou irritada. Summer não olha para mim enquanto sai do meu colo e abaixa o suéter de volta. Ela não diz nada por um longo minuto, permitindo que a tensão fique pesada o bastante para eu senti-la no ar.

— Essa fachada de cara legal está começando a ficar irritante.

Irritada, então.

Eu suspiro.

— Você não pode estar brava porque eu acho que a gente não devia fazer isso no meu banco traseiro.

Ela finalmente me olha, e algo frígido se assenta no ar elétrico.

— Não, não estou brava. Porque, ao contrário de você, não estou deixando emoções se envolverem nisso. — A risada dela não é amigável. — Você sem dúvida é o primeiro atleta idiota a rejeitar uma garota no seu colo.

Summer abre a porta do carro e pula para fora, batendo-a atrás de si. No ar frio e isolado da caminhonete, murmuro um palavrão e saio com uma ereção desconfortável na calça.

Ela percorre metade do estacionamento antes que eu processe o que está acontecendo. Como caralhos isso deu tão errado?

— Me deixe levar você pra casa — eu grito.

— Eu tenho pernas. Me ligue quando parar de fingir ser um cavalheiro.

Bater a cabeça contra a lataria do carro não ajuda a aliviar o peso da minha idiotice. O que eu estava pensando? Uma garota como Summer não dá essas oportunidades assim tão facilmente, e eu a deixei escorrer por entre meus dedos em questão de minutos. Preciso urgentemente de uma avaliação psicológica, porque ela tem razão. Eu devo ser o primeiro cara a rejeitar a garota com quem vem sonhando. Isso podia ter acabado com o aroma de pêssego dela se esfregando em todo meu corpo, mas sei que, apesar de tudo, eu ainda tomaria a mesma decisão. Ela merece mais do que a visão da arena e o cheiro de bancos de couro.

Sento no banco do motorista e sigo atrás dela para garantir que ela chegue em casa com segurança.

Essa história de ser um cara legal realmente é irritante.

26
Summer

Estou prestes a jogar meu plano de cinco anos no lixo e largar a faculdade. Quão importante é perseguir os sonhos, afinal? Viver uma vida que rivaliza com um congestionamento na I-95 não pode ser tão ruim.

— Você desconsiderou totalmente a base da sua proposta original — Donny continua a criticar meu trabalho.

— Minha pesquisa pode ser diferente da proposta. É o objetivo — argumento. Essa conversa está fazendo meu olho tremer. Desde que saí furiosa da caminhonete de Aiden duas noites atrás, não dormi mais. Não consigo parar de pensar no jeito como ele me beijou... ou no gemido que saiu dos lábios dele quando esfregou o quadril contra o meu. Até a maldita consciência dele nos interromper.

— O trabalho final ainda deveria ser baseado nela — afirma Donny.

— Eu mudei algumas coisas na minha metodologia e na bibliografia. Isso é inevitável.

E discutir com Donny é impossível.

Ele cerra a mandíbula e se vira para a nossa professora.

— Não acha que o que estou dizendo é correto, Lau... dra. Langston?

Donny desvia os olhos, e uma tensão estranha paira no ar do escritório como se eu tivesse perdido uma peça grande de um quebra-cabeça. O lapso não é significativo, mas ninguém chama Langston pelo primeiro nome a não ser que seja um colega. Ela deixou muito claro, quando a conheci, que eu deveria chamá-la de *dra.* Langston. Acho que é um jeito de fazer valer os custos de um doutorado.

— Donny tem um bom argumento. Queremos manter a metodologia próxima do seu plano original. — Ela lê o projeto. — Você está quase lá, Summer. Odiaria vê-la perder de vista sua meta agora.

Essas palavras soam muito como as de Donny. Quando junto minhas coisas para sair, ele não se move. Não sei por que ainda precisa da orientação dela se conseguiu uma admissão antecipada ao programa.

— Vou enviar a versão editada à senhora — murmuro.

Donny não faz menção de ir embora, então saio sozinha. Estou na metade do corredor quando ouço a porta se fechar.

Meus pensamentos estranhos se dissipam quando vejo Shannon Lee do lado de fora do Anexo.

— Shannon — digo, acenando enquanto ela ergue uma caixa grande até o seu carro. — O que está fazendo?

Ela fecha o porta-malas com força.

— Empacotando minhas coisas. — Ela remexe nas chaves. — No fim, o programa é mais competitivo do que eu imaginava.

— Merda. Sinto muito. — Eu a puxo para um abraço e ela me aperta com força. — Eles não fazem ideia do erro que é perder você.

— Não tem problema, entrei na minha segunda opção. Vamos, Tigers! — Ela dá um sorriso fraco. — E você?

— Só finalizando minha inscrição. Minha segunda opção está esperando minha resposta. — A Universidade de Stanford me mandou uma oferta semanas atrás, e espero poder negá-la quando minha inscrição na Dalton for aceita.

— Se eu aprendi alguma coisa, é tomar suas próprias decisões antes que outra pessoa as tome por você — diz Shannon.

* * *

Há momentos em que deixo minha irritação com uma coisa transbordar para outros aspectos da minha vida. Hoje, sinto isso acontecer quando acordo e vejo um bicho de pelúcia na minha escrivaninha.

A porra de uma vaca de pelúcia.

— Quem deixou isso aqui? — exijo saber, saindo na sala com o bicho na mão.

Amara dá de ombros.

— Talvez alguém que goste de deixar presentes.

A caixa de chá que Aiden deixou para mim também conseguiu milagrosamente entrar no dormitório. Estou começando a pensar que as lealdades estão mudando por aqui. Está bem claro como essa coisinha chegou até a minha escrivaninha e ficou me olhando dormir. É provavelmente o motivo de eu ter acordado com um susto. É um daqueles Palm Pals, e a vaca ridiculamente fofa me dá uma vontade de rasgá-la no meio, mas também de acomodá-la na cama com carinho. As mudanças de humor extremas devastando minha mente se devem a um cara.

Furiosa, chamo um Uber, vou direto para a casa do hóquei e toco a campainha.

— Não queremos seus cookies! — Cole abre a porta com as sobrancelhas unidas de irritação até me ver. — Ah, achei que fosse uma escoteira. Tudo bem, Sunny?

— Posso entrar?

Ele assente, abrindo espaço.

— Vaquinha fofa.

Passo por ele, subo a escada dois degraus por vez e sigo direto para a porta à esquerda, sem ligar se há uma garota lá. Morangos e chantilly num par de peitos são o menor dos meus problemas. Escancaro a porta e sou atingida pelo aroma familiar dele, que dispara uma sensação caótica na minha barriga.

A porta do banheiro se abre e Aiden sai, parando quando me vê. Ele está sem camisa, usando só uma calça de moletom baixa na cintura. Não parece surpreso, o que me diz que reparou no bicho de pelúcia na minha mão. Ele se encosta na porta do banheiro, cruzando os braços.

— O que é isso? — pergunto, contornando a cama para mostrar a vaca para ele.

— Um bicho de pelúcia?

Estreito os olhos.

— Isso eu sei. De onde veio?

— Se está na sua posse, você não deveria saber a resposta?

— Estou falando sério.

Ele suspira e se senta na cama.

— Eu ganhei no festival. Ia entregar na roda-gigante, mas...
— Ele deixa a frase no ar. O lembrete pesado daquela noite repuxa minhas entranhas.

— Por quê?

Pelo jeito como seus olhos faíscam de irritação, ele não gostou da pergunta.

— É um bichinho, Summer. Não precisa significar nada.

Quem dá um bicho de pelúcia para você como lembrança de um festival sem que signifique nada? É terrivelmente sentimental. Pelo olhar de Aiden, ele não vai elaborar.

Não quero discutir, então me viro e sigo para a porta. Mas a impaciência recobre minha pele e eu paro antes de girar a maçaneta.

— Acho que você ainda está na sua fase de cara legal, hein?

Aiden se move tão rápido que nem percebo até sua mão estar apoiada contra a porta. Ele assoma sobre mim, os olhos verdes brilhando como criptonita.

— Você não gosta de caras legais, Summer? Isso vai atrapalhar seu planozinho de cinco anos?

Minha garganta se aperta de irritação.

— Você é tão babaca.

— Sou? — Ele se inclina. — Isso faz você querer foder comigo agora?

— Vá se foder.

— Prefiro que seja com você.

Arquejo enquanto a respiração dele roça na minha têmpora.

— Não gosto de você.

Ele dá um passo sufocante para a frente e meu coração para.

— Bom saber.

Eu umedeço os lábios, atraindo a atenção carregada dele.

— Você também não gosta de mim.

A expressão dele se suaviza com um carinho inesperado.

— Eu nunca disse isso. Tenho quase certeza de que é impossível não gostar de você.

A frustração me arranha por dentro, e reajo ao encostar a boca na dele, seja para calá-lo ou porque estou precisando disso desde que senti seu gosto no banco do carro. Quando um gemido satisfeito abre meus lábios, ele reage depressa, e sinto sua língua deslizar molhada como se estivesse entre minhas pernas. A pressão espalha uma dor febril dentro de mim.

Agarro seu cabelo enquanto ele aperta minha bunda. Minhas costas batem na porta enquanto nos devoramos, o quadril dele colado no meu e a mão no meu pescoço. Esse beijo não é nada como o da última vez. Dessa vez é carnal, quase animalesco, o jeito como nos agarramos. Como se o gostinho nos tivesse deixado sedentos e impacientes.

— Você é teimosa pra porra.

Ele dá um tapa na minha bunda.

— Só porque você é irritante demais.

Ele enfia a mão na minha calça legging e agarra minha calcinha. Meu som desesperado interrompe nosso beijo, e os lábios de Aiden encontram meu pescoço. Meu corpo inteiro está queimando e eu preciso dele para aliviar a ardência.

Eu o seguro pela calça e ele geme, com o rosto contraído de puro prazer.

— *Caralho*.

— Posso? — pergunto contra os lábios dele, e ele assente, me vendo cair de joelhos. — Preciso das suas palavras, Aiden.

— *Sim*, Summer.

Minha respiração fica presa na garganta enquanto tiro a calça e a cueca e o vejo por inteiro. Mais importante, a tatuagem de aranha que se encontra logo abaixo do ossinho do quadril. Tiro minha atenção dali antes que possa questioná-la.

— Diz que me quer na sua boca.

— Quero você na minha boca — digo, completamente desorientada pela visão dele.

Aiden fecha o punho na base grossa do pau e se toca algumas vezes. Meu olhar voa do pau duro ao rosto dele quando ele o bate contra a minha bochecha.

— Abre.

É uma das raras vezes em que faço o que me mandam. Ergo os olhos enquanto o coloco por inteiro na boca. Aiden agarra minha mandíbula e desliza tão fundo que preciso regular a respiração para acompanhar o ritmo. Meus lábios chupam o pau, e a mão dele afunda no meu cabelo.

— Assim mesmo, linda.

Lágrimas brotam livres do canto dos meus olhos quando o chupo mais fundo, atingindo o fundo da garganta. Aiden joga a cabeça para trás com um gemido, e encaro isso como uma deixa para segurar o saco e apertar de leve. Um gemido grave vibra contra o meu âmago, e a mão dele no meu cabelo aperta tanto que quase dói. Ele me puxa mais para chupá-lo por inteiro, e eu me apoio segurando suas coxas com firmeza.

— Perfeito. Bom pra caralho, Sum.

Sinto um frio na barriga e contraio minhas coxas úmidas.

— Caralho, eu vou gozar — diz ele, sufocando, quando o engulo tão fundo que quase me engasgo. — Na sua boca? — pergunta.

Quando assinto, seu gozo quente escorre pela minha garganta e eu engulo seu prazer. Ofegando baixo, ele se curva para apertar a testa contra a minha.

— Você vai me matar — diz ele, me erguendo e me dando um beijo carinhoso.

As mãos dele ficam firmes no meu rosto, mas minha pele ardente está implorando pelas suas mãos pesadas.

— Me toca — sussurro.

O sinto sorrir contra o meu pescoço e apertar minha cintura contra si, e o ruído ofegante de aprovação que solto inunda o quarto.

De repente, sou jogada na cama, e Aiden tira minha calça, erguendo uma perna para plantar beijos até o interior da minha coxa. Lábios macios me beijam até os dedos dele chegarem ao meu quadril. Suas mãos tremem, enquanto ele desce a calcinha pelas minhas pernas. Esse atleta confiante que poderia ter qualquer pessoa que quisesse está *tremendo*, e isso faz uma nova onda de calor me invadir.

Eu me contorço quando o olhar dele aquece minha pele, e vejo seu rosto desaparecer entre as minhas pernas. Ele finca os dedos na minha pele, erguendo meu quadril da cama enquanto sua boca me cobre. Agarro seu cabelo enquanto ele brinca com meu clitóris com uma chupada dolorosamente gostosa.

— Seu gosto é bom pra caralho.

A respiração quente dele me esquenta tanto que eu me sinto arder. Quando ele enfia a língua em mim, acompanhada por dois dedos grossos, meus olhos se fecham e juro que uma lágrima escorre pela minha bochecha. Ele continua num ritmo intenso que me deixa sem ar e me faz gozar tão forte que não tenho um único pensamento por vários minutos.

Só recupero o foco quando ele está beijando minha barriga, erguendo a blusa até seus olhos encontrarem os meus para pedir permissão. Eu rio baixinho, tirando-a eu mesma. Ele remove meu sutiã em seguida, e não hesita em aliviar meu tesão crescente. Com o dedão, Aiden acaricia um mamilo duro enquanto a língua gira e chupa o outro.

Levo a mão ao rosto dele, fazendo-o erguer os olhos para poder beijá-lo de novo. Amo o jeito como ele beija. Lento e atencioso como se estivesse lendo exatamente o que eu quero. O beijo doce incinera qualquer inibição, e meu corpo se acende com um desejo específico. O desespero faz um arrepio embalar minha pele e, quando Aiden se afasta, já está sorrindo.

— Tão gostosos assim? — provoca ele.

Reviro os olhos e o puxo para perto.

— Pode me comer logo?

27
Aiden

Se deixá-la brava sempre acabar com ela pelada na minha cama, acho que não vou parar nunca. Enquanto olho o rosto corado de Summer e sua pele macia clamando pela minha boca, agradeço à pelúcia que está jogada no chão.

Pode me comer logo?

Ela não precisa perguntar duas vezes.

Seu olhar segue minhas mãos enquanto me masturbo, as belas íris castanhas se incendiando.

— Te odeio — murmura.

Uma risadinha escapa de mim enquanto me aproximo.

— Vai odiar ainda mais quando não conseguir andar amanhã.

— Isso é uma promessa?

— É uma garantia.

Pressiono os lábios contra os dela antes que possa dizer algo mais. Se continuar falando, tenho quase certeza de que não vou durar mais que meio segundo. Ela se deita de costas e abre as pernas, me mostrando sua boceta deliciosa, molhada e pronta pra mim. Enfio a mão na gaveta da cabeceira, pego uma camisinha e a coloco.

Meu corpo vibra e eu a beijo de novo, sentindo o gosto doce da sua língua. Seu grunhido desesperado rompe o beijo, e as costas dela se arqueiam com um gemido sem fôlego quando os nós dos meus dedos roçam seu ponto sensível.

— Pare de me provocar — repreende ela.

Eu recuo com um sorriso largo.

— Não estou provocando. — Esfrego o pau na boceta dela e a vejo se contorcer com um ruído suave de prazer. — Eu sei exatamente do que você gosta. — Coloco só a cabeça, e ela geme tão alto que sou obrigado a levar a mão à sua boca.

— Eles ainda estão dormindo — sussurro com os lábios contra a orelha dela. — E quero muito manter seus gemidos deliciosos só pra mim.

Summer move o quadril contra o meu, esperando que meu pau a preencha. Dando a ela o que quer, eu a penetro e vejo os olhos dela revirarem para trás. Ela está tão apertada que mal consigo me mover sem sentir a resistência. Tento fazê-la relaxar tirando uma das mãos da sua boca para tocar o clitóris, e deixo a outra em um de seus peitos perfeitos.

— Vamos. Me fode por inteiro.

Ela franze a testa.

— Tem mais?

Contenho uma risada quando vejo seu rosto descrente.

Seguro a parte de trás da cabeça dela e pairo sobre seus lábios. Ela relaxa nos meus braços e eu dou um impulso, sentindo seus dedos cravarem em mim enquanto ela abafa um gemido no meu ombro.

— Não pare — diz ela, sem fôlego.

Eu poderia ter a porra de um ataque cardíaco e ainda assim não pararia.

— Mais forte — exige. Hesito com a ordem rouca, mas faço o que ela diz. Ergo suas pernas sobre meus ombros, segurando-a firme contra mim. As pernas dela se esticam quando continuo e me inclino para a frente.

Ela geme, agarrando o edredom com a boca aberta, o corpo se movendo com cada investida.

— Ai, *meu Deus*, desse jeito.

Ouvi-la externar sua satisfação me dá um complexo de deus. Esse talvez seja meu momento favorito de ouvir sua voz e eu não quero que pare nunca. Eu me inclino para a frente, levando a mão até o rosto dela e me esticando para um beijo. Summer prende os braços ao redor do meu pescoço, tão atordoada que não consegue nem retribuir o beijo.

— Como você é tão flexível? — pergunto, vendo como ela está dobrada. Sua risada ofegante responde antes dela.

— Cale a boca, Crawford.

Summer envolve as pernas na minha cintura, me beijando com um ardor desesperado. Fico surpreso por ela querer ficar cara a cara, já que essa posição não é a minha habitual. Mas sou o único pensando isso, porque ela me segura firme, com os peitos amassados contra o meu, e morde meu ombro. Com essa personalidade expansiva, esqueço como ela é menor que eu. Fica óbvio quando vejo seu corpo pequeno agarrado a mim.

Sinto-a tremer no meu pau.

— Não consigo mais.

Coloco só um pouco de pressão e a vejo se estilhaçar. Seu gemido agudo, abafado, manda um choque elétrico pelo meu pau, e estou tão perto do orgasmo que consigo sentir cada músculo do meu corpo se contrair.

— Vou gozar. — Minhas palavras saem roucas. Com ela pulsando em mim, continuo durante o orgasmo dela o máximo que consigo. Então, com uma força que eu não sabia que ela tinha, Summer nos vira para sentar em mim.

Os olhos escuros se iluminam.

— Você vai gozar quando eu falar pra você gozar.

Caralho.

Estou fazendo tudo o que posso para evitar, mas os peitos dela deslizam pela minha pele e estou hipnotizado. Completamente hipnotizado. Quando vê meu desespero, ela dá um sorrisinho. Dá a porra de um sorrisinho e se ergue mais, me tirando dela, meu pau duro implorando para voltar para dentro.

— Preciso gozar — imploro.

Ela se inclina, com a boca a centímetros da minha.

— Diga por favor.

— *Por favor.*

A resposta rápida deve satisfazê-la, porque ela segura a base do meu pau e se senta de uma só vez, me envolvendo por completo.

— Summer... Ah, porra, assim mesmo.

Ela rebola devagar, e vejo um clarão branco e os portões perolados do paraíso através das luzes atordoantes nos meus olhos. Eu morreria um homem feliz.

— Acabe comigo, Summer — ordeno, cravando os dedos na pele dela enquanto ela obedece, devagar e então de uma só vez. É quase divertido como a única vez que ela faz o que eu peço é quando meu pau está dentro dela. Mas não expresso esse pensamento, porque as mãos dela pousam no meu peito enquanto ela me aperta dentro de si tão devagar que acho que talvez eu desmaie. O sorriso complacente dela me diz que está se segurando.

— Agora quem está provocando?

Ela relaxa os ombros.

— Ver você sofrer me deixa feliz.

— Você não vai conseguir.

— Acho que já consegui. — Ela sorri, vendo meu abdome se contrair a cada rebolada.

— Só um de nós vai vencer esse jogo, e eu nunca perco.

Se ela pretende concordar ou disparar uma réplica, não escuto. Com um movimento rápido, aperto seus dois pulsos e a giro para deixá-la de barriga para baixo. Ela se ajoelha enquanto eu a ergo para apoiar sua cabeça contra meu ombro, a boca aberta de prazer. Acho que nunca estive tão duro na vida. Do jeito que cada nervo no meu corpo está em chamas, tenho certeza de que eu poderia substituir uma fogueira num acampamento.

— Eu não gosto de você — diz ela entre respirações ofegantes.

— Repete isso quando eu não estiver dentro de você. — Sinto sua boceta se apertar. Quando ela tenta esfregar a bunda

Em rota de colisão 237

contra mim, eu a seguro imóvel, com um gemido preso na garganta. — Gosto de você no comando, mas vamos deixar uma coisa clara. Essa boceta é minha e eu cuido dela.

Essas devem ser as únicas palavras de que ela precisa, porque seu rosto se contrai em êxtase e ela se desmancha quando encontro seu ponto G. A posição faz com que eu também goze.

Apoio minha cabeça em sua nuca quando ela desaba de barriga para baixo. Coloco meu peso nos antebraços para não a esmagar. Uma camada de suor cobre meu corpo, e o cheiro doce dela abraça cada centímetro da minha pele. Ainda estou voando alto, e o prazer corre pelos meus ossos, meu corpo pedindo mais. Nos viramos e ficamos ombro a ombro enquanto eu encaro o teto e ela olha para mim.

— Isso foi...

— É — exala ela.

Quando meus batimentos cardíacos retornam a um ritmo constante, viro para ela.

— Cinco minutos e podemos ir de novo.

— Cinco minutos? — Ela me encara, horrorizada. — Vou precisar de, tipo, um a três dias úteis e muitos eletrólitos.

Eu rio.

— Que tal dez minutos e eu trago um isotônico pra cá?

Ela só faz uma careta, provavelmente porque está alegremente distraída pelo meu corpo nu. Rolo da cama para descartar a camisinha e visto a calça enquanto ela me vaia. Ao contrário de Dylan, um nu frontal tão cedo pela manhã não é minha praia. Jogo uma camisa para ela também.

— Não é muito produtivo se vai tirar em alguns minutos — provoca ela.

— Medidas de precaução caso um dos caras entre aqui.

Ela a veste imediatamente. O cabelo de Summer está bagunçado, o rosto corado e os lábios inchados. Ela nunca esteve tão gostosa.

— Tá com fome? — pergunto enquanto ela sai da cama e entra no banheiro. Ela pensa por um momento e nega com a cabeça, mas não acredito. — Vou pegar um café da manhã pra você.

28
Summer

Sempre pensei que toda aquela história de "você não vai conseguir andar amanhã" era uma mentira dita por homens contando vantagem para inflar o próprio ego. É uma conclusão plausível, considerando que ninguém jamais conseguiu cumprir a promessa.

Mas Aiden Crawford tem o hábito de provar que eu estava errada.

Seis vezes. Ele transformou meus membros em gelatina e levou meu corpo até o espaço por *seis vezes*. Aiden é um deus do sexo, e dói muito admitir isso.

Malditos jogadores de hóquei e sua resistência. Como tenho uma caminhada de dez minutos pelo campus antes da minha primeira aula, estou considerando ir rastejando até lá. Meu corpo está claramente se regozijando com a decisão estúpida e maravilhosa de dormir com Aiden. Eu nem precisei de um alarme essa manhã, com toda a cantoria dos meus ovários.

— Precisa de uma carona? — Donny me olha através da janela do seu G-Wagon preto.

— De você, não.

— Vamos. Você sabe que só estou tentando ajudar.

— Ajudar? Eu tive que refazer uma seção inteira da minha proposta.

Quando Donny veio na quinta à noite, ele disse que meu trabalho precisava de ainda mais edição e que Langston concordava. Agora, tenho que refazê-lo para acrescentar limitações que eu nem fazia ideia de que existiam.

— Eu ajudo você. Entre.

Como está meio desconfortável andar, eu aproveito a carona. A customização interior azul-royal que os pais deram para ele quando entrou na Dalton é impecável. O suéter e a calça Ralph Lauren que ele usa parecem tão coisa de riquinho pedante que preciso me conter para não revirar os olhos.

— Água? — Ele pega uma garrafinha Fiji do painel.

Eu aceito com um agradecimento rápido e bebo a metade. As atividades de ontem me deixaram desidratada. Não houve tempo para recarregar, porque quando Aiden adormeceu entrei num Uber. Não há motivo para eu descobrir se ele gosta de ficar de conchinha ou que não ronca.

— Você saiu ontem à noite?

Quando confirmo, ele me lança um olhar do lado do motorista, mas não elaboro. Donny gosta de fingir que somos velhos amigos que fofocam sobre a vida pessoal um do outro, mas isso nunca aconteceu.

— Sabe, ficar indo em festas não vai ajudar você a entrar no programa.

Lá vamos nós.

— Não fico indo em festas.

— Você está agindo como se estivesse de ressaca. Só estou cuidando de você, Summer. Eu sei há quanto tempo você quer isso. Só espero que não perca por imprudência.

— Sei o que estou fazendo.

— Sua proposta diz o contrário.

Uma pontada perfura meu estômago.

— Você disse que estava boa. — Eu odeio a insegurança que tinge minhas palavras.

— Deveria estar excelente.

Detesto a condescendência constante, mas ele tem razão.

— Eu sei. Vou trabalhar nisso e enviar para você.

Ele para no estacionamento e seguimos em direção a nossas salas. Não tenho aulas com Kian hoje, o que é um pró e um contra. Um pró porque passei o dia ontem com o melhor amigo dele e, se cometer um deslize e contar, ele vai me encher o saco o tempo inteiro. E um contra porque, sem uma distração, as palavras de Donny continuam a girar na minha cabeça.

A caminho do refeitório, paro na bancada de atendimento para checar meu saldo bancário para o mês. Todo o dinheiro que tenho nela são das minhas economias e dos diversos trabalhos que fiz no começo do meu primeiro ano. A caixa passa o cartão e o entrega para mim.

— Está cheio. Pode ir.

Encaro o cartão de plástico, checando se é o certo. De jeito nenhum as três refeições que eu compro por dia no campus não drenaram cada centavo.

— Tem certeza? Pode checar de novo?

A mulher o passa de novo, girando a tela para me mostrar.

— Você poderia comprar o refeitório com isso — diz ela.

Saio da fila e respiro depressa enquanto digito o número do meu pai.

— Bom dia, Su...

— Não preciso do seu dinheiro.

Lukas Preston tem um mau hábito de usar dinheiro para comprar amor. Pode ter funcionado com as minhas irmãs, mas não vai funcionar comigo. Eu tenho economias depois de ter trabalhado como garçonete nos últimos três anos, e o resto é coberto pela minha bolsa. Exceto pelo dinheiro que minha mãe insiste que eu use, meu pai sempre foi minha última opção.

— Não é uma questão de dinheiro, Sunshine. Eu quero garantir que você esteja bem aí.

Disparo uma bufada desdenhosa.

— Você deveria ter gastado com alguém que possa ser comprada, e que no caso não sou eu.

— Summer, isso não é jeito de falar comigo — repreende ele, e uma pontada de culpa me atravessa. A sensação é tão instintiva que é duro me sentir vingada pelo meu comportamento. — Eu ainda gostaria de jantar com você, quando estiver livre.

— Eu liguei porque não quero que você gaste um centavo comigo. E não, não estou disponível para jantar. — Desligo, ainda sentindo aquele nó sombrio no estômago. Ele permanece mesmo dias depois que eu falo com meu pai, mas aprendi a viver com isso.

Derrotada, passo o cartão para pagar meu almoço e encontro um lugar no salão. Kian Ishida entra segurando uma cesta de presente cor-de-rosa com um sorriso largo, me distraindo do meu devaneio patético. Sua presença é animadora, mas ainda o ignoro.

— Ah, vamos, tudo menos me dar um gelo. — Ele grunhe como se estive com dor física. — Você recebeu a pizza do Uncle Frank's? E o cartão artesanal? Caso não seja fã deles, fiz uma cesta de presente pra você sozinho. Até incluí um creme para hematomas.

Se cair de bunda não fosse vergonhoso o suficiente, o creme para hematomas seria o golpe final. A cesta que Kian põe na minha frente está amarrada com um laço rosa bonito. Através do celofane mal fechado, vejo petiscos, chá e itens para pele.

Faz dias desde que Kian me envergonhou no karaokê e ele está fazendo hora extra para obter meu perdão. O presente artesanal me toca.

— Não estou dando gelo em você.

— Bom, mas eu faria isso para sempre se precisasse — diz ele. — Você é minha melhor amiga, Summer, e eu levo a sério quando magoo meus amigos.

Olho para ele.

— Achei que Aiden fosse seu melhor amigo.

— Sim, e o resto dos caras, mas você é minha única melhor amiga mulher.

Em rota de colisão 243

— Uau, que façanha — murmuro.

— Eu chamaria você de irmã, mas não quero estabelecer essa linha rígida no caso de Crawford estragar tudo entre vocês.

A piada poderia ter sido engraçada se eu estivesse mais bem-humorada.

— Ei, você nunca me contou como foi.

— O quê?

— Ter caído de cabeça no chão quando criança.

Ele faz uma careta.

Por mais idiota que Kian seja em noventa por cento do tempo, ouvi-lo me chamar de melhor amiga é como um abraço quentinho. É raro eu me aproximar assim de alguém, mas com ele parece natural. Não vou dizer isso agora, mas ele também é um dos meus melhores amigos.

29
Aiden

Quão cedo é cedo demais para mandar uma mensagem depois de uma transa?

Eu diria que sou perito em etiqueta pós-sexo, mas, quando se trata de Summer Preston, toda a minha experiência sai voando pela janela.

Eu estaria mentindo se dissesse que não estava esperando uma mensagem dela na manhã depois que foi embora — esgueirando-se no meio da noite — para me dizer que se divertiu ou para marcar outro encontro entre os lençóis. Em geral, é assim que as manhãs seguintes funcionam para mim. Mas é claro que essa garota seria diferente.

A noite passada em si foi diferente. Foi o melhor sexo da minha vida, e não sei bem como seguir em frente agora que sei disso. Coçando de impaciência, pego o celular e mando uma mensagem para ela.

Summer

> **Aiden**
> Chegou bem em casa?

É um gesto covarde, mas não estou confiante da resposta que receberia se falasse qualquer outra coisa. Não sei se me importar com a segurança dela também vai me render uma resposta, mas vale tentar. Estou contando que ela vai se sentir mal por ter desaparecido. A última coisa que eu esperava essa manhã era ver o lado direito da cama vazio, especialmente porque ainda estava com o cheiro dela. Porque *eu* ainda estava com o cheiro dela.

> **Summer**
> Se não tivesse, haveria policiais na sua casa agora.

> **Aiden**
> Você acha que eu seria um suspeito? As reclamações de barulho ontem não ajudariam na minha defesa.

> **Summer**
> Não tenho ideia do que você está falando.

> **Aiden**
> Talvez eu possa te lembrar. Quando está livre?

O sorriso no meu rosto é constrangedor, mas as lembranças se repetindo na minha mente definitivamente não são. Verificar o celular três vezes por minuto não parece fazer uma resposta se materializar, então o guardo. O desespero para tocá-la ou ouvir sua voz é debilitante. Não é ideal, porque tenho uma reunião com Kilner hoje.

Nossa primeira linha de defesa tem deixado a desejar, então Kilner quer trazer alguém de trás. Como capitão, a responsabilidade de pensar em nomes é minha, embora os caras estejam putos com a mudança súbita.

Lá embaixo, vejo Kian calçar os sapatos.

— Aonde você está indo?

— Você está de brincadeira. Até meus professores sabem sobre hoje.

Vendo a roupa, eu lembro.

— Seu encontro com Cassie.

Kian levou três dias para escolher um look. Summer o ajudou a finalizá-lo, porque, aparentemente, o perdoou. O que é irritante pra caralho, porque ela nunca me perdoou tão fácil.

Kian arruma a gravata e segue ansiosamente para o carro. Eu faço o mesmo, porém a minha noite será passada com um treinador Kilner irritado, que não vai ficar feliz por eu não conseguir parar de me abstrair a cada poucos minutos.

Seda com aroma de pêssego desliza pelos meus dedos.
— Você tem um cabelo incrível.
Dois dias depois da minha primeira mensagem, Summer finalmente me mandou sua agenda. Dois dias inteiros. Foi uma tortura absoluta. Mas conseguimos encontrar algumas tardes e uma rara manhã livre. Ela segue firme com a regra de não dormir lá em casa, porque isso se aproxima demais da categoria de relacionamento. Eu não ligo, desde que possa vê-la.
— Você pode agradecer minha mãe por isso. Ela passava óleo no meu cabelo quando eu era criança e agora sou viciada.
— Óleo? — pergunto, curioso. Essa é minha parte preferida. Quando conversamos sobre tudo e qualquer coisa. Coisas que de outra forma eu nunca descobriria sobre ela.
— Ninguém nunca fez uma massagem com óleo na sua cabeça? — pergunta ela, com os olhos arregalados de surpresa.
Balanço a cabeça.
— Acho que não.
— Está perdendo. Era minha coisa favorita. — Ela se deita e corro a mão sobre a pele macia do seu braço.
— Você não faz mais?
Ela solta um suspiro nostálgico.
— Faço, mas outra pessoa fazer para você é uma sensação completamente diferente.
— Eu posso fazer em você.
É o silêncio antes de ela irromper numa gargalhada que me faz unir as sobrancelhas. Ela recupera o fôlego e perde de novo quando tenta falar.
— Você *não* disse isso.

Faço uma careta.

— O quê?

Ela ri de novo, perplexa enquanto encara minha expressão confusa.

— *Eu faço em você?* Nenhum cara simplesmente se oferece pra massagear cabelo. Literalmente nunca ouvi essa antes.

É uma coisa estranha de dizer? Caralho, talvez eu deva procurar tendências de serial killer no Google de novo.

— Bem, você disse que é sua coisa favorita. Se te deixa feliz, eu faço.

Todo o humor residual some, e os olhos dela se fixam nos meus. Todos os meus sentidos focam ela.

Então o olhar dela se perde, arrebentando o cordão esticado entre nós.

— É um pouco demais para uma amizade colorida.

As palavras soam como uma facada na barriga. Antes que ela possa dizer alguma outra coisa que abra um buraco no meu peito, eu me inclino e a beijo.

— Ai. — Summer recua, parando o beijo.

— Que foi?

— Sua barba — murmura ela, esfregando o queixo. — Está me arranhando.

A barba que deixei crescer por causa da tradição das classificatórias está naquele comprimento nem lá nem cá que arranha a pele de Summer sempre que a beijo. Ela não falou muito sobre isso, mas posso ver que não é a maior fã.

— Você não estava reclamando enquanto arranhava o interior das suas coxas.

Ela revira os olhos e, quando me abaixo para outro beijo, me interrompe.

— Tenho que estudar.

— Está me expulsando, Preston? — Eu me contento com um beijo na bochecha. Tentar passar um segundo extra junto está quase impossível ultimamente. Ela esteve com Donny esta manhã, então eu já esperava que ficasse um pouco distante. É óbvio que se sente culpada pelo que estamos fazendo.

Summer rouba meu moletom da ponta da cama. Estou vestindo uma camisa, então não ligo se ela pegar. Fica melhor nela, de toda forma.

— Sim. — Ela tenta escapar dos meus braços, mas a puxo de volta até parar entre minhas pernas.

— Estou começando a me sentir usado.

Ela ergue uma sobrancelha.

— Tente ser dobrada em dez posições diferentes.

— Venha ao meu jogo hoje. — Summer faz uma careta, e eu suspiro. — Me dê um bom motivo para não ir.

Eu nunca tinha convidado uma garota a um jogo, mas ter Summer sentada ao lado do rinque parece bom.

— Um: eu não gosto de hóquei. Dois: não vou sentar na arquibancada usando sua camisa pra realizar uma fantasia esquisita sua.

Uma nota de humor sai da minha boca.

— Um: você gosta de *mim*. Dois: acho que Crystal já usa minha camisa.

— Quê?

Eu examino encantado a incredulidade dela.

— Os caras repararam que ela está usando desde o festival.

A surpresa é substituída por indiferença.

— Quando você ficou com ela.

Eu a encaro com firmeza.

— *Não*. Nada aconteceu. Ela só está tentando chamar minha atenção agora.

— E ela tem?

— O quê?

— Sua atenção. Ela tem?

A pergunta me pega de surpresa. Não achava que Summer desse a mínima sobre as pessoas a quem dedico minha atenção. *Ela está com ciúmes?*

Em rota de colisão   **249**

— Caso não tenha notado, estive um pouco ocupado. — Eu a puxo para um beijo que ela finalmente retribui. — Então, você vem ou não?

— Não. — Ela se desvencilha e segue para o banheiro. — Tenho trabalho pra fazer.

Eu vou atrás para bloquear a porta.

— Você está brava.

— Não estou.

— Tá bom, então está com ciúmes.

Devo estar desfrutando demais da reação dela, porque ela me dá um olhar seco.

— Nos seus sonhos.

— Então o que é isso aqui, hein? — Aperto um dedo no vinco entre as sobrancelhas dela. — Ao contrário do que pensa, eu te conheço, Summer.

— Você conhece meu corpo, Crawford. Não conhece minha mente.

— Aposto que consigo entendê-la tão rápido quanto. — Ela tenta fechar a porta, mas não deixo. — Eu não posso nem tomar um banho com você?

— Eu vou ser rápida.

— Eu também, só uma rapidinha. — Isso dissolve o olhar irritado dela. — Você não quer nem me desejar sorte antes do jogo?

— Ambos sabemos que você não precisa de sorte.

— É, mas eu preciso disso aqui. — Estendo a mão para agarrar a bunda dela, e ela dá um gritinho antes de se derreter nos meus braços. Empurro-a para dentro do banheiro e fecho a porta com um chute.

Terça-feira é meu dia preferido da semana. Por quê? Porque Summer não tem aula e eu estou livre depois de treinar as crianças. Outra vantagem é não me preocupar que os caras possam dar uma festa porque temos treino na quarta, e ressacas não combinam com a voz de Kilner.

Entro no dormitório de Summer e jogo minha bolsa no sofá.

— Aqueles tiraninhos sabem como me esgotar.

— Não reclame, você adora eles — diz ela quando desabo ao seu lado com um grunhido. — Admita. Você adora.

Dou de ombros, mas não consigo reprimir meu sorriso.

— É, eu gosto. Eles são incríveis. Posso ver a paixão deles e me lembra de como me esforcei para chegar aonde estou hoje.

A admiração cruza os olhos dela, mas então seu rosto se contrai.

— Meu Deus, aposto que todos os seus filhos vão ser doidos por hóquei.

— Definitivamente. Eles vão aprender a patinar antes de andar.

— Parece um horror. E se eles quiserem jogar futebol ou... basquete? — Ela acrescenta a segunda sugestão de propósito, mas seu sorriso é tão bonito que tenho dificuldade em focar qualquer outra coisa.

— Eu vou apoiá-los, não importa o que escolham.

Ninguém me pressionou para gostar de esportes, então dar um ultimato a uma criança nunca fez sentido para mim. As pessoas são naturalmente atraídas pelos seus talentos, mas chegar ao topo exige trabalho duro, e isso não dá para forçar.

— Que generoso da sua parte.

— O que posso dizer? Nossos filhos terão sorte de me ter como pai. — As palavras transbordam como água e eu congelo.

O silêncio constrangedor paira só por um segundo antes de ela rir.

— Você é doido se acha que eu geraria suas crianças cabeçudas. É bom que sua esposa tenha um canal endocervical largo.

Isso alivia a tensão em meu peito.

— Vou acrescentar à minha lista. Um canal endocervical largo para crianças cabeçudas.

— Não se esqueça de "disposta a sofrer com sua idiotice".

— É isso que você faz? Sofre comigo?

Ela assente, e não me dá sua total atenção até que eu me incline para erguer o laptop. Ela não protesta quando envolvo a mão no seu tornozelo e a puxo para mim, e as tarefas são abandonadas. A satisfação corre pelos meus ossos porque Summer nunca abandona os livros, a não ser quando seu foco sou eu.

Ela tem um cheiro tão bom que abaixo a cabeça para beijar seu pescoço, enterrando o nariz no perfume doce.

— Isso é considerado sofrimento?

Ela se senta na minha ereção, que só aumenta.

— Sim — diz, sem fôlego. — Tortura absoluta.

Ergo sua regata branca, pedindo permissão com um olhar. Ela não perde tempo e a tira. Seus peitos sem sutiã estão tão perto da minha boca que tenho que ajeitá-la no meu colo para manter a aparência de controle. Empurro seu cabelo para trás dos ombros nus, tocando cada trecho de pele exceto onde ela quer. Corro as mãos pelos lados do seu corpo, só roçando nos peitos fartos, o que tira um ruído frustrado dela. Os dedos de Summer se cravam nos meus ombros, e, quando olho para ela, seus olhos estão incandescentes.

— Estou seminua no seu colo, Crawford. Não é preciso ser um gênio para entender o que eu quero que faça.

Eu me afasto só um centímetro dos mamilos rijos dela.

— Eu sei o que você quer. Sempre fica claro o que seu corpo quer de mim, Summer, mas também eu sei que você gosta disso. Quando provoco, faço você *sofrer*.

Minha respiração cobre a pele arrepiada dela enquanto planto beijos delicados entre seus peitos. A mão apertando meu ombro vai para a minha nuca.

— Não diga que quer que eu implore, porque isso nunca vai acontecer — declara ela.

Dou uma batidinha do lado do peito dela e o vejo balançar.

— Só boas garotas recebem recompensas. E você não está sendo uma agora.

— Eu sou uma pentelha, você mesmo disse. — Ela se aproxima para sussurrar no meu ouvido, com os peitos espremidos contra mim. — Agora me faça gozar, *capitão*.

Engulo tão forte que fico surpreso por minha língua não descer junto.

Jogos são uma coisa. E sou bom neles, tão bom que sempre venço, mas nisso Summer é quem ganha. Toda vez. Não há qualquer chance de eu rejeitá-la, especialmente quando ela sorri assim ou morde o lábio inferior com um olhar que finge inocência. Os peitos gostosos na minha cara também são um bônus.

Minhas mãos voam ao botão da calça jeans dela, enquanto as suas vão ao meu cinto. Estamos atrapalhados, tentando tirar as roupas o mais rápido possível. Ela se ergue do meu colo para tirar a calça. Nossa avidez é quase animalesca enquanto focamos uma única meta.

— Eu quero você assim, quero que monte em mim — digo enquanto ela está nua e no meu colo de novo.

Summer se agarra em mim, subindo e descendo devagar. Eu me ajeito para o ângulo ficar perfeito, minhas mãos segurando toda a cintura dela, e me delicio ao ver como ela é menor que eu.

— *Caralho*, espera — resmungo antes de ela se abaixar. — Camisinha.

Mas, quando vou pegar a bolsa, ela me para.

— Eu tomo pílula.

Eu preciso de todo o meu autocontrole para formar uma frase sem me engasgar.

— Tá certo... eu estou limpo — digo, pigarreando. Quando ela assente, não consigo esconder o choque. — Tem certeza?

— Sim — diz ela. — Confio em você, Aiden.

Com um prazer quente cobrindo meu peito, seguro sua cintura e a sento no meu pau tão devagar que minha cabeça cai para trás. Cada centímetro dela me aperta como um punho firme e molhado, três palavrinhas simples flutuando ao nosso redor.

Os dedos de Summer puxam meu cabelo quando sua bunda bate nas minhas coxas. Seu rosto se contrai, metade de dor, metade de prazer, enquanto a levanto e desço no meu pau.

— Você é tão apertada, Summer. Caralho, eu não me canso nunca.

Ela fecha os olhos e apoia a testa contra a minha, mas não consigo tirar os olhos dela. O rosto, os peitos, o jeito como está sentando tão gostoso. Ela é hipnotizante. Nada que eu tenha imaginado chega aos pés da realidade. Quando a beijo, ela reduz o ritmo e rebola a bunda, me fazendo soltar um gemido rouco na sua boca.

— Isso é tão gostoso — elogia ela, beijando meu rosto todo.

— Gosta do meu pau? Gosta que só te coma? — Minha garganta se aperta quando ela confirma. — Então seja uma boa garota e acabe comigo.

Os olhos dela brilham.

— Quem diz que sou uma boa garota?

— Nós sabemos que é quando está sentando em mim. Agora me deixe orgulhoso, linda.

Ela se inclina para trás, apoiando as mãos nas minhas coxas, e desliza para baixo até eu atingir seu fundo, as unhas cravadas na minha pele. Perco o fôlego ao ver seu corpo nu com meu pau dentro. Estou vivendo um sonho molhado e nem consigo raciocinar.

Ela sorri quando vê minha mandíbula cerrada e os olhos desvairados, então sobe até que só a cabeça lateje dentro dela. Solto um grunhido.

— Estou sendo boa o suficiente para você, Aiden?

Eu me inclino para trás para olhar entre nós e me deleitar com os sons úmidos da excitação dela.

— Boa pra caralho, Summer. Boa demais.

Ela solta um murmúrio e se abaixa de novo.

— Então não me toque.

Meus olhos estão tão focados que mal absorvo as palavras.

— Quê?

— Quero que você me olhe. Sem me tocar.
— Porra, não. — Aperto com mais força. Mas ela para, deslizando para cima até meu pau ameaçar sair dela.
— Você que sabe.
— *Tá bem* — concedo, afastando as mãos. — Tá bem.

O sorriso malvado dela combina com seus movimentos, ameaçando minha sanidade. Com o rosto a centímetros do meu, ela me envolve por completo, e luto para manter os olhos abertos.

— Vou gozar. — As palavras arranham minha garganta. — Me peça pra gozar dentro de você — sussurro o pedido contra seus lábios enquanto minhas mãos se enterram no sofá, desesperadas para tocá-la.

Um som divino sai dela e ela sussurra:
— Goze dentro de mim.
— Então me deixe tocar você, linda — imploro. — *Por favor.*

Summer deve ter pena de mim, porque pega minhas mãos e as leva aos seus peitos fartos, e eu os aperto. Ela está tão molhada que posso sentir nas minhas coxas. Começo a pressionar meu dedão no clitóris dela, o tocando entre os dedos. Ela dá um grito, caindo para a frente, e o tremor e a contração forte da sua boceta também me fazem gozar.

É o sorriso satisfeito quando Summer abaixa a testa contra a minha que faz meu peito se partir ao meio.

Merda.

30
Summer

É aquela época do mês em que tudo começa a fazer sentido. Chorar por causa de um comercial de carro sobre o Dia Internacional da Mulher, querer arrancar as roupas de um certo jogador de hóquei e comer tudo na nossa gaveta emergencial de doces. Tudo faz sentido quando fico menstruada.

É uma surpresa desagradável, porque eu tinha atribuído minhas dores e o mal-estar a ficar curvada sobre o laptop e virar noites na biblioteca. Enviei meu rascunho final na semana passada e ele recebeu um relutante selo de aprovação de Langston. Eu esperava que o alívio faria o tornado no meu estômago se assentar, mas em vez disso, fui ficando mais aflita. Porque é isso. Logo vou descobrir se me esforcei o suficiente para fazer meus sonhos de pós-graduação se tornarem realidade.

O pensamento é deprimente, e a tortura incessante do meu útero não está ajudando. Amara perguntou se eu precisava de algo antes de sair, mas eu lhe disse para não se preocupar. Agora, após algumas horas apodrecendo na minha cama e esganando minha pobre vaca de pelúcia, eu realmente adoraria uns analgésicos. Chorar e gemer não reduz a dor, então torço para ela voltar logo para casa.

Por cima dos gemidos, escuto barulhos na cozinha.

—Amara, é você? Pode invadir o prédio de farmácia e pegar um pouco de morfina pra mim?

Mas, quando a porta do meu quarto se abre, é Aiden parado ali.

Ele está usando um terno cinza, uma camisa social branca perfeita e uma gravata azul-royal. Dá para ver como seus braços são grandes mesmo embaixo do paletó, e ele está tão *gostoso* que não consigo me conter. Ele se encosta no batente com um sorriso.

— Oi, Summer.

Acho que posso estar babando, então viro para apertar o rosto num travesseiro.

— Estou fora do jogo — digo com a voz abafada.

Ele ri baixo.

— Você sabe que eu gosto de ver você mesmo quando a gente não transa, né?

Isso de modo geral é verdade, acho. Nessa última semana, nos vimos mais vezes do que consigo contar, e sempre acabou com a gente conversando por horas ou assistindo a uma novela turca em vez do nosso arranjo original.

Ele está tão lindo nesse terno, e está confundindo meus ovários horrivelmente. O tesão que sinto por ele é preocupante.

— Por que você ainda está aqui? Não tem jogo com o Ohio State?

— Jogamos em casa hoje. Queria passar aqui e ver você antes.

— Acha que não consegue vencer sem mim no jogo? Não se preocupe, meu espírito estará lá depois que eu morrer de cólica.

Seu corpo balança com uma risada.

— Amara me disse que você não estava se sentindo bem, então trouxe uma coisa.

Ele sai do meu quarto e volta com uma bandeja. Tem vapor saindo da minha xícara favorita, uma caixa de chocolates, uma bolsa de água quente e, melhor de tudo, um ibuprofeno extraforte.

Eu me sento, permitindo que ele coloque tudo no meu colo. Meus olhos começam a arder.

— Quando você fez tudo isso?

— Enquanto você estava gritando no travesseiro.

Em rota de colisão

— Eu não estava gritando. Só gentilmente xingando a Mãe Natureza.

Pego a bolsa quente e a coloco na barriga. Observo a xícara com desconfiança, trazendo-a aos lábios. O chá está perfeito. Aiden até acrescentou gengibre, e meu peito arde um pouco, dessa vez não por excesso de canela.

— Você está treinando?

— Dylan está me ensinando. Ele costumava fazer para a mãe dele.

A ideia de dois jogadores de hóquei pairando sobre o fogão para fazer o chai perfeito me faz sorrir.

— Obrigada.

— Qualquer coisa por você — diz ele suavemente. — Quer que eu pegue seu laptop pra você assistir alguma coisa?

Ainda presa nas palavras dele, balanço a cabeça devagar.

— O único jeito de me distrair da dor é tirando uma soneca.

Ele assente e se inclina para beijar minha testa. Uma, duas, três vezes. Cada beijo cria um alvoroço devastador na minha barriga. Ele não devia brincar com minhas emoções assim, muito menos agora.

— Fica aqui? — deixo escapar, porque aparentemente sou uma idiota. Ele para a meio caminho da porta, e minha pergunta burra faz meu coração se retorcer como uma mola tensionada. Quando o olhar pesado dele encontra o meu, respiro tão forte que estou quase ofegando.

Aiden vem até mim, puxa meu queixo e me beija tão intensamente que borboletas atacam meu útero. Quando recua, ele me olha com um turbilhão de emoções atrás dos olhos claros.

— Eu tenho aquele jogo.

— Certo. Claro. Não sei por que eu disse isso. — Será que cólica deixa a pessoa burra?

Ele me observa por tanto tempo que penso que pode ter algo no meu rosto. Relutantemente se afasta, como se me deixar agora estivesse lhe causando muita dor.

Mas então ele diz:

— Me dá algumas horas.

Eu vejo os ombros largos e as costas definidas saírem do meu quarto com um clique suave da porta.

Eu acordo de um sono profundo quando o colchão afunda e um corpo quente se infiltra sob meu edredom. Um braço pesado cobre minha cintura, aliviando as faíscas de dor que ainda explodem por lá. O aroma limpo de Aiden me envolve em um abraço reconfortante, e acho que posso estar sonhando.

Ele me puxa tão perto que nossos corpos se curvam um contra o outro como duas peças de quebra-cabeça, suas pernas se entrelaçando com as minhas. Com uma inspiração profunda, ele enterra a cabeça na curva do meu pescoço e planta um beijo leve ali antes de começar a massagear círculos logo abaixo da cintura do meu short de dormir. É como se sentisse a tensão no meu corpo, e suas mãos mágicas a desfazem em segundos.

Murmuro de prazer e distraidamente movo o quadril na direção dele. Ele dá um grunhido de desaprovação e não me deixa virar.

— Volte a dormir — murmura ele. Seu hálito quente roça o meu ouvido e minha pele se arrepia. Aiden entende que estou com frio e puxa o edredom até meu queixo. Sinceramente, estou meio que queimando no calor do corpo dele, mas prefiro morrer de calor a falar para ele se mover.

— Como foi o jogo? — pergunto apesar disso.

— Ganhamos na prorrogação. Eu estava morrendo de vontade de voltar pra cá — admite ele, beijando minha têmpora. — Agora durma, linda.

Sorrio para a parede, totalmente envolta em tudo que é Aiden. Seu cheiro, seu corpo, suas palavras. Tudo é meu nesse momento, e não quero que acabe.

Em rota de colisão 259

* * *

Meu primeiro alarme deveria ter sido quando acordei sentindo o cheiro de Aiden. Meu segundo alarme deveria ter sido a voz alta de Cassie do outro lado da porta.

Uma inquietação invade minha barriga quando sinto músculos pesados sob mim e vejo o rosto adormecido de Aiden. Está tranquilo, e macio desde que tirou a barba serrada. Mas só de vê-lo aqui alarmes tocam na minha cabeça. Já exploramos cada parte do corpo um do outro, mas nunca tínhamos chegado a *dormir* juntos de verdade.

— Donny! Você chegou cedo — a voz de Cassie flutua até mim e meu coração afunda. O nome dele desintegra a névoa remanescente no meu cérebro. Tinha esquecido completamente que íamos nos encontrar hoje.

Eu me afasto de Aiden, mas ele está me segurando com tanta força que mal consigo me mover. Suas mãos pesadas aliviaram minha dor e sempre serei grata por isso, mas no momento preciso que ele vá embora.

— Aiden — sussurro, mas ele não se mexe. Quando o sacudo, ele me aperta mais enquanto se alonga. Olhos sonolentos encontram meu rosto a centímetros de distância.

Então ele sorri.

Aiden parece tão satisfeito que me pergunto se percebe que está olhando para mim. A mão grande sobe ao meu rosto e o dedão acaricia minha bochecha. O toque é tão delicado que seguro o fôlego quando ele põe uma mecha atrás da minha orelha e se inclina.

Eu devia me mexer. Realmente devia me mexer.

Quando passos soam do lado de fora da minha porta, eu tomo um susto, rolando dos braços dele e caindo no chão.

— Você está bem? — A voz grave de Aiden está sonolenta enquanto me olha por cima da beirada da cama.

Já estou enfiando um moletom pela cabeça.

— Ótima — murmuro, arrumando o cabelo.
Ele ainda está deitado lá, apoiado num cotovelo.
— Summer, o que está rolando?
Suspiro.
— Donny...
Toc-toc-toc.
— Summer, Donny está aqui.
— Me dá um segundo, Cass. — Arrumo o cabelo freneticamente e viro para Aiden. — Você precisa descer pela janela.
— Como é que é?
— Agora! — insisto.
— Eu não vou descer por um prédio de quatro andares, Preston.
Corro a mão impaciente pelo cabelo.
— Por que não? Esses músculos todos não servem pra isso?
Ele solta um suspiro cansado.
— Não precisamos nos esconder dele.
— Eu não. Você sim.
Ele cerra a mandíbula.
— Aquele cretino não vai ditar o que eu faço com meu tempo.
— Aiden, não tenho tempo pra isso agora. Você não pode só se esconder no banheiro?
Toc-toc-toc.
— Summer? — A voz de Donny atravessa a porta.
Meu coração é catapultado a outra dimensão quando Aiden não se mexe.
— Por favor?
Ele resmunga, mas desaparece no meu banheiro. A culpa me alfineta ao ver seu olhar magoado, mas não tenho tempo para refletir sobre isso.
Abro a porta, e Donny me perfura com um olhar desconfiado. Quando vê minhas roupas, eu percebo que estou com o moletom azul-escuro. O moletom de hóquei de Aiden. Merda.

Donny ergue uma sobrancelha e seus olhos varrem o meu quarto. Espero sua reação sabichona e uma enxurrada de perguntas. Em vez disso, ele me entrega um papel e aponta para a sala.

— Precisamos falar sobre suas análises.

Eu o sigo para fora do quarto.

31
Aiden

Ficar sentado na tampa da privada nesse banheiro minúsculo não é meu programa ideal para uma manhã de sábado. É um dia de descanso, então eu teria preferido passá-lo na cama com Summer em cima de mim, mas ela não ficou por tempo suficiente para isso. Qualquer possibilidade de tornar isso realidade foi para os ares quando a porra do Donny Rai se tornou nosso empata-foda em tempo integral.

Quando a porta do quarto dela range, encaro como minha deixa para sair. Preciso me alongar seriamente depois de dormir na cama dela e ficar escondido no banheiro. Summer corre a mão pelo cabelo antes de desabar na cama.

— Como foi?

Ela se assusta.

— Merda, esqueci que você estava aqui.

— É, ainda estou aqui — murmuro. — O que ele queria?

— Algo sobre a escala que estou usando — murmura ela, levantando o cabelo. — Preciso me concentrar no trabalho por um tempo. Mando uma mensagem mais tarde pra você, pode ser?

Não esperava a pontada de irritação que me atinge com as palavras. O fato de ficar trancado no banheiro por uma hora pode ter carcomido qualquer paciência que eu ainda tinha.

— Por que você sempre faz isso?

— Faço o quê? — Ela mal presta atenção enquanto arruma a cama.

— Fala com ele e aí se afasta completamente.
Ela para de repente.
— Não é verdade.
— Não me venha com esse papo, Summer. Por que está deixando esse cara controlar sua vida?
Ela não faz contato visual.
— Não estou.
— Sério? Parece que estava prestes a me expulsar.
— É porque tenho trabalho a fazer. — Ela ainda está mexendo nos lençóis quando me aproximo. Devagar, Summer ergue os olhos até os meus, e a guarda que mantém tão alta começa a baixar.
— Você pode me contar.
Ela dá um suspiro exasperado antes de falar.
— Tudo bem, é, eu me afasto. Mas não tem nada a ver com ele. Toda vez que lembro do projeto, me dou conta de tudo que está em risco, e odeio estar me distraindo.
— Você acha que sou uma distração?
— Não é o insulto que você acha que é, Aiden. — Ela se senta na cama, derrotada. — Não quero que nenhum de nós perca o foco ou mude suas prioridades.
— Prioridades mudam.
— O que está dizendo?
Que estou me apaixonando por você.
— Que posso estar focado no hóquei e em você.
No fim, Kilner tinha razão. Encontrar o equilíbrio depende de entender as coisas que considero prioridades. Ela rapidamente se tornou uma das minhas, e isso não vai mudar tão cedo.
— Não é verdade. Só dá pra focar de um jeito eficaz uma única coisa. — Ela repousa as mãos no colo. — Se está pensando em sexo, tenho certeza de que qualquer garota no campus ficaria feliz em transar com você.

As palavras soam simples, mas o dano que causam me faz recuar um passo. Não consigo nem pensar sobre outra garota quando essa teimosa é a que eu quero.

— Não se trata disso.

— Claro que se trata! É só isso que a gente faz. Foi só o que combinamos.

Estreito os olhos.

— Então qual foi a última vez que a gente transou?

— Como assim? Foi... — Ela hesita, e não consegue encontrar uma realidade em que nosso relacionamento se resume a uma coisa só.

— Exatamente. Até você sabe que nosso relacionamento não é só sexo. — Dou um passo mais para perto. — Nós nos encontramos todos os dias nas últimas semanas simplesmente porque gostamos de estar perto um do outro. Por que você não pode admitir isso?

Ela morde o interior das bochechas, com os olhos fixos no colo.

— Isso parece ser mais do que combinamos, Crawford.

— Admita.

Ela solta o ar, trêmula.

— Não posso, tá bem?

— Por que não? — insisto.

— Porque você é um *jogador de hóquei*. — Ela fala as últimas palavras com desdém, como sempre.

Minha frustração fica maior.

— O que você tem contra jogadores de hóquei?

— Nada. — A expressão dela se cobre de relutância. — Não é uma história muito interessante.

— Eu não preciso que seja. — Suspiro. — Vai, você sabe que eu nunca te julgaria. Pode me contar se foi um ex ou...

— Meu pai.

— Seu... pai?

Em rota de colisão 265

— Meu pai era jogador de hóquei. — Ela analisa minha reação. — Eu sei, uma estudante de psicologia com questões mal resolvidas com o pai. Bem original, né?

— Não era o que eu estava pensando. Eu não fazia ideia de que ele jogava.

— Ele jogou durante toda a minha infância.

— Então ele é o motivo de você odiar o esporte?

— Eu não *odeio*. — Meu olhar seco a faz soltar o ar. — Certo, talvez um pouco. — Ela me dá outro olhar. — Tudo bem, não gosto porque me lembra de tudo que meu pai escolheu enquanto eu fiquei de lado.

Sento-me ao lado dela na cama, sem palavras. Descobrir que o pai dela é jogador de hóquei é mais chocante que descobrir que Kian dormiu com Tabitha mesmo depois de ela ter stalkeado ele e todos nós.

— Meus pais me tiveram quando eram jovens. Minha mãe estava na faculdade e meu pai tinha acabado de ser recrutado por um time. A gravidez mudou a vida deles completamente. Minha mãe realmente se ergueu à altura do desafio, e meu pai pôde jogar como se não tivesse uma filha esperando que ele voltasse para casa. Então eu soube desde cedo que, para ele, esse esporte era muito mais importante do que a criança que arruinou a vida que ele tinha planejado.

— Summer, isso é terrível.

Ela dá de ombros.

— Enfim, foi ele que ligou naquele dia na piscina. Meu pai é o treinador interino do Boston.

— O treinador do Boston é Luk... — Eu paro. — *Lukas Preston* é seu pai?

Ela assente.

— O primeiro jogador escolhido no *draft*, duas vezes vencedor da copa Stanley, e do troféu Art Ross, Lukas Preston?

— Sim. — Ela me observa enquanto tento conter o choque. Dá pra ver que já passou por isso antes.

— Como eu não sabia disso?
— Digamos que eu não saio divulgando por aí. Prefiro não pensar nele. — Ela cai na cama, com as mãos na barriga. — É por isso que é tão difícil pra mim fazer isso. Nós.

Deito-me ao lado dela.

— Porque eu me pareço com ele?

Ela suspira.

— Porque você me lembra de tudo que ele amava mais que a mim. Ele dedicou a vida ao hóquei.

Eu me sinto um merda completo.

— Sinto muito, Summer. Eu não fazia ideia.

— Não sinta. Afinal eu nunca tinha contado pra você.

Eu seguro a mão dela.

— Mas pode, sabe. Contar pra mim.

— Obrigada, mas compartilhar os problemas que tenho com meu pai com o cara com quem estou transando não é exatamente minha ideia de relaxamento.

Ouvi-la me reduzir ao cara com quem ela está transando é como ter meu coração jogado num liquidificador. Faço meu melhor para rir, mas o som sai rouco.

— Bem, o cara com que você está transando também é seu amigo. Então você não precisa reprimir tudo.

— Eu não reprimo. Sampson obviamente sabe, as garotas também, e eu tive sessões de terapia bem intensas.

Todo mundo sabe que o pai de Tyler Sampson foi da Liga Nacional de Hóquei. Não porque ele fique anunciando, mas porque nunca se importou em esconder. Summer cresceu com ele, então faz todo sentido que ela também seja de uma família de hóquei.

— E agora eu sei — acrescento.

— Certo, agora você sabe.

— Você não vai me dizer pra não contar pra mais ninguém?

— Não. Existe esse negócio superestranho chamado confiança que você parece ter merecido muito.

É impossível esconder meu sorriso. A última vez que ela disse isso, eu estava dentro dela sem proteção. Mas dessa vez parece que ela está finalmente me mostrando quem é por inteiro.

— Você confia em mim?

— Somos amigos, não somos?

— Achei que eu era só o cara com quem você estava transando.

Ela me dá um empurrãozinho de brincadeira no peito. O toque faz uma corrente elétrica descer pelo meu corpo.

— Para sua informação, a gente nem anda fazendo isso.

— Você está contando? Não acredito! — Levo a mão ao peito, fingindo estar chocado.

Ela assente, apontando para baixo.

— Acho que alguém está.

— Não podemos aborrecê-lo.

— De jeito nenhum. Devíamos retificar isso imediatamente.

Eu a puxo para cima de mim e a beijo. O suspiro satisfeito que a deixa aquece minha pele enquanto seguro o rosto dela.

— Eu estava sendo sincero, aliás. Somos amigos. Você pode falar comigo sobre qualquer coisa. Eu sempre vou ouvir você.

— Sei que vai, Aiden. — Ela desliza o dedão pela minha mandíbula antes de levar a mão até meu abdome. — Mas preciso que não aja *só* como amigo no momento.

Eu sorrio.

— Como quiser, Summer.

32
Summer

As férias de primavera na Dalton não acontecem realmente na primavera, e tampouco são férias.

É um período esquisito durante a primeira semana de março quando ainda tem neve no chão e só temos uma semana de folga das aulas. Nos últimos anos, eu passei esses dias na casa de Amara. Em parte porque não queria pegar um voo para minha casa, onde estaria ainda mais frio, mas principalmente porque não queria ver meu pai. Entretanto, nesse ano meus pais estão em Boston, o que significa que minha mãe me bombardeou com uma dúzia de ligações sobre como está animada por eu ter prometido jantar com ela.

Nunca prometa nada a sua mãe quando estiver com pressa.

Minha desculpa para passar um tempo no Texas com a família de Amara é pouco convincente agora que ela não vai voltar. Ela e seu grande cérebro foram convidados para uma conferência de tecnologia em San Francisco e, embora tenha me convidado para ir junto, não quero atrapalhar a viagem. Estou inclinada a gastar uma bela grana num bom hotel, acompanhada por uma mala de livros.

Porém, no momento, afasto esses pensamentos quando escuto os caras lá embaixo, e um alvoroço de nervosismo irrompe em minha barriga. Aiden não sabe que estou aqui. Minhas mãos estão tão suadas que já as lavei com o sabonete líquido com aroma de pêssego dele três vezes. A última mensagem que recebi foi uma foto do seu grupo de crianças vencendo um jogo esta manhã. Aiden estava carregando uma delas no ombro enquanto a menina orgulhosamente erguia sua medalha. Era tão ridiculamente fofo que quase a coloquei como a foto de contato dele.

A porta se abre e eu quase mergulho no chão para morar com o monstro debaixo da cama dele. Já estou me arrependendo e ainda nem fui vista. Devia só ter ido à biblioteca.

Antes que eu possa pensar, Aiden entra no quarto. Vejo o estereótipo do jogador de hóquei, com sua calça de moletom cinza, o cabelo espetado por baixo do boné e, sob a camiseta justa de manga longa, os músculos abdominais são quase como enfeites.

Ele fica boquiaberto ao me ver sentada na cama. Seus olhos correm pelo meu rosto, descem pela minha roupa e sobem de novo ao meu rosto. Está perplexo, e eu me sinto uma idiota.

Ele passa a mão pelo cabelo. Seus bíceps momentaneamente me distraem da fricção nervosa na barriga. Meus batimentos cardíacos galopam, e tento controlar o sobe e desce rápido do meu peito, mas Aiden vê. Ele também deve notar meu top indecente, a julgar pelo jeito como seu pomo de adão se move.

Depois que contei a ele sobre meu pai, esperei que as coisas ficassem esquisitas. Em geral, é o que acontece quando as pessoas descobrem que meu pai é uma lenda da Liga. Mas Aiden nunca tocou no assunto de novo. Nem pediu um autógrafo, ou que eu falasse bem dele para o meu pai, embora ele não precise disso. É como se eu tivesse aberto uma porta emperrada, e agora as traças foram embora e as teias de aranha foram limpas. E isso faz com que todo o nervosismo que eu sentia em relação a deixar alguém entrar na minha vida seja mais fácil de lidar.

Ajoelhada na cama dele, eu mal alcanço sua altura.

— Não quis aparecer do nada. Eu só...

— Pare. — Ele acaricia meus braços. Sua expressão é carinhosa quando beija minha testa. — Só foi uma surpresa.

— Uma surpresa boa?

— *Muito* boa.

Minha pulsação irregular não desacelera, mas suas palavras acalmam a sensação desconfortável na minha barriga. A aprovação dele desliza entre minhas pernas. Me arrasto para a frente, esperando que ele me beije antes que eu tenha um pane, mas ele se afasta.

— Você está cheirosa demais pra eu estragar tudo. — Ele pega uma toalha. — Vou tomar banho primeiro.

Eu assinto, mesmo que ele não esteja fedendo. Não para mim, pelo menos. É estranho, porque a última vez que Kian me abraçou depois do treino, eu praticamente o lancei do outro lado da sala por me tocar enquanto cheirava como um par de meias podres. Desde então, ele toma um cuidado especial até quando passa por mim depois de um jogo.

Aiden larga as coisas junto ao guarda-roupa. Seu celular toca e, quando vê o que é, a mudança de ânimo é palpável. Ele encara o telefone por um longo momento.

— Está tudo bem?

Ele me ignora e digita uma mensagem. Tento não me intrometer no que não é da minha conta e fico quieta. Por dois minutos inteiros.

— Estou atrapalhando? Você ia ver alguém? — As perguntas saem mais duras do que pretendo, mas ele está começando a me irritar. O jeito como ergue a cabeça devagar e seus olhos penetrantes fazem um calor desconhecido tomar meu pescoço. — Se estiver, eu posso ir embora.

Abaixo os olhos e saio da cama. A temperatura no quarto sobe a um grau que deixa minhas roupas desconfortáveis. Mas não tenho muito tempo para pensar nisso porque, quando passo por ele, ele segura meu pulso. Uma emoção conflitante anuvia suas feições, e outra que não sei identificar bem.

— Você quer ir embora? — pergunta ele.

— Você parece preocupado com alguma coisa e não gosto de ser ignorada.

Com um suspiro, ele solta meu pulso e se senta na beirada da cama. Minha raiva esvanece como fumaça, e há uma atração que me obriga a segui-lo e também me leva a pôr os braços ao redor dele. Estou abraçando seu lado esquerdo porque ele é gigante e meus braços não são tão compridos.

Outro longo minuto se passa em silêncio. Encabulada, eu me afasto.

— Você parecia precisar de um abraço.

Ele me puxa de volta.

— Preciso.

A erupção no meu coração parece tão gigante que tenho certeza de que ele pode ver. Com o rosto plantado no peito dele, me delicio com o conforto dos seus braços.

— Veja — diz ele de repente, colocando o celular na minha mão, ainda sem me soltar.

— Por quê?

— Para acabar com seu ciúmes.

Tento me afastar do seu peito, mas ele não deixa.

— Não estou com ciúmes. Você só estava sendo babaca. — Enfio o celular de volta na mão dele.

— Vamos jogar com Yale amanhã.

Não é o que eu esperava que ele dissesse. A rivalidade Yale-Dalton é disputada e de longa data, mas não é típico de Aiden se preocupar com um jogo.

— Não acha que vocês vão vencer? — pergunto.

Ele ri, balançando a cabeça.

— Não é isso. O jogo é só um jogo difícil.

— O que é então?

— Vamos jogar fora daqui.

Jogar fora de casa é uma desvantagem, mas a Dalton não perdeu nenhum jogo em outros lugares essa temporada. A torcida da universidade também é muito presente nesses jogos, porque as sororidades fazem questão de ir.

— Você não é fã de New Haven?

— Meus pais morreram lá.

Ergo a cabeça em choque, e meu coração despenca para a barriga.

— Quê?

Aiden encara as mãos.

— Eu tinha treze anos e eles foram assistir a um jogo meu. As estradas estavam cobertas de gelo, e já estava de noite quando um motorista bêbado bateu no carro deles do nada.

A dor ardente parte meu coração.

— Eu não fazia ideia, Aiden. Sinto muito.

Ele me abraça mais forte.

— É por isso que Yale é um lugar difícil pra mim. Os caras sabem disso, então tentam dar seu melhor quando não estou no meu melhor desempenho.

Acaricio a pele macia da mandíbula dele.

— Não consigo nem imaginar como deve ser difícil.

Ele cobre minha mão com a sua, e o calor faz minha pele formigar.

— Já me sinto melhor depois de todos esses anos, mas algo naquele vestiário me incomoda.

— Foi onde você recebeu a notícia?

Com um olhar distante, ele confirma.

— Meus avós apareceram e eu sabia que tinha algo errado. — Meu coração parece se desintegrar no estômago enquanto imagino um garotinho assustado tendo que lidar com isso. — Às vezes é estranho continuar jogando hóquei, porque não consigo me livrar da sensação de culpa.

A confusão me toma.

— Culpa?

— Eu fui o motivo de eles estarem naquela estrada.

— Aiden, isso não é...

— Eu sei, não é saudável. Todos os terapeutas já me disseram.

Balanço a cabeça.

— Não, simplesmente não é verdade. Alguém foi idiota e imprudente e tirou duas pessoas muito importantes de você. De nenhuma forma é sua culpa. — Ele me olha por um breve minuto. — Como eles eram? — sussurro, para não estilhaçar o vidro de vulnerabilidade.

Os olhos tristes cintilam com uma emoção que não sei identificar.

— Ninguém nunca me perguntou isso.

Pisco de surpresa.

— Por que não?

— Eu e Eli crescemos juntos, então ele conhecia bem meus pais. Os outros caras ouviram histórias, mas acho que um acidente fatal torna o assunto meio difícil de abordar.

Ele ri, mas vejo sua hesitação.

— Então me conta.

— Você não tem que…

— Eu tenho. Quero saber — insisto.

Aiden me deixa pegar sua mão.

— Meu pai fazia de tudo para que me tornasse o melhor jogador que eu podia ser. Ele não era um daqueles pais autoritários que me puniriam se eu não me tornasse um atleta profissional. Só queria que eu fosse apaixonado por alguma coisa. Se eu tivesse largado o hóquei depois de dez anos, ele teria jogado meus patins fora pra mim.

Saber que ele tem lembranças afetuosas dos pais me dá um quentinho no coração. Não estou surpresa, porque Aiden é o cara mais carinhoso que conheço, mas quando você cresce num lugar onde esse tipo de amor não é dado livremente, descobrir que outros o têm parece estranho.

— Parece um ótimo pai — digo suavemente. — E sua mãe?

O sorriso dele é cheio de ternura.

— Ela era elétrica. Divertida e cheia de energia. Era como se fosse uma das crianças, e meu pai a amava ainda mais por isso. Todas as mães nos treinos reclamavam do nosso cronograma corrido e dos perigos do hóquei, mas minha mãe não ligava. Ela me ensinava a jogar com segurança, mas dizia: "Você só tem uma vida, Aiden. Não tem problema se você se machucar. Você vai ter boas histórias". E o tempo todo me mostrava as cicatrizes que ela tinha ganhado jogando.

— Ela também jogava hóquei?

Ele confirma.

— Foi esse o motivo de eu ter começado.

— Ela parece foda.

Olhos verdes se fixam nos meus.

— É, ela era.

33
Aiden

Discursos inspiracionais junto com longas ameaças são a especialidade pré-jogo de Kilner. Quando ele termina de falar, tão energeticamente que o cuspe cobre a maioria dos caras na primeira fileira, todo mundo está tenso. É minha deixa para lhes dar palavras de incentivo de verdade. Mas perder não é uma opção esta noite, e me certifico de que todos saibam disso.

O jogo de hoje são os Dalton Royals contra os Yale Bulldogs, e nunca estivemos tão preparados. Assistimos a gravações de jogos antigos e corrigimos as falhas da nossa derrota para a Brown. Estou satisfeito com as jogadas que praticamos nos treinos e, embora eu ainda sinta aquele mal-estar na barriga, ele vai se apaziguando conforme a hora do jogo se aproxima.

— Certo, coloquem a cabeça no lugar antes de sairmos.

Uma concordância coletiva preenche o vestiário. Bem quando estou começando os exercícios de concentração, há uma batidinha no meu ombro.

— Summer está aqui — sussurra Dylan.

Saio pela porta em um instante, esperando que o treinador não me pegue. Com as capas de lâminas nos patins, sigo pelo corredor e a vejo imediatamente. Ela é como o feixe de luz de um farol num mar escuro.

— Você veio.

Summer se vira, e o aroma de pêssego preenche o ar. Ela não parece impressionada com a atmosfera da arena.

— Vou querer ser retribuída.

— Minha retribuição é toda sua. — Quando aponto para a virilha, ela me olha com cara de quem gostaria de me dar uma joelhada.

— Você tem sorte que ainda estou aqui.

Ela tem razão. Eu sou mesmo um filho da puta sortudo.

— E se eu fizer um gol pra você?

Ela torce o nariz.

— Isso é tão brega. É isso que você oferece pra todas as garotas que você só transa?

Uma chama desconfortável acende no meu estômago. Eu quero muito que ela pare de falar isso.

— Não. — Cerro a mandíbula. — A oferta é exclusiva pra você.

— Que honra — diz ela, seca. — Mas não, você pode fazer isso até dormindo.

— Uau, isso é um elogio?

Ela me dá um olhar desdenhoso.

— Não vá começar a ser humilde agora. Eu ouvi você se comparando com Crosby na outra noite.

Quando rio, ela finalmente ri também. A melodia suave é uma sinfonia para meus ouvidos e um contraste muito necessário à sua expressão indiferente de antes.

— Então que tal uma aposta?

Summer ergue a cabeça, intrigada.

— Pelo quê?

— Dois gols e a gente tem um encontro.

— Quê? — ela balbucia.

Para ser sincero, não planejava dizer isso, mas agora que saiu não tem nada que eu queira mais do que estar sozinho com ela sem o pretexto de estudos ou sexo. Não que eu me importe caso o último acontecesse.

Eu lhe lanço um olhar sério.

— Eu quero um encontro com você.

Em rota de colisão

— Como assim? — O olhar de repulsa em seu rosto deveria me repelir, mas sou um homem determinado.

— Você é a primeira garota a soar enojada com a ideia.

— Você nunca tem encontros. Como saberia? — rebate ela.

— Na verdade, já tive muitos encontros. Só nunca estive num relacionamento.

Seu olhar entediado me diverte.

— E deixe-me adivinhar, esses "encontros" acabaram em transas?

Faço um biquinho.

— Isso não é importante. Então, o que me diz?

— Não.

Ela não pode nem fingir que vai pensar a respeito? Meu Deus, essa garota é foda.

— Não achei que você fosse de fugir de um desafio.

— Sério? Vai tentar psicologia reversa comigo?

— É você que estuda essas coisas.

Ela murmura algo baixinho.

— É fácil demais pra você, não?

— Já está alimentando meu ego? Tem certeza de que não quer esse encontro?

Ela me encara impassível.

— Tá bom. Qual é a sua contraproposta? — digo.

Ter um encontro com essa garota requer uma apresentação de alto risco e muita coragem.

— Três gols. — Eu lhe dou um olhar questionador. — Faça isso e eu vou no seu encontro — diz Summer com uma careta. — Se não conseguir, eu fico com sua caminhonete por uma semana.

— Você tinha essa na ponta da língua, hein?

Sua expressão alegre me diz que ela espera que eu perca miseravelmente a aposta. Não deixa de me ocorrer que uma vez ela se referiu à minha caminhonete como "esportemóvel".

— Então tá combinado. Se eu vencer, temos um encontro.

— E quando eu vencer, fico com sua caminhonete. Nada de truques — avisa ela.

— Só no rinque, meu bem.

Meu sorriso calmo e confiante é só uma fachada. Yale nos fez sofrer uma sequência de derrotas ao longo dos anos, e não temos a vantagem de jogar em casa. Eu teria que combinar algumas jogadas potenciais com os caras antes.

Quando estou prestes a voltar para o vestiário, reparo na roupa dela.

— Camisa do time? Achei que esse estilo de vida não era pra você.

Ela olha para a camisa com desdém.

— Não é, mas Cassie disse que ir ao meu primeiro jogo da faculdade sem a camisa do time é um pecado capital.

— Tenho que concordar.

Eu ficarei em dívida com Cassie para sempre se ela fez Summer Preston usar meu nome nas costas. Está fazendo maravilhas pelo meu ego. Com certeza ele vai ficar lá em cima nessa noite.

— Tem certeza? — A pergunta tem um tom travesso e, quando ela vira, eu vejo por quê.

Summer está usando a camisa de Sampson.

— A sua estava ocupada. — Ela aponta para o quiosque de venda mais próximo, e meus olhos seguem seu dedo até onde Crystal Yang nos observa, usando meu número. Nem hesito antes de agarrar as costas da minha camisa e a tirar pela cabeça, deixando meus protetores de ombros expostos.

— Que porra você está fazendo? — Olhos arregalados descem pelo meu torso nu.

— Tire isso — exijo. — Você vai vestir essa.

Ela encara a camisa.

— Aiden, você vai jogar em alguns minutos.

— Eu sei. Agora vista, Summer.

Em rota de colisão 279

Nosso gestor de equipamentos tem algumas camisas extra, e ela usar a de Tyler Sampson me parece um mau agouro. Ela não discute e tira a camisa, expondo uma blusa de manga longa por baixo. O decote profundo me faz desviar o olhar. Ficar duro antes do jogo não seria ideal.

Quando Summer veste minha camisa, fica nadando nela. É grande o bastante para cobrir meu equipamento de segurança, mas ainda tenho que abafar uma risada quando desce até os joelhos dela.

— Eu estou ridícula — murmura ela.

— Não, *aquilo* deixou você ridícula. — Aponto para a camisa de Sampson.

— Pelo menos cabe em mim — discute ela. — Quer saber? Não vou usar camisa nenhuma.

Balanço a cabeça e seguro seu braço reto para dobrar o tecido até os antebraços. Puxando-a na minha direção, enfio as costas da camisa na cintura da saia dela.

— Melhor assim?

Ela alisa a camisa, com um sorrisinho nos lábios.

— Vou dar a de Sampson para Amara, mas ela disse que preferiria ser atingida com um disco do que usar o nome de um homem nas costas.

— Eu posso botar fogo nela por você — sugiro.

— Isso parece uma ofensa.

— Acredite, já vi a camisa dele em lugares mais impróprios.

Ela estremece de nojo, dando um passo para trás.

— Boa sorte, capitão.

Eu a seguro antes que ela possa se afastar.

— Venha cá e me beije.

Ela olha ao redor do corredor lotado.

— De jeito nenhum.

O time se aglomera, reunindo-se antes do jogo, mas eu só vejo Summer.

280 Bal Khabra

— Me beije, ou eu vou beijar você, e não vai ser de um jeito inocente.
— Tem crianças aqui, Crawford — sibila ela.
— A decisão é sua, Madre Teresa.
— Eu te odeio — resmunga ela, diminuindo o espaço entre nós. Não me abaixo, então ela apoia as mãos nos meus ombros para se erguer na ponta dos pés. O beijo é um selinho absurdamente rápido, mas seguro seu rosto para puxá-la de volta.
— Você não me odeia.

Então inclino a cabeça dela para lhe dar um beijo profundo que tira um gemido surpreso dela. O calor úmido da boca de Summer faz uma onda de prazer descer pelo meu corpo.

Preciso de três gols, e o time precisa vencer. Não só porque é Yale, mas porque eu faria qualquer coisa por um encontro com Summer. Só essa motivação já me diz que o jogo está ganho.

O jogo não está ganho.

Com um ímpeto de velocidade, entro na zona de ataque com os olhos fixos na rede. A plateia se cala quando dou um tiro com o disco, só para ser bloqueado por Benny Tang. Contenho um xingamento enquanto saio com o disco, ganhando posse de novo para passá-lo a Sampson. Postado à esquerda, ele dá outro tiro que faz o apito soar.

A próxima jogada é minha, e o disco entra na rede de Yale, nos contando outro gol. Patinando pelo rinque, não consigo evitar um sorrisinho quando bato no vidro onde Summer está sentada.

Aponto para ela, que me dá um olhar furioso e me mostra o dedo do meio. Sério, ela me mostra o dedo do meio.

Estou gargalhando quando Dylan patina até mim.
— Você quer mesmo esse encontro, hein?
Claro que quero. Eu quero *ela*. Sozinha e toda minha.

Quando os últimos minutos do jogo passam depressa, faço outro gol e estamos empatados. Com três segundos para o apito,

Cole Carter é nosso salvador, com uma jogada insana que choca a plateia e garante nossa primeira vitória contra Yale.

Leva uma eternidade para eu sair da loucura do Rinque Ingalls.

— Dois gols e uma assistência. Além disso, a gente venceu — eu digo quando vejo a cara presunçosa dela.

— Regras são regras, *lindo*. — Summer estende a mão. Ponho minhas chaves na sua palma e ela dá um sorriso largo, apertando-as com força. Pelo visto, não vai perder tempo em pegá-la no estacionamento da Dalton. Vai ser duro viver sem minha caminhonete por uma semana, mas gosto de saber que Summer vá usar algo meu.

— Preston. Você vem no próximo? — A voz do treinador nos faz virar. — Vamos precisar que brigue com os juízes depois de uma decisão ruim.

Um levíssimo rubor mancha as bochechas dela, e conseguir identificá-lo parece um superpoder.

— Vou tentar — diz ela.

O treinador assente, batendo nas minhas costas antes de seguir para o ônibus.

— Não é fã de hóquei, hein? — eu brinco.

— Tinha um árbitro péssimo, e eu só ameacei ele uma vez — explica ela. Dou risada e ela me dá um olhar mortal. — Nos encontramos na sua casa. Preciso pegar meu prêmio do rinque primeiro — diz ela.

Ela segue Amara até seu carro e eu entro no ônibus. O trajeto de quarenta minutos vibra com uma energia contagiante, e minha adrenalina ainda está alta pela vitória, mesmo quando descemos do ônibus e entramos no carro de Dylan.

Depois que tomo outro banho, encontro Summer deitada na minha cama, e a energia que estou sentindo muda. Ela me vê a encarando e suas bochechas ficam coradas. Seu rosto parece tão quente e reconfortante que agita algo em meu peito.

Sou atraído na direção dela, e seguro seu rosto para trazer seus lábios aos meus. Eu a beijo com tanta avidez que ela arqueja enquanto cai de volta no travesseiro, o longo cabelo castanho se espalhando ao redor do rosto. O travesseiro vai ficar com o cheiro dela, e por mais feliz que isso me deixe, sei que também vai me deixar infeliz pra caralho quando ela não estiver nele e eu sentir seu cheiro mesmo dormindo.

— Seu cabelo está molhado — sussurra ela. Cara, adoro a porra da voz dela. Beijo o caminho quente do seu pescoço até a mandíbula. — Aiden.

— Humm?

— Você está me deixando molhada.

— Espero que sim.

Ela dá um grunhido contra mim.

— Seu cabelo está pingando em mim.

Apoio os braços ao lado da cabeça dela e recuo, e de fato gotas d'água cobrem suas bochechas e as curvas da clavícula. Não consigo parar de sorrir quando vejo seu olhar irritado. Eu a beijo de novo, só porque posso, e dessa vez ela me empurra com mais força. Permito que nos vire para poder montar no meu colo.

— Toalha?

— Você está sentada nela.

Ela olha a toalha enrolada na minha cintura e se ergue um pouco, seu cabelo caindo no meu rosto enquanto a puxa. Ela faz um muxoxo.

— Quem usa cueca embaixo da toalha?

Eu rio.

— Queria embrulhar seu presente.

Ela revira os olhos, levando a toalha ao meu cabelo para secá-lo. Seus movimentos são minuciosos e ela está inteiramente concentrada na tarefa, mordendo o lábio inferior carnudo. Eu a vejo enxugar meu cabelo, e minha atenção passa para sua blusa branca fina. Infelizmente, ela tirou minha camisa, mas não ligo quando vejo seus peitos perfeitos tão perto de mim.

— Meus olhos estão aqui em cima, Crawford — repreende ela.

Essas palavras não ajudam em nada a controlar meus pensamentos. O tesão ilumina as íris dela, o que eu encaro como meu sinal para avançar. Puxo a blusa para baixo e fico cara a cara com seus peitos sem sutiã. Acaricio os mamilos pequenos e seu gemido suave me deixa duro como pedra.

— Vem cá — eu digo. Ela vem, com as mãos ainda no meu cabelo, apertando mais forte quando chupo um de seus mamilos. Levo a mão à sua bunda e ergo a saia dela. — Sua calcinha está provavelmente encharcada, né?

— Não tenho como saber — diz ela, sem fôlego, quando aperto suas coxas.

— Como não?

— Não estou usando calcinha.

Um choque elétrico passa pelo meu pau.

— *Caralho*. Vira.

Quando a bunda dela está na minha cara, ergo sua cintura para posicionar a boceta bem onde preciso. Ela me choca ao empurrar minha cueca para baixo para agarrar meu pau.

— Você não…

— Eu sei — diz ela, olhando por cima do ombro. — Eu quero.

Então ela me coloca inteiro na boca e preciso recuperar o foco para sentir seu gosto doce. Os barulhos que ela faz enquanto desliza os lábios no meu pau não me ajudam a durar mais tempo. Meu lado competitivo entra em jogo quando giro a língua de um jeito que a faz gemer. Não demora muito até ela estar se esfregando no meu rosto, e continuo para que chegue perto de um orgasmo.

— Aiden, por favor, preciso gozar — implora ela, mas não cedo; ignoro o clitóris completamente, a deixo à beira da implosão e então me afasto. Minhas bolas estão tão retraídas que preciso de toda a minha força de vontade para não explodir na boca de Summer.

— Meu Deus — gemo quando ela toca nas minhas bolas em retaliação.

— Eu vou usar os dentes, Crawford — ameaça ela.

Isso tira uma risada de mim.

— Duvido, você não ia machucar seu brinquedo preferido.

— Você *não* se referiu ao seu pau assim.

— Como prefere que eu chame? Meu taco de hóq... — Ela me engole com vontade, fazendo minha cintura se erguer bruscamente. A garganta dela vibra ao redor do meu pau, fazendo meu corpo estremecer. — Caralho, você precisa parar com isso antes que eu goze rápido demais.

— Vai gozar só com uma esfregadinha? — provoca ela com falsa compaixão. — Acontece com os melhores.

Aproveito o momento para inserir dois dedos tão fundo nela que os nós pressionam seu ponto sensível. O gemido agudo de Summer me diz que acertei seu ponto G, e quando ela se contorce em cima de mim, ainda me deixando louco ao girar a língua na cabeça do meu pau, eu chupo seu clitóris inchado.

Eu gozo com ela, liberando toda a tensão acumulada na sua boca. Summer cai de lado, e o rubor pós-orgasmo no seu rosto é tão gostoso que tenho que afastar os olhos.

Uma batida na porta a deixa atrapalhada tentando ajeitar as roupas.

— O jantar está pronto — avisa Eli.

— Depois eu vou.

Os passos dele se afastam. Quando tento beijá-la, ela se afasta.

— Você não comeu depois do jogo?

— Acabei de comer.

Ela faz uma careta e se afasta mais.

— Estou falando sério.

— Eu também. E ainda estou com fome, então traz essa bunda pra cá. — Apesar do meu puxão, ela não vem.

Em rota de colisão 285

— Você precisa comer. Eu não percebi que tinha atrapalhado sua programação. Antes de ver minha caminhonete na frente da casa, achava que nada pudesse me deixar mais feliz do que nossa vitória contra Yale. Mas saber que Summer veio até aqui em vez de ir para o seu dormitório me encheu de uma satisfação profunda.

— Você não atrapalhou nada. Estou bem.

— Não está. Você não pode queimar tantas calorias e não comer nada. Isso esvazia o...

— Summer, não me dê uma aula de ciências — eu digo, e ela faz uma careta. — Tá bom, mas você vem comigo. — Levanto da cama e visto a calça de moletom. Ambos estamos encarando a blusa indecente dela quando se ergue. Então jogo uma camiseta e uma calça para ela.

Eli é o primeiro a nos ver quando descemos.

— Oi, Sunny.

Dylan está pondo gelo nas costelas quando ergue os olhos com um sorrisinho.

— Por que seu cabelo está todo bagunçado? — Kian boceja depois de seu cochilo pós-jogo. A cueca de *Crepúsculo* é a única coisa que está usando quando vem rebolando até nós com uma caixa de suco de laranja.

Eli puxa uma cadeira extra. Kian enxuga a boca com as costas da mão e seus olhos saltam entre nós.

— Você não respondeu minha pergunta.

— Você faz perguntas idiotas, Kian — retruca Dylan, dando um sorriso empático para Summer.

— Como disse uma vez minha professora muito gostosa do sétimo ano, a srta. Marple: não há perguntas idiotas, mesmo se forem do Kian.

— Ela não deixou de dar aulas depois da nossa turma? — pergunta Dylan.

Kian dá de ombros.

— Ninguém pode provar que foi por minha causa.

Aterrorizar sem querer a professora do fundamental parece ser algo que Kian faria.

Antes que eu possa sentar ao lado de Summer, Kian ocupa a cadeira. Um pouco irritado pela ação, sento do outro lado da mesa, ao lado de Cole, que está mastigando alto e atacando o prato como se fosse sua primeira refeição do dia. O garoto fica trancado no porão se não estiver no gelo. Ele não afasta os olhos do celular exceto para reconhecer minha presença.

Kian ainda está tentando brincar de Sherlock Holmes, olhando para Summer com desconfiança.

Ela o encara de volta.

— Que foi?

— Você parece diferente.

— Vá se foder, Kian — eu digo.

Meu aviso só o instiga.

— Estou falando com você, por acaso? Ela não precisa de um cão de guarda.

Vou causar graves danos físicos nele, e pelo jeito como evita o contato visual ele sabe disso.

— Eu vou voltar pra cama. — Logo que vira pro canto, ele para. — Tentem não fazer tanto barulho dessa vez. As paredes são finas demais pra abafar os gemidos.

Os caras se dobram de tanto rir, e Summer fica vermelha, abaixando o rosto nas mãos.

34
Summer

As batidas do meu pé irritam profundamente meu colega de laboratório. Nosso professor continua falando após o horário de aula, e estou me coçando para ir embora.

Então confiro a hora no celular de novo e mando uma mensagem discretamente.

Aiden

> **Summer**
> Vou demorar mais um pouco no laboratório, mas provavelmente consigo chegar pro segundo tempo.

Aiden
Não tem problema se não der. Não se apresse.

> **Summer**
> Eu cruzaria cada sinal vermelho só pra ver você jogar, Crawford.

Aiden
Vou esconder as chaves da caminhonete antes que você sequer pense em acelerar.

> **Summer**
> Você é o quê? Um policial?

Aiden
Fetiche?

> **Summer**
> Não. Mas se vai usar uma fantasia, eu aceitaria de bombeiro.

> **Aiden**
> Acho que quase botar fogo na sua sala de aula tem suas vantagens.

> **Summer**
> Eu me arrependo de ter contado isso pra você.

> **Aiden**
> Me prometa que vai dirigir com segurança e que, se o laboratório demorar muito, você vai direto pra casa.

> **Summer**
> Prometo.

Contenho outro sorriso e enfio o celular de volta no bolso. Quando sair daqui, tenho que passar na biblioteca para uma última checagem na minha inscrição. Hoje, Langston me deu a aprovação para enviá-la e, com o apertar de um botão, o sonho da minha vida toda vai estar um pouquinho mais ao meu alcance.

No momento em que o professor nos libera, não perco tempo. Quando chego na biblioteca, não esperava ver Donny ali. Acho que um par extra de olhos não pode fazer mal, então, quando ele pede para dar uma última olhada no trabalho, eu deixo. Só que esqueço que a presença dele é equivalente a comer pedras.

— Você conferiu as limitações da sua pesquisa? Estavam faltando umas coisas semana passada.

O gotejar de dúvida é difícil de afastar.

— Langston já aprovou. Está tudo ótimo.

— Ela não pode segurar sua mão ao longo do processo. Você tem que identificar o que está faltando.

Aperto a ponte do nariz e exalo, irritada.

Em rota de colisão 289

— Você não quer que eu me inscreva ou algo assim? O prazo é em alguns dias. Se eu não enviar agora, melhor nem enviar.

Ele ri, uma risada estranha e desconfortável que me faz examiná-lo.

— Claro que quero que você se inscreva. Não é loucura querer checar duas vezes.

— Você não precisa checar. Eu conheço meu trabalho e sei que é bom. Não vou mudar nada.

O desdém toma o rosto dele.

— Por que você está sendo tão teimosa? Só estou tentando ajudar.

— Agradeço toda a ajuda, Donny, mas não preciso mais dela. — Aperto enviar. — Está feito.

A mandíbula dele se cerra um pouquinho antes de ele me dar um sorriso tenso.

— Bom, fico feliz que você não fique ruminando todas as imperfeições. Dá mais personalidade para a proposta, talvez isso faça você se destacar.

Ignoro o comentário. Tenho coisas mais importantes para fazer do que ficar aqui e ouvir as observações desdenhosas dele. Se sair agora, consigo pegar o jogo depois do segundo intervalo.

— Aonde você vai?

Coloco a mochila no ombro. Não tenho qualquer obrigação de contar para ele, mas conto.

— Assistir ao jogo.

Ele para.

— O jogo de hóquei? Como assim? Você odeia hóquei.

— Eu nunca odiei o esporte.

Eu amava, na verdade. Era tudo o que estivesse associado a ele que passei a odiar conforme ficava mais velha. Agora, finalmente consigo me deixar aproveitá-lo de novo. Não perdi nenhum jogo de Aiden desde que fui ao de Yale.

— Você ficou puta quando Langston deu esse projeto pra você.

Dou de ombros.

— Acho que algo me fez mudar de ideia.

— O que poderia ser... — Ele solta uma risada desdenhosa. — Puta merda. Você gosta dele. — Eu reduzo o passo para ver o olhar enojado que ele me dá. — Não sei como não percebi antes. Quer dizer, é óbvio que vocês estão transando, mas você realmente *gosta* dele.

Meu rosto queima.

— As mensagens, as noites que ficava acordada até tarde, o jeito como perdeu a noção da única coisa que já importou para você por causa dele. *Meu Deus*, não sei como não vi.

— O que você está dizendo?

— Crawford? — Ele cospe o nome como veneno. — De todo mundo, você escolheu Crawford? A porra de um atleta burro. *Um jogador de hóquei?*

Donny nunca se importou com quem eu saio, mas eu também não fico exibindo ninguém perto dele.

— Você não...

— Não venha com esse papinho, Summer. O que vai dizer? Que ele não é um atleta burro? Que é mais que isso? Que eu não o conheço como você? — A risada dele me irrita profundamente.

— Não é assim — digo em voz baixa.

— Não? Não acha que eu saberia como você fica quando gosta de alguém?

Minha irritação vem à tona.

— Não, porque você não me conhece mais.

— Uau. — A expressão dele me faz me sentir menor que a pedrinha junto ao meu pé. — Esse tempo todo achei que você estava ocupada com a única coisa pela qual se sacrificou tanto, mas no fim só estava curtindo a vida.

Um formigamento inesperado de vergonha cobre meu pescoço.

— Como pode dizer isso? Viu as horas que me dediquei ao projeto. Minha vida pessoal não tem nada a ver com você ou com qualquer outra coisa.

— Já teve a ver comigo. Não pode me culpar por cuidar de você.

A irritação pesa em meu peito.

— Você não precisa cuidar de mim. Eu e Aiden não estamos juntos. Não que seja da sua conta.

Ele faz uma pausa, e os olhos tentam detectar uma mentira.

— Não estão?

Balanço a cabeça.

— Não.

— Deixe eu adivinhar, o capitão não é de relacionamentos? Provavelmente nunca teve uma namorada também. — Apesar das palavras serem cruéis, não posso negar a verdade. — Você nunca teria tomado uma decisão idiota dessas se eu estivesse cuidando de você.

— Eu não preciso do seu julgamento constante. Estaria melhor se nunca tivesse conhecido você.

O rosto dele se contrai.

— Não venha correndo para mim quando ele trocar você por alguém menos emocionalmente destruída. Mas, claro, se quiser que ele fique por perto, conte quem é o seu pai. Isso vai tornar seus problemas mais fáceis de digerir.

As palavras são como água fervente no meu rosto, mas fico quase paralisada enquanto ele se afasta.

Tentar não ser encontrada não é fácil quando você tem amigas dedo-duro. Amara deixa Aiden entrar no nosso dormitório, então, quando voltei de uma prova, ele estava esperando por mim.

Agora, estou fingindo limpar a cozinha enquanto ele bebe um copo d'água que servi para ele.

— Desculpe por não ter conseguido ir ao jogo — digo finalmente, quando ele vem lavar o copo na pia. Aparentemente decidiu ficar mudo até eu quebrar o silêncio.

Aiden seca as mãos e, quando se inclina, entro em pânico e me viro, de modo que seu beijo atinge minha bochecha.

Ele me encara por um longo momento.

— Imagino que seu laboratório tenha acabado tarde.

Eu me ocupo em limpar a pia, que já está impecável graças à faxina profunda da noite passada, inspirada pela ansiedade. É mais pela minha sanidade, porque depois que Donny jogou seu veneno nos meus pensamentos estou presa num carrossel infinito.

— Tem algum motivo para você estar tentando abrir um buraco na pia?

As palavras me fazem parar meus movimentos agressivos. A superfície de fato parece estar começando a erodir.

— É só uma faxina de primavera.

Ele para na minha frente.

— Você não respondeu minhas mensagens. Nenhuma nos últimos dois dias. — Ele tira o pano da minha mão. — Vai me contar o que aconteceu?

— Só estou preocupada com minha inscrição.

— Não deveria estar. Você fez um ótimo trabalho. Até o Müller disse. — Ele dá outro passo e minha determinação esfarela. — É alguma coisa a ver com a gente, não é?

Quando engulo em vez de responder, ele sabe que acertou em cheio. Parece que tenho uma infestação de ratos no cérebro, que me deixaram com fios expostos e roídos. Os pensamentos da noite passada se formam em palavras mal-arranjadas e deslizam pela ponta da minha língua.

— Deveríamos sair com outras pessoas — balbucio. Pronto. Feito. Como arrancar um band-aid.

Aiden não move um músculo. Não pisca, e se eu não tivesse visto seu peito subir teria achado que ele parou de respirar também.

— Por que está dizendo isso? — Suas palavras saem calmas e lentas, em uma voz tão diferente do tom acalorado que me deixa atordoada.

— Porque não temos um compromisso — digo devagar.

Os olhos de Aiden se anuviam como um trovão.

— É verdade, não temos. Mas só porque você não quer.

Minha garganta se aperta.

— Isso não é justo. Não temos um compromisso porque foi o que combinamos. Era para sairmos com outras pessoas também.

Ele ri. Uma risada baixa e sarcástica que faz meu estômago se revirar.

— Eu não dou a mínima para o que a gente deveria fazer. Somos nós que decidimos as regras, Summer.

— Eu sei, e é por isso que a gente só tran...

— Duvido você dizer que a gente só transa. — Um alerta cruza os olhos verdes dele.

Eu suspiro.

— Escuta, eu nunca fiz isso antes, mas tenho quase certeza de que não ter um compromisso significa sair com mais de uma pessoa.

Ele balança a cabeça, sem acreditar.

— E isso é só um casinho pra você?

Mordo o interior da bochecha, sem conseguir responder.

Ele corre os dedos longos pelo cabelo.

— Pra alguém que despreza atletas porque acha que enganam as pessoas, você está se parecendo pra caralho com um agora.

— Não estou enganando ninguém.

— Sério? Porque quando você está na minha cama suas palavras são bem diferentes.

Um nó apertado surge no meu peito.

— Não estou dizendo que não são verdade. Eu nunca mentiria pra você.

Os olhos dele cintilam.

—Achei que confiava em mim.

As palavras caem como pedras na minha barriga e quero tirá-las dali.

— Você acha que porque contei sobre meu pai preciso que me prove alguma coisa? Não se trata disso, Aiden.

A tensão crepita no ar quando ele suspira.

— Fala comigo, Summer.

— Estou falando! Não sei onde você esteve nos últimos meses, mas eu estive na realidade. A realidade na qual estamos nos divertindo, mas também seria bom para nós dois sairmos com outras pessoas.

Bem quando acho que vai embora, ele me perfura com um olhar pesado.

— Você viu o Donny ontem. Foi ele, né? Ele fez você se sentir assim.

Por mais que tente, não consigo deixar de pensar que vou perder tudo se continuar assim. Não há volta se meu coração der um salto imprudente. Especialmente com alguém que nem vai estar aqui daqui a alguns meses.

— Ele não está errado. Eu não posso pôr em risco o que eu me esforcei tanto para alcançar por... por isso.

— Por *mim* — diz Aiden. — É isso que você está dizendo para si mesma? Que é só um rolo e a gente só está *transando*? Porque você sabe muito bem que não é só isso. — As palavras estão presas na minha garganta. É nesse momento que Aiden agarra meu queixo para que eu olhe para ele. — Me diga que sabe disso.

O toque dele quebra uma barreira e eu desmorono como um castelo de areia.

— Eu sei. Mas estou com medo de não entrar no programa, e se isso acontecer vai ser porque me distraí com você. E aí o Donny vai ter razão.

— Summer, você vai entrar. É a pessoa mais focada e determinada que eu conheço, e olhe que estou constantemente cercado por caras que vão pra Liga Nacional. — Ele se aproxima um passo. — Só o esqueça por um segundo e me diga como se sente em relação a nós.

— Eu sei o que temos, Aiden — admito.

A expressão dele se suaviza de alívio.

— Bom. Isso é bom, eu posso lidar com isso.

— Mas não devíamos apostar todas as nossas fichas nisso.

A testa dele se franze como se eu estivesse falando uma língua estrangeira.

— Deveríamos explorar nossas opções — esclareço.

Tudo desacelera quando seus olhos verdes encontram os meus.

— Você quer que eu transe com outras garotas?

Dou de ombros, e o vinco entre as sobrancelhas dele se aprofunda.

Aiden dá vários passos para longe de mim.

— Eu nem olhei pra outra garota desde que começamos isso.

Eu lhe dou um olhar irritado.

— Não estou saindo com mais ninguém — esclarece ele. Meus pensamentos lógicos se dispersam como pombos. — Não ligo pra apostas e fichas metafóricas ou para o que a gente deveria estar fazendo. Eu já sei o que quero. — Os olhos dele cintilam com uma emoção intensa, e uma onda de pânico me inunda. Aiden examina meu rosto e sua expressão pesada muda.

— Mas você tem razão. Não temos um compromisso. Então, se quiser explorar suas opções, vá em frente. — As palavras saem ásperas como uma lixa.

Meu pânico diminui, mas sua mudança súbita de comportamento me deixa cética.

— Você não se incomoda?

— Não tenho direito de me incomodar. A vida é sua, Summer. Você toma as decisões.

Os detalhes do nosso arranjo emendado estremecem com a incerteza, mas me endireito com confiança renovada.

— Certo. Você está certo. Talvez eu faça isso.

Ele estampa um sorriso no rosto e por um segundo eu me pergunto se está blefando.

— Ótimo — diz ele.

— Ótimo — concordo.

35
Aiden

Summer devia ter me socado na cara logo, porque cada palavra que saiu da sua boca foi como sal nas minhas feridas. Por algum motivo, quando estamos juntos, tudo para de ser lógico e claro. Em vez disso, se confunde numa tempestade turbulenta. Ela quer sair com outras pessoas.

Por que eu concordei com isso, porra? Claro que eu não podia dar um chilique e exigir que tivéssemos um compromisso. O pânico dela quando disse que sei o que quero foi suficiente para eu conter meu momento homem das cavernas. Estou me agarrando ao *talvez* dela como uma corda num penhasco. Mas, se aprendi algo sobre Summer, é que ela vai escolher seu próprio caminho. Forçá-la a fazer uma escolha só me prejudicaria no longo prazo.

É. Estou pensando no longo prazo agora.

Não ter treino no rinque hoje significa que posso enterrar meus sentimentos no supino. Quando Kian entra na academia, ergue um capacete verde-neon com uma dúzia de modificações.

— Tcharam!

— O que é esse dispositivo misterioso? — Dylan abaixa seu peso para olhar.

— Equipamento de proteção de cabeça. Encomendei especialmente depois daquele seminário sobre disfunção cerebral.

— Não parece que tem usado muito — brinca Cole.

Kian dá um olhar seco para ele.

— Cuidado, Carter.

Os ombros de Cole caem, a piada não funciona muito num grupo de alunos mais velhos. Eu teria achado engraçado, se não estivesse emburrado.

Eu me distraio enquanto Kian explica seu capacete e não percebo que estou fervilhando de raiva até Dylan parar na minha frente.

Ele inclina a cabeça, me observando.

— Você está acabado.

— Valeu — digo, seco.

— Tudo isso por causa de uma simples garota?

Espero que meu dedo do meio transmita meus pensamentos sobre ele resumir Summer a *uma simples garota*.

— Caralho, nunca achei que veria você desestabilizado assim. Você é a porra do Aiden Crawford, cara. Não tem uma garota no campus que não tenha um acordo com o namorado pra ficar com você se tiver a chance.

O discurso motivacional inútil dele só me lembra das palavras sórdidas de Summer.

— Continue falando merda pra ver o que acontece.

Ele ergue as mãos em defesa.

— E está mal-humorado também. Vou correr pra farmácia e trazer uns absorventes. Que tipo você gosta?

— Você vai precisar deles quando eu fizer seu nariz sangrar.

— Fluxo intenso, então — diz ele, rindo. — Estou brincando, cara, entendo por que você está tão abalado. Se faz você se sentir melhor, eu também consideraria a monogamia por ela.

As palavras são cômicas porque a monogamia para Dylan é tão repulsiva quanto repelente para um mosquito.

— Quer dizer, ela é muito gost...

— Estou avisando: vou socar sua cara se terminar essa frase.

Ele dá uma risada alta e volta a levantar os pesos.

Kian se aproxima.

— Não quero que se sinta pior, mas ela tem um encontro — diz ele calmamente, como se eu fosse uma criança frágil ouvindo a notícia de que seu cobertor preferido sumiu.

A queimação no meu peito não pode ser saudável. Tudo em mim quer ignorá-lo, mas a curiosidade é uma emoção perigosa.

— Com quem?

— Um aluno de ciências contábeis.

É uma estaca no meu coração. O plano de cinco anos dela está se aproximando da realidade, agora que não estou atrapalhando. Porra, o que eu não faria para atrapalhar todos os seus planos complicados e mantê-la na cama comigo, sem ter que pensar em nada.

— Como você sabe?

— Ouvi Amara falando quando eu estava estudando no dormitório dela — diz.

Ao contrário de mim, Kian está passando um tempo com Summer por causa das provas. Seria maluquice se eu me transferisse para a turma dela?

Sim.

— O que você vai fazer?

Dessa vez, todos os caras me cercam. Até Cole e Sebastian se aproximam, provavelmente cientes de tudo graças à língua solta de Kian. Mas, claro, eles se acostumaram com a presença de Summer no meu quarto nas últimas semanas.

— Nada.

Rostos curiosos ficam desanimados, e eles me encaram como se eu enlouquecesse.

— Sua garota vai ter um encontro com outro cara e você não vai fazer *nada*? — pergunta Cole, incrédulo.

Kian começa:

— Se posso dar minha opinião...

— Não — dizemos todos em uníssono.

O rosto dele se contorce de choque.

— Eu tenho mais experiência com relacionamentos complicados que qualquer um de vocês — ele se defende.

— Sua stalker não conta como um relacionamento complicado, Ishida. Foi só complicado. Ponto — diz Eli.

— Certo, mas o que eu aprendi foi...

— A não fazer uma cópia da chave de casa e dar para alguém que você acabou de conhecer? — sugiro.

— A não deixar seu carro na frente de casa para alguém roubar gasolina dele? — acrescenta Dylan.

Os caras choram de tanto rir. Tenho certeza de que poderíamos fornecer mais uma dúzia de exemplos de coisas que Tabitha fez com Kian, mas ele faz um biquinho.

— Quer saber? Vocês não merecem minha sabedoria.

Solto um grunhido quando ele faz aquela expressão de cachorrinho maltratado.

— Desculpe, cara, estamos só brincando. O que você ia dizer?

— Não quero mais contar.

— Por mim tudo bem. — Dylan se levanta e o resto dos caras concorda.

— Tá bem, tá bem. — Ele os detém. — As garotas são como botões...

O treinador pigarreia, interrompendo-o.

— Ishida, o que eu disse sobre fofocar na academia?

— Que fomenta conexões saudáveis entre rapazes em fase de crescimento? — Ele sorri com os dentes brancos à mostra.

O olhar mortal que Kilner manda para ele é cortante o suficiente para fazer todos se endireitarem. Ele tem aquela veia furiosa na testa que geralmente lateja quando se trata de Kian.

— Mais uma palavra sua e eu vou garantir que nunca mais pise no rinque.

Apesar da ameaça, Kian abre a boca para falar, mas Eli dá uma cotovelada nele com um olhar penetrante.

— Treinador, o que você faria se a garota com quem está saindo fosse sair com outra pessoa? — pergunta Cole.

Olho irritado para ele. A última coisa que preciso é Kilner se metendo na minha vida. Por outro lado, ele tem um casamento feliz e quatro filhos, então deve saber bem mais que eu.

O treinador me analisa.

— A garota do chuveiro?

— Summer — digo.

Ele junta as sobrancelhas, e seu sorrisinho é quase indetectável.

— Era só uma questão de tempo entre vocês dois — murmura. — Você a conhece melhor do que ninguém. Mas eu sei que ela tem uma boa cabeça, e pensa muito antes de se comprometer com qualquer coisa... ou *alguém*. Mesmo assim, você tem que deixar as pessoas chegarem às próprias decisões, mesmo se achar que sabe o que é melhor para elas.

Considero as palavras dele. Embora queira impedir Summer de ir nesse encontro, sei que tenho razão sobre o que eu disse para ela — mas isso não significa que vou deixá-la esquecer da minha existência na sua vida.

36
Summer

O cheiro de bebida amarga e fritura flutua pelo Porter's. É sexta à noite, e desde que contei a Amara e Cassie sobre minha conversa com Aiden, elas estão determinadas a me levar para o bar. Aparentemente, acham que dizer para ele que deveríamos sair com outras pessoas significa que eu devo sair de fato com outras pessoas. Não sei como anunciar isso para elas, mas não consigo nem olhar para outro cara sem compará-lo a Aiden. No fim, todos eles são bem sem graça depois dele.

— Ops. — Cassie para e dá uma risadinha nervosa. — Me esqueci de mencionar um detalhezinho muito pequenininho e sem importância.

Nada dessa frase parece pequenininho ou sem importância. Quando viro, o bar está lotado com o time de hóquei da Dalton.

— Eles venceram hoje.

Eu sabia disso porque vi o jogo na TV. Aiden dominou o rinque, e meu coração estremecia toda vez que as câmeras focavam ele. Ele não me mandou mensagem para nos vermos depois da nossa conversa, então estou usando o tempo livre para fazer o que eu quero.

Minha única opção é sair do bar, mas Cassie me impede.

— A velha Summer nunca deixaria o hóquei entrar no caminho de nada. Vem, estamos aqui pra nos divertir e tem muitas outras pessoas. Podemos evitá-los.

Ainda não vi Aiden, então acho que é um bom sinal.

— Sunny!

Assim que escuto a voz, aperto os olhos.

— Valeu a tentativa — murmura Cassie enquanto ela e Amara vão até o bar.

Kian está sorrindo largo e obviamente bêbado, julgando pelo jeito como oscila. Seu abraço de urso sufocante me envolve no cheiro de cerveja.

— Senti sua falta lá em casa. Como está, sumida?

— Nos vimos na aula outro dia.

— Ah, certo, Aiden me fez relat... Quer uma bebida? — disfarça ele.

— Não por enquanto, valeu. Parabéns pela vitória, aliás.

— Obrigado, mas foi tudo na conta do Aiden hoje. Ele estava elétrico. Não sei o que deu nele ultimamente.

Ergo uma sobrancelha.

— Treinando para o seu discurso de padrinho?

— Aham. Você vai ter que ouvir duas vezes.

Mal estou prestando atenção às palavras arrastadas enquanto tento achar uma saída. Ele não me deixa ir embora nem quando a conversa vai morrendo, então o cutuco.

— Volte para os seus amigos.

— Mas você é tão mais bonita que eles.

Reviro os olhos. Finalmente, ele volta para lá, mas só depois de me dar um beijo molhado na bochecha. Não o observo se retirar porque sou covarde e tenho medo de ver Aiden lá atrás. Porém, quando um arrepio elétrico desce pelo meu corpo e meu coração desacelera até dar batidinhas lentas, sei que ele está focado em mim como um holofote.

Com as pernas bambas, sigo para o bar. Saber que Aiden está aqui me deixa altamente sensível a flertes, tanto que meu estômago embrulha toda vez que um cara olha na minha direção.

Dito e feito, sinto uma presença quente pairar sobre mim. Do jeito como meu coração começa a palpitar, seria de pensar que vou ter um infarto, mas aí sinto o cheiro do perfume barato impregnando minha pele.

Não é ele.

— Uma garota bonita que nem você não deve ter vindo aqui sozinha. — O homem está próximo demais para meu gosto, e seu hálito é pior que o perfume. Mas seu sorriso acalma a sensação inquieta que percorre meu corpo.

— Vim com minhas amigas. — Aponto para a pista de dança. O aceno sutil que dou a Amara alivia a preocupação dela.

— Não quero interromper sua noite com as garotas, mas seria uma pena se não conseguisse seu número.

Eu rio.

— Eu nem sei o seu nome.

— Eu pago uma bebida e conto pra você tudo sobre mim.

— Já tenho uma chegando. Mas, se conseguir adivinhar qual é, pode me comprar outra.

Ele se senta no bar.

— Não sou muito de apostar.

A resposta é decepcionante, mas, antes que eu possa dizer qualquer coisa, um empurrão abrupto de uma garota bêbada me faz cair no colo dele.

O holofote de antes fica mais quente.

Ele desliza a mão ao redor da minha cintura para me segurar no lugar. Apesar da minha determinação de não examinar o bar, viro para onde os caras estão falando alto e meus olhos colidem com um brilho verde. Aiden está encostado na parede, os olhos em mim enquanto toma um gole lento da cerveja, ignorando os colegas de time falando com ele. Sua postura casual é a imagem da calma, mas algo frio reluz em seu olhar.

A dor aguda em meu peito ameaça me rasgar no meio, e engulo o nó na garganta. De repente, a ideia de ganhar uma bebida desse cara, ou mesmo tocá-lo, me deixa desconfortável.

— Tenho que ir. — Saio depressa do colo dele e vou ao banheiro. Solto o ar, trêmula, enquanto encaro meu rosto corado no espelho. Minhas mãos estão suadas, então as enfio sob a água.

Estou secando-as quando a porta do banheiro se abre e Aiden entra, um semblante escuro cobrindo seu rosto. Engulo tão forte que os olhos dele miram meu pescoço. Quando me afasto da pia, ele fecha a porta.

Uma tempestade cresce na minha barriga.

— Você está no banheiro errado.

— Não estou. — Ele gira a fechadura e o clique ecoa em meus ouvidos. — É ele o contador?

— Quê? — A palavra sai trêmula dos meus lábios.

— O cara do bar. Ele é parte do seu plano de cinco anos?

Levo um segundo para processar o que ele está dizendo, mas quando consigo fico irritada pra caralho.

— Não sei. Vou ter que conhecer ele melhor.

A língua dele corre pelo interior da bochecha, enquanto seu olhar percorre meu corpo.

— Não conversaram muito quando sua bunda estava no colo dele?

— Eu não estava prestando muita atenção na conversa. — Pareço não estar afetada, mas tenho certeza de que ele nota meu peito ofegante.

Ele acompanha cada um dos meus passos lentos.

— Quem é ele?

— Não é da sua conta.

— Outro cara tocando você é totalmente da minha conta.

— Achei que íamos nos dar espaço para...

Em um movimento brusco, ele me prensa contra a parede.

— Isso é espaço suficiente pra você, Summer? Porque é demais para eu suportar.

Meu coração se aperta no peito.

— Mas Donny...

— *Foda-se* Donny — diz ele através de dentes cerrados, pressionando a cintura na minha. — Eu quero saber o que você quer.

— Não sei do que está falando. — Minha voz treme.

— Sabe, sim — diz ele. — Ou me diga que quer isso tanto quanto eu ou me diga para ir embora.

— Aiden...

— Uma palavra. — Ele passa o dedão pela minha mandíbula tão delicadamente que me arrepio. A carícia tensiona como uma corda sufocando meu coração. — Ou estou dentro ou estou fora, Preston. — Normalmente a confiança dele é exuberante, mas hoje ele soa vulnerável. Minha mente titubeia, mas sei que preciso dele próximo agora.

— Dentro — eu digo, sem fôlego. — Você está dentro.

— Boa resposta.

Minha pulsação cai como um peso entre minhas pernas, e me pergunto por quanto tempo aguento ficar em pé. Como se estivesse lendo minha mente, ou talvez só meu corpo, uma das mãos dele desliza ao redor da minha cintura, queimando minha pele através do vestido enquanto ele me levanta do chão. Sua boca cola na minha, e ele quebra minha resistência com beijos famintos e desesperados.

Meu vestido sobe completamente, minhas costas tocam a parede de azulejos fria e o corpo dele se encaixa entre minhas pernas.

— Senti saudade de você — sussurra ele, enfiando a cara no meu pescoço.

Ele não sentiu saudades disso. Sentiu saudades de *mim*. O pequeno detalhe aperta meu coração. Aiden abaixa as alças do vestido e do sutiã, me expondo. Ele me beija em todo lugar, deslizando a língua contra minha pele. Morde, lambe e chupa meus mamilos até estarem extremamente duros na boca dele.

— Espero que você tenha colocado esse vestido pra mim — murmura ele.

— Eu nem sabia que você estaria aqui.

Os lábios dele deslizam pela minha pele arrepiada.

— Nós dois sabemos que eu sou o único que vai tirá-lo.

— Sei não — digo, ofegante. — O cara no bar estava bem perto.

Não sei por que estou tentando provocá-lo, mas não consigo evitar.

— Humm, quão perto? — Ele ergue meu vestido.

— Julgando pelo colo dele... *Ah!*

Ele me interrompe com uma pressionada no clitóris.

— Eu vou te comer com muita força por causa disso. — O som da fivela dele se abrindo poderia muito bem ser um coro de igreja pelo jeito como me sinto próxima do céu.

— Só para ser claro... — Ele afasta minha calcinha para o lado. O ar frio roça minha pele exposta, mas o calor do seu olhar aquece meu âmago. — O único que vai te foder sou eu. — Ele aperta a cabeça do pau na minha boceta úmida, eu estremeço e cada músculo no meu corpo se contrai. — O único nome que você vai gritar é o meu...

— Gritar é um pouco demais — interrompo.

— ... e o único colo onde vai sentar é esse aqui.

Ele olha para onde nossos quadris se encontram e mete tão fundo em mim que um grito irrompe da minha garganta.

— Um pouco demais, sei.

Tento não morder a mão cobrindo minha boca quando ele mete de novo com força, me levando até a lua. A firmeza das mãos que me apertam faz meu coração acelerar.

— Você ama isso, né? — Os olhos tumultuosos dele estão fixos nos meus. — Ama quando te olho enquanto como você.

Confirmo, bem quando ele atinge um ponto tão fundo que meus olhos reviram, e os gemidos suaves dele acendem meu corpo todo.

— Você tá fazendo uma bagunça do caralho, lambuzando meu pau todo. — Ele está tão fundo, e nossos sons indecentes preenchem o ar do banheiro. — Sentiu minha falta, Summer? Sentiu falta de me ter metendo fundo nessa bocetinha apertada?

Atordoada demais para responder, eu o beijo. Mas ele agarra meu cabelo com um punho e me puxa até nossas testas se tocarem, me fazendo olhar o ponto onde estamos conectados.

Em rota de colisão 307

Esfrega o dedão em mim e minha cabeça cai para trás, batendo na parede de azulejos.

— Olhe pra mim, Summer. Olhe o que você faz comigo.

Eu gemo, e Aiden segura a parte de baixo das minhas coxas, erguendo-as até minha barriga. Minhas panturrilhas tocam as costas das mãos dele quando as ergue mais alto. A demonstração de força deve ser acidental, mas me deixa mais molhada que nunca. Deito a cabeça na curva do seu pescoço enquanto ele me fode.

— Não pare, por favor. — Mordo o lábio para conter um grito.

— Não vou parar. — O som de pele batendo ecoa ao nosso redor e eu me contraio, sentindo meu orgasmo se aproximar do ponto sem volta. — Me mostre como você gosta disso. Goze no meu pau.

Gozo tão forte que sinto que estou flutuando. Os braços fortes de Aiden me sustentam, e fico pasma ao ver como ele ainda tem força. Então, com um gemido baixo e rouco, ele goza dentro de mim.

O clique dos meus saltos contra os azulejos é o único som que consigo ouvir acima da minha respiração pesada. Eu me encosto na parede, vendo-o se limpar e fechar a calça. Então ele pega um papel-toalha e se agacha para limpar a umidade escorrendo pela minha coxa.

Quando roça no meu ponto sensível, eu me encolho, e ele suaviza o toque. Sobe minha calcinha antes de jogar fora o papel. Quando segura meu rosto para me puxar na ponta dos pés, sinto uma pontada entre as pernas. Como se o que ele fez não tivesse sido suficiente e eu precisasse dele de novo.

— Quando estiver dolorida demais para andar amanhã, se lembre de que só eu posso dar isso pra você. O cara do bar não teria chance com a sua boceta gulosa.

As palavras se agarram a mim como sanguessugas quando ele destranca a porta e sai.

37
Summer

Um almoço obrigatório com minha mãe é algo que tento não agendar até ter toda minha energia mental disponível para lidar com as perguntas dela. Porém, uma sorte de merda parece ser o tema desta tarde, porque, quando entro no restaurante chique, meus pais estão sentados à mesa.

Paro a alguns passos deles, fazendo o garçom atrás de mim tropeçar com uma bandeja em mãos. Questiono se meu apetite é mais importante do que proteger minha sanidade. Não tenho a chance de decidir, porque minha mãe se levanta e me puxa para um abraço apertado.

— É tão bom ver você. Venha, eu pedi seus favoritos.

Estou tão pasma que levo um segundo para retribuir o gesto. Não consigo evitar e me derreto no seu abraço quente. Evitar meu pai tem sido meu principal objetivo, mas isso significa que mal vejo minha mãe.

— Também senti saudades, mãe. — Eu recuo. — Você devia ter me dito que ele vinha.

— Só para ouvir você dar alguma desculpa? — Ela ergue uma sobrancelha. — Seu pai ligou, mas você nunca atendeu.

Vou até a mesa onde meu pai puxa minha cadeira.

— Valeu — murmuro.

— Sem problemas, Sunshine.

O apelido acaba comigo, e dói quando tento respirar de novo.

— Onde estão Serena e Shreya? Elas não vieram com vocês?

Minhas irmãs, embora muito mais jovens, são meu único amortecimento entre mim e meus pais. Sem elas, eu tendo a sufocar.

— Elas não puderam vir. Seus avós ficaram com elas em Toronto.

Assinto, sabendo que elas devem estar exaustas de todo o treinamento. Minhas irmãs estão tentando se qualificar para as Olimpíadas na patinação do gelo, então não têm muito tempo livre.

Quando a comida chega, o som de talheres arranhando pratos é a única conversa. Minhas respostas às perguntas da minha mãe se limitam a sim ou não. Meu pai não pergunta muita coisa, e fico grata por isso.

Quando meu celular vibra com uma mensagem, eu o agarro como um bote salva-vidas.

Amara

> **Amara**
> Como está aí?

> > **Summer**
> > Fui feita de refém.

> **Amara**
> Não pode ser tão ruim. Divya Preston é tudo menos entediante.

> > **Summer**
> > Meu pai está aqui. Ele só falou duas palavras pra mim.

> > **Summer**
> > Talvez eu devesse dizer que estou grávida só pra tirar uma reação dele.

> **Amara**
> Péssimo.

> **Amara**
> Mas quando ele descobrir que o netinho é cria de um jogador de hóquei, pode ficar feliz.

> **Summer**
> Nunca diga isso de novo.

> **Amara**
> Por quê? A não ser que esteja finalmente dormindo com alguém fora o orgulho da Dalton.
>
> Eu tenho os nomes perfeitos para os bebês. Que tal Disquerton? Ou Rinquerella?

Bufo e guardo o celular de volta na bolsa. Mas, quando ergo os olhos, meus pais estão me observando com expectativa. Minha mãe me dá um olhar enxerido.

— Então, algo novo acontecendo na Dalton?

— Não.

— Algum amigo ou *namorado* novo? — O agitar das sobrancelhas dela só me faz estreitar os olhos.

— Não muito.

Ela junta as mãos.

— A mãe de Sampson disse que você e ele estão bem próximos.

Bebo minha água, torcendo para me afogar.

— Somos amigos, mãe.

— Deixa a menina em paz, Divya. Você não contou para os seus pais sobre nós quando começamos a sair.

Ela sorri com doçura, apoiando a mão na dele sobre a mesa.

— Isso foi porque vocês estavam fazendo sexo sem proteção.

— Summer! — ambos me repreendem em uníssono.

Dou risada dos seus rostos pálidos.

— Que foi? Até parece que é segredo. — Aponto para mim mesma.

O balançar de cabeça do meu pai e o olhar seco da minha mãe me enchem de satisfação.

Quando o garçom leva meu prato, empurro minha cadeira.

— Bem, foi divertido, mas preciso voltar.

— Eu levo você — diz meu pai.

Congelo. Uma garota só pode suportar um número limitado de interações desconfortáveis em um mesmo dia.

— Já chamei um Uber.

— Cancele. Eu vou levar você.

Não ter que pegar um Uber, como uma garota andando sozinha, é uma opção confortável, mas sentar na SUV do meu pai faz meu peito se apertar com mais força. Eu sabia que deveria ter vindo com a caminhonete de Aiden, mas estacionar aquele negócio gigante é um transtorno. Olhar pela janela não ajuda o tempo a passar mais rápido. Nem contar cada gota de chuva que pinga na janela.

Ele liga o rádio e, claro, está sintonizado numa estação com dois locutores discutindo o jogo da temporada regular da noite passada.

— Você assistiu? — pergunta ele.

— Eu não acompanho hóquei.

Meu pai ri baixo.

— Tá brincando? Você pintava a cara e exigia que eu conseguisse assentos do lado do rinque em toda classificatória.

Engulo um nó espesso.

— Não mais. Quis dizer que não acompanho mais hóquei.

O silêncio que se segue é tão alto que ressoa em meus ouvidos. Por sorte, meu pai também sente e ergue o volume do rádio. Os locutores passam a discutir a primeira divisão, Dalton contra Dartmouth.

— Temos muitos jogadores talentosos vindos da Dalton esse ano. Com o astro deles indo para os times profissionais, Toronto nunca teve tanta sorte de receber uma potência como Aiden Crawford. — Meu estômago não deveria se revirar como faz à menção do nome dele. — Vão falar desse garoto por anos, eu garanto. — Ele me dá um olhar de esguelha. — Você o conhece?

Será que ele pode ouvir meu coração chacoalhando no peito?

— Como eu disse, não acompanho hóquei.

Ele suspira.

— Certo.

A bateria do meu celular está quase no fim, então não posso me distrair rolando alguma rede social, de modo que me resta olhar pela janela em busca de uma saída.

— Você perdeu o Diwali, o dia de Ação de Graças e o Natal — diz meu pai, quebrando o silêncio constante de novo.

— Eu estava ocupada com minha inscrição pro mestrado.

— Como está indo?

— Você já devia saber, considerando que é membro do conselho administrativo.

Ele fica tenso. Descobri esse detalhe no meu segundo ano, e meu pai recebeu uma mensagem muito irritada a respeito.

— Eu já disse que vou garantir que minha filha seja bem-cuidada.

— Se já tivesse se dado o trabalho de ouvir o que eu quero, saberia que essa é a última coisa que deveria ter feito. — Faço uma pausa, controlando o tom da minha voz. — Eu trabalhei duro para conseguir minha bolsa. Não preciso de você agindo como minha rede de segurança. Mas você não sabe disso, porque não convivemos um dia sequer desde que fiz oito anos.

— Summer, você sabe que eu te amo.

Eu bufo.

— Você tem um jeito estranho de demonstrar.

— Suas irmãs me viram ser presente.

— Isso é ótimo, pai. Fico feliz que você finalmente seja presente para suas filhas, mas acho que é tarde demais pra mim, né?

— Não foi o que eu quis dizer.

Meu sangue ferve.

— Fico realmente feliz que elas têm o pai que eu sempre quis. De verdade. Mas eu sempre vou lembrar que você escolheu não estar presente por mim. Me tratando como se eu tivesse sido um erro.

— Summer! — meu pai grita, parando o carro quando o campus entra à vista. — Você sabe muito bem que foi uma bênção para mim e sua mãe. Éramos jovens e estávamos com medo, mas nunca culpamos você por nada. Fizemos uma escolha ao ter você.

— É, e aí você teve que fazer uma escolha entre sua carreira e sua família. Adivinhe qual você escolheu. — Desafivelo o cinto e abro a porta do carro. — Da próxima vez que quiser ajudar, tente ser um pai em vez de um caixa eletrônico. — Bato a porta.

A chuva se mistura com as lágrimas quentes que escorrem pelo meu rosto, encharcando meu peito comprimido.

Quando choro por causa do meu pai, me pergunto se a Summer de oito anos, a garotinha que achava que se super-heróis existissem seu pai tinha que ser um deles, às vezes se sente decepcionada.

38
Aiden

Ter um jogo ao meio-dia significa não conseguir prestar atenção em nenhum trabalho pelo resto da tarde. Também não ajuda quando batem na porta do meu quarto.

— Tô ocupado! — grito.

Eu já me sentei para ouvir a longuíssima explicação sobre a tatuagem de Kian. A nova na coxa dele é uma cobra vermelha intrincada. Foi legal, até ele emendar numa longa digressão. Estamos sendo compreensivos com ele, já que o rolo entre ele e Cassie foi esfriando depois que conversaram por algumas semanas. Para a surpresa de ninguém, ele estava muito mais envolvido que ela. Agora, conseguir tirá-lo do meu quarto por tempo suficiente para escrever esse trabalho tem sido uma luta.

Quando as batidas não param, solto o ar, resignado, empurro a cadeira e abro a porta.

— Eu disse que estou ocup... — Antes que possa terminar a frase, braços se envolvem ao meu redor e uma cabeça com cabelos castanhos se enterra no meu peito. Imóvel, sou rodeado pelo aroma doce dela e por seu corpo trêmulo, úmido de chuva.

— Summer? — Ela funga, e meu coração se parte. Acaricio suas costas, sentindo os soluços se tornarem mais frequentes. — Venha cá. — Eu fecho a porta, e ela me deixa levá-la à minha cama. Ainda está tremendo. — Você está me assustando, linda. O que aconteceu?

Quando nos sentamos, afasto a cabeça dela e a visão de seu rosto úmido é como uma faca enferrujada nas minhas entranhas.

— É a Langston?

Ela balança a cabeça enquanto afasto o cabelo do seu rosto. Penso por um minuto.

— Seu pai?

O lábio inferior treme. Aí ela faz de novo — aquilo quando nota minha preocupação e se torna um cofre. Afasta-se, sentando-se rigidamente enquanto enxuga as lágrimas que continuam fluindo.

— Não sei por que vim aqui. — Ela vê meu laptop aberto e o livro da aula. — Você obviamente está ocupado.

— Nunca estou ocupado para você.

Os olhos castanhos vasculham meu rosto antes de uma longa exalação, e ela se ergue e começa a andar pelo quarto.

— Quantas vezes dá para implorar para alguém te amar?

O peso no meu peito se intensifica, tornando difícil respirar. Eu a sigo, envolvendo-a nos braços de novo.

— É a única coisa que um pai ou mãe deveria fazer. A única coisa que ele tinha que fazer. — As palavras dela são abafadas pela minha camiseta.

— Ele te ama, Summer. É impossível não te amar.

— Mas por que tem que ser de acordo com o cronograma dele? Quando ele está pronto, eu tenho que aceitá-lo de volta com os braços abertos, como se minha felicidade dependesse da boa vontade dele? — Ela dá outro soluço. — Não é justo.

— Eu sei, linda. — Esfrego suas costas, deixando que chore o que precise. — Eu sei.

Ela puxa o ar, arrasada.

— Eu disse a mim mesma que nunca chegaria nesse ponto de novo. Achei que tinha superado. Mas é só ter uma conversa de merda com ele e sinto doer igualzinho.

Tudo em mim quer entrar em modo de ação. Descobrir como ajudar e fazer as lágrimas pararem de fluir. Seus olhos inchados e o narizinho vermelho me incomodam, e tenho o impulso de ligar para o pai dela. O que é algo que nunca pensei que faria, porque Lukas Preston, por mais que seja uma inspiração, é um sujeito assustador.

Não quero me intrometer na história e opto por só ouvi-la. Summer enxuga as lágrimas agressivamente.

— Eu me sinto tão idiota por chorar por causa disso.

— Não se sinta. — Entrego um lenço para ela. — Faz tanto tempo que isso está rolando que você tinha que ter uma reação.

Summer enxuga as lágrimas e fica com uma expressão arrependida.

— Acho que eu posso ter dito demais. Ele pareceu bem magoado, Aiden.

— E o que estou vendo agora é que você está bem magoada. Isso não é certo, Summer. Você não merece ser tratada assim, e não vou deixar você se sentir mal por finalmente dizer o que se passa na sua cabeça. Me diga que entende isso.

Os olhos dela caem ao meu peito e ela brinca com as cordinhas do meu moletom.

Ergo seu queixo, e não a deixo assumir a culpa por isso.

— Ele magoou você e, pela primeira vez, você não reprimiu tudo. Tenha orgulho de si mesma, porque eu tenho.

Ela pisca para enxugar uma lágrima.

— Eu tenho, e sei que foi a coisa certa pra mim. Mas ainda me sinto mal por isso.

Essa garota é a droga de um raio de sol e não faz ideia.

— Claro que pode. É quem você é. Você é gentil e compassiva. E meio teimosa.

Ela soluça de novo e bate no meu peito, só para lágrimas caírem imediatamente.

— Venha, eu faço um chá pra você e aí a gente pode deitar um pouco.

* * *

No inverno passado, a família de Eli me convidou para sua viagem anual para Whistler. Os Westbrook têm uma cabana no norte capaz de abrigar um pequeno vilarejo. Fizemos todas as atividades de inverno lá, incluindo jogar hóquei na lagoa congelada e excursões de helicóptero. Mas a parte mais memorável — e aterrorizante — dessa viagem foi esquiar na pista The Coffin, que foi como mergulhar em um abismo desconhecido a cem quilômetros por hora.

É assim que me sinto ao segurar Summer nos braços.

Ela adormeceu algumas horas atrás, depois de lutar o máximo para ficar acordada. Nós conversamos sobre tudo, do nosso primeiro animal de estimação — o dela, um peixinho dourado chamado Iggy, e o meu, um gato chamado Benji — à nossa filosofia de vida, sem muita coerência, considerando que um de nós já estava meio adormecido. Alfinetes pinicavam meu peito à visão de suas pálpebras pesadas e respostas arrastadas, enquanto ela tentava ao máximo ficar acordada porque disse que gostava do som da minha voz.

Não acho que ela tivesse a intenção de dizer isso nem que teria dito se estivesse inteiramente consciente. Mas sei que é a verdade e, droga, foi tão bom ouvir. Eu serei sua playlist de ruído branco pelo resto da vida, se ela quiser.

A sensação aterrorizante, porém... é isso que me mantém acordado. Porque, logo antes de desmaiar, Summer sussurrou:

— Eu esqueço que estar com você é como estar em casa.

Casa. Ela acha que estar comigo é como estar em casa.

Eu nunca poderia dormir depois disso. Summer confia em mim. Ela não confia em muita gente, então sinto que vou desabar sob a pressão. O que não é a minha cara, porque estou acostumado com isso. Sou a porra do capitão, pelo amor de Deus. A universidade inteira confia em mim. Todo mundo confia em mim. Mas isso parece diferente.

Ela se aconchega mais perto, despertando com os movimentos. Eu não me dou o trabalho de fingir que estava dormindo.

Praticamente ultrapassei o nível de stalker assustador na cabeça dela. Quando ela tenta se afastar, eu não deixo.

— Não vá embora.

Ela se remexe para encontrar meus olhos.

— Só vou no banheiro.

Meu suspiro de alívio a faz estudar minha reação. Summer nunca ficou por tempo o bastante para eu ver seu rosto de manhã. Já cheguei a pensar que algemas poderiam mantê-la aqui, mas, conhecendo-a, ela arrebentaria minha cabeceira antes de aceitar isso. É como tentar capturar uma borboleta num campo aberto.

Ela pode achar que sou um esquisitão carente, mas deixá-la a mais do que poucos passos de mim no momento parece tão errado que estou disposto a parecer desesperado.

Acaricio a bochecha dela. Tudo sobre ela parece ser um em um milhão. Poder ficar tão perto dela me faz sentir que sou um em um milhão.

— Você é tão linda.

Ela perde o fôlego e, com um beijo na sua têmpora, relaxo meu abraço. Ela rola da cama e vai direto para o banheiro.

Ouço um "Ai, meu Deus!" abafado do outro lado da porta. Então Summer põe a cabeça para fora.

— Você podia ter me dito que pareço um guaxinim! — Ela aponta para o rímel borrado sob os olhos.

Ela está tão radiante, parada ali com o cabelo bagunçado e vestindo minha camiseta, que não posso evitar um sorriso.

— Você é tão linda, Summer — digo de novo. Tudo que consigo com isso é um revirar de olhos e a porta batendo.

Rindo, mando mensagem para Eli para ver o que fez para o jantar. Ele sem dúvida poderia estudar numa escola de culinária, considerando como adora cozinhar.

> **Eli**
> Duas travessas de massa ziti assando no forno esta noite. Conforme o pedido do nosso filho.

> **Aiden**
> Kian ainda está deprimido por causa de Cassie?

> **Eli**
> O coitado viu ela num encontro com Julia Romero. Uma patinadora do gelo.

> **Eli**
> Está ouvindo Folklore em looping e assistindo *Um casal quase perfeito*.

> **Aiden**
> Eu sei, consigo ouvir do outro lado do corredor.

> **Aiden**
> Eu desço mais tarde pra jantar, então.

> **Eli**
> É a opção mais segura, você não quer arriscar encontrá-lo. Vou deixar o seu prato no forno.

> **Eli**
> Tem mais que suficiente pra sua namorada também.

Ignoro essa mensagem, e Summer sai do banheiro. É como se ter ido até lá tivesse estourado nossa bolha de conforto, porque ela fica parada, meio sem jeito.

Deixo o celular na mesa de cabeceira e ergo o edredom.

— Venha cá.

Ela vem e se enfia de volta no lugar como se nunca tivesse saído.

— Como está se sentindo?

— Melhor — sussurra ela, enterrando o rosto entre o meu pescoço e o ombro. — Acho que drenei toda minha energia de tanto chorar.

— Fique aqui esta noite. — A oferta a faz se enrijecer. Os únicos sons entre nós são as batidas do meu coração e a música de Kian. Não há motivo para ela sair hoje à noite, e eu estava falando sério quando disse que parecia errado deixá-la ir. — Sei que pode cuidar de si mesma, mas me deixe fazer isso. Só dessa vez.

Eu preciso me sentir útil para ela. Summer gosta de carregar todos os seus problemas sob uma nuvem de chuva pesada.

— Não sei...

— Sabe, sim — eu digo, erguendo o queixo dela para sustentar seu olhar pensativo. — Fica comigo hoje?

Ela assente.

39
Summer

A casa poderia pegar fogo e eu estaria perfeitamente bem deitada aqui em seus braços. Porque é isso que Aiden faz — ele me faz sentir segura mesmo em momentos em que nunca me senti mais sozinha. Depois de me deixar em casa esta manhã e garantir que eu estivesse bem, ele finalmente foi para o treino. Ele não reclamou, mas suspeito que seu treinador esteja tendo um aneurisma neste exato momento.

— Onde você estava? — pergunta Amara assim que entro.

— Briguei com meu pai. Finalmente falei o que penso pra ele. Não tudo, mas não fiquei quieta dessa vez.

O seu rosto é tomado por preocupação.

— Merda. Ele aceitou bem?

Bufo.

— Nem um pouco. Não chequei meu celular desde então, mas tenho certeza de que recebi áudios da minha mãe.

— Bem, fico feliz que você esteja se sentindo melhor. — Ela me abraça. — Mas isso não explica por que está chegando em casa no meio da tarde em um moletom enorme. — Ela puxa a manga para inspecioná-la. — Ah, e o que é isso? Número 22, *capitão*. Que interessante.

Puxo a manga de volta.

— Eu dormi na casa do Aiden, Sherlock.

Amara se senta no balcão.

— Me conte tudo.

— Eu chorei. Ele me abraçou. E quando pediu que eu ficasse para ele poder cuidar de mim, eu disse sim.

Ela faz uma cara como se fosse chorar.

— Isso é monumental. Você ficou na casa de um cara. *Você!* A senhorita "eu não faço nada que cheire a relacionamento".

— Sei lá, Amara. Parece um passo gigante porque eu me afastei de tudo envolvendo o hóquei há anos, e já me machuquei antes. É como se eu tivesse aberto uma porta emperrada e Aiden tivesse entrado e revelado cada cantinho. — Eu me sinto vulnerável e mais exposta do que nunca.

— Eu sei, e entendo que se permitir ficar com ele, sem toda aquela história de amizade colorida como desculpa, é um salto gigante, especialmente com tudo que acabou de acontecer com seu pai.

As emoções apertam minha garganta.

— Ele é o único cara com quem fico de verdade desde Donny, e a gente sabe como aquilo acabou. — Donny era doce no começo, mas seu eu verdadeiro se mostrou por fim.

— Donny é passado. Até onde eu sei, o babaca riquinho nem existe. — Ela faz uma careta. — E ele é um péssimo reflexo de outros caras por aí. — O olhar dela fica inquisitivo, como se estivesse desafiando meu blefe. — Talvez o encontro com Oliver ajude.

Droga. Tinha me esquecido completamente do encontro com Oliver. Ele faz uma das matérias eletivas de Amara, uma das mais difíceis da Dalton. Ela pode ou não ter dado meu número para ele porque está tentando virar sua amiga durante o curso. Eu dei permissão, mas foi antes de Aiden me segurar como se me soltar fosse doer fisicamente.

As engrenagens no meu cérebro giram, e vejo Amara esperando minha resposta. As palavras de Aiden sobre eu tomar minhas próprias decisões flutuam de volta para mim e eu sei do que preciso.

— Você tem razão. Talvez ajude.

Em rota de colisão 323

Ela dá um sorriso sem graça, como se estivesse se arrependendo da sugestão.

Quando acordo tarde na sexta de manhã, não espero que Aiden esteja na minha porta.

— Oi — digo, sem jeito. A energia entre nós parece ter mudado, e não sei bem como agir.

— Oi. — A expressão dele varia entre desejo e cautela. — Acabou o treino e vim ver como você está.

— Estou ótima. Por que não estaria?

A expressão dele desaba. Você não pode chorar nos braços de um cara e agir como se não tivesse significado nada, especialmente quando significou tanto.

— Desculpe, não quis ser grosseira. Estou bem. Não chorei, então isso deve ser um bom sinal.

Faz dois dias desde que senti que, mesmo se o mundo desabasse, eu ficaria bem se estivesse nos braços de Aiden. Não o vejo desde então, mas ele me mandou mensagens aleatórias sobre os caras do time que me fizeram rir. Principalmente Kian e como ele vem lidando com a situação com Cassie. Aparentemente, Dylan está ensinando-o a fazer patinação artística no gelo.

— Estou fazendo o café da manhã. Quer um pouco?

Ele fica surpreso e, quando recua um passo, acho que vai recusar.

— Minha caminhonete está aqui na frente. Só vou estacionar numa vaga de verdade.

Fiquei dividida ao devolver a caminhonete dele, mas me senti mal por ele ter que pegar carona com os amigos ou chamar um Uber até o rinque.

Estou na cozinha lavando frutas quando ele entra de novo. Sua atenção vai para o tablet que apoiei no balcão, e, simples assim, somos sugados para a nossa novela e o desconforto some.

— Então, de quem ele é filho? — Ele rouba uma uva da tigela.

— É dele, ele só não sabe ainda.
— Isso é tão zoado.
Estamos discutindo o programa quando Amara entra.
— Sum, quando é seu encontro? Preciso do dormitório hoje.
— O olhar dela pousa em Aiden com surpresa fingida, me dizendo que ela já sabia que ele estava aqui. — Ah, oi, Aiden.
— Oi, Amara — cumprimenta ele, parecendo meio sem graça.
— Então, quando Oliver vem pegar você? — pergunta ela, inocente.
Eu vou postar o telefone dela num anúncio de solteiros do Craiglist.
— Às sete — eu digo, entre dentes cerrados.
Ela se anima, roubando um dos meus morangos.
— Verdade, você tinha dito, mas bom saber. Vou indo, até mais.
A porta bate e caímos num silêncio tenso. Nem o zumbido das luzes consegue penetrar essa bomba-relógio.
Continuo vermelha, tentando ignorar o olhar no meu rosto. Aiden se encosta no balcão, esperando que eu desmorone.
Depois de tudo, eu não posso dizer que temos uma amizade colorida. Mas marquei esse encontro antes do banheiro da Porter's, quando a gente... É.
Cada som é amplificado. A faca atingindo a tábua de corte parece uma sobrecarga sensorial. Finalmente, me viro para ele.
— Que foi?
Sua expressão relaxada é só fachada.
— Nada.
Aponto a faca para ele.
— Você não está enganando ninguém. Quer dizer alguma coisa.
— Não. — Ele morde um morango, ignorando o objeto perigoso.
— Você está puto.
— Não estou — diz ele. — Você pode sair com quem quiser.

Em rota de colisão 325

— Eu não acredito nisso.

— Se quer que eu seja o cara tóxico que diz que vai arrebentar qualquer um que chegue perto de você, eu serei. Mas esse não é o tipo de cara que você merece, Summer. Não vou ditar como deve viver sua vida.

Sempre fico ansiosa sobre cada decisão que tomo. Cada guinada parece errada, mas a convicção de Aiden amortece essa sensação.

Encontro os olhos dele.

— Então você não se importa? — pergunto.

Minha vida seria bem mais fácil se ele não ligasse, ou se eu pudesse me convencer de que não ligo. Mas a verdade ferve como uma panela prestes a transbordar.

Ele cerra a mandíbula, e a expressão calma desliza do seu rosto como gelo derretido.

— Ah, eu me importo. — Ele dá um passo para a frente e apoia as mãos ao lado do balcão para me prender ali. — A ideia de outra pessoa vendo você sorrir... — O dedão dele deixa uma marca quente no meu lábio. — Fazendo você sorrir ou tocando você... me deixa. Louco. Pra. Caralho.

Ele recua para se inclinar no balcão, como se não tivesse roubado cada centímetro do meu espaço.

— Mas vou lidar com isso. Porque sei que você só está tendo encontros para se distrair. Pode fingir o quanto quiser, Summer, mas ambos sabemos que vou ser eu no fim.

Minha pulsação martela. Mordo o lábio, atraindo a atenção dele à minha boca.

— E se ele me beijar?

Seu dedão liberta meu lábio inferior.

— Então, quando você finalmente voltar pra mim, eu vou garantir que não reste uma lembrança sequer na sua cabeça do beijo ou do toque de qualquer outro cara.

Absorvo as palavras com dificuldade.

— Está perdendo seu tempo.

— Você não entende, né? — Dou um olhar confuso, e ele sorri. — Bem, então, me deixe ser claro. Você poderia tirar de mim cada campeonato e prêmio que já ganhei, mas, se eu estiver com você, nada disso importaria. — Ele me encara por um longo minuto. — Além disso, ambos sabemos que seu ciborgue contador não vai conseguir te satisfazer na cama.

— E você vai?

Eu sei que vai. Definitivamente.

— Acho que já provei isso várias vezes. Mas, se sua memória está um pouco turva, posso fornecer uma demonstração detalhada. — Ele faz menção de cair de joelhos, mas eu o empurro.

— E como você sabe que vou num encontro com um contador? Ele pode ser outro atleta, até onde você sabe.

O sorrisinho dele só me enche de inquietação.

Você sabia que as guaiubas são predadores noturnos?

Oliver Benson, estudante de contabilidade com uma paixão por estudos agrícolas, além de meu par desta noite, não para de tagarelar sobre sua viagem à Florida Keys. Meus olhos ficam vidrados de tédio enquanto mentalmente organizo minha agenda, mas uma voz familiar interrompe minha análise do calendário. *Duas* vozes irritantemente familiares, seguindo direto para a nossa mesa.

Propositadamente escolhi essa lanchonete para meu encontro porque fica fora do campus. São vinte minutos de carro só para chegar aqui, e geralmente não está cheia de alunos da Dalton.

Dylan senta na cabine ao lado de Oliver, e Kian tenta deslizar ao meu lado, mas fico plantada no lugar, de modo que ele não cabe. Nós nos encaramos numa batalha silenciosa até ele me empurrar com o quadril, me fazendo deslizar pelo banco para abrir espaço para ele.

Kian se alegre com surpresa fingida.

Em rota de colisão 327

— Que loucura! Quais as chances de encontrarmos você aqui?

— Não se importa se a gente se juntar a vocês, né, cara? — Dylan pergunta a Oliver.

— Amigos da Summer são amigos meus — diz ele devagar.

Tento não revirar os olhos. Esses dois estão interrompendo nosso encontro, e ele está convidando-os a ficar?

Dylan estende a mão para Oliver.

— Eu sou Dylan.

— Oliver.

— Prazer em conhecer, Ollie. Esse é Kian — diz ele, apontando para um Kian sorridente. — Aliás, você deixou isso no quarto de Aiden, Sunny. — Dylan tira algo do bolso e deixa no centro da mesa.

Oliver examina a presilha de cabelo e espero estar fazendo um trabalho decente de parecer neutra mesmo enquanto aperto os punhos.

— Isso não é meu.

Kian inclina a cabeça.

— Tem certeza? Está usando uma quase idêntica agora.

Antes que eu possa mentir de novo, Oliver diz:

— Vocês estão falando do Aiden Crawford?

Esse encontro pode piorar? Suponho que seja carma por não ouvir direito a história da pescaria de Oliver.

— É, Summer vem tomando sua vitamina A com uma porção de vitamina P, se entende o que quero diz... Ai! — Kian dá um gritinho quando dou uma cotovelada nele.

— Fizemos um trabalho juntos — explico. — Sabe, aquele sobre atletas e burnout.

Oliver assente, hesitante, mas não é preciso ser um gênio para entender o que Kian está insinuando. Quando estou prestes a jogar a presilha idiota no rosto convencido de Dylan, a garçonete aparece.

— Ah! Isso é um encontro duplo? — pergunta ela, olhando entre nós.

—Aham — diz Dylan, jogando o braço ao redor de Oliver. — Acho que é amor à primeira vista.

Os olhos de Oliver se arregalam de pavor e ele se encolhe no banco. Kian e Dylan têm personalidades do tamanho do campus. É difícil ficar perto deles se você não consegue acompanhar. Esse encontro vai deixar Oliver com um sério problema de estresse pós-traumático.

— Fantástico. O que gostariam?

Antes que Kian possa falar, eu o empurro para fora do banco.

— Na verdade, houve uma mudança de planos. Venha, Oliver.

Dylan não se move por um momento desconfortavelmente longo até ver meu olhar furioso e ceder, deixando Oliver se levantar. Saio direto da lanchonete, pegando a mão macia dele. Estamos prestes a cruzar a rua quando alguém chama meu nome.

Connor Atwood.

Eu já não sofri o suficiente? Dou um sorriso encabulado para Oliver, que está encarando o *quarterback* embasbacado. Eu poderia muito bem ter topado com todos os atletas da Dalton.

— Faz um tempo que não nos vemos, Sunny. Tudo bem com você?

Aparentemente, o maldito apelido está pegando.

— Tudo.

Connor passa a mão pelo cabelo loiro.

— Você vem ao jogo beneficente?

— Hoje não, estou meio ocupada. Talvez no próximo.

Ele inclina a cabeça.

— Sério? Pensei que você e Crawford iriam juntos com certeza.

Mordo o interior das bochechas.

— Não sei por que você pensaria isso.

Ou ele está sendo propositadamente estúpido ou não viu a mão de Oliver na minha.

Os olhos de Connor passam para ele.

— Quem é esse? Um primo?

Em rota de colisão 329

— *Não* — digo, com os dentes cerrados. — Esse é Oliver. Estamos num encontro. Oliver, esse é Connor.

Connor examina o pobre coitado.

— Foi mal. Como vai, cara?

Oliver sorri e educadamente aperta a mão dele.

— De que jogo vocês tão falando?

Quase dou um grunhido. Por que ele tem que puxar conversa com Connor?

— Futebol americano. Você não assiste? — pergunta Connor.

— Não sou muito fã de esportes.

Ele me dá um olhar como se dissesse "sério, esse cara?".

Estreito os olhos para enxergar além da chuva pesada e encontro uma rota até a saída.

— Temos que ir. Nos vemos por aí, Connor.

Quando entramos no carro, a chuva piora. O estacionamento está deserto, só eu e esse cara que veio no encontro mais esquisito da história. O único som entre nós são as gotas de água pingando nas janelas. Quando ele liga o carro, a letra de música sugestiva que vaza dos alto-falantes faz minha pele coçar.

— Desculpe por tudo isso — digo por fim, quebrando o silêncio.

Ele entra na rua principal que leva à Dalton.

— Não sinta. Seus amigos parecem legais.

Contenho uma bufada. Aqueles cretinos não estavam tentando ser legais.

— Sinto que arruinei nosso encontro.

Ele põe a mão no alto da minha coxa. Eu não esperava que iniciasse um contato físico, mas sua concisão está transparecendo nesse carro, e é óbvio o que ele espera quando se vira para mim num sinal vermelho. Acho que minha hipótese sobre contadores se mostrou equivocada. Um carro buzina atrás de nós e ele acelera, mas não tira a mão.

— Agora tenho você, não tenho?

Tem?

Volto os olhos à janela para ver as ruas familiares passarem. Não é uma pergunta de prova, e tenho certeza de que ele estava falando mais no sentido literal, mas não consigo me livrar da sensação estranha no estômago quando o campus finalmente se aproxima. Eu me vejo assentindo, mantendo o sorriso amarelo perfeitamente no lugar. A única vantagem da situação é o calor que sopra pelas saídas de ar, aquecendo minhas pernas congeladas. Quando ele estaciona na Casa Iona, me obrigo a afastar os olhos do vidro, e o rosto que me encara de volta está cheio de expectativa. O nó pesado na minha garganta não desce quando engulo. Enterro cada pensamento sobre Aiden que está escrito nele. Cada beijo e toque que ele disse que eu não esqueceria — desesperadamente tento empurrar tudo isso para fora da mente quando Oliver pergunta:

— Posso beijar você?

40
Aiden

O rugido de Kian perfura meus ouvidos enquanto ele mostra o dedo do meio para Eli numa dança celebratória.

Alguns minutos atrás ele entrou todo feliz, roubou o controle da minha mão e começou a jogar. Eu nem liguei muito quando o pegou, porque só tem uma coisa na minha cabeça esta noite. Ou melhor, uma garota.

Não vá.

Não vou fingir que essas duas palavras não deslizaram até a ponta da minha língua quando ouvi falar do encontro de Summer. Para a minha sorte, Kian já tinha me contado sobre os planos dela.

Agora, é impossível parar de pensar nesse encontro, especialmente quando o jogador de hóquei animado na tela é Lukas Preston. Isso que é chutar cachorro morto.

A campainha toca alto o suficiente para ser ouvida por cima dos gritos de Kian e dos meus pensamentos deprimentes.

— É o cara da pizza. — Eli faz menção de levantar.

— Eu pego. — Estou de pé antes que ele possa me deixar com um Kian hiperativo. A campainha toca de novo enquanto abro a porta.

Uma Summer encharcada está parada na varanda.

— Você tinha razão — diz ela, apoiando as mãos na cintura, o peito ofegante. Estou sem palavras, encarando sua figura molhada. — Ele tentou me beijar.

O calor que irradia do meu corpo parece carregado com violência. Aparentemente, o discursinho que fiz para ela não diminuiu meus ciúmes.

Ela revira os olhos.

— Calma, não aconteceu nada.

Quando engulo, minha garganta parece estar em carne viva.

— Por que não?

— Porque eu não conseguia parar de pensar em você. Porque cada vez que ele me elogiava ou me tocava, eu queria que fosse você. Porque quando estávamos no carro dele e ele se inclinou, eu disse que tinha outra pessoa e vim correndo pra cá.

A revelação aperta meu peito.

— Você correu até aqui na chuva?

Ela assente, e gotas caem dos cílios até as bochechas, fazendo-a parecer um sonho molhado. Dou um passo mais para perto porque tenho quase certeza de que vou entrar em combustão se não a tocar agora mesmo. Lentamente enxugo as gotas no seu rosto.

— Já parou de fingir, Summer?

— Me diga você. — Ela segura meus ombros e nossos lábios colidem com uma explosão de fogos de artifício.

Não perco tempo em erguê-la, permitindo que envolva as pernas na minha cintura. Pressionando-a contra a porta, devoro sua boca num beijo reverente, e o som da chuva e o vento cortante tornam-se um ruído de fundo baixo dos sons doces que enchem minha boca. Ela tem gosto de *minha*. Sempre teve.

Ela responde meu desespero à altura, me apertando com força quando afundo a mão em seu cabelo, virando-a para encaixá-la perfeitamente contra a minha boca.

— Aid... Ah... Com certeza não é o cara da pizza. — A voz de Dylan preenche o corredor.

— Finalmente — murmura Kian.

Summer se afasta e olha por cima do meu ombro para dar um olhar gélido para eles.

Em rota de colisão 333

— O plano de vocês funcionou, seus babacas empata-foda. Viro para os dois idiotas sorrindo de um ouvido ao outro.

— O que eles fizeram?

— Você não sabia? — Os olhos dela estão arregalados de surpresa. — Eles se intrometeram no meu encontro.

Dylan sorri.

— Você estava deprimido feito um filhotinho apaixonado.

— E como não ia fazer nada a respeito, tomamos uma atitude pessoalmente. De nada — diz Kian, orgulhoso.

Balanço a cabeça. Percebo que esses meus amigos sem noção e leais me apoiam como mais ninguém.

— Filhotinho apaixonado, hein? — provoca Summer, com um beijo afetuoso na minha bochecha.

A campainha toca e Kian passa correndo por nós, reaparecendo com as caixas de pizza.

— Você vai ficar, Sunny? Temos muita comida.

— Eu devia voltar para casa. — Ela aponta para as roupas molhadas, tremendo de leve.

— Caralho, você deve estar congelando. Venha, eu pego umas roupas secas para você. — Tomo a mão dela e a puxo pela escada.

— É melhor vocês dois serem rápidos ou vou comer sua parte — diz Kian.

— Sem chance de eles serem rápidos — responde Sebastian, passando por nós no corredor a caminho da cozinha.

— Eu fico com a parte deles — diz Cole, fazendo sua primeira aparição do dia.

Lá em cima, no silêncio do meu banheiro, Summer para atrás de mim enquanto eu ajeito a temperatura do chuveiro.

— Acho que sei como funciona um chuveiro, Aiden.

— Deixe eu sentir útil.

— Seja útil aqui — diz ela, tirando a blusa molhada.

Eu me agacho na frente dela, abrindo o zíper da saia.

— Você usou isso pra ele? — pergunto, puxando a saia. A insegurança em minha voz é vergonhosa.

— É você quem está tirando, Crawford. Eu não reclamaria. Uma risada baixa escapa de mim enquanto beijo sua barriga. Ela tem razão. A última coisa que eu deveria fazer é reclamar quando ela está seminua.

— Vou deixar umas roupas na cama. — Minhas mãos se demoram na sua pele macia e tenho dificuldade em me afastar. Claro, eu não vou muito longe porque ela me puxa de volta. Examino os olhos castanhos que me encaram, tão inocentes.

— Toma um banho comigo, Aiden?

— Tem certeza? — Tento não parecer um filhotinho a quem ofereceram um petisco. Ela acabou de confessar como se sente, o que é difícil para ela, e não quero que se sinta sufocada.

— Está mesmo escolhendo esse momento pra ser cavalheiro? — Ela dá um passo para trás e abre o sutiã, deixando-o cair no chão do banheiro, então abaixa a calcinha e a joga para mim. — Eu sou sua, Aiden. Me trate de acordo.

Ela é minha. E é perfeita.

— Você é — eu digo, com a voz embargada.

— Então é justo que receba a Experiência de Namorada Summer Preston.

Estou completamente duro.

— Namorada? Essa é a palavra que vamos usar?

— Aham. Imaginei que você ia gostar. — Ela olha minha calça com um sorriso recatado. Minhas mãos formigam para tocá-la, então a puxo até mim.

— E o que isso me tornaria?

As mãos dela sobem pelos meus bíceps, fazendo um tremor me atravessar.

— Meu namorado. Meu namorado gostoso, sexy e gentil.

Uma chama se acende em algum lugar desconhecido.

— Você não precisa fazer elogios para tirar minha calça, Summer.

As mãos de Summer circundam meus ombros até minha nuca.

— Então por que ainda está vestido?

Rapidamente tiro as roupas, carregando-a direto para baixo do jato do chuveiro. Seus gritinhos enchem o banheiro e dessa vez não lhe peço para manter silêncio. Quero ouvir cada som, cada palavra e cada risada.

41
Summer

A universidade é muito mais divertida quando você não está enterrada sob livros didáticos.

Quando saí do dormitório esta manhã, a ansiedade estava corroendo meus ossos, mas só o fato de entrar na casa do hóquei já aliviou o sentimento.

— Você usa óculos? — pergunto a Dylan, que está na sala lendo um livro.

Ele abaixa os óculos.

— Por quê? Deixa você excitada?

Dou um olhar seco para ele.

— Como você conseguiu chegar a essa conclusão?

— Você não respondeu à pergunta.

— Nem você.

Ele sorri. Droga, ele fica mesmo bem de óculos.

— Não, eu só coloquei porque ouvi que você vinha pra cá. Ouvi dizer que gosta de livros de romance. — Ele ergue as sobrancelhas sugestivamente.

Meu rosto esquenta.

— Vou matar Aiden.

— Por quê? — Aiden desce a escada, usando uma regata branca e calça preta, o cabelo úmido de quem acabou de sair do banho.

— De alguma forma, o Dylan aqui sabe sobre minha coleção de livros. — Estreito os olhos.

— Não é como se você escondesse. Deixou um dos seus livros no sofá. Ele está literalmente lendo ele agora.

Quê? Quando vejo a capa azul ilustrada, fico pálida.

Dylan revira os olhos.

— Não seja puritana. Vocês dois não são tão silenciosos quanto pensam. — Horrorizada, viro para Aiden, mas ele só dá de ombros. — Além disso, é um bom livro. Fiz Kian comprar um exemplar para mim. Talvez tenhamos que assaltar sua biblioteca para pegar outros depois que terminarmos.

Processo as palavras lentamente.

— Você e Kian estão fazendo uma leitura conjunta de um livro de romance?

— Que foi? Homens não podem ler romances? É egoísta da sua parte nos privar dessa mina de ouro de informações. Aiden, você também tem que ler um, ela teve uma ótima ideia.

— Eu já li.

Isso me choca completamente.

— Quando?

— Linda, você dorme vinte minutos depois que começa todo filme e me fez prometer não assistir sem você. Eu tenho que fazer algo pra me manter ocupado.

— Então anda lendo meus livros?

— Aham. Sou um grande fã daqueles cheios de post-its vermelhos. — Meus olhos se arregalam quando ele dá um sorrisinho e beija meus lábios. — Vamos subir pra eu mostrar para você o que aprendi.

Hipnotizada, sigo Aiden. Quando pulo na cama dele, sento com as pernas cruzadas para vê-lo se vestir. A vista não tem como melhorar muito, especialmente quando os músculos de suas costas se flexionam para exibir todas aquelas colinas e vales ondulantes que me fazem querer arrastar as unhas pela pele macia. Até que, quando meus olhos captam uma coisa amarela ao meu lado, meus pensamentos mudam de direção.

Um buquê de girassóis embrulhado em papel e amarrado com um lacinho está na cama. Alguma coisa chacoalha no meu peito, e meus olhos ardem. Encaro as costas dele, com o lábio inferior tremendo com um rio de emoções. Minha respiração sai trêmula enquanto tento recuperar a compostura e não demonstrar como fiquei insana só por ter ganhado flores.

— Girassóis? Você não acha que eu sou uma planta carnívora? — pergunto.

Aiden se vira, sorrindo quando vê as flores na minha mão. Meus olhos ainda devem estar brilhantes, porque ele me olha com uma expressão tão suave que tenho medo de desmoronar.

— Tinham esgotado. — Ele sorri quando meu olhar fica sério. — Você é meu girassol, Summer.

O beijo leve que ele planta no meu nariz assenta-se pesado no meu peito.

— É um avanço comparado com as flores de velório — eu digo, fazendo-o rir. — Estou surpresa que você nunca tenha namorado, com todas as coisas cafonas que diz.

— São só para você. — A expressão sincera dele me faz erguer a cabeça em busca de um beijo. Ele me beija até eu deitar de costas, ainda apertando as flores. Só vai tirá-las por cima do meu cadáver.

Nosso beijo acalorado leva a mãos exploradoras e uma respiração pesada até sermos interrompidos pelo toque do celular dele. Aiden me beija uma última vez antes de se virar para pegá-lo da mesa de cabeceira. Pelo sorriso imediato em seu rosto, posso ver que é sua avó. Eu me sento enquanto ele se inclina na cabeceira para falar com ela, com os olhos ainda escuros.

É uma ligação curta, e ao desligar ele pergunta:

— Você já decidiu o que vai fazer nas férias de primavera?

A pergunta me pega de surpresa, mas, semana passada, Aiden perguntou se eu queria ir a Providence com ele. Meus planos originais eram passar a semana em um hotel com serviço

Em rota de colisão 339

de quarto e livros. Fico hesitante com a oferta gentil de Aiden, porque conhecer a família dele é importante. Especialmente se eles forem normais e não disfuncionais como na minha.

— Não sei. — Respiro fundo. — Estou ansiosa.

— Summer, eles já te amam — diz ele. — Se você ficar desconfortável, vamos embora. Podemos reservar um hotel e eu cuido de você a noite toda.

Meu coração cresce.

— Por mais incrível que pareça a ideia, não quero que você deixe de ficar com sua família.

— Isso é um sim? — insiste ele.

— Sim, Aiden. Qualquer lugar que tenha feito você ser quem é deve ser a coisa mais próxima do céu na terra.

Ele fica quieto por um longo segundo.

— Merda, você está me deixando sem graça, Preston. — Ele ri baixo. — Vai levar umas tapas por isso.

— É um elogio! Eu também posso ser romântica.

O olhar de pena dele é irritante.

— Linda, você não é a pessoa romântica nesse relacionamento.

Dou de ombros.

— Acho que não posso ter talentos demais.

— Eu posso. — Ele me rola de costas, mas digita no celular para avisar a avó que irei com ele. Aos poucos, a razão de eu ter passado o dia todo tão ansiosa volta à minha mente agora que ele não está me distraindo. Aiden parece notar meus gestos nervosos porque ergue meu queixo e me força a olhá-lo. Seus olhos fazem a pergunta silenciosa, e as palavras escapam de mim automaticamente.

— Meu pai nos convidou para jantar.

O silêncio que se segue à declaração me deixa tensa.

— Lukas Preston quer que a gente jante com ele?

— Você não tem que usar o nome completo dele toda vez.

Ele me dá um sorriso encabulado.

— Desculpe. Força do hábito. Por você tudo bem?

— Não, mas imaginei que, se você estiver lá, ele só vai falar com você sobre hóquei a noite inteira.

— Amor, não quero interromper seu tempo com seu pai se você precisa falar com ele.

Eu remexo as minhas flores.

— Está dizendo que não quer conhecer um jogador do hall da fama?

— Não é isso. Eu iria conhecer o pai da minha namorada. Como você se sente é a coisa mais importante.

Lá vem aquela queimação no peito de novo.

— Não tem problema. Eu só concordei por causa da minha mãe.

Ele assente, mas não expressa sua opinião sobre meu ar casual.

— Quando é?

— Semana que vem.

Duas piscadas rápidas me dizem que ele está surtando, mas disfarça rápido com um sorriso impressionantemente calmo. A visão faz meu coração derreter um pouco.

— Tudo bem. Eu pego você depois do treino. É na casa deles em Boston?

— Mais ou menos. — Ele me encara em busca de uma explicação melhor, mas eu prefiro não discutir a extravagância dos meus pais. — Vamos lá. É nosso primeiro encontro oficial e eu quero aproveitar cada minuto.

— Tem certeza de que não é porque quer voltar correndo para eu mostrar o que aprendi com seus livros?

— De jeito nenhum. — Eu sorrio, mas guardo essa informação para explorar mais tarde.

— Pensando melhor, está frio, e rodas-gigantes não são minha melhor lembrança.

A localização surpresa para nosso encontro que meu namorado muito ridículo tem em mente é a Feira de Primavera de Hartford. O evento acontece na semana antes das férias de primavera, e geralmente fica cheio de moradores locais e alunos da universidade. Enquanto encaro a roda giratória idiota, meu estômago começa a se revirar.

Arrastei Aiden com sucesso para todos os brinquedos, até ao de xícaras para crianças pequenas no qual ele mal conseguiu se espremer. O funcionário nos deu um olhar muito feio quando enfiei as pernas de Aiden dentro do brinquedo, mas por sorte nos safamos. Fomos a todas as barracas de comida que eu vi, na esperança de que um bolinho açucarado o fizesse esquecer disso, mas nada funcionou.

— Pense nisso como terapia de exposição.

— Ótima ideia. Exceto que você não é meu terapeuta, então só é tortura. — Tento me firmar no lugar quando Aiden me puxa para a frente. Minha força não é suficiente para ele, que me arrasta facilmente até os degraus.

— Eu posso melhorar a proposta — sussurra ele, me envolvendo com os braços por trás. Não há muito que ele possa fazer sobre a temperatura ambiente, mas, nossa, seus braços fazem uma diferença enorme.

— Como assim? — O seu aperto firme faz arrepios descerem pelos meus braços. — Isso não é exatamente o que eu imaginei quando você mencionou um encontro, Aiden.

— Você não está se divertindo? — A expressão dele fica toda preocupada. É meio fofo e faz meu coração se apertar.

— Claro que estou me divertindo. Estou com você, não estou? Sinto que somos finalmente um casal de verdade. — A preocupação no rosto dele derrete. — Mas isso é forçar a barra. — Aponto para o brinquedo maligno.

— Eu disse que ia reservar uma volta na roda pra você. Sempre cumpro minhas promessas, Preston. — Ele aperta o dedo indicador entre minhas sobrancelhas franzidas para relaxar a tensão no meu rosto. — Estamos criando uma lembrança nova. Prometo que, quando descermos, não vamos nos lembrar de nada daquilo.

Ver Crystal se jogando em cima dele estragou a lembrança para mim, mas ele viu Connor me beijar. Estamos no mesmo barco quando se trata de rodas-gigantes.

Eu o deixo pegar minha mão e nos sentamos em uma das cabines. O metal faz minhas coxas arderem, e eu estremeço quando o funcionário faz um sinal de joinha e empurra a alavanca. A cabine balança e a mão de Aiden se entrelaça na minha.

— Viu, não é tão ruim — diz Aiden. — Eu vou aquecer você em segundos. — A mão quente dele roça minha pele, subindo por baixo da saia até que os nós dos dedos roçam o tecido fino entre minhas pernas.

— Tem pessoas ao nosso redor, Crawford. — As palavras saem ofegantes demais para ele levar a sério.

— Eu consigo fazer você gozar antes de chegarmos no chão.

Ele está convencido, mas eu seria idiota de pensar que não consegue. Enquanto ele observa minha resposta pairar no ar, tira a jaqueta e a joga sobre minhas pernas. O calor roubado do seu corpo beija minha pele fria e eu murmuro de prazer. Aiden aproveita o momento para apertar seus dedos contra mim, e o tecido da calcinha fica molhado só do toque.

— Já posso sentir você esquentando, Summer. Me deixa entrar no meio dessas coxas lindas.

Parece até que ele está recebendo um boquete, pelo jeito como soa desesperado. Ele me dá um beijo lento e profundo. Afasto-me para recuperar o fôlego, e olho ao redor para ver se alguém está assistindo, mas ninguém mais está visível nas pequenas cabines.

Envolvo o braço ao redor do bíceps de Aiden, me aconchegando enquanto ele esfrega a cara no meu pescoço. O sol mergulha sobre o horizonte de Hartford, e eu sussurro:

— Você está perdendo a vista.

Ele olha meu rosto e seu sorriso faz meu estômago afundar.

— Não estou, não.

Ele beija meu nariz e meu coração fica frenético. Abro as coxas, e o sorrisinho de Aiden cresce enquanto seu dedo engancha na minha calcinha para afastá-la. Subimos mais alto na atmosfera e, antes que eu possa me preparar, ele enfia dois dedos grossos em mim. Um gemido estrangulado escapa dos meus lábios. Ele corre a outra mão pelo meu cabelo e puxa minha boca contra a sua.

— Vamos. Me deixe ouvir esse gemido gostoso. Me diga como é bom me sentir.

Só de teimosa, mantenho a mandíbula cerrada. Ele é bom demais nisso, e não vou lhe dar a satisfação de provar que eu estava errada sobre esse brinquedo. Ele move os dedos devagar, entrando tão fundo que sinto os nós. A atmosfera parece muito mais quente aqui em cima. Estou tão perdida nas sensações que meus arredores esvanecem. Eu poderia ser lançada nas nuvens e não ligaria. Cada terminação nervosa do meu corpo foca a mão entre minhas pernas.

Meu corpo tem um espasmo quando nossa cabine balança, fazendo meu coração acelerar. A música do evento, cada vez mais baixa, abre caminho aos sons molhados dos dedos de Aiden entrando e saindo de mim. Lábios macio deixam beijos na minha pele escaldante. Não faço ideia se é uma primavera fresca ou um dia radiante no meio de agosto.

— Eu vou... — Minhas palavras flutuam para longe com o vento quando ele aperta meus peitos por cima do suéter.

E continua deixando beijinhos inocentes na minha mandíbula como se não estivesse me deixando delirante.

— Não estamos nem na metade, querida. Eu tenho todo o tempo do mundo para fazer você gozar na minha mão.

Meu orgasmo se aproxima e estou desesperada para alcançá-lo. Como um peixe fora d'água, preciso ficar sob seu feitiço de novo.

— Crawford, vai logo ou eu mesma cuido disso.

— Diz "por favor".

Tem vezes que não me importo em implorar. Geralmente quando estou de joelhos com a mão de Aiden ao redor do meu pescoço. Mas, no momento, eu me sinto teimosa. O orgasmo que provavelmente vai balançar a porra do meu mundo pode esperar.

— Você diz "por favor" — rebato. Ele ergue as sobrancelhas enquanto uma risada baixa escapa pelos seus lábios. — Aí, quem sabe eu tenho dó e deixo você me fazer gozar.

Minha psicologia reversa não funciona como eu esperava porque ele abre os dedos em retaliação e os curva, fazendo minhas unhas arranharem o banco de metal para me impedir de dar essa satisfação a ele. Juro que poderia atravessá-lo nesse momento.

— Você não vai ganhar essa, Summer.

— Faça o seu pior.

Ele abaixa a cabeça e seus lábios encontram o ponto sensível entre meu pescoço e orelha.

— Isso é trapaça! — digo, boquiaberta.

— É vencer — sussurra ele.

A sobrecarga sensorial praticamente frita meu cérebro. Ele continua me acariciando através do suéter e passa o dedão sobre um mamilo excitado. Sua língua gira num ponto sensível do meu pescoço que tenho certeza de que só um ninja saberia que existe, e o gemido rouco que vibra contra mim é tão profundo que acho que pode ser uma corrente solta no meu corpo.

Aiden chupa e morde até eu estar ofegando tanto que tenho certeza de que as outras pessoas no brinquedo conseguem me ouvir. Não ligo se elas testemunharem minha expressão contraída, contanto que eu goze.

A roda se move de novo e consigo abrir os olhos e ver que chegamos ao topo. Aiden sussurra:

— Me deixe sentir o seu gosto nos meus dedos.

Eu desmorono com suas palavras pressionadas com força contra meu ouvido. Então ele desliza os dedos para fora e chupa cada um.

— Fiz você mudar de ideia?

Eu já mencionei como amo rodas-gigantes?

42
Summer

— **Chega. Eu vou sair** da faculdade e virar stripper. — Amara desaba furiosa ao meu lado.

É uma das raras ocasiões em que Connecticut nos deu um tempo bom, então estou aproveitando o máximo sentada do lado de fora, junto à estátua de Sir Davis Dalton. Os chifres demoníacos pintados com tinta spray e o tridente colado com supercola sumiram faz tempo, embora manchas vermelhas permaneçam em algumas partes.

Concluo que a reunião de Amara não deu muito certo.

— Achei que você tivesse dito que não tinha a força abdominal para isso.

Sampson cai no banco ao meu lado.

— Eu não recusaria um show privado, Amara. Nem precisa de força abdominal.

Amara bufa.

— Como se você pudesse me bancar, Sampson. — Ela se levanta abruptamente. — Nos vemos em casa, Sum, longe dessa escória.

Eu a vejo se afastar e viro para Sampson. Ele sorri.

— Acho que ela gosta de mim.

— O que você quer?

Ele me observa.

— Alguém está mal-humorada hoje.

— Faça um comentário sobre menstruação e pode dizer adeus à sua mão.

Ele acena os dedos na frente da minha cara.

— Você estaria privando muitas garotas dessa magia.

— Ou salvando elas da infelicidade — murmuro.

Sampson me observa com um olhar curioso.

— Como vão as coisas com a sua seleção?

— Você está olhando para uma potencial aluna de mestrado de Stanford — murmuro. Semana passada, minhas redes sociais estavam cheias de alunos celebrando sua aceitação na Dalton. Eu não recebi nada e, quando falei com Langston, ela disse que a seleção para o meu programa demora mais. Se a paciência é uma virtude, não acho que eu a tenha.

— Veja pelo lado bom, você pode ficar na Califórnia ensolarada em vez de Connecticut — diz ele.

Não consigo me livrar da desesperança.

— Minha vida toda está aqui. Todos os professores que já conheci, todos os meus amigos. — Paro para conter a emoção que aperta minha garganta. — Aiden.

— E eu. — Ele sorri, mas não dissipa a nuvem escura pairando sobre minha cabeça. — Mas Aiden vai para o Canadá. Vocês não estariam no mesmo lugar de qualquer forma.

— Mas agora eu posso acabar na Costa Oeste em vez estar de a poucas horas de distância.

— Você vai entrar na Dalton. E se por acaso não entrar, eu me transfiro pra faculdade de direito de Stanford e faço companhia pra você.

Meu coração parece não estar mais no meu peito.

— Você faria isso por mim?

— É só pedir, Sparkle.

Uma risada explode em mim. Usamos esse apelido pela primeira vez no terceiro ano depois de assistir *My Little Pony*. Eu era Sparkle e Sampson era Dash.

Em rota de colisão 347

— Conhecendo você, seria aceito assim que se inscrevesse. Mas não passei a vida ouvindo você falar sobre um diploma da Dalton pra você não o conseguir.

Quando alguém chama meu nome, viramos para ver Cole Carter correndo na nossa direção. Ele se apoia contra a estátua para recuperar o fôlego.

— Você vai surtar! Acabei de ver Donny Rai.

Ver Cole demonstrando toda essa emoção é raro. Ele geralmente fica entocado no porão com os olhos grudados numa tela.

— É, ele estuda aqui, amigão — diz Sampson.

Cole balança a cabeça.

— Ele estava naquela lanchonete nova, a Lola's, em West Hartford, hoje de manhã.

— E isso é novidade por quê?

— Ele estava com Langston. — Ele fala como se fosse uma grande revelação.

Olho para Sampson para conferir se não sou a única presenciando o declínio mental de Cole.

— Ela é orientadora dele. Provavelmente estavam discutindo alguma tarefa do curso.

— Claro. Se a tarefa do curso exige a língua dele na garganta dela.

Engasgo com meu cuspe.

— Com "língua na garganta dela", você quer dizer beijando? — pergunto, com a voz rouca enquanto Sampson dá tapinhas nas minhas costas.

—Ambos sabemos que você não é inexperiente, Summer. — Ele me dá um olhar seco, mas nem penso em vergonha diante dessa revelação. — Sim, eles estavam se beijando.

— Não há políticas contra isso? — pergunto.

— A Dalton proibiu relacionamentos entre professores e alunos, é por isso que me atenho às assistentes — diz Cole. Nós o encaramos, mas ele só dá de ombros. — Então acho que isso significa que ela vem dando um tratamento especial pra ele.

De repente, tudo começa a fazer sentido.

— Ele está tentando entrar no programa. Foi por isso que dificultou tanto pra eu terminar minha inscrição. Os dois dificultaram.

— E Shannon Lee está em Princeton agora, então ele não precisa se preocupar com ela — acrescenta Sampson.

O desprezo invade meus ossos.

— Então a única concorrente dele sou eu.

— Se você precisar de provas, eu tirei uma foto. — Cole pega o celular e nos mostra. Eles estão se pegando abertamente e, embora a foto esteja em baixa qualidade, fica claro o que está rolando. — O que você vai fazer?

Minha cabeça pesa de indecisão. A denúncia ao reitor precisa ser anônima. Mas não posso me dar ao luxo de me envolver nessa bagunça quando os resultados da seleção do mestrado estão prestes a sair.

Abaixo a cabeça nas mãos.

— Não sei.

Sampson se ergue.

— Tenho um plano.

Espio através dos dedos.

— Um plano?

Aiden está dormindo.

No silêncio do quarto, é fácil ouvir sua respiração suave e o som fraco de música tocando em algum lugar da casa. Presumo que seja Kian, já que ele acabou de comprar um disco de vinil novo. Fez questão de me contar que é o jeito dele de bloquear barulhos vindos do quarto de Aiden.

Meus olhos pousam na tela brilhante do meu celular na mesa de cabeceira, mas o braço pesado sobre minha barriga me impede de alcançá-lo. Depois do jantar, Aiden me levou para cima, e antes de ele dormir comemoramos seu gol que deu a eles a vitória no jogo.

O jogo desta noite foi o segundo de Dalton contra Yale, e tínhamos a vantagem de jogar em casa. Amara foi comigo, mas passou a maior parte do tempo provocando os alunos de Yale. Acabou jogando uma batata frita num cara de fraternidade e ele ficou espumando de raiva.

Agora, torço para que Aiden esteja tão exausto quanto de costume depois de um jogo importante, ergo seu braço com cuidado e me afasto um pouquinho. Quando ele não se mexe, rolo da cama e pego o celular par mandar uma mensagem rápida.

Procuro minhas roupas, mas elas estão jogadas pelo quarto. Desisto da busca inútil e pego a mochila com roupas que enfiei no guarda-roupa de Aiden.

Com o tempo correndo, me visto e vou na ponta dos pés até a porta. As tábuas rangem sob meu peso, fazendo meu coração pular para fora do peito. Olho para Aiden, para garantir que não acordou com o barulho, mas sua respiração estável enche o quarto sem interrupção.

Abrir a porta devagar sem que os rangidos altos acordem a casa inteira é uma tarefa difícil, mas dou um jeito. A casa está escura, então pego a lanterna do celular para me guiar. Relaxo quando chego à porta da frente.

— Aonde você vai?

Eu pulo. Meu celular escapa da mão e desliza pelo chão até os pés de Eli. A lanterna ilumina a cara dele.

Aperto a mão no coração disparado.

— Caralho! Você me assustou.

— Desculpe. — Ele me devolve meu celular. — Por que você está se esgueirando?

— Não estou. Só ia sair pra... dar uma volta.

Ele ergue uma sobrancelha, desconfiado.

— Às duas da manhã? Por que está vestida assim?

— Eu sempre me visto assim.

— Summer, você está usando luvas e uma touca. E está toda de preto.

Esqueci que roubei a touca da cômoda de Aiden. Devia ter vestido lá fora.

— É minha touca, não tá vendo?

Ele estreita os olhos.

— Para de me enrolar. Por que está saindo escondida?

— E você? Tem um motivo para estar acordado agora?

Ele esfrega o pescoço.

— Não estamos falando de mim. Cadê o Aiden?

— Dormindo. — Quando a suspeita dele não diminui, suspiro. — Eu tenho que fazer um negócio e não posso contar pro Aiden, senão ele vai tentar resolver pessoalmente.

— O que você tem que fazer?

— Não posso contar pra você também.

— Você não vai sair da casa no meio da noite sem contar pra ninguém aonde está indo.

Checo meu celular e vejo as mensagens de Amara e Sampson iluminando a tela.

— Eu juro que conto mais tarde. Tenho mesmo que ir.

Viro para a porta, mas Eli espalma a mão nela. Testando minha sorte, puxo a maçaneta, mas não adianta, porque o dedinho do jogador de defesa de 1 metro e 93 é mais forte que meu corpo inteiro. Solto a porta, sentindo-me como uma criança proibida de brincar fora de casa. O olhar impaciente de Eli me diz que ele está prestes a acordar Aiden para lhe contar que a namorada dele está saindo escondida na calada da noite.

— Primeiro, você tem que prometer que não vai não contar pro Aiden.

— Não posso fazer isso — diz ele.

Às vezes, a honestidade dele é completamente irritante. O coração de ouro embaixo de todos esses músculos torna impossível para ele mentir. Pensei que lhe dar meu olhar mais inocente o faria abrandar suas regras um pouco, mas já deveria saber.

— Tudo bem. Minha orientadora está ficando com Donny Rai e ele está adulterando as aceitações com ajuda dela.

Um olhar descrente cobre suas feições.

— Você contou para o reitor?

— O reitor está de licença. Ele só volta no final do mês, mas vamos expor a verdade usando o computador de Langston.

— Deixe eu adivinhar, vocês vão entrar no escritório dela para fazer isso?

— Teoricamente.

A preocupação pesa as feições dele.

— Você sabe que isso é uma infração, certo? Você pode ser expulsa.

— Ela fez da minha vida um inferno, Eli. Não só a minha vida, mas a de muitos outros alunos ótimos. E nunca se esforçou em prol do nosso sucesso.

Os alunos competiam pela mentoria dela. Descobrir que ela pôs suas vontades egoístas acima de psicólogos esportivos aspirantes faz meu sangue ferver. Eu confiei nela, e ela pisou no trabalho da minha vida.

Ele me dá um olhar compassivo e, quando vira, me impede de sair.

— Só vou pegar um moletom. Eu vou com vocês.

Antes que eu possa protestar, ele some, só para reaparecer usando uma touca e moletom pretos que combinam com os meus.

— Não. Não, desculpe, mas você não pode ir.

— Aiden iria querer que eu fosse.

— Eli...

— Ou eu vou, ou conto pra ele.

Ele olha para mim como se eu estivesse sendo a dramática.

Meus nervos ficam à flor da pele o caminho inteiro até o campus. Quando chegamos, duas figuras estão paradas junto ao prédio, observando nossa aproximação.

— Isso não é um evento com acompanhante, Summer. — Sampson parece irritado, e Amara fica mais corada quando vê Eli.

— Ele me pegou saindo da casa. Era ou ele ou Aiden.

Ele acena com um sorriso tranquilo.

— Oi, pessoal.

Amara o cumprimenta, e eu nunca tinha visto Sampson parecer tão puto. Ele vem até o meu lado.

— Seu namorado superprotetor teria sido melhor — Sampson murmura, então se vira para nós. — Há câmeras do lado norte do prédio. Essa é a única entrada sem vigilância. Se fizermos silêncio, tudo vai dar certo.

— Dois jogadores de hóquei enormes são tudo menos discretos — diz Amara, examinando o prédio.

— Bom saber que você está pensando no meu físico, Evans.

— Só nos meus pesadelos.

Eu interrompo a disputa silenciosa dos dois antes que eles fiquem de picuinha a noite inteira.

— Temos a chave? — Remexo na minha bolsa de moedas e tiro minha carteirinha de estudante. — Senão, podemos tentar enfiar isso aí.

Amara balança a cabeça.

— Não vai funcionar, é eletrônico. Vamos ter que quebrar.

Ela tira um pé de cabra pequenininho da manga.

Todos damos um passo para trás.

— Não vamos usar armas. — Sampson pega o pé de cabra. — Ao contrário de você, eu vim preparado. — Ele acena um crachá de entrada.

— Onde arranjou isso?

— Uma aluna do pós-doc. Ela trabalhava na administração. — Um crachá administrativo não vai alertar os sistemas da escola como um de estudante faria.

— Ela simplesmente deu isso pra você? — pergunta Amara.

— Ninguém é imune ao meu charme.

— Devo ser uma anomalia, então.

— Ou está em negação.

O scanner brilha verde, acabando com a troca entre eles.

— Eu entro no computador dela — sussurra Amara. — Vocês vasculham o arquivo de Donny pra ver se tem algo lá que possamos usar.

— Eli fica junto à porta.

— Eu fico de olho na segurança. Peguem o que precisam.

Eu o paro com a mão no ombro.

— Você ainda pode ir embora, Eli.

— Sem chance. — Ele desaparece no corredor.

Quando penso nas palavras da minha terapeuta, percebo que ela tinha razão. Eu estava perdendo ao não ter amigos que se importam comigo. A sensação desconhecida se assenta no calor da minha barriga.

Quando entramos no escritório de Langston, Amara vai direto para o computador dela. Poucos minutos depois, ela nos chama.

— Achei — sussurra ela.

Nós nos reunimos ao redor do computador enquanto ela mexe no e-mail. O plano é enviar um e-mail da conta de Langston para todos os alunos de graduação — e um para o reitor Hutchins. Amara anexa a foto que Cole forneceu aos dois e-mails e os agenda para serem enviados na segunda de manhã.

Ela abre um novo documento e digita outro parágrafo.

— Para quem é isso? — pergunto.

— A página de fofocas da Dalton. — Ela sorri. — Vai ser publicado quando o e-mail for enviado. Só para o caso de a universidade tentar abafar o caso.

Sampson parece impressionado e, quando Amara vê sua expressão, revira os olhos. Mas não deixo de ver o rubor em seu rosto.

Quando ela desliga o computador, uma sensação revigorante de estar vingada percorre meu corpo.

Saímos do escritório de Langston e Eli acena para nos abaixarmos quando uma lanterna é apontada para as janelas. Minha respiração fica presa na garganta até o segurança passar pelo prédio. Nós nos apressamos de volta ao beco onde estacionamos e nos separamos em silêncio.

Às três, Eli e eu nos esgueiramos de volta para casa. Eu o envolvo num abraço agradecido antes de subir. Deslizando sob as cobertas, me aconchego em Aiden, que inconscientemente me puxa mais para perto. Ele parece tão em paz que fico feliz por não o ter incomodado com esse plano arriscado.

Aiden tende a carregar os problemas de todos. Por mais que eu o ame por ser protetor, nunca quero ser outra pessoa por quem ele arrisca tudo. Ele já fez o suficiente ao assumir a punição do time todo pelo fiasco do vandalismo. Quando essa questão estiver resolvida, ele vai ser a primeira pessoa para quem vou contar.

No meio-tempo, só preciso engolir o pressentimento horrível tentando subir pela minha garganta.

43
Aiden

— **Sabe, eu nunca transei** num barco.

Fico tenso com a voz suave de Summer no meu ouvido. Qualquer homem em sã consciência daria um jeito nesse problema sem pensar duas vezes, mas eu claramente sou o cara mais burro do mundo.

— Eu adoraria tirar isso da sua lista de desejos, mas seu pai está nesse barco e eu ainda quero ter uma carreira quando voltarmos a terra firme.

Encaramos o barco — ou *iate* — que está sendo atracado no porto de Boston para podermos embarcar. Agora entendo por que ela foi evasiva sobre a localização desse jantar.

— Ah, vai, a gente entra em uma das cabines. Prometo que faço silêncio. — Ela ergue um dedinho.

Meu Deus, ela é fofa demais.

— Você nunca consegue manter essa promessa, Summer.

Ela beija meu pescoço, e eu engulo em seco quando murmura.

— Você pode pôr algo na minha boca para me calar, então.

Minha resistência já é fraquíssima, e ela não está facilitando. Mas sei o que está fazendo. Ela quer uma distração porque está ansiosa sobre esta noite. Summer vem se perdendo em pensamentos com frequência, mas diz que é por causa da seleção e eu a deixo ficar com essa desculpa por enquanto. Sei que vai me contar o que a preocupa quando estiver pronta.

Ela corre as unhas pela minha nuca, fazendo um arrepio subir pelo meu corpo.

— Seu cheiro é *tão* bom.

Seus olhos brilham sob o luar. Antes que eu consiga responder, ela me beija. Um beijo duro, brusco, molhado. Eu retribuo, sem conseguir resistir. Seguro sua bunda e enfio os dedos um pouquinho sob o vestido dela quando alguém pigarreia.

Empurro Summer para longe com tanta força que ela quase sai rolando no deque. Engancho um braço na cintura dela para equilibrar minha namorada atordoada ao meu lado.

Lukas Preston está me encarando diretamente.

Calculista. Homicida. Todas reações apropriadas ao que ele acabou de ver.

— Você deve ser o namorado — diz ele com desdém.

Minhas mãos estão suadas, e consigo ouvir o zumbido dos meus nervos na pele. Estendo a mão.

— Aiden Crawford, senhor.

Os olhos dele brilham com reconhecimento.

— Crawford. O jogador universitário mais rápido do país. Toronto tem sorte em ter você. — Ele se vira para Summer, e eu a aperto com mais força. — Sunshine?

Summer se enrijece, e os olhos de Lukas Preston brilham com uma suavidade que não achei que ele tivesse.

— Oi, pai. — Ela olha além dele. — Cadê a minha mãe?

A esperança nos olhos dele se apaga.

— Lá em cima. Ela está animada para ver você.

Assim que subimos os degraus na frente do barco, uma mulher fica à vista. A pele escura brilha contra o vestido vermelho, e eu vejo a semelhança com Summer.

— Ai, minha nossa, *meri jaan*! Você está linda — elogia ela, dando um abraço apertado em Summer. — E esse é o namorado bonitão? Aiden, certo?

— Sim, senhora. É um prazer conhecê-la.

Em rota de colisão 357

Eu lhe estendo uma garrafa de vinho. Summer disse que eu não precisava comprar algo tão caro, mas estamos num iate, pelo amor de Deus.

— Não precisa fazer cerimônia. Me chame de Divya. Venham, vocês devem estar com fome.

Divya apresenta vários pratos e, pelo que consigo nomear, frango tikka masala, frango com manteiga, naan, biryani e doces cobrem a mesa. Então duas garotas idênticas entram na sala, com os olhos colados no celular. As irmãs gêmeas de Summer.

Serena e Shreya se apresentam antes de sentar.

— Como você convenceu nossa irmã a sair com você? Ela odeia jogadores de hóquei — pergunta uma delas.

— Shreya — avisa Summer.

Eu rio.

— Sem problemas, eu sei disso. Não foi fácil, mas valeu a pena. — Pego a mão de Summer.

— Vocês estão usando camisinha?

Summer se engasga com a água, e eu bato nas costas dela.

— Shreya, isso não é um assunto apropriado para o jantar — repreende Divya.

A garota estreita os olhos.

— Por que não? Aprendemos tudo isso na aula. Só quero garantir que eles não tenham um filho no futuro próximo. Sou jovem demais para ser tia.

Quando Shreya vê o olhar de aviso do pai, ela se encolhe na cadeira e apunhala a salada em seu prato.

O resto da hora passa com perguntas sobre mim. Sobre o hóquei, meus planos para o futuro, e ocasionais perguntas incisivas das irmãs de Summer sobre minhas intenções.

Depois do jantar, há uma tensão no ar quando Lukas Preston começa a perguntar sobre a faculdade. A linguagem corporal confortável de Summer muda, e não consigo reagir rápido o suficiente para fazer algo sobre isso.

— Você comprou as passagens para a formatura? Seus avós querem vir também — diz Divya.

Summer se remexe desconfortável na cadeira.

— Ainda não. Estou preocupada com o resultados do mestrado agora.

O pai dela faz um ruído, e o arranhar de talheres para.

— Que foi? — Summer ousa perguntar.

— Mais estudos — diz ele, fazendo um muxoxo. — Você estaria melhor se tivesse se dedicado à patinação no gelo, como eu disse. Eu já teria transformado você numa estrela.

Coloco a mão sobre a de Summer, tentando aliviar a tensão.

— Na verdade, Summer acabou de promover um evento no campus que foi um sucesso enorme para o departamento de psicologia. Ela arrecadou bem mais que a meta para a iniciativa.

Seus olhos cinza ficam frios.

— É bom ter sucesso na universidade, mas é o mundo real que importa. Suas opções são limitadas depois que se forma, e mesmo depois de um mestrado você vai passar mais tempo estudando. É um mau uso de tempo.

Summer se levanta.

— Agradeço a opinião, mas não vim aqui ouvir sobre como você está decepcionado comigo. Eu gosto da faculdade, sou boa nisso e sei que quero ser psicóloga esportiva.

Ele balança a cabeça.

— Não foi isso o que eu quis dizer. Você tinha as ferramentas para se tornar a melhor. Quer dizer, veja as suas irmãs, elas ficam em primeiro lugar em todas as competições.

Os olhos de Summer se enchem de tristeza.

— E eu tenho orgulho delas, pai. Mas é uma merda quando ninguém tem orgulho de mim. — Ela joga o guardanapo na mesa e desaparece no corredor.

Eu me ergo para ir atrás dela, mas não posso simplesmente ir embora.

Em rota de colisão 359

— Não quero desrespeitá-lo, senhor, mas Summer se matou de trabalhar para chegar aonde está. Se quer mostrar que se importa, apenas apoie as decisões dela. O jeito como está agindo agora não faz nada além de magoá-la, e não vou ficar parado enquanto minha namorada não pode ter uma conversa com o pai sem que ele ultrapasse os limites.

Os olhos cinza ficam gélidos.

— Você não sabe nada sobre a minha família.

— Sei o suficiente. — Eu me enfureço, e tenho certeza de que ele também. — Sei que ela chorou porque você escolheu sua carreira em vez dela, e que não se deu o trabalho de conhecê-la mesmo depois que se aposentou. É uma pena, mas tenho orgulho de dizer que ela é a mulher mais incrível que já conheci, e não foi graças a você.

Há um murmúrio entre as irmãs de Summer. Imagino que ficarão bravas por eu falar desse jeito com o pai, mas elas sorriem. Como se estivessem esperando que alguém defendesse Summer como ela sempre as defendeu.

Serena diz:

— Ele tem razão, pai. Você a pressiona demais para moldá-la do jeito que você quer.

— Agora que ela está fazendo o que gosta, vai sentir que você não se importa — acrescenta Shreya.

Lukas Preston fervilha no assento.

— Garotas, vão para o quarto.

Sem outra palavra, as gêmeas saem arrastando os pés.

Viro para a mãe de Summer.

— Divya, peço desculpas se...

Ela ergue a mão.

— Não, isso precisava ser dito. Eu não aguento mais, Luke, faz anos que estamos nessa. Você precisa consertar isso.

A falta de resposta dele só me deixa mais bravo, e sei que preciso ir embora antes que eu faça algo idiota.

Encontro o olhar encabulado de Divya.

— Peço desculpas por interromper o jantar, mas preciso levar Summer pra casa. Obrigado por tudo.

Ando pelo corredor e encontro a porta trancada.

— Summer, sou eu. Abra.

Leva um minuto até a fechadura clicar. Summer se senta na cama, segurando um porta-retrato. Sento e a abraço. É uma foto de um Natal em família.

— Estávamos tão felizes aqui — sussurra ela. — Ele podia ter sido um bom pai. Teria sido o melhor, mas escolheu não ser.

— Acho que ele sabe, e é por isso que age assim.

Ela suspira.

— Ele está sendo egoísta.

— Eu sei.

Segundos de silêncio se passam antes de ela me olhar de novo.

— Você não devia ter me defendido assim. Não quero que prejudique sua carreira.

— Não me importo com isso agora. Me importo com você. Se puder contar com uma pessoa para estar sempre do seu lado, sou eu. Não quero que jamais pense estar sozinha, porque tem um segundo em que eu não esteja pensando em você.

Seus olhos estão marejados quando ela me beija. Eu retribuo o beijo e, em um instante, suas mãos me percorrem. Ela monta no meu colo e puxa minha gravata.

— Summer... — resmungo, principalmente porque meu autocontrole vem murchando desde que a vi nesse vestido.

— Vamos, tire isso da minha lista de desejos.

— Seus pais estão lá fora.

— Eles não vão entrar aqui. Por favor? Não quero pensar em mais nada.

Ela começa a abrir os botões da camisa, e sua bunda se esfrega no meu pau duro, tirando um gemido engasgado de mim. Ela nunca precisa dizer por favor, mas ouvi-lo dos seus lábios me faz querer satisfazer todos os seus desejos. Antes que eu possa falar, ela abaixa as alças do vestido, expondo os peitos.

Em rota de colisão 361

Não tenho resistência enquanto agarro sua bunda e a esfrego contra mim. Ela geme de prazer, beijando meu pescoço.

Estou tão duro que não consigo lembrar por que pensei que isso seria uma má ideia.

— Tire minha...

— Sunshine. — Viramos a cabeça para a porta, por onde vem a voz de Lukas Preston.

Certo, é por isso.

Eu me ergo de um salto, tirando Summer do colo. Mal fechei meus botões quando ele bate de novo.

— Podemos conversar, Summer?

Estou enfiando a camisa amarrotada na calça enquanto Summer só fica sentada ali. Sorrindo.

— Eu já disse como você fica gostoso nesse terno? — Ela não está nem um pouco alarmada pelo homem do outro lado da porta.

— Summer — aviso, tomando a iniciativa de erguer as alças dela e arrumar seu cabelo. Ela segura uma risada enquanto eu me certifico de que nada esteja fora do lugar, mas meu olhar duro finalmente a faz sentar-se direito. Seus olhos ainda brilham, travessos. — *Meu Deus*, não me olhe assim.

— Assim como?

— Como se quisesse meu pau na sua boca.

Ela sorri mais largo ainda, e eu me afasto antes de fazer algo imprudente. Abro a porta para Lukas Preston, que examina minhas roupas. Meu colarinho manchado de batom, para ser exato. Merda.

— Aiden, poderia nos dar um minuto?

Sua voz é tensa, mas seu rosto neutro é louvável, considerando que queria arrancar minha cabeça poucos minutos atrás. Quero recusar, mas Summer aparece atrás de mim para dar um aceno reconfortante, e seguro a mão dela antes de deixá-los a sós.

44
Summer

Esta noite está sendo um turbilhão de emoções, e a situação à minha frente é a última coisa que eu esperava.
— Eu estava errado — diz ele.

Ergo a cabeça para ver meu pai com os olhos marejados. Nunca o vi chorar. Nem quando perdeu uma final de campeonato, nem quando fraturou as costelas, e nem mesmo quando o pai dele morreu. Nunca.

— Estive pensando no que você me disse e estou começando a entender como se sente. Você não é um prêmio a ser conquistado, Summer. É uma pessoa, minha filha, e precisa do meu amor tanto quanto eu preciso do seu.

Respiro fundo, tentando ser forte. Me lembro de tudo que minha terapeuta me fez praticar com ela.

— Você tem razão. Não é certo, pai. Você me tratou como a última coisa na sua lista de prioridades, como se o hóquei significasse mais para você do que eu jamais poderia significar.

Ele se encolhe, mas me deixa continuar.

— Às vezes, me pergunto se eu gosto do faço ou se é só para chatear você. Natação? Eu fiz porque você me queria no gelo. Psicologia? Eu mergulhei nos livros porque ter sua atenção parecia impossível, então parei de tentar.

— Eu não fazia ideia de que você se sentia assim.

— Porque nunca se importou o bastante pra perguntar! — Não consigo manter a voz baixa. — Eu não via a hora de sair de casa para não ter que ver sua decepção toda vez que olhava para mim.

— Decepção? Por que eu ficaria decepcionado com você?

— Porque eu parei de patinar e de jogar hóquei. Parei de me importar com a coisa que você mais amava no mundo.

— A culpa é minha. Eu sabia que algo estava errado, mas não me dei o trabalho de perguntar. Quando você disse que nós sentíamos que você era um erro, aquilo me quebrou. — Ele solta um suspiro trêmulo. — Aos dezoito anos, quando descobrimos que íamos ter um filho, nossos pais ficaram furiosos e nós, aterrorizados. Mas nada disso importou quando vi você. Eu não fazia ideia de que podia amar algo mais do que amava o hóquei. Tinha sua mãe, claro, mas então veio *você*. A garota doce de olhos castanhos que me chamava de papai.

Tenho que piscar para não irromper em lágrimas.

— Quanto às suas irmãs... eu amo todas as minhas filhas igualmente. Mas você, Sunshine, foi minha primogênita. Minha garotinha que me ensinou o que era... o que é ser um pai.

Não consigo segurar a lágrima que desliza pela minha bochecha.

— Eu te amo desde o momento em que segurei você na palma da mão, e isso nunca vai mudar, garota.

Eram as palavras que eu queria ouvir mais do que tudo. Elas me cobrem como as primeiras gotas de chuva numa seca.

— Mas, quando fui contratado, tive que jogar para sustentar minha família. Minha primeira temporada foi dura, mas sua mãe nos manteve juntos. Depois disso, foi como um vício. Eu vivia e respirava hóquei. A liga foi diferente de tudo que eu já tinha feito. Foi então que sua mãe ameaçou me deixar.

A revelação me choca.

— O quê?

— Ela viu como você estava sendo negligenciada. Como ela estava sendo negligenciada. Minha família estava escorrendo pelos dedos, mas tudo acontecia tão rápido que era difícil pôr os pés no chão.

— Foi aí que os pais dela voltaram a participar da sua vida? Lembro quando conheci minha avó e meu avô. Meu pai não passava muito tempo com a gente, e minha mãe estava constantemente estressada. Ter o apoio deles foi como ter um peso tirado de suas costas. Eu nem sabia como era bom conviver com os avós, e hoje não trocaria o amor deles por nada.

Ele confirma.

— Quando atingi um equilíbrio, eu e sua mãe já estávamos melhor. Mas eu não conseguia entender você. Achava que podíamos compartilhar nosso amor por hóquei ou patinação, mas você mudava de direção tão rápido que eu não sabia o que fazer.

— Eu não queria competir pela sua atenção.

Ele assente, o pomo de adão balança e os olhos cinza se suavizam.

— Toda essa história por causa de dinheiro? Fico grata, mas nada disso me deu você.

Suas lágrimas escorrem pelo rosto.

— Você é a melhor coisa que já aconteceu comigo, Summer. Sinto muito não ter demonstrado nesses últimos anos ou ter parecido julgar suas escolhas. Eu teria adorado que você patinasse, mas não posso obrigá-la a ter essa paixão. Sua paixão é a psicologia, e tenho orgulho de você por tudo que conquistou. De verdade. — Ele enxuga o rosto, com os olhos vermelhos e determinados enquanto toma minha mão. — Não mereço seu perdão, mas me deixe tentar obtê-lo, por favor.

A sinceridade em sua voz queima meu coração. Não sei se o perdoo, mas contar como me sinto deixa tudo mais leve. Minha terapeuta ficaria orgulhosa.

Eu assinto, e o rosto dele se anima tão dramaticamente que seria de pensar que ele venceu a Stanley Cup de novo.

— Quer terminar o jantar?

— Acho que quero passar um tempo a sós com Aiden.

Em rota de colisão 365

Ele me dá um aceno compreensivo, mas não deixo de ver a nota de decepção em seus olhos. Ele se levanta.

— Você ama aquele rapaz?

— Muito — respondo, e fico chocada. Mas eu realmente, realmente o amo. Meu coração está tão cheio que pode transbordar.

— Capitão do time de hóquei, hein?

— Nem comece.

Ele contém uma risada, e eu reviro os olhos, segurando um sorriso. Encontramos Aiden e minha mãe no convés. Ela está rindo de algo que ele está contando, mas só consigo reparar em como está bonito naquele terno. É um contraste tão forte com as camisetas apertadas e com o equipamento de hóquei de sempre que me vejo envolta por ondas de calor só pelo olhar carinhoso que ele me dá.

Ele pega a minha mão. Meus olhos podem estar inchados, mas as lágrimas secaram faz tempo. Agora, só consigo pensar na pergunta que meu pai fez e como eu lhe dei minha resposta facilmente.

Mas essas palavras parecem pesos na minha língua agora que estou ao lado de Aiden.

Ele pressiona os lábios na minha têmpora.

— Como está se sentindo?

— Melhor agora.

Eu me inclino contra seu braço, e ele examina meu rosto para se assegurar disso. Antes de irmos, Aiden promete à minha mãe vir para outro jantar, e eu bufo com sua inocência. Quando estamos no carro, ele liga a música e nos leva para casa com a mão na minha coxa, o dedão fazendo movimentos tranquilizadores na minha pele. Ele não disse nada o caminho todo, e sei que está tentando me dar espaço, mas não consigo evitar o constrangimento.

— Se fugir agora, não vou culpar você — eu digo, quebrando o silêncio.

Aiden me dá um olhar, então vira de novo para a rua, cerrando a mandíbula.

— Por que você diz isso?

— Porque você viu aquele show de horrores. Ninguém quer se envolver com isso.

Ele balança a cabeça, mas só fala quando estacionamos na frente de sua casa. Aiden desliga o motor e se vira para mim.

— Quando contei sobre meus pais pra você, foi a primeira vez que falei sobre eles em anos.

Eu hesito.

— Por quê?

— Eu tinha medo de sentir as emoções que me atingiriam se fizesse isso. Mas com você, foi quase terapêutico, como se eu não precisasse carregar o peso sozinho. Posso compartilhar minhas lembranças, então não parece que meus pais se foram para sempre.

— Porque não se foram, Aiden. Suas lembranças os mantêm vivos, e quando você as compartilha comigo, eu quero mantê-los vivos para você também.

O sorriso deslumbrante dele reemerge.

— Não vê como sou sortudo por ter você?

Fogos de artifício explodem no meu peito. Quando ele me olha assim, esqueço de todos os meus problemas, e queria poder me ver através dos olhos dele. Então talvez eu pudesse me tornar essa versão de mim.

Ele pega minha mão.

— Por mais que eu ame seu corpo, sua mente é o melhor de tudo. Não consigo entender como alguém tão incrível existe dentro de um único ser humano. Você deixa tudo tão mais brilhante, Summer, e me deixa louco que não consiga ver isso.

Abaixo o olhar às nossas mãos entrelaçadas.

— Você fala como se eu fosse perfeita.

— Para mim, é. Linda, forte, gentil e merece tanto amor quanto espero poder dar pra você nessa vida. Porque é assim que você é para mim, completamente perfeita.

A perfeição dele me deixou sem palavras várias vezes. Cada palavra que ele diz é algo que quero dizer de volta para ele.

Em rota de colisão 367

Mas minha língua parece pesada, e os sentimentos me mantêm presa ao chão.

— Como você pode ter tanta certeza? — Meu peito está cheio de uma emoção crua que arranha minha garganta.

— Porque eu te amo — diz ele, e eu congelo. — Qualquer um saberia disso. Basta olhar pra mim quando você entra em algum lugar. Eu te amo, Summer. — Seu dedão acaricia minha bochecha e, quando ele me toca, me sinto como um daqueles bolos que transbordam calda de chocolate do centro. — Eu quero fazer tudo com você, e quero que faça tudo comigo.

Pisco para conter as lágrimas.

— Parece possessivo.

— E é. — Ele me puxa pela jaqueta e reivindica meus lábios. — Eu e você, Preston. É só assim que eu quero.

É isso que parte o meu peito e permite o rio de mel cálido fluir. Esse cara. Ele é ridiculamente gato e fofo. Eu nunca tive a menor chance.

45
Summer

Ir para a balada numa quinta-feira em geral não é minha forma predileta de autopiedade, mas cá estamos.

Na verdade eu deveria só ir à biblioteca e estudar para minhas próximas provas, mas ler qualquer coisa relacionada a psicologia vai ser a gota d'água. Também não ajuda que não consigo encontrar minha carteirinha de estudante. Sem ela, não posso acessar as cabines de estudo privadas. Então, obviamente, só me resta ir para a balada.

Amara me encara de olhos arregalados quando mostro minha roupa para ela. É preta, curta e sedosa. A perfeita combinação para minha persona inconsequente recém-adotada.

Um olhar desconfiado cruza o rosto dela.

— O que aconteceu?

— Tem que ter acontecido algo para eu me divertir?

— Summer, a última vez que você se divertiu foi no segundo ano, quando fomos a uma festa e você jogou Scrabble com uns calouros. Então, sim, alguma coisa tem que ter acontecido.

Ela tem razão. Alguma coisa aconteceu. O momento pelo qual estive esperando todos esses anos foi entregue na minha caixa de entrada essa manhã, e estou em negação desde então.

— Eu não entrei.

As palavras saem tão rápido que Amara recua como se eu tivesse lhe dado um tapa.

— Como assim? Você deve ter lido errado. — Ela arranca o celular da minha mão e abre meu e-mail.

— Não entrei. Estou na lista de espera. Acho que Donny nem precisou competir comigo pela vaga — digo com uma risada amarga.

Nosso plano de expulsar Langston não funcionou. O reitor ainda está de licença e, embora a fofoca esteja se espalhando entre os alunos, ninguém com autoridade fez nada. É de enlouquecer e me faz acordar de ansiedade no meio da noite. E está piorando, porque sempre que há uma batida na nossa porta imagino que seja a polícia vindo me prender por invasão. É por isso que estou passando a maioria dos dias na casa de Aiden.

Amara lê a educada carta de rejeição.

— Você disse que o dr. Müller adorou o seu trabalho. Isso não pode estar certo.

— Ele gostou, mas não é meu orientador e não está no conselho de admissões.

— Mas você não pode esperar. Isso não deixa escolha senão parar de estudar por um ano.

Eu engulo em seco.

— Eu sei. É por isso que aceitei minha segunda opção.

O arquejo que ela solta é um pouco dramático.

— Você vai sair da Dalton? Mas você sonha com esse mestrado há anos. Sua mãe disse que tinha oito anos quando decidiu que ou vinha pra cá ou nem iria para a faculdade. Sinceramente, fiquei surpresa por você não ter um altar a Sir Davis Dalton no armário.

— Isso seria um pouco demais.

— Não para a garota que terminou uma graduação em dois anos. Você é uma guerreira, Sum. Não deixe nada atrapalhar seus sonhos. Muito menos uma decisão terrivelmente errada.

— Eu não tenho escolha. — Lágrimas ardem em meus olhos. — Podemos não falar disso hoje?

Amara me abraça apertado.

— Se precisar que eu destrua a vida de Langston, é só falar — diz ela. Dou uma risada trêmula e embargada porque, mesmo que ela fale como uma piada, sei que está sendo sincera. — Certo, agora me dê uns minutinhos para eu combinar com seu visual de safada.

Vinte minutos depois, estamos no lado de fora de uma boate de Hartford. A fila é mais longa do que as que se formam nas livrarias durante a temporada de compra de livros didáticos.

— Vamos congelar aqui fora — eu digo com os dentes batendo.

Amara joga o cabelo para trás, pega minha mão e nos leva diretamente para o começo da fila. Os olhos do segurança pousam no peito dela, depois no meu.

— Esse é um evento privado. Vocês precisam de convite.

— Eu vi você encarando os dois convites agora mesmo, gato — diz ela, e juro que as bochechas dele ficam coradas.

— Olhe, eu acabei de terminar com meu namorado e quero me divertir esta noite. Me divertir muito. — Ela enfatiza a mentira com o dedo correndo pela mandíbula dele.

Ele engole, mas se mantém resoluto.

— Vocês têm que estar na lista.

— Não dá pra trocar o nome na lista por alguma outra coisa? Talvez um *número*? — Ela acena o telefone e ele se anima.

Em um segundo, ele tem o número de Amara — um número falso — e entramos. Um minuto depois, o barman põe quatro shots de tequila à nossa frente.

— Do sujeito na ponta do bar.

Um homem de meia-idade que parece ser casado e com filhos dá uma piscadela para nós. Amara dá um aceno animadinho e me entrega um shot.

— Quem é ele?

— Quem se importa? — Brindamos com os copos e os viramos. Ela me puxa para a pista de dança e, pela primeira vez desde que mandei minha inscrição, eu me divirto. Infelizmente, a maior parte dessa diversão se encontra no fundo de uma garrafa de tequila. A música vibra pela boate e, embora alguns caras tentem dançar na nossa direção, o olhar cortante de Amara os mantêm longe.

Estou sedenta quando saímos da pista, e quando peço água ela é acompanhada por outro shot. Estou prestes a recusar, mas decido tomá-la. Não estou no clima para me preservar hoje.

— Tenho que ir no banheiro — diz Amara. — Vem comigo?

Lá dentro, as luzes fluorescentes fortes atacam minha visão quando entro aos tropeços em uma cabine. Tenho certeza de que caio no sono na privada por um segundo, porque quando Amara me chama eu me sobressalto.

— Você não contou pra Aiden sobre seus planos de hoje? — pergunta Amara.

— Não, ele tinha um jogo — eu digo, abrindo a torneira.

— Você não contou pra ele que vinha na balada?

Eu me concentro profundamente em lavar as mãos.

— Meu celular ficou sem bateria antes de chegarmos aqui. Não tem nada de mais.

Amara desce da pia, os saltos batem no piso de azulejos, e ela me mostra seis ligações perdidas e quatro mensagens de texto, todas de Aiden.

— Merda.

— É. — Quando ela ergue o celular para ligar para ele, eu a impeço. — O que está fazendo? Ele está preocupado.

— Eu não contei para ele do resultado da seleção.

O rosto dela murcha de decepção.

— Summer...

— Juro que vou, mas acabou de acontecer. Não quis atrapalhar a cabeça dele antes do jogo.

O time foi para outra cidade dessa vez, então não o vejo desde ontem.

— Ele está preocupado.

Balanço a cabeça, e meus olhos ardem. Aiden é meu conforto ao longo de tudo isso, mas não quero que essa notícia pareça realidade.

— Não vou conseguir falar com ele sem chorar.

Ela acena e manda uma mensagem em vez disso. Quando me dou conta, tomamos muitos shots e meus pés doem tanto que tenho que tirar os sapatos de salto.

— Pronta pra ir? — pergunta Amara, finalmente se desgrudando do seu parceiro de dança. Ela estava determinada a ter uma noite sem homens, mas quando um cara gato se aproximou dela, eu insisti para que fosse dançar.

— Meu fígado está ferrado — resmungo, lembrando por que eu não saio. Aponto a cabeça para o cara, que está olhando para ela. — Você vai levar ele pra casa?

— Não sei. Ele tem que fazer por merecer.

Julgando pela expressão dele, ele fará qualquer coisa para merecer.

Com os sapatos em mãos e os braços entrelaçados, saímos aos tropeços. Olhando para os alunos da UHart, avisto uma caminhonete preta e um jogador de hóquei familiar encostado nela. Meu coração para.

Minha amiga traidora sorri encabulada.

— Ele insistiu.

Algumas pessoas o reconhecem, mas ele só está focado em mim. Engulo em seco, porque embora ele pareça sério também está gostoso pra caralho. A camiseta preta acentua toda montanha de músculos, e seu olhar carregado não ajuda a temperatura crescente do meu corpo.

— Você não está usando sapatos — diz ele quando me alcança.

Olho para o esmalte rosa nas unhas.

— Meus pés doem.

Ele murmura algo e se vira para Amara.

— Obrigada por me avisar. — Pelo tom neutro, não consigo dizer se está bravo. Está tudo misturado na minha cabeça

Em rota de colisão 373

atordoada. O celular apagado na minha bolsa parece um tijolo pesado. — Vocês precisam de uma carona? — Aiden pergunta para Amara e o cara.

Quando ele sussurra algo para minha amiga, ela assente de imediato.

É quando Aiden começa a se aproximar, quase topando comigo, que dou um passo cambaleante para trás.

— O que está fazendo?

— Carregando você.

Balanço a cabeça.

— Eu consigo andar.

— Sei que consegue.

Ele me ergue mesmo assim. Solto um gritinho estridente que não é um grande protesto enquanto ancoro os braços ao redor do pescoço dele. Seus braços são quentes, me convidando a pousar a cabeça no peito e inspirar o aroma limpo. A luz da caminhonete liga quando ele a destranca, e parece criminoso sair desse casulo quente.

— Senti saudades — sussurro.

Ele planta um beijo no meu cabelo.

— Eu também, amor.

46
Aiden

Levar minha namorada bêbada, sua colega de quarto e um cara aleatório para casa às duas da manhã não é minha rotina normal pós-jogo. Amara e seu par saltam da caminhonete enquanto Summer dorme pesado no banco do passageiro.

Cutuco a bochecha dela para acordá-la, mas ela dá um tapinha na minha mão e se enfia mais fundo no banco.

— Summer, acorde.

Ela murmura algo de novo, provavelmente uma ameaça.

— Se quer dormir na minha caminhonete, eu não tenho nada contra, mas vamos ter que ir para o banco traseiro. Eu mantenho você aquecida.

Summer pisca até acordar.

— Você *gosta* de me irritar?

Dou uma risadinha, pegando uma garrafa d'água do porta-luvas. Ela a segura e vira de uma vez.

— Por que me acordou? Meus sonhos são muito melhores que a realidade, cheio de fadinhas fazendo tranças no meu cabelo.

— Eu posso fazer tranças no seu cabelo.

Ela me dá um olhar impassível.

— Você não sabe fazer.

— Eu aprendo — digo. Summer sorri, apoiando a cabeça no banco, e seus olhos estremecem e se fecham de novo. Não consigo me livrar da impressão de que está escondendo alguma coisa. — Por que seus sonhos são melhores que a realidade?

Ela dá de ombros.

— Quer falar sobre isso?

— Eu quero dormir. — Summer tenta abrir a porta do passageiro e resmunga quando ela não se move. — Se está tentando me sequestrar, saiba que eu tenho dois dedões e não tenho medo de usá-los.

— Venha para casa comigo.

— Por quê? Para você me segurar nos seus braços estupidamente grandes e me convencer a contar tudo? Eu não vou cair nos seus truques, Clifford. — Ela aponta um dedo para mim, os olhos tão apertados que estão basicamente fechados.

A troca de nome me diz que ela está mais bêbada do que Amara tinha imaginado.

— Você pode vir comigo ou eu vou com você.

— Não. Isso é uma péssima, péssima ideia. A Summer sóbria está gritando comigo agora.

— Diga pra ela não fazer isso ou vai acordar com uma ressaca dos infernos.

Ela grunhe, frustrada.

— Pare de ser sensato! Só me deixe ficar emburrada no meu quarto.

— Fique emburrada comigo, não vou perguntar nada — eu minto. Preciso saber por que ela quer ficar emburrada e por que esconder isso de mim é tão importante. — Por favor?

Ela balança a cabeça mais vigorosamente.

— Não me olhe com esses olhos.

Eu contenho um sorriso.

— Que olhos, amor?

— Esses! Verdes e inocentes. Você não me engana, colega. — Ela fecha os olhos, tentando ficar firme.

— Summer, você mal consegue ficar em pé, e Amara está lá em cima com o cara. Me deixe cuidar de você.

Os olhos dela se abrem e tenho certeza de que ela vai discutir, mas então ela hesita.

— Você quer cuidar de mim?
— Enquanto você me deixar.

Não demoro muito para persuadi-la a vir para casa comigo depois disso. Quando a carrego para dentro, a casa está silenciosa, e fico aliviado por não estar rolando uma festa inesperada. Depois da minha conversa com Dylan, ele está proibido de dar ou ir a festas por tempo indeterminado. Mas isso não vai impedi-lo de se embebedar como se estivesse em uma.

Summer tira o vestido e coloca uma das minhas camisetas antes de se enfiar embaixo do edredom. Faço o mesmo e entro ao lado dela. Ela abandona o colchão para se deitar em cima de mim. O jeito como beija meu peito dispara uma sensação quente na minha pele. Minhas mãos estão firmemente apoiadas na sua cintura, imóveis apesar dos seus protestos. Ela está bêbada e, por mais que ela queira, sei que a única coisa que faremos esta noite é dormir. E tentar entender por que caralhos ela foi encher a cara.

— Você é chato. Vamos ver o que Kian está fazendo? — Ela tenta escapar de mim, mas eu a seguro mais forte. Aparentemente, a Summer bêbada é aventureira.

— Eu preferiria não receber outro sermão sobre poluir a santidade do quarto dele.

— Ele é tão dramático! A gente só confundiu os quartos uma vez.

Kian me fez comprar lençóis novos para ele e lavar os velhos — duas vezes. A gente nem estava completamente pelado. Semana passada, Summer e eu estávamos tão perdidos um no outro que não percebemos que viramos à direita depois da escada, em vez da esquerda. Agora Kian deixa sua porta trancada.

Ela fica quieta por um momento, deixando os dedos desenharem formas no meu peito.

— Por que você foi me buscar hoje?
— Eu sempre vou buscar você, Summer. Mesmo quando não quiser que eu vá.

Ela faz uma careta.

— Você chega a ser enjoado de tão perfeito. Acho que gosto mesmo de você.

— A Summer bêbada também gosta de revelar seus sentimentos. Apesar de achar que o pré-requisito para namorar é gostar da outra pessoa.

— Isso é uma coisa boa ou ruim?

Ela torce a boca.

— Ainda estou decidindo.

— Posso fazer alguma coisa para acelerar o processo?

Prendo seu cabelo atrás das orelhas, e ela estremece. Envolvo-a nos braços e ela dá um beijinho no meu queixo.

— Você ser você é o bastante.

— Então você é legal quando está bêbada, hein?

— Não faça eu me arrepender disso — resmunga ela.

Ela se vira para deitar a cabeça no meu peito de novo. Posso sentir sua mudança de humor. Nessas horas, queria poder ver os problemas girando na cabeça dela e resolvê-los.

Summer rola para longe de mim e deita no colchão, mas não a deixo se afastar demais. Quando seguro o rosto dela, a máscara de indiferença quebra e a vulnerabilidade toma sua expressão. A ação faz as lágrimas que ela vinha segurando encharcarem o travesseiro.

Meu coração se aperta de um jeito desconfortável enquanto enxugo a umidade.

— O que aconteceu, amor?

Ela balança a cabeça.

— Você não quer me contar por que ficou bêbada hoje?

— Pra me divertir. — Ela funga.

— O motivo real, Summer.

— Muitas pessoas ficam bêbadas pra se divertir.

— As pessoas? Sim. Você? Não.

Ela não diz nada e sei que não devo insistir, mas não aguento vê-la assim. Se tiver algo a ver com Donny de novo, não tenho certeza se consigo evitar um soco na cara dele, e foda-se a observação acadêmica.

Os olhos dela se enchem de lágrimas.

— Eu vou sair da Dalton. Não entrei no mestrado. — A voz dela falha.

Meus batimentos aceleram loucamente, e tenho certeza de que ela consegue sentir a tempestade que se arma. As palavras se espalham e eu mal consigo formar uma frase quando vejo a angústia dela. Abraço-a mais forte, tentando apaziguar o olhar desesperado que ela me dá.

— Merda, sinto muito, Summer. Tem algo que possamos fazer? Talvez um recurso? Podemos falar com o pessoal das admissões ou pedir ao dr. Müller para dar uma boa recomendação pra você.

Ela balança a cabeça.

— Não funciona assim. Além disso, não acho que consigo lutar mais por isso. Estou cansada.

A resiliência de Summer ao longo de todo o processo me deixou maravilhado. Saber que ela se sente esgotada por causa da coisa que mais queria parte meu coração.

— E Stanford é o único outro lugar com um programa comparável. Era minha segunda opção e o prazo para aceitar a proposta era hoje.

Stanford? Eu estarei no Canadá nesse semestre, mas nunca pensei que ela estaria a mais de uma hora de voo de distância, muito menos do outro lado do país. Uma dor de cabeça surge e tento me impedir de falar algo estúpido enquanto encaro o teto.

— Então você vai pra Califórnia?

— É. — A inspiração trêmula dela me diz que está tentando não chorar. — Conhece algum jogador de hóquei de Stanford?

— Não tem graça.

O suspiro dela é pesado e cheio de desespero.

— Eu sei. Desculpe.

Em rota de colisão 379

— Então é só isso. Você simplesmente vai embora? — É difícil impedir que meu tom soe duro. Não consigo aceitar que isso seja realidade.

— Mas eu não tenho escolha. Se eu não entrar aqui, não tenho mais para onde ir. Tudo pelo que trabalhei vai ir pelo ralo, simples assim.

— E seu plano de cinco anos? — É uma pergunta idiota, isso fica claro pela reação dela.

— Aiden, estou na cama com o capitão do time de hóquei. Meu plano é obsoleto.

Ergo a mão para acariciar seu rosto, deslizando o dedão na pele macia.

— Minhas mais sinceras desculpas por arruinar seu plano.

— Valeu a pena — diz ela com um sorriso, aliviando o rosnado no meu peito. — Nunca tive um relacionamento à distância.

Perceber que Summer também está pensando sobre nós me relaxa mais do que eu esperava, e minha dor de cabeça ameniza.

— Nem eu.

— Você quer? Tentar namorar à distância, quer dizer.

Meu pescoço quase dói de tão rápido que eu viro.

— Tá de brincadeira? Você não vai escapar de mim tão fácil, Preston.

Ela sorri.

— Droga, achei que finalmente tinha achado uma janela.

— Eu vou bloquear todas as janelas antes que você pense nisso.

— Você está beirando a psicose.

— Isso deixa você excitada? Acho que posso ir mais longe.

— Não. — Ela ri. — Acho que precisamos fazer outra avaliação com você.

— Avalie o que quiser. — Afasto as cobertas, fazendo-a dar um gritinho quando o ar frio toca sua pele. Ela me agarra, roubando todo o calor que consegue.

— Quis dizer psicologicamente — murmura ela. Planto um beijo em sua bochecha.

— Vamos dar um jeito, amor. Teríamos que fazer isso para a minha primeira temporada, de toda forma.

Os olhos castanhos brilham de surpresa.

— Você já andou pensando no futuro? Não fico surpreso com a pergunta, porque quando nos conhecemos eu fui firme em relação a não ter um plano. Na época, o hóquei era minha única prioridade. Mas agora que eu a tenho, quero que seja parte da minha vida. Vai ser a coisa mais fácil que eu terei que fazer.

— O *nosso* futuro. É difícil não querer você em todos os aspectos dele.

Os lábios perfeitos dela se abrem num sorriso de apertar o coração.

— Isso é um pedido de casamento?

— Tenho certeza de que se eu pedisse você em casamento agora, você chutaria meu saco.

Ela ri, e o som doce atinge com força o coração que pertence a ela.

— Eu nunca machucaria o Aiden Jr.

Dedos provocantes descem pelo meu abdome. Eu deixo, embora seja uma tortura saber que não vou seguir meu impulso. Quando os dedos dela entram embaixo do elástico, agarro seu pulso para impedi-la.

A irritação fica clara quando ela bufa e dá um tapa no meu peito.

— Você está fazendo aquele negócio de tentar ser um cavalheiro, né?

— Não, estou fazendo aquele negócio em que eu levo o consentimento a sério.

Ela apoia a cabeça no meu peito. Fica em silêncio por tanto tempo que acho que está dormindo, mas ela se remexe com um sobressalto.

— Você não pode assistir à nossa novela sem mim. Vamos ter que combinar um cronograma.
— Não podemos só assistir e discutir depois?
Ela fica boquiaberta, e isso me assusta.
— Isso é completamente errado! Claro que não podemos fazer isso!
— Tá bom, tá bom, a gente combina um cronograma.
Ela estende o mindinho.
— Promete?
— Prometo, Summer. — Curvo o meu dedo ao redor do dela.
Caímos em silêncio de novo enquanto a realidade se assenta ao nosso redor.
— Isso é uma merda — diz ela, e eu não poderia concordar mais. — Vou sentir saudades de você.
— Eu também, mas vamos pensar sobre o presente. Estou aqui. — Eu a puxo para perto. — Você também está aqui, certo?
Ela assente.
— Não há outro lugar onde preferiria estar.
Eu estou comprometido. Mente, corpo e alma, ou o que quer que aquele filme que Summer me fez assistir dizia. Até meu âmago, sou dela.
— Só vou ter que deixar minha marca, para você continuar voltando por mais.
Porque ela já deixou a dela, e está no fundo do meu peito.

47
Summer

Minha paranoia sobre a invasão só diminui quando saímos de Connecticut. A preocupação vinha me corroendo por dentro, mas consegui empurrá-la para algum lugar profundo na minha consciência para nossa semana de férias. Durante o trajeto de noventa minutos até a casa dos avós de Aiden em Providence, Rhode Island, eu mudo cada música que Aiden sugere. Mas quando coloco uma de que eu gosto, ele canta comigo, e não consigo parar de sorrir mesmo quando minhas bochechas começam a doer.

Quando embicamos na entrada da linda casa de tijolos, um vazio se assenta no meu estômago. A última vez que passei as férias de primavera com a minha família foi quando vimos meu pai jogar e patinamos juntos depois do jogo, mas agora a lembrança forma um embrulho na minha barriga.

Quando a mão quente de Aiden atrai minha atenção para ele, essa sensação diminui.

— Tudo bem?

Assinto, e mesmo que ele pareça não acreditar, sorri com ternura e beija meus dedos.

Edith e Eric Crawford estão brilhando como luzinhas de Natal quando abrem a porta da frente. O amor irradia deles como a luz de uma vela tremeluzente, e sinto parte dele quando Edith me dá um abraço esmagador.

Como sou a primeira garota que Aiden leva para conhecê-los, querem saber tudo sobre mim. Uma hora depois que lhes dei minha autobiografia inteira, subimos para nos acomodar no andar de cima.

— Summer, você pode ficar no quarto de hóspedes, e Aiden, seu velho quarto está como o deixou.

Aiden dá um olhar estranho para a avó.

— Ela pode ficar no meu quarto.

— Você não pode dormir no sofá, querido. Seu treinador vai ficar aborrecido se eu mandar você de volta para a faculdade com dor nas costas.

Ele ri, mas ela não está brincando.

— Quis dizer que podemos ficar juntos no meu quarto — explica ele.

Ela não diz nada, confusa. Ops.

— O quarto de hóspedes está ótimo — interrompo antes que Aiden possa lhe dar uma resposta.

— Summer — começa ele.

— Sério, Aiden. Por que você iria querer dormir no sofá? — Meu olhar de alerta só o faz torcer o rosto, confuso.

O rosto de Edith relaxa e ela sorri largo.

— Ótimo. Podem se acomodar, então, e eu vou começar o jantar.

Eu bato no braço dele quando ela sai do alcance das nossas vozes.

— Você está doido?

Ele aperta o braço com uma cara magoada.

— Por querer dormir com minha namorada? Acho que não.

— Na casa dos seus avós! Estou tentando deixar uma boa impressão aqui, Aiden.

Ele sorri e pega minha mala. Eu seguro a alça e fazemos um jogo infantil de cabo de guerra no corredor até ele soltar e eu tropeçar para trás.

— Você está falando sério — diz ele, parecendo exausto. Provavelmente estava animado só para dormir comigo. — Isso é ridículo. Não seja teimosa.

— É um fim de semana. Suas bolas não vão murchar. Aiden franze o cenho, passando a mão pelo rosto.

— Summer, minha avó não liga. — Ainda não cedo, então ele continua. — Essa é a mesma mulher que encheu minha mochila de camisinhas quando eu fui pra Dalton. E a que me disse que, se engravidasse você, ela ia me matar, mas se começássemos cedo poderíamos encher um rinque de gelo. Confie em mim, ela está zoando com a gente.

Eu me apoio no outro pé.

— Ainda não acho que seja uma boa ideia. Essa é a casa da sua infância. Não quero poluir a santidade dela.

— Não é uma igreja, amor. — Ele dá um passo para perto. — Vamos, eu até leio sua pornografia pra você.

Aperto minha mala com mais força, com um rubor subindo às bochechas.

— Não preciso que você narre minha pornografia. Tenho apps pra isso.

Quando ele ergue as sobrancelhas, percebo que falei demais. Mas Aiden não briga mais comigo, porque coloco minhas coisas no quarto de hóspedes.

O jantar com os Crawford envolve histórias sobre a infância de Aiden e os pais dele, Lorelei e Aaron. Meu rosto dói de tanto sorrir, e quando peço aos avós para revelar as histórias constrangedoras dele, Aiden aperta minha coxa em retaliação.

Se eu pudesse olhar dentro do meu peito, tenho quase certeza que estaria brilhando esta noite.

Depois do jantar, subo os degraus correndo antes dele e fecho a porta. Mas me arrependo assim que começo a me revirar na cama, sem conseguir dormir.

Quando meu celular vibra com uma mensagem, sei quem é.

Aiden
> **Aiden**
> Estou com saudades.

> **Summer**
> Você só quer que eu me sinta mal pra ir dormir com você.

> **Aiden**
> Mentira. Quero que se sinta mal pra vir ficar de conchinha.

> **Summer**
> Vou tirar um print disso e mandar para os seus amigos.

> **Aiden**
> Vá em frente. Conta pra eles como eu amo implorar de joelhos pra você também.
> Eu esfrego suas costas até você dormir.

> **Summer**
> Boa tentativa.

> **Aiden**
> Posso fazer um chá para você.

> **Summer**
> Não vai funcionar. Boa noite, conchinha.

Acordar cedo na manhã seguinte é fácil porque eu nem dormi. Lá embaixo, Edith está na cozinha, e quando tento ajudar ela dá um tapinha na minha mão.

— Aiden ainda está dormindo? — pergunto enquanto ela me prepara um prato.

— Você não dormiu no quarto dele? — Quando vê minha cara, ela dá uma gargalhada, colocando a mão no meu ombro para recuperar o fôlego. — Desculpe, querida. Estava só tentando caçoar dele. Não sou tão antiquada assim.

— Ah — eu digo, me sentindo idiota.

Ela ainda está rindo quando segue para o fogão.

— Aiden saiu com Eric para ver se está tudo bem na lanchonete. Mas provavelmente estão no lago congelado agora.

Bebo o suco de laranja.

— Eric também joga? Aiden nunca mencionou.

— Nadinha. Mas os pais do Aiden costumavam levá-lo, então Eric aprendeu o suficiente para conseguir patinar com ele.

A ternura enche meu coração.

— Sabe, Aiden adoraria se vocês fossem ver um jogo.

A sugestão traz um olhar triste ao rosto dela, e não sei se disse algo errado.

— Queremos ir, mas é difícil com a lanchonete e o joelho do Eric. Um trajeto de carro longo é quase impossível.

Sabendo como é importante para Aiden que eu vá aos jogos dele, só posso imaginar como ficaria encantado de ver os avós lá. Ele nunca os incomodaria pedindo fizessem a viagem, mas não significa que eu não vá tentar.

— Se eu pudesse arranjar pra vocês irem ao torneio universitário em Boston, acham que conseguem dar um jeito com a lanchonete?

É improvável. Eu teria que pedir ajuda ao meu pai, e as qualificatórias ainda não aconteceram. Mas tenho fé no time.

— Seria ótimo, mas não queremos incomodar.

— Confie em mim, estariam me fazendo um favor.

Se tem algo que eu possa fazer que deixe os olhos de Aiden brilhando mais forte, é uma vitória para mim.

Um beijo gelado na bochecha me faz pular. Aiden está corado do frio, com o cabelo bagunçado depois de se divertir no gelo. Eric está ofegante enquanto puxa uma cadeira.

— Precisa de um inalador, velhote?

Eric ri.

— Não vamos esquecer que quase deixei você pra trás.

— Eu estava pegando leve com você.

Edith traz uma bolsa de gelo para o joelho de Eric. Apesar das caretas de dor, ele parece disposto a fazer tudo de novo só por Aiden.

— Você estava pegando leve comigo quando deixei você pra trás? — pergunto.

Aiden vira os olhos semicerrados para mim. É um olhar que manda um arrepio quente pelo meu corpo. Ele está lindo no suéter verde-escuro que a avó tricotou para ele. Não o ver ontem à noite ou hoje de manhã atiça uma parte sensível de mim. Em retaliação, Aiden coloca as mãos frias no meu pescoço, tirando um gritinho de mim.

Edith afasta as mãos dele.

— Você deixou Aiden pra trás, Summer? Temos que ouvir sobre isso.

Os avós o provocam, e Aiden revira os olhos. Quando eles pegam o álbum de fotos, ele resmunga e pede licença para tomar banho enquanto eu fico rindo, encantada, ao ver suas fotos de bebê. Aparentemente, Aiden era loiro como o pai até uns quatro anos, e então seu cabelo ficou castanho como é hoje. Não hesito em mandar as fotos para os caras.

As Panteras da Sunny

Kin Ishida
O capitão está usando uma fantasia de pastorinha de ovelhas? Vou postar nos Stories.

Dylan Donovan
Não acredito. Obrigado por mandar essas fotos.

Eli Westbrook
Sempre esperei que elas viessem à luz

Summer Preston
Eli, por que não me contou que vocês dois levaram a mesma garota para o baile de formatura?

> **Eli Westbrook**
> Na verdade, eu a chamei primeiro. Aí ela o chamou e sugeriu que fossemos como um trisal

> **Dylan Donovan**
> Pra ser justo você devia roubar Summer dele agora.

> **Eli Westbrook**
> Você é obrigada a casar comigo, Sunny.

> **Summer Preston**
> Vou recusar, mas posso sugerir um... trisal?

> **Eli Westbrook**
> Você é má.

> **Dylan Donovan**
> A esperança é a última que morre, amigão.

Depois de comer praticamente tudo que Edith me dá, subo as escadas em estado de coma alimentar. A curiosidade me atrai para o quarto de Aiden, azul-escuro e cheio de pôsteres de hóquei. Há uma parede com as conquistas também, mas a maioria dos prêmios dele está na estante de troféus lá embaixo.

— Fuxicando? — Aiden fecha a porta.

— Só tentando entender você.

Ele cai na cama.

— Venha aqui e você pode me ler como um dos seus livros, querida.

— Tão confiante, mas acabei de ver uma foto de você vestido como pastorinha de ovelhas.

A risada dele é baixa e viciante.

— Eu era loiro e minha mãe pensava que ia ter uma menina.

Eu rio e me viro para os prêmios de novo.

— Você é muito bom, hein? Os troféus mal cabem aqui.

— Você só percebeu isso agora? — A confiança natural dele me faz gravitar em sua direção. — Sabe no que mais eu sou bom? — Ele puxa meu braço e eu caio em seu colo. — Te beijar.

A boca de Aiden desliza pelo meu pescoço, e perco o fôlego.

— Isso é só seu jeito de me levar pra cama, não é?

A risada maliciosa de Aiden deixa minha pele em chamas. Ele me puxa para o colo e, bem quando seus lábios roçam os meus, o celular dele vibra.

— Precisamos ir — diz ele de repente, me erguendo do colo. Não posso fazer perguntas porque ele já está descendo as escadas com nossas malas. Aiden me entrega minha jaqueta e eu a visto com um olhar interrogativo.

— Logo a gente volta — ele diz, abraçando os avós.

Sou abraçada também, e Edith me dá uma lata de cookies.

— Tem mais de onde vieram esses, se nos visitarem de novo.

— Subornando Summer com cookies? Isso é genial, Edith — diz Eric.

Eles acenam enquanto nos afastamos na caminhonete, e Aiden entrelaça a mão na minha.

— Eles gostaram de você.

— Eu gostei deles — digo, quando ele entra na estrada. — Aonde vamos? Achei que íamos ficar mais um dia.

— Temos jogos sem folga quando voltarmos das férias, e quero que passemos um tempo juntos. Tenho planos para você, Preston.

— Planos safados? Ou vai simplesmente me deixar no bosque porque eu tranquei a porta do quarto ontem?

— Eu vou te deixar de castigo no meu colo por isso. — Eu coro, quente, quando ele me dá um olhar que enfraquece meus joelhos. — Merda, você curte isso, né?

— Você vai ter que descobrir.

Ele obriga os olhos a voltarem para a estrada.

— É o plano.

48
Aiden

Summer está chorando há oito minutos. Quando entrei no estacionamento do hotel, ela ficou extasiada por seus planos originais de passar a semana num hotel estarem se tornando realidade. Mas quando subimos e ela viu as pétalas de rosa e as velas, começou a soluçar. Até a equipe do hotel que trouxe o champagne perguntou se ela estava bem.

— Summer, os funcionários vão achar que sequestrei você.

Estamos sentados no sofá enquanto ela soluça, enxugando os olhos.

— Desculpe, só estou muito emotiva.

— Por quê?

— Porque seus avós são muito fofos e aí você me surpreende com isso. E não vamos esquecer dos cookies caseiros. Ela queria me fazer soluçar como uma criança?

— Vou contar pra ela que você gostou, então.

— Eu já mandei uma mensagem. — Não consigo evitar um sorriso. Claro que ela já está trocando mensagens com minha avó logo depois de conhecê-la.

Enxugo uma lágrima do seu rosto.

— Amor, a única hora em que quero ver lágrimas nos seus olhos é quando eu estiver batendo no fundo da sua garganta.

— Que romântico — murmura ela, mas dá para ver seu sorriso.

— Fiz você sorrir, não fiz? — Abro um sorriso para os seus olhos cintilantes também.

— Você está rindo de mim?
— Não, mas você fica bonita quando chora.

Summer me empurra para longe, e quando seus olhos pousam no relógio na mesa de cabeceira ela arqueja.

— São 11h11. Faça um pedido!

Ela fecha os olhos e, quando os abre, um sorriso está iluminando seu rosto.

— O que está fazendo? Faça um pedido.

Eu só a encaro. Não consigo pensar em nada mais que eu queira. Nem um único desejo para pedir povoa meu cérebro.

— Não tenho nenhum.

— Claro que tem. Só pense em algo que queira muito. Qualquer coisa. Rápido!

Paro por um momento e percebo que minha mente está vazia. O desejo está sentado à minha frente com um sorriso especial e olhos brilhantes. Não há nenhum lugar onde eu preferisse estar.

— Summer, eu já tenho você.

Vejo o momento em que ela absorve as palavras e seus olhos começam a marejar de novo.

— Você é tão cretino! — exclama ela, batendo no meu braço.

Só essa garota poderia passar dos soluços à raiva.

— Que porra é essa? — Seguro os braços dela. — Por que fez isso?

— Por... por você ser tão você! — Ela bufa. — Claro que diria algo assim. Você *tinha* que ser tudo que eu sempre quis?

— Tenho quase certeza de que namorar um jogador de hóquei era a última coisa na sua lista.

— Me apaixonar por um também — diz ela, congelando. — Isso...

Eu a beijo antes que ela continue.

— Eu sei. — Apoio a testa na dela, segurando seu rosto. — Tudo bem. Eu sei.

— Eu não...

— Você é minha pra sempre, Summer. Se essas palavras vierem amanhã ou daqui a dez anos, ainda estarei aqui para ouvir. Eu te amo o suficiente por nós dois.

Ela balança a cabeça.

— Não.

Meu coração para.

— Quê?

— Eu não preciso de anos para perceber como me sinto em relação a você. Já sei e queria que fosse perfeito, mas aí eu só continuei falando e... — Ela para abruptamente quando nota minha expressão, então toma minha mão na sua. — Eu te amo, Aiden.

As palavras não são absorvidas rápido o bastante na minha cabeça para responder. Eu sei que ela me ama, mas ouvir as palavras é muito mais impactante. Meu peito está apertado, e uma onda de serenidade flui pelas minhas veias.

Ela puxa o ar, trêmula.

— Você é o único que eu quero. Sempre foi você, mesmo que eu nunca tivesse achado que ficaria com um jogador de hóquei. Quer dizer, era literalmente minha última opção. Eu provavelmente deveria ter escolhido qualquer outra pessoa...

— Você não está vendendo a ideia, Preston — interrompo.

Ela fecha a boca bruscamente e parece reordenar os pensamentos.

— Eu amo sua paciência e como você é ridiculamente doce e carinhoso. O jeito como me faz sentir que o que eu quero importa. Eu fico perdida sem você, Aiden. — Ela sorri largo. — Quero fazer tudo com você e quero que você faça tudo comigo.

Meu sorriso se liberta.

— Parece meio possessivo.

— E é. — Ela salta para jogar os braços ao redor do meu pescoço. Eu a abraço tão apertado que acho que nunca vou soltar. Summer não diz coisas que não sente, e saber que ela me ama apesar de tudo em sua cabeça lhe dizer para não fazer isso abre um lugar mais profundo para ela no meu coração. — Eu e você, Crawford, é só assim que eu quero.

— Bom. Porque eu te amo e não vou deixar você ir embora.

Minha vida antes de Summer resumia-se ao hóquei. Eu vivia e respirava hóquei sem trégua, porque parecia a única parte de minha vida que eu aceitava bem. Mas, com ela, quero desvendar todas as partes de mim que escondi. As partes que foram sumindo quando meus pais morreram. As partes que ficaram silenciosas quando fui de um garoto de treze anos para um adulto em uma noite.

A presença de Summer é luminescente. Ela é o último fragmento de luz do sol na escuridão arrebatadora.

Summer

Nossas barbas de espuma se dissolveram e viraram resíduo de sabonete. Estou sentada na jacuzzi entre as pernas de Aiden com bolhas por todo o lado.

— Você nunca teve uma namorada mesmo? — pergunto.

Nossa ducha envolveu várias coisas que não exigiam muita conversa, então, quando Aiden encheu a banheira, compensamos essa falta. Nosso jogo de vinte perguntas foi além desse número, mas nenhum de nós parece se importar.

Seus dedos se entrelaçam com os meus.

— A não ser que você conte Cassie.

Giro a cabeça tão rápido para ele que meu pescoço fica tenso.

— A *minha* Cassie?

Ele ri.

— Não, a minha Cassie. Do ensino fundamental.

— Ah, então ela é a *sua* Cassie?

Aiden se sacode de tanto rir.

— Seu ciúme é sempre um tesão, amor, mas tínhamos nove anos.

Deito a cabeça no ombro dele para encarar o teto. Ele aproveita a oportunidade para me beijar. Um deslizar quente e preguiçoso da língua que me faz apertar as coxas.

— Você teve namorados, certo? — pergunta ele.

— Muitos.

— Aham — diz ele em tom duvidoso. Ele já sabe de Donny, mas nunca mencionei os caras com quem fiquei no ensino médio. Acho que nunca vou. Gosto de como ele pensa que é o único atleta com quem já estive, mesmo que fique se achando por isso.

— Você não acredita em mim?

— Seu jeitinho de mentir é fofo.

Suspiro.

— Tudo bem, eu tive dois. Acho que o resto foi só uma sequência de transas sem importância.

Os dedos dele se apertam ao redor dos meus, e puxo a mão.

— Certo. Foi por isso que você foi tão blasé quando a gente ficou.

Dou de ombros.

— O que posso dizer? Acontece com frequência para mim, sabe, homens grandes e fortes caindo aos meus pés.

Ele ri baixo.

— Ishida implorando perdão não conta.

— Ele estava de joelhos, não estava?

— Imagino que eu esteja no topo da lista, então.

Eu rio.

— Isso contaria numa categoria muito diferente. — Ergo nossas palmas, e a diferença de tamanho me faz arregalar os olhos. — Primeira impressão? — pergunto.

— Que eu simplesmente te comeria se você não parecesse que ia chutar meu saco. — O sorrisinho dele me faz revirar os olhos. — Você?

— Que você era um cretino.

Ele bufa e morde minha orelha em retaliação, me fazendo dar um gritinho.

Em rota de colisão 395

— Mas você tinha olhos muito bonitos — acrescento.

— Olhos muito bonitos — repete ele, seco. — Só isso?

— Você só disse que me comeria. Isso não é um elogio.

— Tá brincando? — Ele me vira para eu sentar no seu colo. — Eu nem queria gostar de você, mas não conseguia tirar os olhos de você. Ou da sua bunda.

Tento ignorar a ereção acomodada entre minhas coxas.

— Quando você ficou olhando pra minha bunda?

— Em toda chance que tive. — Ele sorri e dá um tapa na minha bunda.

— Típico homem. — Eu mexo no cabelo longo na nuca dele, enrolando as mechas castanhas onduladas nos dedos. — Foram mesmo os seus olhos.

— É? O que tem eles?

Eu encaro um verde que me dá uma pontada no peito. Às vezes, não acredito que ele é todo meu. Especialmente quando me olha como se eu fosse a coisa mais preciosa que já viu.

— São tão lindos que eu meio que me perco neles. Fazem você parecer inocente, mas aí você abre a boca.

— Só está aberta quando eu estou dando prazer para você.

Eu resmungo.

— Obrigada por reforçar meu argumento.

Ele dá um beijinho carinhoso no meu nariz.

— Eu tenho os olhos da minha mãe.

— Está explicado. Tem uma ternura neles. Como se o que houvesse por trás deles fosse bom.

Aconchegando-se no meu pescoço, Aiden beija um ponto que sempre me faz me contorcer. Posso sentir seu sorriso contra a minha pele.

— Você acha que eu sou bom?

— O melhor.

— Bons garotos recebem recompensas? — As mãos dele correm pelo lado do meu corpo enquanto ele se ajeita, erguendo a metade superior do meu corpo da água.

Dou um gritinho quando o ar frio toca minha pele molhada, meus mamilos ficam sensíveis ao ar. Sou obrigada a puxá-lo para perto, até nossos peitos estarem colados.

— Você tem sorte que estou com frio.

Aiden segura meu queixo.

— Acha que não consigo sentir como você está se esfregando no meu pau esse tempo todo? Minhas bochechas queimam.

— Não foi intencional.

— Humm, claro que foi.

Ele me ergue até estarmos ambos encharcando a toalha que ele estende nos azulejos. Com movimentos rápidos, me seca e então me estende um roupão enquanto se seca.

O jeito como Aiden cuida de mim é algo que nunca tive antes. Reclamo sobre meu pai com ele constantemente, e ele nunca me disse que tenho sorte de pelo menos ter um pai. Ou que há pessoas que tiveram uma sorte pior — ele, por exemplo. Aiden nunca faz meus sentimentos parecerem menores por causa de sua própria experiência. Ninguém nunca me entendeu como ele.

Aiden me deita na cama gentilmente, beijando as gotas d'água nas minhas bochechas. Seu corpo parece se encaixar tão bem que consigo sentir o meu se esquentando e se contorcendo de desejo. Lábios quentes cobrem meu pescoço, rosto, lábios. Suas mãos grandes e calejadas sobem pela minha perna nua até entrar sob meu roupão. Já fizemos isso muitas vezes, mas esta noite parece diferente. O ar parece carregado com algo novo.

— Tire o roupão.

Ele se senta contra a cabeceira. Lentamente, eu o solto, sentindo seu olhar quente me prendendo no colchão.

— Venha aqui. — Essas duas palavras fazem um peso cair entre as minhas pernas. Rastejo até lá para tocar seu pau duro. — Ainda mais. Venha mais alto. — Ele se deita na cama, esperando que eu siga as instruções.

— O que está fazendo?
— Ficando confortável. — Eu o olho com suspeita. — Mais alto, Summer — exige ele.

Subo mais até montar em seu abdome. Ele sorri ao assistir meus movimentos incertos.

— Sente na minha cara, amor.

A surpresa ilumina minhas feições quando ele segura meu quadril e me puxa para a frente até eu estar pairando sobre sua boca.

— Aiden — gemo, sentindo sua respiração quente no ponto pulsante entre as minhas pernas.

— Sente.

Eu sento, e a boca dele está imediatamente em mim. Agarro a cabeceira em busca de qualquer aparência de controle.

— Até o final, Summer. Quero que goze na minha cara.

Um gemido agudo escapa da minha boca quando rebolo e sinto cada deslizar suave da sua língua e cada pressão dos seus dedos. Com uma das mãos na cabeceira e a outra no cabelo dele, dizemos cada palavra que se acomoda no ar entre nossos corpos.

49
Aiden

Dormir no ônibus é uma raridade quando seus colegas de time são impossivelmente irritantes. No trajeto de três horas de volta de Princeton, minha cabeça está girando. Quartas de final, semifinal e o torneio têm sido meu único foco nas últimas três semanas. Valeu a pena, porque vencer o campeonato regional significa que só temos mais um jogo antes da final em Boston.

A única desvantagem é que vamos jogar contra Yale. E apesar de termos vencido uma vez, não devemos subestimá-los. Sempre que perdemos para eles, Kian fica tão bêbado que toma decisões de que se arrepende por anos. Tabitha foi seu último erro pós-Yale, e o ano antes disso ele levou uma suspensão por correr pelado no campus de Michigan. O treinador nunca engoliu essa história, então está compreensivelmente desesperado para vencermos esse jogo.

Quando saímos do jogo e seguimos para o vestiário, o treinador me estende um papel.

— Você terminou seu serviço comunitário. — Hoje ele permite que um sorriso tranquilo se abra no rosto. — Por mais que seja um idiota por carregar a cagada deles nos ombros, fico feliz por ter levado isso até o final. Sua parceira de pesquisa teve muitas coisas boas a dizer sobre você. E eu também.

Corro os olhos pelo papel.

— Eles vão limpar meu histórico?

— Sim, mas haverá uma observação no seu arquivo. Se você ou os rapazes pensarem em fazer algo assim de novo, eu vou me certificar de que nunca mais joguem.

— Eu não vou fazer.

Isso é uma certeza.

Ele assente, parando para erguer uma toalha do chão e jogá--la para um Kian desavisado.

— Lave isso aqui, Ishida. Esse lugar está uma zona do caralho.

Kian pega a toalha suja e a joga no cesto.

— Eu não falei durante os treinos por um mês inteiro e ele ainda não me livra da lavanderia.

— Em breve, amigão. Só pode melhorar a partir daqui — eu digo, quando um suporte atlético passa voando pela cara dele.

O olhar mortífero de Kian faz nosso goleiro recuar. Ele usa um taco de hóquei para jogar o negócio podre no cesto, e eu rio.

— Você deveria ser o último a rir, sr. Serviço Comunitário.

— Na verdade, o treinador acabou de me entregar isso. — Mostro o papel que me exonera.

— Nem fodendo, você terminou? Fico feliz por você, cara.

— Deveria mesmo. Nada disso teria acontecido se não fosse por você e Dylan.

— Ei, a gente pediu desculpas. Além disso, acho que isso é punição mais do que suficiente. — Ele aponta para o cesto grande. Eu concordo. Ter que lavar esses itens é muito pior do que ensinar algumas crianças a jogar hóquei e trabalhar com uma garota que foi a melhor coisa que já aconteceu comigo.

Dylan e Eli jogam suas coisas no cesto, poupando Kian do trabalho de coletá-las.

— Você vai ver — diz Kian. — Ele vai me implorar pra falar quando perceber como as coisas estão entediantes por aqui.

— Espere sentado — retruca Dylan. — Ou, pensando melhor, fique de pé.

— Cuidado, ou eu posso esquecer de lavar suas roupas.

Dylan mostra o dedo para ele enquanto saímos do prédio.

— Alguém vai para Boston hoje à noite?
Faço uma careta.
— Para a festa de Harvard? De jeito nenhum.
— Eu vou com você — Eli se oferece.
Eu olho para ele como se uma segunda cabeça tivesse brotado do seu pescoço. O último lugar onde Eli Westbrook quer estar é uma festa, especialmente em Boston.
— Você quer ir pra Harvard? Não mandou um defensor deles pro hospital?
— Foi só uma clavícula quebrada. Ele está bem agora.
— Deixe eu adivinhar. Você mandou flores para o quarto de hospital dele e beijou os machucados? — provoca Dylan.
— Não, só paguei pelas despesas médicas dele.
Estamos rindo quando chegamos na metade do estacionamento, e escuto meu nome surgir atrás de nós. Eu me viro e vejo Donny Rai, usando um suéter preto sobre uma camisa branca e calça cinza perfeitamente passada. Gesticulo para os caras irem na frente.
— Você parece feliz demais para ter ouvido a notícia — comenta ele, e seu rosto se enche de prazer.
Isso não pode ser bom.
— Se tem algo a ver com você, poupe a saliva.
— Por mais que eu ame falar sobre todas as minhas realizações, isso é muito mais divertido. Houve uma invasão no prédio de psicologia logo antes das férias de primavera. Está rolando uma investigação e há alguns suspeitos. Na verdade, eles fizeram uma lista de alunos da Dalton que podem ser responsáveis.
— Ele me encara como se eu devesse me importar. — Seria péssimo se fossem pegos.
— O que isso tem a ver comigo? — pergunto.
— Tem razão, não tem nada a ver com você. A não ser que saiba de quem é a carteirinha que eu encontrei no chão da entrada do prédio.
Ele ergue uma carteirinha da Dalton.

Summer Preston. Merda.

— Até alguém como você deve entender que invasão é motivo para expulsão. Ou pior.

O filho da puta está sorrindo, contente com a minha reação.

— Você a dedurou?

— Vou passar na sala do reitor depois da minha reunião da equipe de debate. Só pensei que faria uma boa ação para vocês dois poderem se despedir.

A *boa ação* dele é transparente como vidro.

Ele se afasta e eu corro até minha caminhonete, passando pelos caras.

— Acham que conseguem achar outra carona?

Eles se entreolham.

— Aham, sem problemas. Está tudo bem? — pergunta Eli.

— Vai ficar.

Antes que eles possam fazer mais perguntas, disparo para fora do estacionamento. No trajeto até o centro administrativo, percebo que estou tão constrangedoramente apaixonado pela minha namorada que tenho certeza de que, se ela soubesse das coisas correndo pela minha mente, riria de mim. É o tipo de amor que faz você fazer coisas como correr direto para o dormitório dela depois de um jogo exaustivo de noventa minutos ou cortar a energia numa casa repleta de pessoas. Ilógicas e impulsivas.

Agora, estou a caminho de fazer outra coisa ilógica e impulsiva, ou pelo menos é assim que ela veria.

Entro correndo no centro administrativo e vou direto para a mesa da recepção.

— Eu gostaria de falar com o reitor Hutchins — digo, assustando a secretária.

Ela me observa.

— Sinto muito, não podemos...

— É sobre a invasão no campus — interrompo.

Hesitante, ela liga para perguntar sobre uma reunião de última hora e então olha para mim.
— Você tem cinco minutos.

50
Summer

As primeiras semanas depois das férias de primavera sempre são as minhas favoritas. Meus professores estão relaxados, os alunos pararam de tomar anfetaminas, e o sol está brilhando. Exceto que nesse ano, após três semanas, estou perdendo cabelo.

Não ajuda que Aiden esteja a quilômetros de distância jogando hóquei todo fim de semana e treinando durante a semana. Além disso, a universidade está investigando a invasão depois que o reitor Hutchins recebeu o e-mail sobre o relacionamento de Langston com um aluno.

Agora, deitada na cama enquanto Amara está fora e o time volta de um jogo, não consigo dormir. Porém, minhas estrelas da sorte devem estar alinhadas, porque quando meu celular toca é Aiden na tela.

Respondo à chamada de vídeo, vendo o sorriso cansado em seus lábios.

— Oi. Tentei acompanhar os vídeos de Kian, mas eles foram interrompidos.

— A gente venceu. E Kilner confiscou o celular de Kian quando pediu que ele fizesse uma dancinha.

Eu rio baixo, sentindo-me mais leve só pela voz de Aiden em meus ouvidos.

— Não era para vocês voltarem mais cedo?

— Voltamos, mas eu precisava fazer outra coisa primeiro — diz ele depressa. — Você vem pra cá?

— Eu pareço alguém que você só chama pra transar, Crawford?
— Depende. O que está usando? — Ele sorri, inocente. —
Podemos até estender a noite e tomar café da manhã.
— Que atencioso — digo secamente. — Mas estou meio cansada hoje.

Tem coisa demais na minha cabeça, mas não posso contar a Aiden sobre a invasão até estar tudo resolvido, senão ele vai entrar em modo de ação.

— Quer que eu vá aí, em vez disso?
— Você parece exausto, provavelmente vai dormir no volante.
— Então venha pra cá, eu posso chamar um Uber para você. — Quando não respondo, ele suspira. — Vai, Summer. Estou cansado e fiquei com saudades o fim de semana inteiro. Só quero você na minha cama hoje, por favor.

A culpa me corrói.

— Eu vou amanhã, prometo.
— Você me contaria se tivesse algo errado, né?

Sinto uma pontada no peito.

— Claro. Nada com que você precise se preocupar.

A expressão dele é pensativa.

— Você não tem que lidar com tudo sozinha, Summer. Eu estou aqui. Para ajudar. Sem nenhum outro motivo. Gostaria de provar isso para você uma hora dessas.

Faço o que eu posso sem desmoronar e assinto.

Ele examina meu rosto antes de sorrir.

— Então, transa cancelada. E se ficarmos no vídeo?

Isso é território perigoso. Se continuarmos falando, ele vai tirar tudo da minha cabeça. Mas Aiden não precisa de mais estresse com o último jogo deles se aproximando.

—Acho que você pode ter um transtorno de apego, Crawford.
— Contanto que seja você a quem estou apegado, eu não chamaria isso de transtorno. — Ouço o farfalhar dos lençóis quando ele se acomoda na cama.
— Como quiser, *capitão*.

Em rota de colisão 405

— Diga isso de novo.
— Capitão?
— Aham, isso mesmo. Fale sacanagens pra mim, Summer. Eu rio.
— Cale a boca.
— Tem razão. Eu calo a boca, você continua falando. — Ele sorri e, quando acho que está dormindo, ele se move de novo. — Sua mãe me ligou hoje de manhã.

Divya Preston sempre diz: "Bagunça no seu celular é bagunça na sua vida". Descobrir que ela considera Aiden parte dos contatos essenciais é estranhamente reconfortante.

— O que ela disse?

— Que vai estar em Toronto em breve e que eu deveria visitar quando estiver lá. Até disse que eu posso ficar no seu quarto.

— Ela está tentando me substituir porque você atende quando ela liga.

Aiden ri.

— Não se preocupe, amor. Eu e Eli já temos um apartamento. Mas eu vou dar uma olhada no seu quarto de infância.

— Me lembre de tirar todos os meus pôsteres.

— Não me diga que era uma fanática por bandas quando adolescente.

— Não faça perguntas se não estiver pronto para as repostas. Aquele quarto esconde alguns segredos sombrios — aviso, e ele dá uma risada cansada. — Vá dormir. Posso ver as olheiras se formando.

— Mentira, sou perfeito.

Talvez seja mesmo.

— Boa noite, minha Bela Adormecida.

— Boa noite, amor — murmura ele, tomado pelo sono.

O alerta de e-mails chegando na minha caixa de entrada me faz acordar com um susto. Minha chamada com Aiden deve ter desconectado porque meu celular está preso entre o colchão e a parede. Esfregando os olhos, sonolenta, eu o pego, e quando abro meu e-mail escuto uma batida na porta.

Amara já está ali, olhando o celular de Sampson. Com um gritinho, ela quase abraça Sampson, mas se vira para mim.

— Conseguimos!

Estava me preparando mentalmente para ser levada algemada desde a invasão.

— Conseguimos?

Sampson sorri largo.

— Uma pessoa que eu conheço do comitê disse que ela foi demitida. Estão falando com Donny agora.

— Você acha que ele vai ser expulso? — pergunta Amara.

A pontada de culpa é inesperada, mas Donny já foi alguém com quem eu me importava. É uma pena que deixou sua cobiça prevalecer.

Sampson enfia o celular de volta no bolso.

— Os pais dele são ricos, e Langston tinha todo o poder no relacionamento. Mas ele vai ser punido porque os alunos leram o artigo na página de fofocas e estão putos — diz ele. — E eu falei com Müller. Se Langston aprovou sua inscrição e você foi deixada na lista de espera, pode se reinscrever com a autorização do reitor.

Deixar meus sonhos e todas as pessoas que eu amo para ir para a Stanford era tão doloroso que empurrei meus sentimentos bem fundo — até agora, quando a esperança vem à tona.

— E a investigação?

— Alguém confessou. Müller não disse quem.

Não consigo ficar totalmente aliviada, e espero que quem tenha confessado não acabe com problemas demais. Parte de mim sabe que deixar outra pessoa assumir a culpa vai me atormentar até eu consertar as coisas.

Amara me puxa para um abraço de novo, me distraindo dos meus pensamentos.

Em rota de colisão 407

— Você não vai embora! Eu já estava preparando um exército para hackear o sistema de admissões para você.

Eu a abraço mais apertado.

— Eu devia contar a boa notícia pra Aiden também.

— Definitivamente. Você devia surpreendê-lo. Use algo sexy!

Sampson grunhe.

— Ele tem treino. Eu não vou chegar lá de lingerie.

— Use um sobretudo.

— Ela vai parecer uma pervertida. Por favor, não faça isso — diz Sampson, parecendo preocupado com nossas habilidades de tomada de decisão.

Amara me dá um olhar.

— O que você sugere então, Tyler?

— Minha camisa — ele diz, com um sorrisinho. — Brincadeira. Mas você devia contar pra ele, ele vai ficar feliz.

Amara e eu trocamos um olhar.

— Você quer que ele fique feliz? Desde quando?

Fico pasma com a descoberta.

— Desde que ele começou a fazer você sorrir — admite Sampson. Minha expressão maravilhada o faz revirar os olhos, mas ele me deixa abraçá-lo. — Certo, já deu minha cota de abraços. — Ele se desvencilha de mim.

— Vá logo. — Amara me empurra, e saio de casa antes que perceba que está sozinha com Sampson.

Quando chego, olho através da barreira de acrílico para procurá-lo no gelo quando vejo Dylan chegando mais tarde.

— Ei, Dylan, preciso falar com Aiden. Ele está atrasado?

— Você não tá sabendo? — pergunta ele, e o encaro confusa.

— Summer, ele foi suspenso do time hoje de manhã. Kilner não queria, mas ele está fora pelo resto da temporada. Acabou para ele.

Meu coração afunda, e o choque gira no meu peito.

— Ele está bem?

— Está. Quer dizer, tão bem quanto poderia estar depois de ouvir que não vai jogar no seu último torneio universitário. —

Ele deve ver minha confusão porque segue explicando. — Donny o abordou depois que voltamos de Princeton no outro dia. Aiden confessou a invasão.

Minha boca fica seca, meus ossos parecem fracos enquanto perco o equilíbrio e tropeço para a frente.

Dylan segura meu braço.

— Você está bem?

— É culpa minha.

O aperto forte de Dylan me dá energia suficiente para ficar em pé sozinha.

— Ele nunca ia deixar você rodar por isso, Sunny.

A raiva queima meu peito.

— Por que caralhos ele faria isso?

— Ele faria qualquer coisa por você, sabe disso. Sinceramente, se ele não fizesse, um de nós teria feito. — Ele aperta meu ombro. — Olhe, tenho que ir treinar, mas ele está em casa, se quiser falar com ele. Acha que consegue chegar lá bem?

Eu assinto e saio da arena, pegando o celular.

Aiden

> **Summer**
> Você está morto, Crawford. Vou te estrangular!

Aiden
Ah, é? E o que mais?

> **Summer**
> Não fique de gracinha! Estou indo aí.

Aiden
Com ou sem calça?

Meu Deus, como ele é irritante. Mas, antes que eu possa ir para a casa dele, tem algo que preciso fazer, então mando uma mensagem para Amara.

* * *

A raiva de Amara é palpável quando ela marcha até um cara sossegado que se assusta ao vê-la.

— Rai! Mexa com a minha melhor amiga de novo e eu vou esmagar seus ossinhos magrelos com uma fronha cheia dos seus livros didáticos.

Ele dá um sorrisinho.

— Guarda-costas? Estou surpreso que não é o jogador dela.

— Ela pode chamar ele também — ameaça Amara.

Eu avanço.

— Você fez tudo isso só pra tirar minha vaga do mestrado? O futuro de vários alunos dependia de entrarem no programa. Shannon Lee foi embora por causa do que você fez!

O rosto dele é uma máscara de indiferença.

— Até onde eu sei, Shannon tomou as próprias decisões. Além disso, sem ela, você tinha uma chance maior. Mas ambos sabemos que sempre ficaria em segundo lugar, atrás de mim.

— Sério? Porque acredito que foi você quem teve que transar com a professora pra garantir a vaga.

Ele cerra a mandíbula.

— Talvez eu só quisesse me divertir um pouco.

A raiva se espalha no meu sangue como veneno.

— Você fez de propósito, né? Em vez de me ameaçar, foi falar com Aiden. Você é um covarde do caralho, Donny.

— Covarde ou não, fui eu que entrei no programa. Divirta-se na Califórnia, Summer. Talvez você ache outro jogador de hóquei pra foder enquanto faz sua pesquisa.

Meu tapa ricocheteia do rosto dele, fazendo minha mão arder. Mas nem reparo na dor com a raiva que ferve através de mim.

Donny dá um passo para a frente, mas Amara o bloqueia espalmando a mão no peito dele.

— Eu não faria isso se fosse você.

Ele exala com raiva antes de ir embora.

Viro para Amara.

— Pode me levar até a casa de Aiden?

— Depois de um tapa desses, eu faço o que você quiser — ri ela.

Aiden

Você não conhece a força da sua namorada até ela ficar absolutamente furiosa. Assim que abro a porta da frente, sou empurrado para trás.

— Como pôde?! Tenho que segurar os braços frenéticos de Summer.

— Escute...

— Não, Aiden! — Ela puxa o braço. — Você me disse para não arriscar meus sonhos, então por que não pode fazer o mesmo?

A raiva dela é abrasadora e, para equilibrar um pouco desse calor, tento esfriar os ânimos.

— Porque sei o quanto você se esforçou por isso.

— Você também! Vai perder seu último jogo por minha causa. Os olhos dela nadam com a mágoa que eu não aguento ver. O objetivo todo era evitar isso. Nunca mais a ver chorar como ela chorou naquela noite nos meus braços.

— Amor — começo.

— Não venha com *amor*, Aiden. Você passou dos limites. — Ela enfia um dedo no meu peito. — Isso é problema meu!

Seguro seu dedo violento.

— Minha namorada estava chorando nos meus braços, e você espera que eu fique parado e não faça nada? Porra, não. Seus problemas também são meus problemas.

Ela dá um grunhido pesado, como se fosse eu que estivesse sendo teimoso.

— Você podia ter sido expulso.

— Mas não fui. Uma suspensão não é tão ruim.

— É sim, quando você é o capitão! Por que eu sou a única preocupada com isso? — Um olhar exasperado substitui a raiva dela.

— Você tem que retirar sua confissão.

Eu tento tocá-la, mas penso melhor.

— Não posso fazer isso.

— Pode, sim. Venha comigo, podemos explicar. Eles vão entender.

— Tenho certeza de que entenderiam, mas eu me atenho à minha decisão.

Ela parece indignada.

— Isso pode arruinar as coisas em Toronto.

— Já estou contratado. Mas, se eles quiserem agir, eu lido com isso.

O vinco entre as sobrancelhas dela e o olhar furioso são duros o suficiente pra me rachar no meio.

— Você está sendo ridículo. Pense no que está fazendo por um segundo.

— Não preciso, porque é a escolha certa. Ficarei bem.

— Isso não é... — Ela puxa o ar. — Você não pode tomar decisões em meu nome porque quer me salvar. Eu posso salvar a mim mesma sem colocar você em risco.

— E eu acho que se puder ajudar minha namorada com um problema vou fazer isso.

— Você está sendo teimoso.

— E você não? Summer, eu fiz isso porque quis. Porque te amo e não quero que nada interfira nos seus sonhos.

Ela pisca para afastar a umidade brotando em seus olhos.

— E os seus sonhos? Eu também me importo com eles, sabe? É difícil não a agarrar e a beijar até que fique sem fôlego.

— Eu sei, e agradeço, amor, mas isso não vai afetar meu futuro tanto quanto afetaria o seu.

Ela me empurra de novo, mas não tão forte quanto antes.

— Você é doido. Estou namorando um doido! — exclama ela. — Quem faz uma coisa dessas?

— Seu namorado. Seu namorado gostoso, safado e gentil. — Eu sorrio, fazendo o olhar furioso dela ficar ainda mais duro. — Grite comigo o quanto quiser, Summer, mas eu não mudaria o que fiz.
— É a sua carreira!
— E você é o meu futuro.

Summer hesita, os olhos examinando meu rosto.

— Eu já disse que você vem em primeiro lugar. Isso não mudou. Nunca vai mudar.

— Mas você se esforçou por isso a vida toda. Não pode potencialmente arruinar algo assim por uma garota.

Sinto uma pontada de irritação no peito.

— Por que está brigando comigo por isso? Não vou mudar de ideia.

— Porque você não pode perder o último jogo. O treinador deve estar puto.

— Está. Recebi mensagens de áudio raivosas a manhã toda porque ele está bravo demais para falar comigo na sala dele. Mas já vencemos um torneio universitário. Fica entediante depois de um tempo.

— Você só está dizendo isso para eu me sentir melhor.

Eu me aproximo.

— Está funcionando?

— Estou brava com você, Aiden — diz ela, tentando manter a distância.

Seguro os pulsos dela.

— Tá bem, mas venha um pouquinho mais perto e fique brava onde posso abraçar você. — Ela não protesta quando a puxo, e seu abraço acalma a queimação no meu peito. — Você está com o meu cheiro — digo, notando que ela está usando meu moletom.

— Vou ter que tomar um banho imediatamente, então — murmura ela.

— De que adianta se eu for tomar com você?

Ela resmunga, se afastando.

— Onde está seu taco de hóquei?

Em rota de colisão 413

— Por quê? Quer testar um fetiche novo? — Dou um sorrisinho.

— Aham, vamos experimentar enfiá-lo na sua bunda.

— Humm, passo. Mas eu tenho planos para a sua bunda.

— Eu a puxo e ela apoia a cabeça no meu peito. Uma mistura perfeita de aroma de pêssego e o meu. — Desculpe por não contar para você, mas não me arrependo de nada se significa que você está feliz — eu digo.

— Eu estou feliz. Sempre estou feliz com você. — Ela se ergue na ponta dos pés para beijar meus lábios. — Mas não gosto que você tenha que sofrer pra fazer isso acontecer.

— Não estou sofrendo. O time está indo superbem, e Sampson tem a oportunidade de ser o capitão na final.

— E você está satisfeito com isso?

— Ele não é tão ruim.

Descobrir que ele ajudou com a invasão me deixou irritado por um total de três segundos. Eli me contou sobre aquela noite, e não pude culpá-los. Todos apoiaram Summer quando eu não pude fazer isso, e só isso é motivo suficiente para assumir a culpa.

— Não era isso que você estava dizendo algumas semanas atrás.

— As pessoas mudam.

— Nem todas — murmura ela, e ergo uma sobrancelha. — Eu dei um tapa em Donny. Mas ele mereceu — admite ela.

A revelação não é tão chocante quanto deveria. O cara merecia, e teve sorte de não ter sido meu punho.

— Não duvido.

Ela inclina a cabeça, me analisando.

— O que aconteceu com a história de você nunca perder?

— Não tenho problema com isso se é você quem ganha.

Ela afunda as mãos no meu cabelo e me beija profundamente.

— Sinto muito também. Eu devia ter contado sobre o plano para você — diz ela, encabulada.

Esfrego o nariz no dela.

— Não tem problema, minha pequena criminosa.
Ela revira os olhos.
— Então você me perdoa?
— Tem mesmo que perguntar?
— E você ainda quer tudo aquilo para o futuro? — pergunta ela, brincando com as cordinhas do meu moletom.
— Tenho toda a intenção de passar o resto da vida com você, Summer.
— Eu te amo. — Ela franze o nariz. — Tipo, muito.
— Eu também te amo, Preston. Tipo, muito.

51
Summer

Nunca pensei que assistiria a um jogo em que Aiden não estivesse no rinque, mas ontem à noite Dalton enfrentou Michigan. Aiden pôde ver em primeira mão como eu fico empolgada durante um jogo. Em vez de falar para me acalmar, como a maioria das pessoas faria, ele só se recostou na cadeira e assistiu com orgulho. Ganhamos por um ponto, o que não é nada de que se orgulhar, porque estamos indo para a final, e jogar assim não vai nos fazer ganhar um campeonato nacional. Palavras de Aiden, não minhas.

— Por que você está sentada tão longe?

Olho para Aiden, que está na outra ponta do sofá. Se houvesse uma foto para a palavra *letargia*, mostraria Aiden e eu assistindo filmes com nosso estoque de fast food.

— Por quê? Você geralmente fica aconchegado com Kian enquanto assiste TV?

Ele me dá um olhar impassível.

— Venha cá, Summer. — Ele agarra meu tornozelo e me arrasta até ele. Nossos dias geralmente começam e terminam assim e, embora eu esteja chateada por ele não estar jogando, não trocaria esse tempo por nada no mundo.

Ele também não pode ir ao rinque treinar, então estamos passando todo tempo livre juntos. Em geral, ficamos planejando nossas agendas para depois da formatura, mas passamos bastante tempo assistindo a novelas turcas ou emaranhados na cama dele. Basicamente me mudei para a casa do hóquei, e os caras parecem não se importar porque eu faço jantar para eles, principalmente comida indiana que minha mãe me ensinou — embora Eli ainda tenha o título de melhor cozinheiro na casa. De vez em quando, Aiden e eu nos esgueiramos até a piscina ou vamos para o rinque comunitário porque ele ainda precisa se manter em forma. Tenho certeza de que todo o cárdio que fazemos está ajudando. Entre meu dormitório e a casa dele, Aiden e eu caímos numa rotina confortável. Uma rotina de que sei que vou sentir saudades quando ele for embora.

Amara e Cassie têm visitado também, então passamos a maior parte do nosso tempo com os caras. As aulas deles já terminaram, e eu fiz minha última prova esta manhã, o que significa que o semestre acabou. É um alívio, especialmente porque não vi Donny em nenhuma das aulas que fazemos juntos. Sampson me disse que ele foi colocado no ensino à distância, então vai completar todas as matérias fora do campus até o final do semestre. Deram a ele a opção de se transferir a outra faculdade antes de ser expulso. Aiden acha que a punição foi leve, mas está feliz por Donny não estar mais na Dalton.

— Eu já disse como estou orgulhoso de você?

As palavras fazem um rubor descer pelo meu pescoço, fazendo-o rir baixo. Me reinscrever para o mestrado fez minhas mãos tremerem, mas estávamos jantando ontem quando recebi o e-mail de aceitação. Os últimos cupcakes com chapeuzinhos de formatura que Eli fez ainda estão na mesa de centro. Aiden desapareceu por um tempo e, quando voltou, descobri que ele dirigiu uma hora até Boston porque minha mãe queria me parabenizar com seu *gulab jamun* caseiro. Eu fiquei meio histérica depois disso, mas me senti menos louca quando Kian também chorou um pouquinho, embora possa ter sido porque ele comeu dez dos docinhos.

— Obrigada. Acho que nem processei ainda que eu entrei. Passei anos dedicando sangue, suor e lágrimas a essa única meta, e agora que é uma realidade tudo parece instável.

Ele assente.

— Eu entendo. Mas você merece, não deixe as vozes na sua cabeça dizerem o contrário.

Êxtase. É assim que me sinto com ele.

— Também estou orgulhosa de você, mesmo que não concorde com o que você fez. Sei que nunca vai admitir, mas não jogar está matando você por dentro. Só queria poder fazer mais para ajudar.

— Você já está fazendo muito — diz ele, beijando meu ombro. Aiden trilha um caminho do meu pescoço até os lábios, e corro as mãos pelo seu cabelo macio. Em segundos, os pensamentos inseguros são esquecidos, e seu beijo faz meu coração bater de um jeito que só faz por ele.

— Vocês dois estão beirando o nível do Dylan de desrespeito pelas outras pessoas da casa.

Aiden se afasta para olhar por cima do meu ombro, onde Kian cobre os olhos como uma criança evitando uma cena de beijo na televisão.

— Ele nos submeteu à nudez frontal nesse exato sofá. Não nos compare.

— Que nojo! — Eu me desvencilho de Aiden. — Eu já dormi aqui!

— Não muito longe do que Dylan estava fazendo — diz Kian, e acho difícil impedir a bile de subir pela minha garganta. — Mas sério, é cedo demais para tudo isso. — Ele acena na nossa direção.

— Tem uma hora específica em que você preferiria nos observar? — retorque Aiden.

Kian faz um som de engasgo antes de pegar um controle e ligar o videogame. Ele afunda uma colher num pote de pasta de amendoim na mesa de centro e a enfia na boca.

Aiden olha para mim.

— Meu quarto?

Balanço a cabeça.

— Precisamos sair dessa mesmice. — Começo a juntar as embalagens de fast food num saco de lixo.

Aiden me impede e termina a limpeza.

— O que sugere que a gente faça, Summer?

— Se essa é sua ideia de preliminares, podem fazer em outro lugar? Eu já escuto o suficiente disso lá em cima — murmura Kian com a colher na boca.

— Cale a boca. Você não consegue ouvir mais nada. — Aiden e eu tomamos precauções sérias de isolamento acústico. Até tentamos convencer Cole a trocar de quarto, mas ele é muito protetor do seu buraco de hobbit.

— Ah, Crawford, sim, sim, sim! — Kian imita gemidos femininos.

Quando ele vai enfiar a colher na pasta de amendoim de novo, eu roubo o pote, e ele faz uma careta.

— Eu não falo assim.

— Quer que eu grave da próxima vez?

Eu pulo nele, mas Aiden me barra com a mão na cintura.

— Cuidado, Ishida — avisa ele, e Kian revira os olhos e se concentra no jogo de novo. Antes que eu possa jogar o pote de pasta de amendoim na cabeça dele, Aiden o arranca das minhas mãos e me carrega da sala. — Você tem razão. Precisamos sair dessa mesmice.

Uma hora depois, estamos estacionados na frente do restaurante junto às docas em Hartford. Lá dentro, tropeço quando vejo Connor Atwood e Crystal Yang se pagando em uma cabine de canto.

— Meu ex-rolo e seu ex-rolo. Quais as chances?

Aiden me puxa para nossa mesa.

— Ele não foi seu rolo. Ela também não foi o meu.

— Devemos dizer oi? — Eu não ousaria, mas é divertido zoar com Aiden, especialmente quando ele fica irritado assim.

— Claro, podemos ter um encontro duplo — diz ele, seco, sentando-se à minha frente.

— Ah, podemos fazer swing! — O olhar gélido dele mata minha risada. — Estou brincando.

— Aham, ótima piada. Venha aqui e me conte outra — diz ele e, quando revira os olhos, abandona seu assento para sentar ao meu lado.

— O que está fazendo?

Ele se acomoda.

— Você estava longe demais.

— Para o quê?

— Para isso. — A mão dele sobe pela minha coxa, alto o suficiente para me fazer perder o fôlego. Quando ele aperta minha pele arrepiada, eu dou um gritinho.

Bato na mão dele, impedindo-o de subir mais.

— Você não pode simplesmente mudar de lugar. O garçom vai ficar irritado.

— Não estou trocando de mesa. Era um saco quando os clientes faziam isso.

De vez em quando, Aiden lança umas informações sobre seu passado que sempre me surpreendem.

— Você já trabalhou como garçom?

— Na lanchonete da minha avó. Só por um verão, quando eu tinha dezesseis anos. Ela me demitiu bem rápido.

— Por quê? Você começou a jogar hóquei fazendo o pão de taco?

— Eu tranquei Eli num freezer.

Eu rio.

— Trabalhando com seu melhor amigo? Deve ter sido divertido.

— Para mim. Não tanto para ele. Era o jeito das nossas famílias nos ensinarem sobre trabalho duro. Como se já não gastássemos toda a nossa energia no hóquei.

Quando ele distraidamente aperta minha perna de novo, agarro sua coxa em retaliação. Isso me lembra da figura logo abaixo do seu quadril. Penso na tatuagem de aranha desde a primeira vez que a vi.

— O que a sua tatuagem significa?

Ele não parece nem um pouco surpreso com a pergunta.

— Tirei de um chapéu — responde.

— Hein?

— Quando fomos morar juntos, inventamos um chapéu de consequências se um de nós fizéssemos algo que irritasse os outros. Cada um escreveu duas consequências e as jogou num chapéu.

— E você tirou isso. — A tatuagem de aranha preta fica num lugar que eu nunca tinha visto num homem, mas em Aiden é tão gostoso que não consigo impedir o calor no meu pescoço quando penso nela. — Algum dos outros caras tem uma?

Ele balança a cabeça.

— Não, as outras consequências foram bem tranquilas... exceto pelo piercing.

Isso me chama atenção.

— O piercing? Nenhum deles tem piercing.

Eu já os vi sem camisa muitas vezes. Saberia se tivessem.

— Nenhum que você já viu. — Ele faz uma pausa. — Ou que vá ver.

— O que isso significa? — Minha mente gira com as possibilidades. — *Ai, meu Deus*, é um piercing no pau?

O rosto neutro de Aiden me dá zero pistas.

— Quem é?

Ele ri da minha curiosidade.

— Não posso dizer. É contra as regras.

— É Kian? Espere. Dylan? — Nossa comida chega, e minhas perguntas param até o garçom ir embora. — Eli?

— Coma, Summer — diz ele.

Apunhalo o garfo no prato, mas vou tirar a resposta de um deles mais tarde. Provavelmente de Kian.

— Summer? Aiden? — Connor Atwood sorri largo, parando ao lado da nossa mesa com uma Crystal contrariada.

— Ei, faz tempo que não nos vemos. Por que vocês não sentam com a gente? — sugiro. Aiden aperta minha coxa em alerta.

Para meu enorme prazer, Connor aceita.

Acho que é um jeito de sair da mesmice.

52
Aiden

— **Crawford! Levanta a bunda** da cama! Vamos nos atrasar! Ouvir a voz de Dylan lá embaixo tão cedo me faz soltar Summer.

— O ônibus vai sair em quinze minutos — grita ele, rolando sua mala.

— Do que você está falando, Dylan? Estou suspenso.

— Olhe seu celular, cara. Você vai jogar. Hutchins aprovou. — Summer semiadormecida vem atrás de mim com meu celular. Mensagens enchem minha tela e, quando olho meu e-mail, de fato há um aviso de que posso jogar. Summer também lê e dá um gritinho.

— Ai, meu Deus! Você vai jogar! — Ela se ergue na ponta dos pés para plantar beijinhos em todo meu rosto. Ainda estou processando, tentando entender o que está acontecendo quando Summer volta para o meu quarto e recebo uma mensagem.

Treinador

> **Treinador**
> Não sei como você conseguiu isso, mas vou arrastar sua bunda até Boston se não estiver nesse ônibus em vinte minutos.

Patrulha Coelha

Kian Ishida
O treinador disse que eu posso falar se Aiden chegar aqui. Vão rápido, pfvr!

Dylan Donovan
Que estranho. Acho que meu carro ficou sem gasolina...

Sebastian Hayes
Venha logo. Kian está choramingando há 20 minutos.

Cole Carter
Pode só falar pra ele calar a boca?? Estou tentando tirar um cochilo.

Mal consigo compreender o que a revogação condicional da minha suspensão significa, mas, contanto que eu vá jogar, não me importo. Todas as minhas horas de serviço comunitário no campus devem ter contado para isso.

— Ainda não está vestido? Vamos, cara — insiste Dyan enquanto vem correndo pelo corredor com outra mala. Dirigir até o rinque sozinho é parte do seu ritual pré-jogo, então ele sai mais tarde que o resto do time.

Summer chega carregando minha mala pesada.

— Enfiei na mala tudo em que consegui pensar. Você só vai ter que checar se está tudo aí.

O que eu faria sem essa garota? Não importa quantas vezes tenha dito a Summer que assistir ao jogo com ela seria igualmente bom, ela ainda ficou chateada por eu não jogar. Às vezes, até a pegava sussurrando no telefone e enviando e-mails de última hora para tentar me liberar para o jogo. Quando isso não funcionou, ela começou uma petição. O treinador a fez fechá-la, porque minha suspensão não foi injustificada.

Summer está remexendo nas minhas coisas quando a paro.

— Eu te amo — digo, inclinando a cabeça dela para um beijo. Intensifico o beijo até ela recuar abruptamente.

— Aham, eu também. Agora vá! Seu ônibus está saindo. — Ela me joga uma muda de roupas e sai correndo do quarto. Eu tomo o banho mais rápido da minha vida antes de descer para o andar de baixo.

Summer está parada na porta com um saquinho marrom.

— Aqui tem um sanduíche improvisado para sua dose de carboidratos e um lanchinho de baixa gordura. Não se esqueça de comer a banana.

— Obrigado, amor. — Eu a beijo de novo. — Você vai vir?

— Claro. Vou pegar carona com Amara.

— Quem é você e o que fez com Summer? — provoco.

— Ela se apaixonou — explica, como se fosse um grande inconveniente.

Eu sei então que, qualquer que seja o resultado do jogo, essas palavras soam como uma doce vitória.

Summer

Acordar e descobrir que eu não arruinei a vida do meu namorado faz desse um bom dia.

As últimas semanas me deixaram moída.

Passei a semana me encontrando com Kilner e a secretária do reitor para ver se uma exceção poderia ser feita à suspensão de Aiden. Nada funcionou, e eu me senti derrotada. Até minha mãe ficou chateada por ele não poder jogar, mas principalmente ficou brava comigo depois que eu confessei sobre a invasão. Claro que o Aiden perfeito não podia fazer nada de errado.

Então, quando li o e-mail esta manhã, não sabia se tinha sido eu ou o treinador quem conseguiu fazer Aiden jogar, mas nada disso importou quando vi o sorriso em seu rosto. Ele podia tentar me convencer o quanto quisesse que sentar na arquibancada comigo seria tão bom quanto jogar, mas sei que ele nasceu para estar no rinque esta noite.

No fim, descubro que o cara que Amara conheceu na balada algumas semanas atrás, Bennett Anderson, estuda em Harvard, e o pai dele é o reitor. Ele também vem de Cambridge a Hartford para nos levar a Boston para a final. Não me surpreende, porque Amara poderia ter qualquer homem à sua disposição.

— Vou pegar umas bebidas e vejo vocês lá dentro — diz Bennett quando entramos na arena TD Garden. Passando pelas portas duplas, vejo uma pequena multidão na entrada.

— Pai? — Lukas Preston está cercado por fãs pedindo autógrafos, mas pede licença e se afasta deles.

Amara acena.

— Oi, sr. Preston.

— Que bom ver você, Amara. Como vai a universidade?

— Ah, sabe como é. Só representando as mulheres nas ciências todos os dias — diz ela. — Podem pôr a conversa em dia. Eu vou achar Bennett.

— O que está fazendo aqui? — pergunto.

— Assistindo a um jogo de hóquei com a minha filha. Alguém me disse que ser pai não tem nada a ver com gastar dinheiro e sim com passar tempo juntos.

Seguro um sorriso.

— Parece uma pessoa muito inteligente.

— Ela é.

Sinto uma pontada no peito.

— Como você sabia que eu estaria aqui? Aiden só descobriu que ia jogar hoje de manhã.

— Palpite de sorte.

— Preston. — Nós nos viramos ao som da voz grave do reitor Hutchins. — Quer tomar uma cerveja no camarote? Trouxe a sua favorita.

Meu pai aperta a mão dele com um sorriso.

— Outro dia. Tenho minha companheira de jogo bem aqui.

— É claro, Summer Preston. Foi ótimo seu evento de arrecadação mês passado.

Meus olhos saltam entre eles.

— Obrigada, reitor Hutchins.

— Me chame de Cal. Seu pai e eu nos conhecemos há muito tempo. Aposto que Divya pode contar a Summer algumas histórias nossas.

Meu pai dá uma risadinha.

— Provavelmente é melhor que não faça isso.

Cal cai na gargalhada.

— Bem, vocês dois são bem-vindos a se juntar a nós no camarote quando quiserem.

— Obrigado pela oferta, mas o lado do rinque é nosso lugar se Summer for gritar com os árbitros.

Eu sorrio. Podemos não ser mais próximos, mas ele lembra como eu fico em jogos de hóquei. Cal dá um tapinha no ombro do meu pai antes de seguir para o camarote. O gesto amigável faz as engrenagens girarem no meu cérebro.

— Foi você.

— Humm?

— Você fez a suspensão ser revertida depois que eu liguei para minha mãe.

Meu pai se vira para mim com um sorriso.

— Foi você! — Sinto um quentinho no peito. — Obrigada.

Ele parece chocado.

— Não me agradeça, querida. Eu sei como isso é importante. E se aquele garoto estava disposto a perder um dos maiores jogos da carreira universitária dele só para a minha filha ficar feliz, eu podia contatar um velho amigo.

Eu pulo para abraçá-lo tão apertado que sinto que estou tentando absorver todos os anos que perdemos. Nosso relacionamento está longe de ser perfeito, mas esse começo parece monumental.

Quando chegamos aos nossos lugares, quase tropeço quando do vejo os avós de Aiden.

— Vocês conseguiram vir!

— Quando Lukas Preston liga para convidar você para um jogo de hóquei, não dá para recusar. Obrigado por organizar isso, Summer — diz Eric.

Ligar para o meu pai depois das férias de primavera foi difícil para o meu ego, mas se significa que os avós de Aiden podem vê-lo jogar, eu não me importo. Quando pedi ao meu pai que enviasse um motorista para eles, ele ficou feliz em fazer isso. Mas quando liguei para minha mãe para avisá-la de que não precisávamos mais do carro, eu não esperava que meu pai ouvisse o que aconteceu e conseguisse pôr Aiden de volta no rinque.

— Ele vai ficar tão feliz de ver vocês.

— O treinador Kilner nos deixou fazer uma surpresa no vestiário. — A alegria se expande no meu peito, e espero que um dos caras tenha filmado a cena para eu poder chorar lágrimas de alegria mais tarde.

Quando os Dalton Royals fazem sua entrada, Aiden patina junto às paredes do rinque, e batemos no vidro enquanto ele passa deslizando, os dentes brancos brilhando atrás do protetor bucal. O resto dos caras está atrás dele e, é claro, Dylan começa a fazer uns passos de patinação artística. O público de casa adora, e aplausos e gritos consumem a arena quando ele faz um salto duplo. Não dura muito porque o treinador o fulmina com um olhar que o faz voltar para o alongamento depressa.

Quando o jogo começa, tento não babar em Aiden e nem reparar no quanto ele está gostoso, já que meu pai e a família de Aiden estão ao meu lado. Mas Amara me dá uma cotovelada como uma adolescente quando ele passa por nós ou bate nas paredes. Sentar ao lado do rinque faz os árbitros me odiarem, mas não deixo isso me impedir de falar o que penso.

Aiden marca dois gols e quase subimos sobre o maldito vidro de tanta empolgação. Cada intervalo aumenta a empolgação de todo mundo, porque o jogo está empatado desde o começo do segundo tempo. Quando voltamos, o começo é brutal para Dalton, porque Sebastian Hayes é bloqueado pelo taco de um oponente com tanta força que tem que ser carregado para fora do gelo. O jogador de Yale recebe uma falta de cinco minutos, deixando o time defasado, e todos comemoram quando ele é colocado no banco. No terceiro tempo, meu pai e eu estamos quase pulando das cadeiras de tanto nervosismo. Aiden desliza pelo gelo com uma naturalidade que só ele possui. Toda vez que o disco está em sua posse, fica claro por que ele carrega o título de atleta mais veloz da Liga. Não há nada que eu adore mais do que o ver fazer aquilo que ama. Mesmo enquanto os últimos segundos passam e o resultado está no ar, eu sei que ele vai ficar feliz, não importa o que aconteça.

53
Aiden

Sou esmagado contra o vidro por jogadores de hóquei pesados e não poderia estar mais feliz. É uma loucura quando o apito final leva a arena ao furor. Ganhamos por 4 a 3 com um gol na prorrogação feito por quem vos fala. Ir de não jogar para vencer o jogo com as pessoas que eu amo assistindo nas arquibancadas é surreal.

— Aí sim, caralho!
— Somos os campeões nacionais!

O gelo está coberto de azul-royal enquanto nos enfileiramos para parabenizar Yale pelo bom jogo. Eric Salinger aperta minha mão.

— Jogou bem, Crawford. Nos vemos por aí.

Assinto, batendo nas costas dele e movendo-me pela longa fileira de jogadores. Eric assinou um contrato de entrada com Nova York, então é inevitável que eu o enfrente de novo.

Vejo Kian lentamente aproximando a garrafa de isotônico do treinador, que está dando uma entrevista pós-jogo. Eles saem rolando o troféu e, logo antes de a câmera nos chamar, erguemos a garrafa e encharcamos Kilner no líquido azul.

— Desgraçados! — grita ele, embora seu sorriso genuíno e olhos injetados contêm uma história diferente. Ele me puxa para um abraço. — Não sei como eu vou lidar com esses neandertais sem você. Vou sentir saudades de você, garoto.

— E eu de você, treinador.

— Eu ganho um abraço também? — Kian interrompe com um sorriso esperançoso.

Kilner me solta.

— Você está falando de novo?

— Você disse que eu podia!

O treinador abre um sorriso.

— Venha cá, Ishida.

Deixo que eles aproveitem o momento, e me movo através da multidão, dando abraços e parabéns enquanto olho ao redor.

— Aiden! — Summer pula e joga os braços ao redor do meu pescoço. — Você foi incrível! Estou tão orgulhosa de você, capitão. — Ela enche meu rosto de beijos. Nossos olhos se encontram, falando um milhão de coisas a que palavras não podem fazer jus. Quando a trago aos meus lábios, ela se afasta rápido demais. — Meu pai está olhando.

Isso estoura nossa bolha, e eu a deixo me soltar. Lukas Preston se aproxima de nós com um olhar sério que vira um sorriso chocantemente largo.

— Agora, isso sim é um jogo.

Eu relaxo e tomo a mão estendida dele.

— Obrigado, senhor. E agradeço o fato de ter falado com o reitor. O treinador me contou que ele ajudou a retirar minha suspensão, e fico grato. Especialmente porque nossa última conversa não acabou tão bem.

— Seria um desserviço ao hóquei não pôr você no gelo esta noite. Você jogou bem, garoto — diz ele. — E me chame de Luke.

Congelo, e Summer ri da minha expressão de fã.

Minha família se aproxima.

— Estamos tão orgulhosos, Aiden. Você foi incrível no gelo.

O abraço dos meus avós é quente e reconfortante. Ecoa o sentimento que eu tinha quando meus pais iam ver um jogo. Sempre serei grato a Summer por fazer isso acontecer.

Em rota de colisão 431

O plano de cinco anos dela foi completamente desmantelado, e o meu acabou de começar, e ela é o foco principal. Summer é o meu sol, e sou o simples planeta girando em sua órbita.

— Bem, sua mãe me espera em casa há horas — diz Luke. — Precisa de uma carona, Sunshine?

— Posso voltar com Amara. — Quando ele se vira para ir embora, Summer o impede. — Ei, pai? Talvez a gente possa jantar junto outra vez. Tentar de novo.

Um sorriso de gratidão se abre no rosto dele.

— Eu gostaria disso.

Summer está sorrindo quando passo os braços ao redor da cintura dela.

— Estou orgulhoso de você.

As bochechas dela ficam coradas.

— De mim? Você acabou de ganhar um campeonato. Eu só falei com meu pai.

— Ambas as vitórias são igualmente importantes. Nos saímos bem hoje, Preston.

Ela sorri largo.

— Sim.

Quando as comemorações irrompem, acompanho o time seguindo para o vestiário.

— Tenho que ir pra lá. Me encontra no hotel?

— Na verdade, eu tenho um plano melhor.

Passou da meia-noite. A celebração pós-jogo durou horas, sem contar o tempo para lavar o champagne do corpo. Tentei ficar sóbrio, mas ser o capitão significa que a celebração é obrigatória. Dessa vez até Kilner bebeu, mas logo foi embora porque não queria nos deixar vê-lo bêbado. O jeito como ele arrastava as palavras e como deixou uma única lágrima escorrer pela bochecha durante seu discurso sincero me mostrou que ele é um bêbado emotivo. Kian gravou tudo para assistir depois.

— É surpresa! — diz Summer, tentando se concentrar na direção.

Quando saímos da arena, Summer nos reuniu e entramos todos num carro. Os caras, Cassie e Amara se espremeram no banco traseiro. Aparentemente, o par de Amara, Bennett, disse que podíamos pegar emprestada a van dele. Summer convidou o resto do time, mas eles ainda estavam se embebedando. Nosso ônibus volta a Dalton amanhã à tarde, então temos o dia de hoje para celebrar.

— Você pode me dar uma pista. Vai, estou tão bêbado que nem vou lembrar o suficiente para estragar para ninguém — diz Kian muito alto, embora ache que está sussurrando.

Summer bufa.

— Você vai ver com todo mundo. Não tenho favoritos.

— Eu sou seu favorito? Eu sabia — ele sussurra, animado. — Vocês ouviram? Eu sou o favorito da Sunny. Chupa, todo mundo!

O carro irrompe em resmungos, a maioria dizendo a ele para calar a boca ou ameaçando jogá-lo da janela. O que eu apoiaria, porque ele passou o trajeto inteiro tagarelando. Um Eli exausto nos fez parar no encostamento mais cedo porque Dylan colocou o maldito enfeite de bolo de casamento no assento de Kian. Ele conseguiu separá-los, mas isso significou que Kian ficou diretamente atrás do banco do motorista, nos irritando.

— Eu me sinto um péssimo namorado por fazer você dirigir.

Summer olha para mim, provavelmente notando que estou muito mais sóbrio, já que duas horas atrás na arena estava cantando músicas de amor para ela e a abraçando apertado.

— Você é minha passageira hoje, princesa. Só fique sendo bonita aí e me fale o caminho errado — diz ela, com tapinhas na minha coxa.

Eu entrelaço nossas mãos.

— Tem certeza de que não tem problema para os seus pais?

— Aham. Minha mãe te ama, então eu nem tive que terminar de perguntar antes de ela aceitar. Ela até assistiu a seu jogo na TV. Divya Preston é uma grande fã.

— Que fofa. Eu devia checar meu celular, mas olhei pra ele antes e me deu dor de cabeça.

— Só relaxe por hoje. Você pode voltar a ser um capitão disciplinado amanhã.

— E à noite? — O olhar carregado que eu dou a ela a faz corar e virar para a estrada.

Quando chegamos no porto de Boston, todo mundo fica encarando o barco. Summer grita instruções que nosso grupo bêbado não escuta, mas, de alguma forma, conseguimos acomodar todo mundo nas cabines.

— E, finalmente, esse é o nosso quarto. — Summer chuta os sapatos e deita na cama.

Reparo numa caixa ao lado dela.

— E o que é isso?

— Para você. — Ela sorri.

Eu a abro e tiro a lingerie preta. O tecido translúcido da peça minúscula é macio.

— Se essa é minha recompensa, acho que nunca mais vou perder.

— Achei que você ia querer riscar isso da minha lista de desejos.

Eu puxo a boca de Summer até a minha e a beijo avidamente.

— Espere. — Ela se afasta. — Tem mais uma coisa. — Ela tira um envelope da caixa. Ainda estou abrindo-o quando deixa escapar: — São passagens pra Toronto.

Fico chocado.

— Você vai comigo?

— Por duas semanas. Antes de eu ter que voltar para o começo do mestrado. Achei que poderia mostrar a cidade para você, e a gente poderia começar essa coisa de longa distância do jeito certo. Não é demais para você, é?

— É perfeito. Obrigado. — Ela fica corada enquanto a deito na cama. — Agora, vista isso pra eu poder concluir sua lista de desejos.

Enquanto estou desafivelando o cinto, sinto um objeto de metal no bolso. Quase esqueci que tinha esse negócio.

Pego as algemas de pelúcia cor-de-rosa.

— Não posso me esquecer disso.

Ela ri entre meus beijos, tirando meu suéter.

— Eu também trouxe uma coisa pra você.

— Humm?

— Xarope de bordo — sussurra ela.

Solto um grunhido, rapidamente tentando tirar a blusa dela. Uma batida forte na porta nos assusta.

— Seu pai está aqui? — pergunto, horrorizado.

— Quê... não, por que ele estaria aqui?

Certo. Isso seria insano. As batidas se intensificam. Eu pulo da cama para abrir a porta com Summer atrás de mim.

Dylan espia entre os dedos e exala quando nos vê.

— Que bom, vocês ainda estão vestidos. Kian acabou de cair sobre a amurada.

— Quê?! — ambos exclamamos. Dylan nos guia tranquilamente até a comoção na cabine principal.

— Bem, isso definitivamente o deixou sóbrio — diz Cassie. Ela está sentada ao lado de Kian no sofá.

— Isso acabou com o meu barato — resmunga Kian. — Alguém pode me arranjar outra bebida?

Minha preocupação some quando escuto a voz dele. A última coisa que preciso é de um desses idiotas morrendo afogado.

— Nunca pensei que sentiria paz ao ouvir a sua voz, amigão.

Kian me mostra o dedo do meio enquanto um arrepio o atravessa. Eli lhe joga um roupão, e eu encontro o interruptor da lareira.

— Tenho quase certeza de que vi o além lá embaixo — Kian diz a Cassie. Amara e Sampson reviram os olhos no sofá.

— Você ficou lá por dois minutos antes de Eli puxar você — retruca Dylan.

— O além não tem uma linha do tempo específica.

Em rota de colisão 435

Dylan resmunga.

— Fale "além" mais uma vez e eu mesmo vou lá e afogo você.

Kian arqueja, chocado.

— Tá certo, chega. Ninguém vai afogar ninguém. Kian e Eli vão se trocar, e então vamos todos ter um jantar legal. — Kian faz uma continência trêmulo a Summer, e todos finalmente vão para seus quartos.

Três brigas e dois talheres voadores depois, jantamos e nos sentamos para jogar jogos de tabuleiro. Amara quase matou Sampson, então os colocamos no mesmo time. Não funcionou como esperado, porque agora eles estão discutindo sobre quem ganhou o jogo. Dylan e Kian cantaram "Party in the USA" com Summer enquanto viravam uma garrafa de bebida não identificada que me deixou preocupado.

Mas isso deixa Summer ainda mais amável, especialmente quando Cassie nos chama lá fora para ver os fogos de artifício, e ela nos embrulha em um cobertor antes de se acomodar no meu colo.

— Eles dão trabalho — sussurra ela, sonolenta, descansando a cabeça no meu colo.

Ela até trouxe a vaca de pelúcia que eu ganhei no festival e a enfia entre nós.

— Não precisa me dizer. Eu sou o pai desses moleques há anos.

— Você é um pai muito gostoso — diz ela com um beijo no meu queixo.

Eu rio.

— Então imagino que você possa dizer agora.

— Dizer o quê?

— Aiden Crawford, foi você que derrubou minha fortaleza de gelo e me mostrou os charmes de um jogador de hóquei.

— De jeito nenhum — murmura ela. — Mas você é bem perfeito, sabia?

Eu roço os lábios nos dela.

— Só quando estou com você.
— Você está preso a mim, Crawford.
— Ótimo, porque eu te amo, Preston. Tipo, muito.
— Eu também te amo. Tipo, muito.

Summer se aconchega mais no meu abraço. Seu aroma quente de pêssego gira ao nosso redor, uma mistura tranquilizante que me faz puxá-la para perto. Quando a abraço assim, percebo que meu mundo todo cabe em meus braços.

E eu não aceitaria nada diferente.

Epílogo
Nove anos depois

Toronto, Ontário

Estou fazendo panquecas em forma de Mickey quando uma vozinha me chama.

— Mamãe? — Aurora, nossa filha de três anos, sobe na cadeirinha com seu tutu rosa brilhante esvoaçando como uma nuvem. Seu cabelo loiro está preso numa trança bagunçada que Aiden fez nela ontem à noite e que se recusou a me deixar desfazer esta manhã.

— Sim? — pergunto, servindo o café da manhã.

Hoje é o dia de abertura da minha nova clínica esportiva. Trabalhei como uma condenada para concluir meu doutorado e então me esgotei trabalhando para o Comitê Olímpico do Canadá até me acomodar na minha cidade natal. Ainda trabalho para eles, mas em projetos ocasionais. Viajar o tempo todo e mal ver minha família era deprimente. Com Aurora em nossas vidas, não parecia certo ficar longe o tempo todo.

Engravidei de Aurora no último ano do doutorado e, por mais difícil que tenha sido, o fato de ela ter nascido no intervalo entre as temporadas de jogos ajudou.

Aurora morde um morango.

— Você e o papai estão brigados?

Eu congelo. Nunca haviam me dito como as crianças são perspicazes. Deslizo o prato dela sobre a bancada.

— O que faz você pensar que estamos brigados?
— Vocês não se abraçaram ontem.
Estou morando com uma espiã da CIA. Como ela deduziu isso com base em meros segundos de interação ontem à noite é um mistério. Mas ela tem razão. Eu e o pai dela estamos brigados.
No outro dia, Aiden assistiu a todos os episódios da nossa série favorita enquanto eu estava na clínica. Era o dia de descanso dele, então ele passou com as pernas no aparelho de compressão, sentado na frente da TV, me traindo. Não ajudou que meus hormônios estavam todos desregulados, então, quando chorei por causa disso, ele se sentiu péssimo. Mas não o suficiente eu para deixá-lo dormir no nosso quarto.
— Não estamos brigados, querida — eu minto.
A garotinha do papai não precisa saber que seu herói também é um idiota.
Foi falar no diabo e ele aparece na cozinha. Aiden dormiu no quarto de hóspedes ontem à noite e saiu discretamente de manhã cedo para o treino. Agora chega com calma, o cabelo úmido do banho, uma calça de moletom cinza e uma camiseta apertada abraçando todos os músculos. Os anos foram muito gentis com meu marido, seu rosto e corpo envelhecem como vinho caro. Ele está *tão gostoso* que tenho que me segurar para não o encarar enquanto ele vai até Aurora e a beija. Ela dá uma risadinha, e eu contenho meu sorriso.
Aiden vem até mim como se tivesse esquecido que vou apunhalá-lo com uma faca de manteiga se chegar perto demais. Aurora nos observa, esperando que a interação prove sua análise. Ela conhece a rotina de Aiden. Ele sempre a beija primeiro, depois vem até mim.
— O que você estava perguntando pra mamãe, meu bem?
— Se vocês estão brigados — diz ela, com a boca cheia.
— E o que ela disse? — O olhar dele me mantém refém.
— Que não.
Ele murmura, reduzindo o espaço entre nós.

Em rota de colisão 439

— É mesmo?

Os grandes olhos castanhos me observando do outro lado da bancada me obrigam a dar um aceno tenso para Aiden.

O sorriso dele é enfurecedor.

— Então por que não recebi um beijo?

— Crawford — aviso, usando meu nome favorito para ele na faculdade.

Os lábios dele se apertam num sorrisinho.

— *Crawford* — dispara ele. De repente, lembro por que parei de usar. — Desculpe, amor — sussurra ele, tentando não alertar o gavião que nos observa.

O exterior gélido que ele derreteu anos atrás é fraco demais para se sustentar agora. Só um desses olhares sinceros e estou pronta para perdoá-lo. Especialmente quando ele está tão sexy enquanto pede desculpas. Por que eu estava brava mesmo?

Ele ergue meu queixo e, quando meus olhos encontram os seus de novo, ele sorri, me dando um beijo tão longo que quase não escuto o gremlin dando gritinhos do outro lado da bancada. Quando me afasto, vejo-a cobrindo os olhos.

— Ela está ficando esperta demais — digo a ele. — E não gosto de como fica sempre do seu lado.

— Alguém tem que ficar, senão você me teria de joelhos dia e noite — diz ele. — Não que eu fosse reclamar.

Espero que meu rosto não esteja corado quando Aurora diz:

— Papai, vamos ver a vovó e o vovô hoje?

Ela está falando dos meus pais. Minha família e a de Aiden a mimam como se eu tivesse dado à luz a Stanley Cup. O que não é pouco, já que Aiden ganhou uma Stanley Cup de fato, assim como meu pai.

— Vamos. Termine de comer e vamos pegar a caminhonete grande hoje — diz ele.

Ela sorri, devorando o resto da comida. Para a alegria de Aiden e do meu pai, Aurora ama hóquei. Então, eles jogam no rinque do meu pai toda semana. Ambos dizem que ela é uma estrela nata, mas podem ser meio parciais.

Aiden rouba uma pilha de panquecas e senta ao lado de Aurora, que limpa o prato lambendo.

— Terminei! Vamos jogar hóquei.

— Nem pensar, você ainda tem que arrumar seu quarto, lembra? Esse foi o nosso acordo — eu a lembro.

Ela murcha, olhando para Aiden, que está hiperfocado no prato. Basta um olhar dela, e é ele que vai arrumar o quarto.

— Papai — diz ela naquela voz doce como mel.

Aiden fecha os olhos por um breve momento.

— Aurora, você tem que fazer o que prometeu.

Ela faz um biquinho, piscando os olhinhos brilhantes para ele. Droga, ela é boa. Melhor que eu.

Ele suspira derrotado.

— Eu ajudo se você começar a arrumar.

Ela fica toda feliz, correndo da cozinha até seu quarto. Balanço a cabeça de dó, rindo do pobre coitado.

— Ela tem os seus olhos, sabe — diz Aiden, erguendo-se para deixar o prato na pia.

— Ah, então é culpa minha que ela tem você na palma da mão?

— Você também tem — diz ele casualmente, enchendo a lava-louça. — Como está se sentindo? Ainda sem apetite?

Dou de ombros, tentando me agarrar à irritação que ainda sinto. Bem quando acho que ele vai me deixar, envolve os braços ao meu redor e pressiona minhas costas contra seu peito.

— Desculpe. Prometo que nunca vai acontecer de novo. Podemos assistir outra vez ou achar uma nova série.

Quase me faz rir vê-lo tratar isso com tanta seriedade. Se eu estivesse pensando com mais clareza, não teria tido aquela reação. Mas saber que ele se importa com as pequenas coisas derrete meu coração.

— Eu dormi muito mal ontem à noite.

Em rota de colisão 441

— Eu também. Meu treino foi duro. Até Eli disse que eu estava num dia ruim.

Eu sabia disso. Eli mandou ao grupo uma foto de Aiden parecendo desgrenhado esta manhã. Kian e Dylan acharam engraçado demais e adivinharam que ele provavelmente tinha me irritado, porque é a única ocasião em que fica emburrado.

As palmas de Aiden se abrem contra minha barriga, e eu coloco as mãos sobre as dele, roçando a aliança. Ele gravou as alianças no nosso primeiro aniversário de casamento com *Eu te amo, tipo, muito.*

— Eu não gosto de dormir longe de você. — Ele esfrega minha barriga, embora seja cedo demais para que tenha algum sinal da gravidez. — Quando vamos contar à monstrinha sobre esse aqui?

— Talvez quando já estiver com uns meses. Ela realmente ama ser filha única no momento.

— Ela vai ser uma ótima irmã mais velha — diz ele, me virando em seus braços. — Eu amo quando você está grávida.

Ergo uma sobrancelha.

— Isso é só porque meus hormônios me dão a libido de uma adolescente.

— Bem, sim, mas também porque fizemos algo com nosso amor. — A breguice dele faz meu interior derreter. — Nunca teria imaginado que aquela estudante de psicologia teimosa estaria disposta a carregar meus filhos.

— Nem eu — bufo. Suas narinas se inflam até eu sorrir. — Mas eu não aceitaria nada diferente.

As mãos dele se abaixam, e é como um interruptor quando seus lábios roçam contra meu pescoço.

O quadril dele se pressiona contra o meu.

— Quer que eu coma você aqui mesmo? Gostoso e devagar, Sum.

Eu realmente senti falta dele ontem.

— S...

— Terminei. Vamos!

Nos separamos quando Aurora corre até nós, e Aiden a ergue nos braços.

— Certo, mas eu vou conferir o quarto. Se não estiver arrumado, não podemos ir — avisa Aiden.

Ela arqueja, deslizando dos braços dele para sair correndo e novo.

Estou gargalhando quando ele me abraça, suspirando contente.

— Acha que esse vai ser tão selvagem quanto ela? Ele esfrega minha barriga.

— Não, acho que esse vai ser mais como eu.

Eu bufo.

— Você não pode achar mesmo que Aurora tem a minha personalidade.

— Não sei. Ela é teimosa pra caralho. — Ele se inclina e meus olhos se estreitam. — Ela é a garota mais linda que eu já vi. — Eu amoleço. — E me tem na palma da mão.

Apoio a cabeça no peito dele e, assim, posso ouvir as batidas calmantes do seu coração, assim como os brinquedos de Aurora fazendo barulho no final do corredor.

— Eu vou cuidar de você hoje à noite — sussurra ele, e uma pontada quente de eletricidade me atravessa. Aiden é sempre atencioso, mas quando estou grávida ele fica em outro nível. Massagens nos pés toda noite, hidratação na barriga e muitos banhos quentes.

Quando eu resmungo, ele se afasta.

— O que foi?

— Você é jogador de hóquei.

— Amor, achei que tínhamos superado isso.

Arregalo os olhos.

— Isso significa que, se for um menino, ele vai ser enorme. Como eu vou dar à luz um filho de um jogador de hóquei?

— Você já deu.

— Ela era minúscula! Meu Deus, por que eu deixei você me convencer a me apaixonar por você? — reclamo.
Ele ri e me beija de novo.
— Você vai se sair bem, e eu estarei lá como sempre.
— É bom que esteja.
Não há dúvida de que vai estar. Porque, quando olho em seus olhos, me lembro de todos os anos do nosso amor, e eu sei que ele é a melhor decisão que já tomei.

Agradecimentos

Publicar um livro é um processo intimidador e sou muito grata por tudo que eu aprendi. Mas nada disso seria possível sem as conexões que fiz ao longo do caminho.

Nina, por ser minha primeira leitora e autointitulada assistente pessoal. Obrigada por sempre responder às minhas mensagens de "isso ou aquilo" tarde da noite e por cada chamada ansiosa no FaceTime. Sou extremamente grata pela sua amizade. Este livro não seria nada sem você.

Shayla, por me incentivar. Jenny, por sempre a acompanhar. BLGC por todo o apoio. Monse, por inspirar *aquela* cena. Carlyn, por ser tão doida quanto eu por personagens fictícios.

Minhas amigas autoras, por dizer que escrever esse romance de hóquei é "meu direito de nascença".

Leni, pela capa incrível que é mais do que eu poderia imaginar.

Leigh, por aguentar os prazos apertados e me dar conhecimentos inestimáveis.

Por fim, meus leitores, vocês são o motivo de eu ser motivada a escrever qualquer coisa. Obrigada por suas palavras gentis.